KB238750

老舍
二馬
·

마씨 부자

창비세계문학

13

·

마씨 부자

·

라오서

고점복 옮김

창비

차례

•

일러두기
1. 이 책은 老舍『二馬』(인민문학출판사, 베이징: 1998)를 번역저본으로 삼았고, 본문에
   등장하는 영국 인명과 지명은 *Mr. Ma and Son: a Sojourn in London*(외문출판사, 베이
   징: 2004)을 참조했다.
2. 외국어는 가급적 현지 발음에 준하여 표기하되, 일부 우리말로 굳어진 것은 관용을
   따랐다.
3. 본문 중의 각주는 옮긴이의 것이다.

1부

1

마웨이는 고개를 숙이고 마블 아치를 향해 걸었다. 몇 걸음 걷다 자신도 모르게 우두커니 멈춰서서 고개를 들고 좌우를 살폈다. 무엇을 보고 있는 것일까? 사실 그는 아무것도 보고 싶은 마음이 없었다. 정말로 아무것도 눈에 들어오지 않았다. 그는 부레옥잠처럼 마음을 가득 채우고 있는 그 일만 생각했다. 바깥세상이 끼어들 작은 틈도 없었다. 근육도 마음대로 움직이지 않았다. 그는 그저 앞만 바라볼 뿐이었다. 아무것도 눈에 들어오지 않았다. 세상이라는 건 벌써 잊어버렸다. 그는 세상과 자신이 한꺼번에 사라져버리기를, 당장 그렇게 되기를 간절히 바랄 뿐이었다. 도대체 아쉬울 게 뭐란 말인가!

그가 갑자기 멈춰섰다. 이삼분 정도 서 있으니 천천히 앞쪽의 사물이 뚜렷해졌다.

"아, 오늘이 일요일이었구나." 그가 낮은 소리로 말했다.

일요일 오후, 마블 아치 주변은 항상 시끌벅적했다. 푸른 풀밭과 고운 모래가 깔린 길에 사람들이 둥그렇게 모여 있었다. 붉은 깃발을 든 노동자가 목을 길게 빼고, 거뭇하게 털이 자란 손을 펼치며 "자본가 계급을 타도하자"라고 목청을 높였다. 작은 천둥소리 같았다. 그는 세상의 잘못된 일은 모두 자본가 탓이라고 했다. 자신이 지난밤에 잠을 제대로 이루지 못한 것도 자본가 탓으로 여기는 듯했다. 붉은 깃발 옆으로 국기를 든 보수당원들이 서 있었다. 그들은 목을 더욱 길게 빼고——두치 정도 되는 하드칼라 때문에 목을 움츠릴 수 없었다——누런 털이 난 손을 펼치며 "사회당을 타도하자, 애국하지 않는 간첩을 타도하자"라고 죽어라 소리쳤다. 세상의 모든 죄악이 노동자 때문이라고, 오늘 아침에 비가 내린 것이나 아침 식사로 냄새나는 달걀을 삶아 먹은 것도 그들이 소란을 피운 결과라고 보았다. 그들 무리 옆에는 푸른 깃발을 든 구세군이 있었다. 그들은 북을 두드리고 작은 피리를 불면서 줄기차게 찬송가를 불렀다. 구세군들은 하느님을 찬미할수록 기쁨에 넘쳤으며, 붉은 깃발 아래 노동자들은 소리를 지를수록 힘이 났다. 성령으로 충만한 구세군들이 세상을 뒤흔들 정도로 크게 노래를 부르면 붉은 깃발 아래 모인 노동자들은 사전에서도 찾기 어려운 단어를 써가며 욕을 해댔고, 그러면 다시 구세군들은 성서 구절을 웅얼거렸다. 그외에도 몇몇 무리가 더 있었는데, 인도의 독립을 논하는 무리, 서둘러 중국을 멸망시켜야 한다고 주장하는 무리, 자유당의 부흥을 논하는 무리였다. 또 아무것도 논하지 않으면서 붉은 수염이 자란 노인을 둘러싼 채 서로 바라보며 웃는 사람들도 있었다.

붉은 깃발 아래 선 사람들은 대부분 두 손을 주머니에 찔러넣고 작은 곰방대를 물고 있었다. 연단에 오른 이가 무슨 말을 하면, 그들은 고개를 끄덕이며 찬성했다. 국기 아래에 서서 연설을 듣는 사람들 대다수는 검고 딱딱한 중절모를 쓴 채, 고개를 끄덕이며 혀를 차듯 소리 질렀다. "옳소!" "그렇고말고!" 그렇게 흥이 난 두 사람이 동시에 "옳소!"를 외치다 서로 눈이 마주치면 입가에 엷은 미소를 흘렸다. 작은 무리는 큰 무리처럼 일사분란하지 않았다. 작은 무리를 이룬 사람들 대다수는 토론과 반박을 하느라 양처럼 머리를 한곳으로 모으고 낮은 소리로 이치를 따졌다. 그밖에 모자를 비딱하게 쓰고 눈을 부라리고 있는 청년들이 있었다. 그들은 작은 무리를 에워싸고 농담을 하면서 웃었다. 사람들의 웃음을 자아냄으로써 자신들을 드러내기 위해서였다. 무리 바깥쪽은 경찰들이 삼삼오오 둘러싸고 있었다. 런던 경찰 모두가 한배에서 태어난 형제처럼 키가 크고 손발도 큼지막했다.

그 무리들 가운데 가장 출중하고 박수갈채를 받는 것은 붉은 군복을 입은 근위대였다. 그들의 허리는 그림에서 본 것보다 더 꼿꼿했다. 바지 주름은 쇠막대기를 덧댄 듯 빳빳하게 서 있었다. 그들은 모두 깔끔하고 맵시 있었다. 새하얀 앞니를 드러낸 얼굴에서는 미소가 가시지 않았다. 짧게 깎은 머리는 파르스름했다. 그들은 아무것도 듣지 않고 무리 밖의 눈에 잘 띄는 곳에 서서 사방을 둘러볼 뿐이었다. 그렇게 사오분쯤 섰다가 어느 결에 팔목이 하얀 아가씨와 팔짱을 끼고는 발뒤꿈치를 구르며 함께 잔디밭으로 이야기하러 갔다.

푸른 잔디밭에서 선남선녀들은 얼굴을 마주하고 앉아 있거나, 목을 껴안고 누워 있기도 했다. 석간신문을 들고 혼자 외롭게 앉아 있는 사람도 있었다. 그들은 신문은 보지 않고 아가씨들의 다리만 바라보았다. 살이 오른 개들이 무리를 지어 즐겁게 뛰어다니다 괜히 짖어댔다. 하얀 캐시미어 옷을 입거나 머리에서 발끝까지 붉은 털옷을 입은 아이들은 뒤뚱거리며 풀밭을 뛰어다녔다. 흰색 방한모를 쓴 유모들이 떠들썩하게 아이들을 뒤쫓았다.

마웨이는 한참 동안 서 있었다. 연설을 듣고 싶은 생각도 없었으며, 어디로 가야 할지도 몰랐다.

그는 스물두세살쯤 돼 보였다. 작지 않은 키에 몸은 비쩍 말랐다. 얼굴은 누렇고 살이 없었지만 연약해 보이지는 않았다. 기다란 눈썹은 위로 조금 뻗친 듯하고, 눈꼬리 역시 약간 위로 올라갔다. 웃음을 머금은 커다란 눈이 없다면 그의 인상은 다소 섬뜩했을 것이다. 그의 눈동자는 까맣게 빛났다. 까만 눈동자가 또렷하기까지 했으면 장례에 쓰이는 종이인형처럼 기괴해 보였을 것이다. 하지만 다행히 흰자위와의 경계에서 눈동자 빛깔이 옅어지면서 눈매가 부드러워졌다. 그다지 높지 않은 코는 야윈 얼굴과 맞춤해 보였고, 살짝 들린 입술은 웃음기 어린 눈과 잘 어울렸다.

그는 외모나 나이에 비해 우울해 보였고, 찌푸린 눈썹과 떨군 고개, 구부정한 등 때문에 젊은이의 활달한 기상을 찾아보기 어려웠다.

그는 회색 톤으로 차려입은 양복 위에 검은색 외투를 걸치고 있었다. 상당히 신경을 쓴 듯했지만, 풀이 죽어 원래의 광채를 잃어버린 그의 얼굴처럼 옷차림도 빛이 나지 않았다. 붉은 군복을 입고 아가씨와 팔짱을 낀 젊은이들과 달리 정말로 불행해 보였다.

그는 무심코 손수건을 꺼내 얼굴을 닦았다. 그리고 나서도 한참을 그 자리에 멍청히 서 있었다.

해가 저물면서 하늘 가득한 붉은 구름이 초록색 비단 같은 잔디밭을 자줏빛으로 물들였다. 노동자들의 붉은 깃발은 선홍빛 핏덩어리로 굳어버린 듯했다. 연설을 듣는 사람도 점점 줄어들었다.

손을 외투 주머니에 집어넣고 몇 걸음 걷던 마웨이가 잔디밭의 철제 난간에 기대섰다.

서쪽 하늘의 붉은 구름이 남은 햇빛을 조금씩 거두어갔다. 구름은 층층이 옅은 포돗빛으로 뒤덮이더니 마지막 햇빛마저 사그라지자 비둘기 목털 같은 푸른빛이 도는 잿빛으로 변했다. 잿빛이 짙어지고 안개까지 깔리면서 지상의 모든 색깔이 검게 변했다. 노동자들의 붉은 깃발도 검은 점으로 변했다. 저 멀리 커다란 나무도 남몰래 검은 그림자를 부둥켜안고 밤으로 향했다.

그럭저럭 사람들이 흩어지고, 여기저기 가스등이 켜졌다. 마블 아치를 둘러싸고 대형차들이 알록달록한 빛을 쏘며 달려갔다. 순간순간 둥그런 빛이 나타났다 사라졌다. 멀리서 안개로 휩싸인 그 모습을 보면 마치 무지개가 움직이는 것 같았다.

잔디밭에는 아무도 없었다. 철제 난간 옆에 검은 그림자 하나가 남아 있을 뿐이었다.

2

리쯔룽은 일찍 잠자리에 들었다. 왼쪽으로 돌아누운 채 설핏 잠이 들려는데 어렴풋이 벨소리가 들려왔다. 눈을 뜨려고 했지만, 자신도 모르게 베개 아래로 얼굴을 묻고 말았다. 멍한 상태에서 방금 전 무언가 울렸다는 것이 생각났다. 그리고……

찌이잉, 다시 벨이 울렸다.

그는 감았던 눈을 가까스로 뜨고 귀를 천천히 베개에 비볐다.

찌이잉.

"한밤중에 누구지! 누구세요?" 그는 한 손으로는 요 끝을 쥐고 앉아서 커튼을 살짝 열어 밖을 내다보았다. 골목에는 가스등이 켜져 있었지만, 안개가 짙고 깜깜해서 아무것도 보이지 않았다.

찌이이이잉, 조금 전보다 벨소리가 묵직하고 길게 울렸다.

리쯔룽은 잠자리에서 일어나 어둠을 더듬어 신발을 신었다. 차가운 신발에 따뜻한 발이 닿는 순간 닭살이 돋았다. 4월 말이긴 하지만 밤에는 아직 쌀쌀했다. 그는 전등을 더듬어 켰다. 그리고 외투를 걸치고 까치발을 하고는 조용히 내려갔다. 아래층 할머니는 벌써 잠이 들었다. 잘못해서 할머니를 깨우면 한 소리 들을 게 뻔했다. 그가 문을 가볍게 열고 물었다. "누구세요?" 바깥의 짙은 안개에 놀라기라도 한 듯 목소리가 매우 작았다.

"저예요."

"마웨이? 왜 그렇게 벨을 세게 눌러요!"

마웨이는 아무 말 없이 들어서더니 곧장 위층으로 올라갔다. 리쯔룽은 조용히 대문을 닫은 후 역시 아무 말 없이 마웨이를 따라 올라갔다. 그러고는 자신의 방문 앞에 멈춰서서 귀를 기울였다. 아래층에서는 아무런 소리도 들리지 않았다. 그는 생각했다.

'주인 할머니가 깨지 않아서 다행이야. 하마터면 내일 아침식사로 반은 빵, 반은 욕을 먹을 뻔했잖아!'

두 사람은 방으로 들어갔다. 마웨이가 외투를 벗어 의자 등받이에 걸쳤다. 여전히 한마디도 하지 않은 채.

"무슨 일이에요? 마 형, 또 아버님과 다퉜습니까?" 리쯔룽이 물었다.

마웨이가 고개를 저었다. 등불에 비친 그의 얼굴빛이 볼품없이 누랬다. 찌푸린 미간에서는 이슬방울이라도 떨어질 것 같았다. 눈가는 거무스름했고, 콧등에는 땀방울이 송송 맺혀 있었다.

"왜 그러는데요?" 리쯔룽이 다시 물었다.

한참 후 마웨이가 한숨을 쉬고, 누런 입술을 핥은 다음 말했다.

"저 피곤해 죽겠어요. 리 형, 여기에서 하룻밤 신세 져도 될까요?"

"침대가 하나뿐인데요." 리쯔룽이 자신의 침대를 가리키면서 웃었다.

"저는 여기 안락의자에서 잘게요." 마웨이가 고개를 숙이고 말했다. "오늘 밤만 그럭저럭 버티면 내일은 괜찮아질 겁니다."

"내일은 어떻게 할 건데요?" 리쯔룽이 물었다.

마웨이가 또 고개를 저었다.

리쯔룽은 마웨이의 성격을 알고 있었다. 그가 먼저 말을 꺼내지 않으면, 아무리 물어도 소용이 없었다.

"좋습니다." 리쯔룽이 머리를 긁적이며 웃었다. "당신이 침대에서 자요. 제가 이 의자를 쓸게요." 그러고는 안락의자에 매트를 깔았다. "그 대신, 문제가 생길 수 있으니 날이 새자마자 가세요. 아래층 할머니에게 들키지 않게요. 됐습니다, 편히 주무십시오!"

"아니에요, 리 형, 당신이 침대에서 주무세요. 저는 의자면 됩니다." 마웨이의 얼굴에 옅은 웃음이 번졌다. "날이 새자마자 꼭 갈게요."

"어디로요?" 리쯔룽이 마웨이의 웃음기 어린 얼굴을 보며, 한번 더 물었다. "말해보세요. 그러지 않을 거면 오늘 밤 잘 생각 마세요. 또 아버님과 다툰 거죠? 그렇죠?"

"그만하십시오." 마웨이가 하품을 했다. "애초에 리 형을 찾지 않으려 했는데, 공교롭게도 오늘 밤에 떠날 수 없게 되어 폐를 끼치네요."

"도대체 어디로 갈 건데요?" 리쯔룽은 마웨이가 결코 침대에서 자려 하지 않을 것임을 알았다. 그래서 자신의 외투와 이불로 마웨이를 잘 덮어주고는 전등을 끄고 침대로 갔다.

"독일, 프랑스…… 정해진 건 없어요!"

"아버님을 위해 장사하러 가는 겁니까?"

"아버지는 저를 필요로 하지 않아요!"

"아……" 리쯔룽이 멍청히 대답했다. 그리고 입을 다물었다.

두 사람 모두 말이 없었다.

거리는 아주 조용했다. 멀리서 기차와 기선의 기적 소리만이 간간이 울려왔다.

거리 뒤편에 있는 성당에서 2시를 알리는 종소리가 울렸다.

"춥지 않아요?" 리쯔룽이 물었다.

"아니요."

리쯔룽은 잠들 때까지 계속 생각했다. '일찍 일어나야지. 마웨이를 떠나게 해서는 안돼. 일어나 찬물로 세수를 하고, 아래층 할머니에게 쪽지를 남기는 거야. 급한 일이 있어 아침밥을 먹을 수 없다고. 그리고 그를 집에 데려다주는 거야. 맞아, 가게로 가는 것도 괜찮겠다. 부자가 만나면 계면쩍어하며 가게에서 또 다투겠지…… 그럼 어때, 부자간의 일상적인 다툼인걸, 뭐! 마웨이는 젊은데…… 너무 진지해……!'

꿈속에서도 그는 계속 생각했다. 데굴데굴, 우유 배달 수레 끄는 소리가 골목에 울렸다. 거리의 자동차 소리도 점점 커졌다. 리쯔룽은 깜짝 놀라 눈을 떴다. 벌써 커튼 사이로 햇빛이 스며들고 있었다.

"마웨이!"

이불과 외투는 의자 등받이에 걸려 있었지만 마웨이의 그림자는 보이지 않았다.

그는 일어나서 커튼을 걷은 다음 외투를 걸치고 멍하니 창가에 앉았다. 창밖으로 템스 강이 보였다. 아직 이른 시간이라 강둑을 걷는 사람은 없었지만 배들은 벌써 강을 따라 움직이고 있었다. 강가의 작은 나무에는 연초록 잎이 돋았고, 옅은 안개가 나뭇가지를 감싸고 있었다. 안개가 옅게 낀 틈으로 햇빛이 여린 잎사귀를 비추었다. 잎사귀가 물속에서 건져낸 작은 연둣빛 구슬처럼 조그맣게 반짝였다. 큰 배들은 대부분 돛을 달지 않았다. 나룻배 몇척만 흰 돛을 매단 채 큰 배들 사이에서 흔들리고 있었는데, 그 모습이 꽃 위를 날아다니는 커다란 흰나비 같았다.

아침 조수가 밀려들고 있었다. 햇빛이 밀려드는 물결에 금빛 비늘을 새겨놓은 듯했다. 물결이 치솟으면서 무더기무더기 금빛을 깨뜨렸다. 금빛 조각들이 깨져 떨어질 때, 뒷물결이 일면서 작고 흰 꽃 무리를 일으키는 듯했다. 물빛은 민들레 줄기에서 나온 맑은 우윳빛 수액처럼 하앴다.

멀리 보이는 작은 돛단배가 천천히 흔들리듯 움직이자 물결이 일었다. 금빛 용이 작은 나비를 좇는 듯했다. 그렇게 이리저리 좇으며 작은 돛단배가 물굽이를 돌아 멀어졌다.

그 모습을 물끄러미 보던 리쯔룽이 정신을 차리고는 길가로 난 창문을 열었다. 그러고 나서 책상을 정리하려는데 무언가 반짝거리는 게 눈에 들어왔다. 그 밑에는 쪽지 한장이 놓여 있었다. 그는 그것들을 한꺼번에 집어들었다. 마음이 무척 시렸다. 천천히 안락의자로 가 앉은 후, 쪽지에 쓰인 글자를 하나하나 읽어내려갔다. 연필로 쓴 것으로, 어둠을 더듬어가며 쓴 듯 삐뚤삐뚤했다.

쯔룽 형에게. 그동안 고마웠습니다! 웬델 아가씨에게 이 다이아몬드 반지를 전해주시면 좋겠습니다. 안녕히 계십시오. 마웨이.

2부

1

마웨이가 리쯔룽을 떠난 날로부터 일년 전의 일이다.

에번스 목사는 이십여년간 중국에서 선교활동을 벌인 나이 많은 선교사다. 중국에 대한 일이라면 위로는 복희伏羲의 괘사卦辭에서부터 아래로는 위안스카이의 제위 선언——그가 가장 듣기 좋아하는 것이 그 일이었다——에 이르기까지 모르는 것이 없었다. 중국말이 유창하지 못한 것만 빼고, 그는 그야말로 걸어다니는 중국 백과사전인 셈이었다. 그는 중국인을 정말 사랑했다. 잠이 오지 않는밤이면 늘, 하느님께 중국이 속히 영국의 속국이 되게 해달라고 기도했다. 그는 뜨거운 눈물로 하느님께 기원했다. 누런 얼굴과 검은머리를 가진 이 무리는 결코 천당에 오를 수 없을 것이니, 영국인이 중국인을 다스리게 해달라고!

에번스 목사는 옥스퍼드 가街를 따라 동쪽으로 걸었다. 예순살이 넘었지만 그의 걸음걸이는 나는 듯했다.

해가 뜰 때부터 깊은 밤까지 옥스퍼드 가는 항상 여성들로 들끓었다. 궐련을 파는 가게 몇군데를 빼고, 거리의 가게 대부분은 여성 용품을 팔았다. 그 거리에서 여성들은 제아무리 급한 일이 있더라도 일분에 두 걸음 이상을 내딛지 않았다. 가게에 진열된 예쁜 모자, 신발, 장갑, 손가방 등이 그녀들의 눈과 몸, 영혼을 빨아들였다. 에번스 목사의 종교적 위엄은 이 거리에서 최소 99퍼센트 감소되었다. 크게 한 걸음 내디디면, 높고 거추장스러운 코가 노부인의 양산에 부딪혔다. 걸음을 뒤로 물리면, 열에 여덟아홉은 커다란 구두—그는 줄곧 발밑을 불안해했다—로 아가씨들의 작은 발가락을 밟았다. 손수건을 꺼낼라치면, 팔꿈치가 꼭 여성들이 들고 다니는 작은 쇼핑백에 닿았다…… 그 길을 거쳐 집으로 돌아갈 때면 언제나 속옷 한벌과 손수건 두장이 땀으로 흠뻑 젖었다. '죄송합니다'나 '정신이 없어서요' 같은 말들을 최소한 백번 아니면 팔십번은 해야 했다.

가까스로 옥스퍼드 가를 빠져나온 그가 크게 심호흡을 하고 말했다. "하느님, 감사합니다." 그리고 발끝에 더욱 힘을 주고 계속해서 동쪽으로 걸었다. 땀방울이 새하얀 귀밑머리에서 눈 녹듯 흘러내렸다.

에번스 목사는 예순살이 넘었지만 여전히 허리가 꼿꼿했다. 머리숱은 적었는데, 그나마도 백발이었다. 수염을 남기지 않고 깔끔하게 면도한 얼굴은 주름만 없다면 그야말로 청잣빛 타일 같았을 것이다. 커다란 두 눈에는 작은 갈색 눈동자가 힘없이 박혀 있었다. 이삼십년 전에는 눈썹이 눈두덩까지 덮었지만 지금은 많이 줄었다. 아래로 처진 안경은 코받침이 너무 높아 눈과의 거리가 족히 두치는 되어 보였다. 그래서 안경테 너머로 보는 것이 안경알로 보는 것보다 훨씬 편해 보였다. 입술은 얇았고, 입언저리는 밑으로 처져 있었다. 설교를 할 때는 안경테 위로 고정된 작은 갈색 눈과 밑으로 처진 얇은 입이 말할 수 없이 섬뜩해 보였다. 그러나 선교사는 두 얼굴을 가져야 일을 처리할 수 있기라도 하듯, 평소 사람을 만날 때는 매우 사근사근했다.

뮤지엄 가에 이르자 그는 왼쪽으로 방향을 틀어 토트넘 코트로드를 지나 고든 로路로 들어섰다.

그 골목 일대에는 중국인 학생들이 꽤 많이 살고 있었다.

런던의 중국인은 대략 노동자와 학생 두 부류로 나눌 수 있었다. 노동자 대부분은 런던 동부 지역에 살았다. 그곳은 중국인의 얼굴에 먹칠을 하는 차이나타운이었다. 동양을 여행할 만한 경비가 없는 독일인, 프랑스인, 미국인이 런던에 오면 항상 차이나타운을 둘러보았다. 그들은 그곳에서 소설과 일기, 기삿거리를 찾았다. 차이나타운은 특별한 곳이 아니었고 거기 살고 있는 노동자 역시 대단한 행동을 하는 건 아니었다. 단지 그곳에 중국인이 살고 있기 때문에 한번 둘러보려는 것이었다. 또 중국이 약소국이라는 이유만으로 그들은, 노고를 감내하며 이역의 도시에서 먹을거리를 찾는 중국인에게 마음대로 죄를 뒤집어씌웠다. 차이나타운에 스무명의 중국인이 살고 있으면, 그들은 오천명이라고 기록했다. 오천명의 중국인은 모두 아편을 피우고 무기를 밀매하거나, 사람을 죽여 시신을 침대 밑에 감추거나 나이를 불문하고 여성을 강간하는 등 찢어 죽여 마땅한 일들을 한다고 기록했다. 소설과 연극, 영화에 묘사된 중국인은 모두 그런 뜬소문과 보고서에 근거하고 있었다. 그러나 연극이나 영화를 보거나 소설을 읽은 아가씨, 노부인, 아이들, 영국 왕은 사리에 맞지 않는 그런 일들을 잘도 기억했다. 그들에게 중국인은 세상에서 가장 음흉하고 더러우며 혐오스럽고 비천한 두 다리 동물이었다.

20세기, '사람'과 '국가'의 가치는 상대적이다. 강대국의 사람은 '사람'이다. 약소국은? 개다!

중국은 약소국이다. 중국 '사람'은?

중국인이여! 눈을 부릅뜨고 보라! 눈을 뜰 때가 되었다! 허리를 곧추세워야 한다. 허리를 곧추세울 때가 되었다! 영원히 개가 되지 않고자 한다면!

차이나타운이 그런 불명예를 가지고 있기 때문에 중국인 학생들 역시 좋은 대접을 받을 리 없었다. 조금이라도 큰 여관은 중국인에게 방을 빌려주지 않았다. 체면을 중시하는 사람들은 말할 필요도 없었다. 대영박물관 뒤편 일대의 몇몇 집과 작은 여관만이 중국인에게 방을 내주었다. 그렇다고 그 지역 사람들이 특별히 마음이 좋아서 그런 건 아니고, 그들이 단지 동양인에게 더 익숙했기 때문이었다. 그래서 불편을 무릅쓰고 누런 얼굴의 괴물들과 그럭저럭 어울리는 것이었다. 닭장수가 닭을 사랑해서 닭을 기르는 것이 아닌 것처럼, 영국인이 중국인에게 집을 세놓는 것 역시 중국인을 사랑해서가 아니었다.

고든 로 35번지가 웬델 부인의 집이었다. 큰 편은 아니지만 3층 건물로, 모두 일고여덟개의 방이 있었다. 대문 밖에는 녹색 담장이 세워져 있었다. 흰 돌로 된 계단은 3층까지 먼지 하나 없이 깨끗했다. 붉게 칠한 작은 문에는 구리 문고리가 빛을 뿜었다. 그 문

안에 들어서면 바로 조그만 거실이 나왔다. 거실 뒤로 작은 식당이 있고, 식당을 돌아 층계를 내려가면 작은 방이 세개 더 있었다. 위층에도 방이 세개 있었다. 하나는 거리 쪽으로, 두개는 반대쪽으로 나 있었다.

에번스 목사는 작고 붉은 문에서 한참 떨어진 곳에서 모자를 벗은 다음 얼굴의 땀을 닦고 넥타이를 고쳐맸다. 대무새를 완벽하게 정리한 다음 천천히 계단을 올랐다. 계단 끝에 멈춰선 그는 피아노를 테스트해보는 음악가처럼 문고리를 두세번 가볍게 두드렸다.

위층에서 낮고 어지러운 발소리가 들렸다. 곧이어 문이 조금 열리더니 웬델 부인의 얼굴이 반쯤 드러났다.

"에번스 목사님, 잘 지내시죠?" 그녀가 문을 활짝 열고 작고 하얀 손으로 에번스 목사의 손을 가볍게 잡았다.

그녀를 따라 들어온 에번스 목사는 모자와 의투를 벗어 복도의 옷걸이에 건 후 그녀를 따라 거실로 갔다.

조그마한 거실은 깨끗했다. 그림을 걸어둔 구리못마저 미소를 머금은 듯했다. 바닥에는 직사각형의 푸른 카펫이 깔려 있었고, 그 위에는 크지 않은 안락의자 두개가 놓여 있었다. 창가의 작은 티테이블에는 하얀 장미 두 송이가 꽂힌 삼색의 중국 자기병이 있었다. 티테이블 양쪽으로는 상수리나무로 만든 의자가 있었는데, 푸른색 털방석이 깔려 있었다. 왼편 벽 앞에 피아노가 있고, 피아노 위에 사진 두세장이 놓여 있었다. 피아노 앞에는 페인트를 칠한 길쭉한 나무의자가 있었다. 뽀얗게 살이 오른 사자개가 나무의자에 누워 있다가 에번스 목사를 보고 재빨리 내려오더니 다리 사이로 꼬리를 흔들며 반가워했다. 방문 옆 벽에는 유화 한점이 걸려 있었고 그 양쪽으로 작은 장식용 자기접시 한 쌍이 전시되어 있었다. 그림

밑 서가에는 시집과 소설책 등이 꽂혀 있었다.

웬델 부인은 피아노 앞의 긴 나무의자에 앉았다. 작고 하얀 강아지가 그녀의 품으로 뛰어들더니 머리를 갸웃거리며 에번스 목사에게 재롱을 떨었다.

에번스 목사가 안락의자에 앉아 안경을 고쳐쓰고는 강아지를 칭찬했다. 그렇게 한참 치켜세우고 나서 천천히 말을 꺼냈다.

"웬델 부인, 위층 방이 아직 비어 있죠?"

"그렇죠." 그녀는 한 손으로 강아지를 안은 채, 다른 손으로 에번스 목사에게 재떨이를 건넸다.

"세를 놓을 생각은 여전하시죠?" 그가 담배를 채워넣으며 물었다.

"적절한 사람이 있어야 세를 놓죠." 그녀가 요령있게 대답했다.

"마침 제가 아는 두 사람이 방을 급히 찾고 있습니다. 그들이 믿을 만하다는 것은 제가 분명히 보증합니다." '분명히'라는 말을 특히 힘주어 말하며 그가 안경 너머로 그녀를 살폈다. 그는 잠시 멈췄다가 목소리를 낮춰 말을 이었다. "두명의 중국인……" '중국'이라는 두 글자를 말할 때, 그의 목소리는 그녀에게 '아주 착실한 두 명의 중국인'으로 들리기를 바라는 듯했다. 그의 코 주위로 둥그렇게 웃음이 번졌다.

"중국인요?" 웬델 부인이 정색하며 말했다.

"아주 착실한 중국인이오!" 그가 한마디 보탠 후, 그녀를 살폈다.

"죄송……"

"제가 보증합니다. 문제가 생기면 제게 말씀하십시오." 웬델 부인의 말이 끝나기도 전에 그가 서둘러 말을 받았다. "그들에게 집을 찾아주기가 정말 어렵습니다. 웬델 부인, 저를 좀 도와주십시오. 그들은 부자지간으로, 아버지는 기독교도입니다. 주님의 이름으로 부인께서……" 에번스 목사는 일부러 더는 말하지 않고, '주님의 이름으로'라는 표현이 어떤 효과를 일으키는지 지켜보았다.

"그런데……" 전혀 하느님을 염두에 두지 않은 듯, 웬델 부인의 얼굴에는 귀찮아하는 기색이 역력했다.

그녀의 말이 끝나기도 전에 에번스 목사가 끼어들었다.

"기껏해야 그들에게 세 좀 놓아달라는 것 아닙니까! 그들이 마음에 들지 않아 쫓아내면 저도 더는……" 뒤이어 하려는 말이 성서의 표현과 어울리지 않은 듯해 그는 담배를 한모금 빨았다. 담배 연기와 함께 말이 목구멍으로 넘어가버렸다.

"에번스 목사님." 웬델 부인이 일어서며 말했다. "제 성격 아시잖아요. 이 동네 사람들 가운데 외국인에게 세를 놓아 돈을 번 사람이 꽤 많지만 저만 그러지 않죠. 차라리 돈을 덜 벌더라도 외국인에게는 세를 놓지 않아요. 저는 그 점을 자랑으로 생각합니다. 다른 데 가서 찾아보세요."

"저라고 찾아보지 않았겠습니까." 에번스 목사가 난처한 표정으로 말했다. "토트넘 코트로드, 골웨이 로를 누비며 집집마다 물어봤지만 부인 댁 위층의 세 칸짜리 방만큼 맞춤하지 않았을 뿐입니다. 그들에게 여기만큼 좋은 곳이 없죠. 두 칸은 그들의 침실로 하고, 한 칸은 서재로 쓰면 얼마나 좋겠습니까!"

"그런데, 목사님." 그녀가 주머니에서 손수건을 꺼내 입가를 닦았다. 사실 닦을 필요가 전혀 없었는데 말이다. "두 중국인이 제 집에서 쥐고기를 삶아 먹도록 제가 허락할 거라고 생각하세요?"

"중국인은 그러지 않아……" 그는 생각했다. '중국인은 쥐고기를 먹지 않아요'라고 말하고 싶었으나 그렇게 말하는 것은 분명 그녀의 심기를 더 건드릴 게 뻔했다. 그러고도 집을 빌릴 수 있을까?

에번스 목사는 서둘러 말투를 바꿨다. "제가 꼭 당부하겠습니다. 쥐고기를 먹지 말라고. 웬델 부인, 저 역시 부인의 시간을 뺏고 싶지 않습니다. 이렇게 하죠. 그들에게 일주일간 세를 주고, 마음에 들지 않으면 내보내십시오. 방세는 부르시는 대로 치르게 하고요. 그들은 여관에서 살지 못할 겁니다. 정체 모를 사람들뿐이잖아요. 저 역시 두 중국인이 그들과 왕래하는 걸 원치 않습니다. 우리 모두 진정한 기독교인이니, 수고롭더라도 그들을 도와야 하지 않겠습니까. 그들 부자를 도와주십시오."

웬델 부인은 개의 목 아래 털을 만지작거릴 뿐 한참 동안 말이 없었다. 그녀는 속으로만 계속 계산해보았다. 얼마에 세를 놓아야 좋을까? 아니면 살인과 방화를 저지르고 쥐고기를 먹는 중국인을 거들떠보지 않는 게 좋을까? 한참을 생각했지만 결정할 수 없었다. 결국 에번스 목사가 그 자리에서 굳어버릴까 걱정되어 건성으로 말했다.

"아편을 피우지는 않죠?"

"그럼요. 그럼요." 에번스 목사가 연거푸 말했다.

연이어 그녀가 많은 질문을 던졌다. 소설, 영화, 연극, 선교사가 만들어낸 유언비어에서 얻은 중국 관련 일의 진상을 알아낼 때까지 철저하게 물었다. 질문을 끝내고 그녀는 후회했다. 이렇게 묻는 것은 분명 그들에게 방을 세놓을 생각이 있다는 걸 드러내는 게 아닌가?

"감사합니다. 웬델 부인." 에번스 목사가 웃으며 말했다. "이렇게 하시죠. 일주일에 4파운드 15실링. 아침과 저녁식사까지 포함해서."

"제 욕조를 사용해서는 안됩니다."

"그럼요! 그들에게 말하겠습니다. 목욕은 나가서 하라고."

말이 끝나자 에번스 목사는 재롱을 떠는 강아지도 돌아보지 않고 모자와 외투를 들고 재빨리 나가버렸다. 거리로 나와 조용한 곳을 찾은 후 말했다.

"제길! 그깟 하찮은 중국인 둘 때문에……"

2

마씨馬氏 부자는 상하이에서부터 줄곧 출렁이는 배를 타고 런던에 왔다. 바다에서의 사십일 동안 마쩌런은 딱 한번 억지로 일어났는데, 선실 문을 나서자마자 배가 바깥쪽으로 심하게 기우는 바람에 곤두박질치듯 넘어져버렸다. 그는 곧장 아무 말 없이 문을 짚어가며 선실로 돌아가버렸다. 두번째로 일어나보니, 배는 아무 움직임 없이 런던 항에 정박해 있었다. 마웨이는 아버지에 비하면 훨씬 건강했다. 타이완을 지날 때 얼마간 뱃멀미를 했을 뿐, 홍콩을 지난 뒤부터는 아무렇지 않았다.

여러분은 벌써 마웨이의 생김새를 알고 있다. 그때와 다른 점이라면 몸이 그렇게 마르지 않고, 미간도 심하게 찌푸리지 않는다는 것이다. 처음으로 배를 타서 그런지 그에게는 모든 것이 새롭고 흥미로웠다. 배 난간에 기대서면, 물보라를 일으키는 바닷바람에 그의 얼굴이 붉어졌다. 그의 마음은 바다처럼 넓어진 듯했다.

마쩌런은 많아봐야 오십밖에 되지 않았지만 항상 기가 죽은 모습이었다. 사람이 나이 오십이 되면 아무 일도 하지 않아야 한다는 듯, 종일 먹고 자기만을 반복했다. 그는 그 나이에 한 걸음이라도 더 내딛는 것은 이치에 맞지 않다고 여겼다. 그는 아들보다 키는 작았지만, 얼굴은 훨씬 통통하고 둥글었다. 짙은 눈썹에, 코 밑에는 검은 수염을 초승달처럼 길렀는데, 최근 일이년 사이에 흰 수염이 눈에 띄기 시작했다. 그도 마웨이처럼 크고 반짝이는 눈을 가지고 있었다. 그는 근시도 아니고 원시도 아니었지만 커다란 네모테 안경을 쓰고 다녔다. 나이 많고 위엄있어 보이기 위해서였다.

마쩌런은 젊어서 감리교 성공회 교회 영어학교에서 공부했다. 영어 단어를 적잖게 암기했고 문법도 달달 외웠지만, 시험 점수는 항상 삼십오점 정도였다. 한번은 영중사전을 들고 백점 받은 친구를 한적한 곳으로 데려간 적이 있었다. "좋아. 우리 한번 해보자고. 네가 나에게 단어 오십개를 묻고, 내가 너에게 오십개를 묻는 거야. 너한테 백점 받는 방법을 좀 배워야겠어." 백점 영웅은 어안이 벙벙해했다. 마쩌런은 사전을 겨드랑이에 끼고 "명사는……"이라고 흥얼거렸다. 삼십오점 받은 치욕을 단번에 확실하게 씻어낸 셈이었다.

그는 광둥 사람으로, 어려서부터 베이징에서 자랐다. 그는 항상 자신이 베이징 사람이라고 말했지만, 쑨원의 삼민주의 기치가 높아지고 광둥 국민정부의 세력이 커지고 난 다음에는 명함에 '광둥 사람'이라는 네 글자를 새겨넣었다.

학교를 졸업하고 그는 서둘러 아내를 맞아들였다. 보잘것없는 유산과 형의 도움으로 결혼한 두 사람은 변변찮은 살림살이에도 한마음으로 열심히 살았다. 그는 학교 서기 시험에 몇 차례 응시했다. 그러나 부고장 하나 제대로 쓰지 못해 서기가 되려는 희망을 접어야 했다. 지인에게 부탁하여 서양 사람과 관련된 일거리를 찾았지만 영어 실력이 받쳐주지 않았다. 어떤 사람은 학당에서 영어를 가르쳐보는 게 어떻겠냐고도 했다. 그러나 온통 관리가 될 생각 뿐인 그가 등나무 회초리나 들고 다니는 선생이 되려고 했겠는가? 그가 빈둥거리다 몰래 계집질을 하고 늦게 들어오는 날이면 젊은 부부 사이에 말다툼이 일기도 했다. 다행인 것은 늦은 밤이어서 아무도 모르고 지나갔다는 점이었다. 또 아내의 금가락지를 훔쳐다가 야바위 노름으로 잃고는 형에게 도움을 청하기도 했는데, 다행히 형이 웃으며 흔쾌히 돈을 보내준 덕분에 아내에게 새것을 사줄 수 있었다. 그녀가 웃음 반 울먹임 반으로 한 소리 하면, 그는 즐거운 듯 노름에서 진 정황을 낱낱이 털어놓았다.

결혼 후 삼년이 지나 마웨이가 태어났다. 마쩌런은 아이의 생후 한달 기념 축하잔치를 준비하기 위해 형에게 편지를 보내 돈을 요구했다. 형은 정말로 돈을 보내왔다. 그래서 친척과 친구 모두 마웨이가 태어난 지 삼십일째 되는 날 배불리 먹었다. 그날은 눈썹 언저리가 하얀 이웃집 네눈박이 개도 족발과 생선 뼈다귀를 물고 다닐 정도였다.

그때부터 젊은 부부의 세속적 지위가 높아졌다. '부부'에서 '부모'가 되었기 때문이다. 마쩌런은 부모 된 자의 책임에 대해서는 자세히 생각해보지 않았지만, 부모로서의 위엄과 신분은 드러내고 싶어했다. 그래서 코 밑 솜털을 깎지 않았다. 두세달이 지나자 짧고 검은 수염이 자라났다. 아내는 얼굴 연지를 엷게 발라 그의 짧고 검은 수염을 돋보이게 해주었다.

애석하게도 마웨이가 여덟살이 되었을 때, 너무 많이 먹은 탓인지 감기 탓인지 알 수 없지만 아내가 갑자기 죽어버렸다. 마쩌런은 매우 슬펐다. 여덟살 난 아이를 돌볼 사람이 없는 것은 별문제가 아니었다. 결혼 이후 아내에게 그럴싸한 사회적 지위를 보여주지 못한 점이 미안할 따름이었다. 자신도 모르게 닭똥 같은 눈물이 주룩주룩 흘러내렸다. 눈물로 얼룩진 콧수염이 꽈배기에 설탕 바를 때 쓰는 붓처럼 번들거렸다.

장례 비용 역시 형이 대주었다. 마쩌런은 누구의 돈이 얼마나 들든 상관없이 그럴싸하게 장례를 치르고 싶어했다. 사후 사흘째 밤에 지내는 제사, 도사를 불러 독경하며 명복을 비는 일, 출관, 모두 마웨이의 생후 한달 축하잔치보다 시끌벅적했다.

시간이 지나면서 마쩌런의 슬픔도 조금씩 줄어들었다. 친척들과 친구들이 재혼을 권했고 스스로도 그럴 생각이었지만, 아가씨를 고르기가 만만치 않았다. 재혼은 초혼처럼 쉽지 않았다. 어쨌든 그는 아내 때문에 경험한 바가 있었다. 예쁜 여자나 그렇지 않은 여자나 아내와 비슷하게 생긴 여자나 똑같이 먹여살려야 한다면, 기왕이면 다홍치마라고, 예쁜 여자를 골라야 하지 않을까? 그러나 세상에 예쁜 여자가 얼마나 많은가! 재혼 문제는 쉽게 해결될 것 같지 않았다. 성사될 뻔한 적도 있었는데, 말참견하기 좋아하는 사람들 때문에 실패했다. 누군지는 모르지만, 마쩌런이 먹는 것만 좋아하고 게을러빠져 싹수가 노랗다고 말해 여자 쪽에서 퇴짜를 놓았던 것이다. 또 한번은 거의 결혼까지 갔는데 누군가 그에게 말해준 것 때문에 그가 퇴짜를 놓았다. 여자의 코에 점이 세개 있는데, 얼핏 보면 골패骨牌[1]의 '장삼長三'[2] 같다는 것이었다. 코가 '장삼' 같은 여자를 아내로 들일 수는 없었다.

---

1 오늘날의 마작과 비슷한 노름에 쓰이는 도구. 대쪽 서른두개를 일정한 크기로 네모나게 자른 다음 상아나 짐승 뼈를 붙이고, 여러가지 수효를 나타내는 크고 작은 구멍을 새겨 만들었다.
2 골패 중 하나로, 세개짜리 구멍 한 쌍이 나란히 새겨진 짝패.

한가지 문제가 더 있었다. 마쩌런이 조상을 빛낼 유일한 일은 관리가 되는 것이었다. 잠시라도 관리가 된 적은 없지만, 관리가 되려는 마음가짐은 영원히 바래지 않았다. 관리가 될 수 있는 기회라면 쉽게 놓치려 하지 않았다. 재혼 역시 관직을 얻는 기회일 수 있었으니, 아무렇게나 처리할 수 없었다. 관리의 딸을 아내로 얻는다면, 장인의 힘으로 관직을 얻을 수 있지 않을까? 만일…… 그의 '만일'은 늘어갔지만, '만일'은 '만일'일 뿐 현실이 된 적은 없었다.

그는 종종 말했다. "만일 장관의 딸을 아내로 얻는다면, 적어도 내가 주사 정도는 되지 않을까."

"장관에게 딸이 있다고 너에게 시집보낼까?" 사람들은 그렇게 대답했다.

혼사와 벼슬 모두 희망이 없어 보였다.

마웨이는 집에서 소서小書[3]와 사서四書를 공부했다. 그후 마쩌런은 아들을 시청西城[4]의 미션스쿨에 입학시켰다. 기숙학교라서 아이를 돌보느라 특별히 신경 쓰지 않아도 되었기 때문이다. 일이 없으면 마쩌런은 교회로 가서 아들을 만났다. 왕래가 잦아지면서 그는 에번스 목사의 설교에 감복하여 기독교 세례를 받게 되었다. 변변히 할 일도 없었을뿐더러 한가로이 교회를 거닐면서 정성을 보일 수도 있었다. 게다가 돈이 드는 것도 아니었다. 그는 세례를 받은 후 일주일 이상 노름을 하거나 술을 마시지 않았다. 또 아들에게 붉은 표지의 영어 성경책을 사주기도 했다.

1차 세계대전이 끝나던 해, 마쩌런의 형은 영국으로 가서 골동

----

3 『삼자경(三字經)』『백가성(百家姓)』『천자문(千字文)』을 일컫는 것으로, 중국에서 어린이에게 처음 글을 가르칠 때 가장 보편적으로 쓰던 교과서.
4 베이징 성의 서쪽 지역.

품 장사를 했다. 서너달마다 동생에게 돈을 부쳤으며, 가끔 물품을 대신 떼다 부쳐달라는 부탁을 하기도 했다. 마쩌런은 천성적으로 장사하는 사람을 무시했다. 옛날 병과 작은 찻잔 따위를 되는대로 사서 형에게 보냈는데, 류리창琉璃廠[5]에 가서 그런 물건들을 사고 돌아올 때면 길을 돌아 쳰먼前門[6] 다리 어귀의 두이추 식당에서 황주를 몇 사발 마시거나 자싼자오炸三角[7]를 먹었다.

마쩌런의 형은 영국에서 죽었다. 그는 동생에게 런던에 와서 장사를 계속하라는 유언을 남겼다.

에번스 목사가 영국으로 돌아간 지 이삼년쯤 될 무렵이었다. 마쩌런은 영중사전을 옆에 놓고 그에게 장문의 편지를 써서 자신이 영국으로 가야 하는지를 물었다. 당연히 에번스 목사는 중국인 신도가 영국에 오는 것을 반겼다. 선교사들이 중국에서 아무 일도 하지 않으며 공밥을 먹거나 공돈을 받지 않는다는 것을 영국인들에게 보여줄 수 있기 때문이었다. 그는 마쩌런 부자에게 꼭 영국으로 건너오라고 답신했다. 그래서 마쩌런은 아들을 데리고 상하이로 나와 이등칸 배표 두장과 양복 두벌, 찻잎 몇 통, 그밖에 자질구레한 것들을 샀다. 배가 강어귀를 벗어나자 마쩌런은 커다란 안경을 벗고 선창船艙에 누웠다. 몸은 조금도 움직이지 않았지만, 오장육부는 뒤집어지는 듯했다.

---

5 베이징의 골동품 거리.
6 베이징 내성의 정문, 즉 정양먼(正陽門)의 별칭.
7 얇은 밀가루 피에 돼지고기, 채소, 표고버섯 등으로 만든 소를 넣고 세모꼴로 빚어 기름에 튀긴 만두.

3

생김새와 용모는 제각각이지만 영국 세관의 하급 관리들은 모두 위엄이 넘쳤다. 눈을 마주치기만 해도 상대방이 무엇을 하는 사람인지 즉각 알아냈다. 그들은 한쪽 눈으로 사람을 보고, 다른 눈으로는 오래되어 너덜너덜한 규정집을 찾았다. 귀에는 몽당연필이 걸려 있었다. 항상 바빠서 '어쩔 줄 모르겠다'는 걸 내보이려는 듯, 주름 몇개가 잡히도록 코를 찡그리고 있었다. 그들은 영국인에게는 아주 온화했다. 여권을 검사하면서 농담을 하기도 했다. 여성에게는 말이 더 많았다. 외국인을 대하는 태도는 전혀 딴판이었다. 어깨를 곧추세우고, 입언저리를 지그시 깨물어 제국주의적 풍모를 과시했다. 가끔 엷은 미소를 지었지만, 미소를 거두고 나면 대부분 입국 불허라고 말했다. 여권 검사가 끝나면 그들도 함께 배에서 내렸다. 그러면서 일부러 손을 비비며 당신에게 말할 것이다. "날씨가 춥습니다." 그리고 당신의 영어 실력이 좋다고 칭찬할 것이다……

마씨 부자도 여권 검사를 끝냈다. 마쩌런은 형과 관련된 공문서 몇 통을, 마웨이는 교육부가 발행한 유학 증명서를 가지고 있었다. 그래서 성가신 일 없이 무사히 통과되었다. 여권 검사를 끝내고 곧이어 신체검사를 받았다. 마씨 부자는 성병이나 다른 질병이 없어서 이번에도 역시 무사히 관문을 통과했다. 의사가 웃으며 그들에게 말했다. 영국에서는 소고기를 많이 먹는 것이 건강에 좋으며, 1차 세계대전에서 영국이 독일을 물리칠 수 있었던 것도 영국 군인들이 매일 소고기를 먹었기 때문이라고. 신체검사가 끝나자 짐을 검사받기 위해 부자는 크고 작은 가방을 열었다. 다행히 그들은 아편이나 무기를 가지고 있지 않았다. 다만 마쩌런이 비단옷 몇벌과 찻잎 몇 통을 가지고 있어 십여 파운드의 세금을 냈을 뿐이었다. 마쩌런은 그 물건들을 왜 가지고 왔는지 제대로 말하지 못했고, 왜 세금을 내야 하는지 제대로 알아듣지 못했다. 마쩌런은 짧은 수염을 한번 매만지고는 흐리멍덩한 채로 돈을 내고 일을 마무리 지었다. 여러가지 수속을 마치고 나니 마쩌런은 졸도할 것 같았다. '이렇게 번거로울 줄 미리 알았다면 절대 외국에 나오지 않았을 텐데!'

부자는 배에서 내려 곧바로 기차를 탔다. 마쩌런은 객실 귀퉁이에 기댄 채 아무 말 없이 잠을 잤다. 마웨이는 창문 너머 풍경을 구경했다. 바깥은 평평한 곳이 거의 없을 만큼 높낮이가 일정하지 않았는데, 높은 언덕이나 움푹 들어간 곳 할 것 없이 온통 푸르렀다. 기차 속도가 빨라 다른 것은 눈에 들어오지 않았다. 다만 높낮이가 다른 푸른 들판만이 눈을 따라 움직였다. 어디를 보든 모두 초록빛이었다. 속도가 점점 빨라지자 울퉁불퉁한 푸른 들판이 부침을 거듭하는 초록빛 물결로 변했다. 멀리 보이는 소와 양 들이 봄 물결에 흔들리는 가지각색의 꽃처럼 보였다.

눈앞에서 점차 푸른 들판이 사라지고 건물이 많아졌다. 잠시 후 기차가 속도를 늦췄다. 기찻길 양편은 큰길이었다. 기적 소리가 두번 울리더니 기차가 리버풀 역으로 들어섰다.

줄곧 어린 보살처럼 잠을 자던 마쩌런이 잠꼬대를 하듯 갑자기 입을 크게 벌렸다.

플랫폼은 사람들로 넘쳐났다. "헬로우, 이쪽입니다!" 수레를 미는 짐꾼들이 손님을 찾았다. "하이, 여기!" 남편이 모자를 흔들며 아내를 불렀다. 반대편에서는 다시 기차가 출발했다. 기차 안과 플랫폼에서 사람들이 제각기 손이나 손수건을 흔들었다. 검은 연기

속에서 기차가 사라졌다. 신문이나 꽃, 궐련을 파는 사람들 모두 아무 말 없이 수레를 밀고 사방으로 미끄러져갔다. 영국인은 장사도 죽은 이를 장사 지내는 것처럼 했다.

마웨이가 아버지를 깨웠다. 마쩌런이 하품을 하고 다시 잠이 들려는데 한 아가씨가 핸드백을 들고 밖으로 향했다. 아가씨는 문을 열려고 애쓰다가 핸드백 모서리로 마쩌런의 코를 때리고 말았다. 아가씨가 "죄송합니다!"라고 말했다. 마쩌런은 코를 만지며 잠에서 깨어났다. 마웨이가 주섬주섬 트렁크 같은 것을 옮기며 객실 밖으로 나가려고 할 때, 에번스 목사가 올라왔다. 마쩌런과 악수할 틈도 없이 그가 가장 큰 트렁크를 들고 밖으로 나갔다.

"정말 빨리 오셨네요! 배 여행이 힘들지는 않았습니까?" 에번스 목사가 트렁크를 플랫폼에 내려놓고 마씨 부자에게 물었다.

마쩌런은 작은 트렁크를 들고 천천히 기차에서 내렸다. 가마에서 내리는 청나라의 관리처럼 위엄이 넘쳤다.

"에번스 목사님, 안녕하십니까?" 그가 작은 트렁크를 플랫폼에 내려놓고 에번스 목사에게 말했다. "부인도 안녕하시죠? 따님도 잘 있고요? 또……"

마쩌런의 안부 인사가 끝나기도 전에 에번스 목사가 커다란 트렁크를 집어들었다. "마웨이! 트렁크를 이쪽으로 옮겨라! 그 여행 가방 빼고, 나머지는 모두 네가 들어라!"

마웨이는 에번스 목사를 따라 모든 트렁크를 짐 보관소로 옮겼다. 마쩌런은 아무것도 들지 않은 채 몸을 흔들며 천천히 걸어갔다.

에번스 목사가 계산대에서 맡길 짐의 항목을 쓰고 가격을 물었다. 그리고 마쩌런에게 말했다. "요금을 내세요. 그럼 오늘 저녁에 숙소까지 모두 보내줄 것입니다. 정말 편리하죠?"

마쩌런이 요금을 내고도 마음이 놓이지 않는 듯 한마디 했다. "잃어버릴 일은 없겠죠?"

"그렇고말고요." 에번스 목사가 작은 눈동자를 굴리면서 마쩌런을 보았다. 그리고 마웨이에게 말했다. "배고프지 않아?"

"아닙니다!" 마쩌런이 서둘러 말을 받았다. 영국에 오자마자 배고프다고 하는 것은 체통이 서지 않은 듯했고, 에번스 목사가 돈을 쓰게 하는 것이 불안했기 때문이다.

그가 '배고프지 않다'고 말을 꺼내기도 전에 에번스 목사가 말했다. "괜찮습니다. 아무거나 조금 드시죠. 배고프지 않다고요? 그럴 리가요."

거듭 사양하는 것도 실례인 것 같아서 마쩌런은 마웨이에게 중국말로 낮게 말했다. "그가 산다고 하면 그의 체면을 봐서라도 더는 사양하지 말자꾸나."

그들 부자는 에번스 목사를 따라 사람들을 헤치며 플랫폼을 나왔다. 마웨이는 허리를 곧게 펴고 목을 꼿꼿이 세운 채 당당하게 걸었다. 마쩌런은 양손을 펴고, 외투 깃을 조금 세운 채 여유만만하게 흔들흔들 걸었다. 플랫폼 바깥의 커다란 유리 지붕 아래 식당 두세 곳이 있었다. 에번스 목사가 그들을 데리고 한 집으로 들어가더니 작은 테이블 하나를 골라 앉았다. 세 사람이 둘러앉자 에번스 목사가 무엇을 먹을지 물었다. 마쩌런은 여전히 배가 고프지 않다고 말했지만, 배 속은 울부짖고 있었다. 마웨이는 아버지만큼 사양하지 않았다. 그러나 처음 온 곳이라 무엇을 시켜야 할지 몰랐다.

물어봐야 소용이 없다는 것을 알아챈 에번스 목사가 제안했다. "이렇게 시키면 어떻습니까? 각자 맥주 한 잔에 햄을 넣은 빵 두개로." 말을 끝내고 그는 곧바로 주문대로 갔다. 마웨이가 따라 일어나 술과 빵을 가져왔다. 마쩌런은 자리에 앉은 채 속으로 말했다. '흥! 돈을 주고 사먹는 건데, 직접 가져와야 하다니. 제길!'

"저는 평소 술을 마시지 않습니다. 친구를 만날 때만 한 잔 정도 즐기죠." 술잔을 든 에번스 목사가 말했다. 중국에 있을 때, 그는 항상 신도들 몰래 술을 마셨는데, 오늘은 이들 부자와 함께 마시게 되어 그렇게 설명할 수밖에 없었다. 에번스 목사는 단숨에 반잔 정도를 비우고는 팬시리 식당이 깨끗하다고 칭찬했다. 그리고 영국의 질서를 추켜세웠다. "역시 영국이야! 마웨이, 너도 느꼈지? 아!" 그는 빵을 한입 물더니 틀니로 잘게 씹은 후 한참 만에 삼켰다. "마웨이, 뱃멀미는?"

"괜찮았습니다." 마웨이가 말했다. "아버지는 계속 누워 계셨지만요."

"제가 뭐라고 했습니까, 마 선생님? 배고프지 않다고요? 마웨이, 아버지에게 맥주 한 잔 더 시켜드려라. 아아, 내게도 한 잔 더 가져다주고. 마시면서 즐기는 거지. 마 선생님, 제가 이미 집을 구해뒀습니다. 조금 있다 모시고 가겠습니다. 편히 지내셔야죠!"

마웨이가 그들에게 술을 가져다주었다. 에번스 목사가 단숨에 털어넣고 흥이 나서 말했다. "마시면서 즐기는 거지."

세 사람은 식사를 끝냈다. 에번스 목사가 마웨이에게 술잔과 접시를 다시 주문대로 갖다놓으라고 한 다음 마쩌런에게 말했다. "한 명당 1실링입니다. 아니, 우리 두 사람이 한 잔씩 더 마셨으니까 마웨이는 1실링이고 마 선생님은 1실링 6펜스입니다. 잔돈 더 있나요?"

전혀 예상 못한 질문에 마쩌런이 속으로 말했다. '목사 된 자가 몇 실링도 안 쓰려고 하다니. 그러고도 목사라고 할 수 있나!' 그러면서도 에번스 목사의 술값까지 지불하려는 척을 했다.

"아니, 아닙니다. 영국에서는 영국의 법도를 따라야 합니다. 자신이 먹은 건 자신이 내야죠. 그러지 마세요." 에번스 목사가 말했다.

세 사람은 식당을 나왔다. 에번스 목사가 동전 여섯닢을 꺼내 마웨이에게 주며 말했다. "가서 표 세장 사와라. 한장에 동전 두닢이야. '대영박물관, 세장이오.' 할 수 있지?"

마웨이는 에번스 목사가 건넨 동전에서 두닢만 들고 자기 돈 네닢을 더해 에번스 목사가 가리킨 작은 창구로 가서 표를 샀다. 표를 사오자 에번스 목사가 대견해했다. "잘했다. 이젠 표를 살 수 있겠지?"라고 말하면서 한참 동안 옷섶을 뒤적이더니 작은 지도 한장을 꺼냈다. "마웨이, 이걸 주마. 봐라, 우리는 지금 리버풀 가에 있다. 이 붉은 선이 보이지? 역 네개를 더 가면 대영박물관이야. 이것이 런던 지하철 중앙선이란다. 잊지 말고 기억해둬라."

에번스 목사가 마씨 부자를 데리고 지하도로 내려갔다.

4

웬델 씨는 십여년 전에 죽었다. 그는 웬델 부인에게 작은 집 한채와 얼마 되지 않는 주식만을 남겼다.

남편을 생각할 때마다 웬델 부인은 손수건 두세장을 눈물로 적셨다. 죽은 남편에 대한 불만은 별로 없었다. 다만 그가 전쟁터에서 죽지 않은 점과 그녀에게 몇백만의 재산을 남기지 않은 것이 아쉬울 따름이었다. 그러나 그런 문제들도 남편 생각에 눈물지을 때에나 떠올랐다. 그가 전쟁터에서 죽었다면 국가를 위해 목숨을 바첬다는 명예와 함께 그녀 역시 적잖은 유족위로금을 받았을 것이다. 몇백만 정도는 아니더라도 유족위로금으로 그녀는 매년 새 모자 몇개와 목이 긴 비단 양말 몇켤레를 살 수 있었을 것이다. 교회에 나가고 싶지 않은 일요일에는 병맥주 같은 것드 마셨을 것이다.

남편이 죽은 지 얼마 되지 않아 유럽은 커다란 전쟁에 휘말렸다. 그녀는 애국을 위해, 그리고 돈을 벌기 위해 석유회사에서 타자수로 일했다. 그때는 어디든 사람이 부족해 그녀는 일주일에 3파운드도 넘게 벌었다. 타자를 치면서 문득 남편이 생각났다. 남편이 일찍 죽어 애국할 기회를 잃어버렸다고 한탄할 때도 있었다. 그럴 때면 올록볼록한 타자기 자판을 따라 눈물이 또로록 흘러내리기도 했다. 그가 아직 살아 있다면, 적어도 독일군 백괄십여명 정도는 죽이지 않았을까! 만일 독일 황제를 생포했다면, 그는 원수가 되고 자신은 마땅히 원수 아내가 되지 않았을까! 그런 생각이 들수록 그녀는 독일인이 원망스러웠다. 독일이 일부러 남편이 죽은 후 전쟁을 일으켜 '전사'라는 명예로운 호칭을 얻지 못하게 한 듯싶었다. 독일인을 죽이자! 닭과 개마저도 남기지 말자! 그 생각만 하면 타자치는 손에 절로 힘이 들어갔다. 타자를 끝내고 보면 종이에 구멍이 몇개나 뚫려 있어 다시 쳐야 하기도 했다.

웬델 아가씨의 나이는 어머니의 절반이었다. 학교를 졸업하고 육개월 과정의 직업훈련반에 들어가 모자를 파는 법, 유리 진열대에 모자를 진열하는 법, 아가씨와 부인에게 모자를 씌우는 법 등을 배웠다…… 직업훈련반을 마치고 런던의 모자 가게에서 일거리를 찾았다. 급료는 일주일에 16실링이었다.

웬델 부인은 1차 세계대전 중에 얼마간의 돈을 모았다. 전쟁 후에는 회사에 결원이 생겼을 때만 열흘이나 보름 정도 일을 했다.

그래서 집에 있을 때가 많았고, 외출은 적었다. 웬델 아가씨가 학교에 다닐 때 모녀 관계는 좋았다. 어머니가 무슨 말을 하면 딸은 그대로 따랐으니까. 웬델 아가씨가 모자 가게에서 일하면서부터 모녀 사이가 소원해지기 시작했다. 둘 사이에 다툼도 자주 일었다. "제 마음대로 하라 그래! 노랑머리 년!" 웬델 부인이 눈물을 머금고 강아지에게 말했다. 그러고는 강아지의 작고 뾰족한 귀에 입을 맞췄다. 강아지도 따라서 바보처럼 눈물을 흘리기도 했다.

그녀들이 다투는 가장 큰 원인은 밥 먹는 시간 때문이었다. 어머니는 모든 일에 규칙과 방식, 일정한 때를 정해두었다. 딸은 일을 나가기 시작하면서 핸드백에 자신이 번 돈을 조금씩 넣고 다녔다. 집으로 돌아올 때 사탕 가게나 양장점, 보석상을 구경하기도 했다. 그리고 생각했다. '급료가 조금씩 오르면 붉은 포장지에 싸인 누가 사탕이나 푸른 비단 수가 놓인 외투를 살 거야.' 그것들은 볼수록 보고 싶고, 보고 싶을수록 그 앞을 떠나고 싶지 않았다. 그럴 때면 집으로 돌아가는 일을 까마득히 잊어버리기 일쑤였다. 웬델 아가씨는 귀가 시간이 늦어졌을 뿐 아니라 저녁밥을 먹고 나면 곧바로 모자를 눌러쓰고 새처럼 훌쩍 나가버렸다. 어머니는 딸아이가 분명히 남자 친구와 놀러 다니는 것이라고 생각했다. 그다지 놀랄 만한 일이 아니었지만, 어머니는 딸아이가 밤중에 돌아와 남자 친구와 무얼 하며 보냈는지 끝도 없이 말하는 것이 못마땅했다. 그리고 결혼과 이혼에 딸린 문제들을 흥미롭게 이야기하는 데 너무 자유분방한 것도 마음에 걸렸다. 한번은 그녀들 집에 잠깐 들른 에번스 목사에게 웬델 아가씨가 애인이 보내온 편지 가운데 긴 것을 몇 편 골라 읽어준 일도 있었다. 목사는 그날 웬델 아가씨에게 일요일에 교회에 나오라고 권유하려던 참이었다. 그런데 아가씨가 편지

읽는 것을 듣고는 그냥 모자를 들고 가버렸다.

웬델 부인 역시 젊어서는 사랑으로 가득한 삶을 살았다. 그러나 그녀의 이상은 딸아이와 달랐다. 그녀의 마음속 영웅은 한 주먹으로 호랑이를 때려잡고 두 발로 코끼리를 밟아 죽일 수 있는, 그러나 여성만큼은 부드럽게 대하고 받드는 사람이어야 했다. 여성이라면 어쨌든 허리가 가늘고 손이 작으며, 툭하면 혼절하는 게 미덕이라 여겼다. 혼절할 때도 항상 영웅의 품속으로 넘어져야 했다. 그런 영웅과 미인은 달빛 아래나 꽃밭 같은 인적이 드문 곳에서만 속 깊은 이야기를 나누고 숲 속에서, 그것도 남몰래 입맞춤을 할 것이다. 웬델 아가씨가 사랑에 대해 품은 이상과 경험은 그런 소설 같은 것과는 전혀 달랐다. 입만 열면 결혼 후 애인과 80마일의 속도로 달리는 버스를 타고 싶다는 둥, 성격이 맞지 않으면 법정에 가서 이혼한다는 둥, 이딸리아 요리사에게 시집가서 운 좋게 이딸리아에 가게 되면 무솔리니가 수염을 길렀는지를 보고 싶다는 둥, 그마저도 아니면 러시아 사람과 결혼해 모스끄바에 가보고 싶다는 둥의 이야기였다. 그것도 오로지 러시아 여성들이 무릎길이 치마를 입고 다니는지, 아니면 그야말로 치마를 입지 않은 맨다리로 다니는지를 보기 위한 것이라나.

남편이 죽은 후, 웬델 부인 역시 종종 재혼을 생각했다. 가장 큰 이유는 경제문제였으니, 수입이 일정하지 않은 남성과는 사귀고 싶지 않았다. 그러나 그녀는 속마음을 솔직하게 밝히지 않았다. 사랑의 달콤함은 아무도 모르게 음미해야 하듯, 마음에 걸리는 경제문제 역시 달콤한 사랑으로 포장해야 했다.

"가! 가라고! 러시아 사람에게 시집가!" 웬델 부인이 못마땅해하며 딸아이에게 말했다.

"네, 그러죠! 모스끄바에서는 분명 저렴하게 모피를 살 수 있을 거예요. 그에게 모피코트 열두벌을 사달라고 해서 매일 갈아입어야지. 예쁘겠죠? 응? 엄마!" 웬델 아가씨가 애교스럽게 말했다.

웬델 부인은 대꾸도 않고 강아지를 안은 채 잠자리에 들었다.

웬델 아가씨는 사랑에 대한 견해만이 어머니와 다른 게 아니었다. 옷 입는 방식, 모자를 쓰는 법, 보석으로 치장하는 방법도 달랐다. 아름다움에 대한 그녀의 생각은 다음과 같았다. 어떤 것이든 새것일수록 좋으며, 새것이기만 하면 좋은 것이다. 아름다움과는 상관없다. 옷은 짧을수록 좋으며, 모자는 유행에 맞을수록 좋다. 그녀가 보기에 어머니의 옷은 최소 한자 정도는 잘라내야 했다. 어머니의 모자는 챙이 너무 넓은데다 기다란 꽃장식은 볼수록 가관이었다. 어머니는 입만 열면 재질을 따졌고, 딸은 말끝마다 빠리에서 새로 나온 물건 이야기였다. 말을 할수록 모녀의 대화는 막혔다.

어머니가 말했다. "한번만 더 달걀 껍데기 같은 모자를 산다면, 나와 한 식탁에서 밥 못 먹을 줄 알아."

딸이 대답했다. "엄마가 다시 한번 시골 아낙네 같은 푸른 재킷을 입으면, 다시는 엄마랑 시내 구경 가지 않을 거예요."

모녀의 생김새 역시 달랐다. 웬델 부인의 얼굴은 길었다. 이마에서 턱까지 얼굴선이 매끈하게 이어지다 아래턱 부분에서 뾰족하게 모아졌다. 옅은 금발머리는 희끗희끗 세기 시작했다. 두 갈래로 둥그렇게 감아올린 머리는 정수리 부분에 단단히 고정하고 있었다. 눈동자는 갈색에다 코는 작고 뾰족했다. 입술이 얇고 작아, 웃을 때면 소녀 시절의 예쁘장한 모습이 언뜻 비치기도 했다. 키는 그다지 크지 않는데, 챙이 넓은 모자를 쓰면 더 작아 보였다.

어머니와 함께 서면 웬델 아가씨가 머리 하나 정도는 컸다. 그녀의 커다란 발과 어머니의 여위고 뾰족한 발만 놓고 보면 두 모녀는 도무지 가족 같지 않았다. 발이 작아 보이게 하려고 그녀는 항상 발보다 한 치수 작은 구두를 샀다. 그래서 구두끈을 묶으면 발등에 작은 찐빵 두개가 볼록 솟아난 듯했다. 길을 걸을 때, 어머니는 작은 수탉이 모이를 쪼듯 사뿐사뿐 걸었다. 딸은 볼살이 출렁거릴 만큼 쿵쿵거리며 요란하게 걸었다. 발을 따라 위로 올라가면 기다란 두 다리가 보였다. 무릎을 겨우 덮는 치마와 양달을 신은 다리는 일년 열두달 공공 전시물이라도 되는 듯 변함없었다. 윗옷은 짧고 치마는 끼는데도 그녀는 빠르게 걸어다녔다. 그래서 길을 걸을 때면 '달리는' 것도 같고, '흔들리는' 것도 같았다. 왼손에는 양산과 핸드백을 들고, 오른손은 조금이라도 흔들리지 않기 위해 손목을 허벅지에 붙인 채 왼쪽에서 오른쪽으로 조그만 반원을 그리며 걸었다. 모자로 머리를 가려야 하기 때문에 목은 늘 움츠리고 다녔다. (그러지 않으면 목이 너무 길어 보였다.) 그래서 위아래 전신이 뚜껑을 덮은 작고 둥근 항아리 같았다.

딸의 얼굴은 둥글고 통통했다. 양 볼의 보조개는 웃지 않을 때에도 물거품을 뿜을 듯 조그맣게 쏙 파여 있었다. 그녀는 금발머리를 남자아이처럼 짧게 잘랐다. 파란 눈동자는 영롱하게 빛났는데, 그녀의 몸에서 묻어나는 장난기와 천진난만함이 모두 그 파란 눈동자에서 나오는 듯했다. 보조개 주변은 금방 나무에서 떨어진 사과처럼 볼그스름했다. 위로 조금 치켜올라간 입술은 끊임없이 가볍게 움직였다.

웬델 부인은 딸아이를 보면 사랑스럽기도 하고 화가 치밀기도 해서 늘 이렇게 말했다. "네 다리 좀 봐라. 치마 짧은 것 좀 봐!"

그러면 딸아이가 보조개를 짓고 짧은 머리를 만지며 말했다. "다들 이러고 다니잖아요, 엄마!"

5

웬델 부인은 아침부터 위층의 방 세 칸을 말끔하게 청소하느라
바빴다. 머리카락이 흐트러지지 않게 푸른 비단 천으로 싸매고, 소
매를 팔꿈치 위로 걷어올렸다. 팔에 드러난 힘줄이 지도에 그려진
산맥 같았다. 블라우스 위에 흰색 앞치마를 두르고 물로 탁자를 닦
았다. 카펫을 뒤뜰로 옮겨 털고, 방바닥은 기름으로 닦았다. 전구를
닦고 나서 면사로 된 녹색 전등갓 두개를 새로 씌웠다.

정리를 끝낸 그녀가 팔짱을 끼고 방 안을 둘러봤다. 서재의 분홍
색 커튼과 푸른 무늬 벽지가 그다지 어울리지 않았다. 아래층으로
내려와 자신의 방에 있는 옅고 푸른 바탕에 하얀 꽃무늬가 있는 커
튼을 떼어 바꿔 달았다. 커튼을 바꾸고 나서 작은 의자에 앉아 손
을 무릎 위에 올리고 가볍게 한숨을 쉬었다. 그리고 '나뽈레옹'(작
고 통통한 하얀 강아지)을 불러 품에 안았다. 고개를 숙여 작고 뾰
족한 코를 나뽈레옹의 이마에 대고 그녀가 말했다. "이것 보렴! 바
닥이 깨끗해졌지? 커튼이 예쁘지?" 나뽈레옹이 주변을 한번 쓱 살
펴보고 꼬리를 저었다. "중국인 두 사람이야! 그들이 이 집에 어울
릴까?" 나뽈레옹이 또 꼬리를 저었다. 웬델 부인은 강아지마저 중
국인을 좋아하지 않는 것을 보고 조금 후회가 되었다. "이러는 게
아니었어. 그들에게 세를 주는 게 아니었어!" 그녀는 중얼거리며
강아지를 안고 아래층으로 점심을 먹으러 갔다.

식사를 마치고 웬델 부인은 서둘러 화장을 했다. 머리를 다시 빗

고, 얼굴에는 파우더를 조금 발랐다. 가장 아끼는 여우털로 목을 장식하고 주름이 잡힌 푸른 옷을 입었다. (영국 여성은 때를 가리지 않고 모피를 입는다.) 손님을 맞을 준비가 끝났다. 속으로는 중국인을 무시하지만, 그들에게 집을 세놓기로 했으니 한번 정도는 정중히 대해야 했다. 옷을 갈아입고 거실에 조용히 앉아 드퀸시의 『어느 영국인 아편 중독자의 고백』을 찾아 읽었다. 중국 손님이 도착했을 때 적당한 이야깃거리를 찾기 위해서였다.

웬델 부인 집에 도착할 즈음 에번스 목사가 마쩌런에게 말했다. "집주인 여사를 만나면 그녀가 당신에게 손을 내밀 것입니다. 당신은 그녀의 손을 잡고 악수하면 됩니다. 그러고 싶지 않으면 그녀에게 고개를 끄덕이면 되고요. 이것이 영국의 법도입니다. 이런 것까지 일일이 알려드리는 게 언짢지는 않으시죠?"

마쩌런은 에번스 목사가 자신을 훈계한다고 탓하기는커녕 "고맙습니다"라고 말했다.

세 사람은 문밖에 멈춰섰다. 웬델 부인은 벌써 그들을 발견했다. 그녀는 서둘러 작은 거울을 꺼내 비춰보고는 손가락 끝으로 귀 뒷머리를 가볍게 눌렀다. 그러나 문을 두드리는 소리를 듣고서야 나뽈레옹을 안고 나갔다. 문을 열자 나뽈레옹이 귀를 쫑긋 세우고 멍, 멍 두번 짖었다. 웬델 부인이 다급하게 말했다. "장난치면 못써!" 강아지가 눈동자를 굴리더니 귀를 늘어뜨린 채 아무 소리도 내지 않았다.

웬델 부인은 한 손으로 강아지를 안은 채 에번스 목사와 악수했다. 에번스 목사가 마씨 부자를 그녀에게 소개했다. 그녀는 목을 꼿꼿이 세운 채 '턱'과 눈썹만 까딱이는 것으로 첫인사를 대신했다. 마쩌런은 허리를 깊이 숙여 인사했다. 그가 허리를 펴기도 전에 그녀가 거실로 들어갔다. 작은 트렁크를 든 마웨이는 에번스 목사 뒤에서 그녀를 보았지만 인사를 하지는 않았다. 세 사람은 모자 등을 복도에 걸고 함께 거실로 들어갔다. 웬델 부인이 손가락으로 의자두 개를 가리키며 에번스 목사와 마쩌런에게 앉으라고 권했다. 그리고 마웨이는 티테이블 옆 의자에 앉도록 했다. 그녀 자신은 피아노 앞 기다란 의자에 앉았다.

다른 사람이 말을 꺼내기 전에 에번스 목사가 먼저 나뽈레옹을 칭찬했다. 웬델 부인이 개의 내력에 대해 말했다. 그녀가 한마디 하면, 그가 거들며 칭찬을 했다. 그는 그 이야기를 벌써 이십여 차례 이상 들었다.

나뽈레옹에 대해 이야기하면서 웬델 부인이 '눈썹'으로 그들 부자를 힐끗 보았다. '이 둘은 영화에서 본 것처럼 볼품없지는 않은데.' 마음속에 의혹이 일었다. '어쩌면 그들이 진짜 중국인이 아닐지도 몰라. 중국인이 아니면? 그럼 또……'

마쩌런은 아랫사람이 상사를 대하듯 절도있게 앉았다. 등을 곧추세우고 앉아 양손을 무릎 위에 가지런히 올려놓았다. 마웨이는 에번스 목사처럼 다리를 한데 모으고 왼손은 바지 주머니에 넣었다. 에번스 목사가 나뽈레옹을 칭찬할 때 그는 집 안을 살폈다. 에번스 목사가 웃으면, 그도 따라 가볍게 웃음을 지었다.

"에번스 목사님, 위층으로 올라가보시죠?" 이야기를 끝내고 웬델 부인이 말했다. "마 선생님은요?"

에번스 목사가 일어선 것을 보고 마쩌런이 뻣뻣한 몸을 일으켰다. 그러고는 마웨이가 기다릴 틈도 없이 웬델 부인 대신 문을 열었다.

위층에 이르러 웬델 부인이 그들에게 물건을 둘 장소를 하나하나 알려주었다. 그녀가 한마디 하면 에번스 목사가 대답했다. "아주 좋네요!"

마쩌런은 눕고 싶은 마음뿐이었지만, "아주 좋네요"라는 에번스 목사의 말에 따라 그녀에게 고개를 끄덕여 보였다. 사실 그녀의 말은 전혀 귀에 들어오지 않았다. 그는 집 안의 물건을 대충 훑어보면서 생각했다. '잠잘 곳만 있으면, 다른 것은 상관없어!' 다만 침대에 깔린 이불이 너무 얇은 것은 마음에 걸렸다. 그가 다가가 만져보니 펠트 이불 두장뿐이었다. 그가 혼잣말을 했다. "여기는 안 추운가!" 베이징에서 그는 항상 두꺼운 이불 두장을 깔고, 거기에 두툼한 털옷과 솜바지까지 껴입고 지냈다.

집을 둘러본 후 아무 말이 없는 마쩌런을 보고 에번스 목사가 급히 웬델 부인에게 말했다. "아주 좋네요! 오면서 제가 저들에게 말했죠. '잠시 후면 알게 될 텐데, 웬델 부인의 집은 런던에서도 찾기 힘든 중산층 가옥임을 보증합니다, 마 선생님!'이라고요." 그의 갈색 눈동자가 마쩌런을 주시했다. "이제 제 말을 믿으시겠죠!"

마쩌런은 웃기만 할 뿐 아무 말이 없었다.

마웨이가 에번스 목사의 의도를 알아채고 얼른 말했다. "집이 정말 좋습니다. 감사합니다!"

그들은 위층에서 내려와 다시 거실에 앉았다. 웬델 부인이 방세와 식사 시간, 저녁에 대문 잠그는 시간 같은 이런저런 규칙 하나하나까지 에번스 목사에게 분명히 말했다. 에번스 목사는 듣는 둥 마는 둥 하면서도 그녀가 잠시 말을 멈추고 숨을 고를 때마다 "아주 좋네요!"를 연발했다. 마치 나팔이 멈추면 등장하는 악단의 북소리 같았다. 마쩌런은 한마디도 하지 않고 생각했다. '규칙이 많기도 하네! 고양이 앞의 쥐 취급을 받느니 외국인 아내를 들이겠다!'

웬델 부인의 말이 끝나자 에번스 목사가 일어나며 말했다. "웬델 부인, 어떻게 감사해야 할지 모르겠습니다. 다음에 저희 집에 차 한 잔 하러 오십시오. 제 아내와 담소도 나누시고요. 어떻습니까?"

에번스 목사의 말을 들은 마쩌런은 웬델 부인에게 차를 선물해야겠다고 생각했다. 그가 낮은 소리로 마웨이에게 물었다. "찻잎은?"

마웨이가 작은 트렁크에는 두 통뿐이고, 나머지는 커다란 트렁크에 들어 있다고 말했다.

"작은 트렁크 가져왔지?" 마쩌런이 물었다.

마웨이가 그렇다고 대답했다.

"가져와봐라!" 마쩌런이 진중하게 말했다.

마웨이가 작은 트렁크를 열어 찻잎 두 통을 아버지에게 건넸다. 한 손에 한 통씩 든 채 마쩌런이 말했다.

"베이징에서 찻잎을 조금 가져왔습니다. 에번스 목사님, 웬델 부인, 받아주세요. 손이 부끄럽습니다." 그러고는 한 통은 에번스 목사에게 건네고, 다른 한 통은 피아노 위에 놓았다. '남녀가 유별한데, 웬델 부인의 손에 쥐여줄 수는 없는 법이지!'

다년간 중국에 체류해서 중국인의 기질을 잘 아는 에번스 목사가 찻잎을 받은 후 웬델 부인에게 말했다. "분명 좋은 차일 것입니다."

웬델 부인이 서둘러 나뽈레옹을 기다란 의자에 내려놓고 차통을 집어들었다. 그리고 작은 입을 살짝 벌린 채 통에 새겨진 작고 네모난 한자를 자세히 살폈다. '상아분월嫦娥奔月'8이라는 상표였다.

---

8 달에 얽힌 전설을 담은 고사성어. 상아는 달 속에 산다는 전설 속의 선녀로, 곤륜산의 서왕모에게서 얻은 불사약을 훔쳐 먹고 날아올라 달 속 궁전에서 살게 되

"정말로 운치가 있네요. 운치 있어요." 그녀가 정식으로 말을 건네며 (눈썹이 아닌) 눈을 돌려 마쩌런을 보았다. "제가 이렇게 좋은 물건을 그냥 받아도 되나요, 마 선생님?"

"그렇고말고요!" 마쩌런이 짧은 수염을 매만지며 말했다.

"오오! 감사합니다. 마 선생님."

에번스 목사가 웬델 부인에게 종이를 달라고 하더니, 차통을 포장하면서 말했다. "제 아내가 중국차를 즐겨 마십니다. 마 선생님, 이 차를 마신 후, 아내가 당신을 위해 어떻게 하느님께 기도드릴지 궁금한데요!"

에번스 목사는 포장을 마친 후 멍하니 갈색 눈동자를 굴리면서 생각했다. '차만 받고 그냥 가버리면, 사이가 나쁜 것처럼 보이겠지. 게다가 웬델 부인에게는 한번 보여줄 필요가 있어. 선교사들이 일반인들과 어떻게 다른지 말야. 중국인 두명과 거리를 거닐고 싶지는 않지만.'

"마 선생님." 에번스 목사가 말했다. "내일 뵙죠. 런던을 구경시켜드리겠습니다. 내일은 좀 일찍 일어나십시오." 그는 방문을 나서며 차통을 외투 속에 둥글게 말아 겨드랑이에 끼웠다. 둥근 통을 그대로 가지고 다니면 사람들이 술병으로 의심할까 싶어서였다. 목사는 항상 하느님 앞에 떳떳하게 행동해야 했다.

마쩌런이 배웅을 나오려 하자 에번스 목사가 웬델 부인 옆에서 고개를 저었다.

웬델 부인이 에번스 목사를 배웅하러 나갔다. 문밖에서 두 사람은 또 한참 동안 이야기를 나눴다. 그제야 마쩌런은 에번스 목사가

었다 전해진다.

고개를 저은 뜻을 눈치채고 생각했다. '서양 사람들은 상당히 까다롭구먼. 무슨 꿍꿍이속인지 알아봐야겠는걸!'

"저 중국인 두 사람 어떻습니까?" 에번스 목사가 물었다.

"나쁘지 않은데요!" 웬델 부인이 대답했다. "그 노인네가 정말 괜찮더군요. 찻잎을 선물하다니!"

이때 집 안에서는 마웨이가 아버지에게 말했다.

"방금 전 에번스 목사님이 집이 좋다고 말할 때 왜 아무런 말씀이 없으셨어요? 아직 모르시겠어요? 외국인, 특히 여성은 사사건건 떠받들어야 한다고요. 칭찬하지 않는다면, 그들은 정말로 우리를 좋아하지 않을 거예요."

"좋은지 나쁜지는 속으로 알면 되는 것. 말할 필요까지야 없지!" 마쩌런이 되받았다. 그리고 쓰촨산産 비단 손수건을 꺼내 앞코가 푸른 제식용 가죽신을 닦는 자세로 구두를 닦았다.

6

4월 말의 날씨답게 맑은 날씨가 갑자기 흐려지다가 가랑비가 내리고, 비가 듣는 가운데 햇빛이 나기도 했다. 햇빛이 나자 창틀에 맺힌 작은 물방울들이 서서히 하얀 안개로 변했다. 집 밖의 커다란 버드나무에도 푸르고 여린 새잎이 돋아났다. 비를 맞은 나뭇가지는 방금 물에서 나온 코끼리 다리처럼 촉촉하게 윤이 났지만, 아직은 잿빛이었다.

마쩌런은 선상에서 사십일간이나 잠을 잤지만 여전히 피곤했다. 침대에 누우면 몸이 위아래로 흔들리며 쏴아 하는 바닷물 소리마저 들리는 듯해, 밤중에 몇번이나 깨어 눈을 떴다. 집 안이 어두컴 컴하여 자신이 어디에 있는지도 잊어버리기 일쑤였다. 선상? 베이 징? 상하이? 정신을 차리고 런던에 있다는 데 생각이 미치면 의지 가지없는 느낌과 함께 말할 수 없이 서글펐다. 베이징의 친구, 즈메 이자이致美齋[9]의 훈툰餛飩[10], 광더러우廣德樓[11]의 쿤시坤戲[12], 죽은 아내, 형 그리고 상하이 등이 생각났다 일시에 사라졌다. 눈가로 두 줄기 굵 은 눈물이 흘러내렸다.

'만나면 기쁘고 헤어지면 슬픈 것, 인생이 다 그렇지! 어느 곳에 가면 그곳에서 먹고살아야 하고.' 마쩌런은 자신을 위로했다. '마 웨이가 학업을 마치면 또 얼마간 복을 누리겠지. 할아버지가 될 것 이고.' 그렇게 생각하니 기분이 훨씬 좋아졌다. 땀에 젖은 손으로 짧은 수염을 매만졌다. 그리고 베개에서 머리를 들어 옆방의 소리 를 들어보았다. 아무런 기척이 없었다. "젊어서 그런지 힘이 넘치 는구나. 잘 먹고 잘 자고. 싹수가 있는 놈이야!" 혼자서 중얼거리다 다시 천천히 눈을 감았다.

자는 둥 마는 둥 뒤척이다 해가 뜰 무렵에야 그는 깊은 잠에 빠 졌다. 마웨이가 일어나 부스럭대는 소리를 들은 듯도 하고, 거리의 자동차 소리를 들은 듯도 했지만, 그는 눈을 뜨지 않았다. 7시 반쯤 똑똑, 가볍게 문 두드리는 소리가 두번 울렸다. 곧이어 웬델 부인이 말했다. "마 선생님, 따뜻한 물이 나와요!"

"고맙…… 끙, 아아." 그는 다시 잠이 들었다.

---

9 광둥요리로 유명한 식당.
10 중국식 만둣국.
11 베이징에서 가장 오래된 극장.
12 여성 출연자만이 등장하는 중국의 전통극.

마웨이는 7시가 되기 전에 일어났다. 런던을 구경할 생각에 들떠 도무지 잠을 잘 수 없었다. 게다가 어제저녁에는 아버지 앞이라 웬델 아가씨를 보기만 하고 아무런 대화도 나누지 못했다. 아버지가 일어날 수 없는 오늘 아침식사 때가 그에게는 더없는 기회였다. 그는 일어나 천천히 창문을 열었다. 비가 그치자 벌집으로 돌아가는 벌처럼 봄날의 달콤함으로 가득한 햇빛이 마웨이의 손을 따라 창문 사이로 스며들었다. 그는 상하이에서 산 서양식 날염 코트를 입고, 면도를 할 수 있도록 따뜻한 물이 나오기를 숨을 참고 기다렸다. 면도하는 습관은 배 여행에서 익힌 것이다. 그는 배에 오르기 전에 상하이의 센스 백화점에서 안전면도날을 샀다. 배에서는 사람들이 일어나기 전에 욕실로 가서 정성껏 면도를 했다. 굵다고 할 만한 수염은 여남은 가닥뿐이었다. 그런데 며칠 면도를 하고 나니 이제 면도를 하지 않으면 입 둘레가 까칠까칠했다. 면도를 하고 거울을 보면 얼굴이 유달리 밝아 보이고 영웅의 기개마저 느껴졌다. 어쩌다 영화에서 본 영웅들은 면도를 하다 말고 얼굴 가득 비누 거품을 묻힌 채 사람들과 싸웠다. 싸움이 끝나면 손도 떨지 않고 면도를 계속했다. 아가씨를 안고 입을 맞추면서 비누 거품을 아가씨의 볼에 묻히는 경우도 있었다. 그렇게 보면 면도는 습관이기도 하지만, 폼나는 일이기도 했다.

이내 따뜻한 물이 나오자 그는 서둘러 양치질을 하고 면도를 했다. 세수를 하고 머리를 빗은 후 조심스럽게 옷을 털었다. 단장을 마치고 아래층으로 내려가려다 너무 일러 집주인이 불쾌해하지는 않을까 하는 생각이 들었다. 문을 가볍게 열고 밖을 내다보았다. 아버지 방 밖의 백자白磁 수도관에서 열기가 솟아나고 있었다. 아래층에서 모녀의 말소리가 분명하게 들렸다. 웬델 아가씨의 목소리는 더욱 또렷했고, 조금은 자극적이었다. 하나의 단어만 들리는 듯했다. 비에 흔들리는 꽃잎처럼 그의 마음이 떨렸다.

아래층에서 벨이 울렸다. 그는 아침식사 준비가 끝난 것이라고 생각했다. 다시 한번 거울을 보았다. 두 눈썹은 위로 치켜올라가기는커녕 눈 밑으로 처진 것처럼 보였다. 넥타이를 바르게 하고 옷깃을 당겨 주름을 편 다음 발소리를 울리며 아래층으로 내려갔다.

평소 웬델 모녀는 주방에서 아침식사를 했지만 마씨 부자가 들어왔기 때문에 식사 장소를 작은 식당으로 바꿨다. 마웨이가 식당으로 들어갔을 때, 웬델 부인은 아직 주방에 있었다. 웬델 아가씨 혼자 식탁 옆에 앉아 신문을 들고서 최신 모자 광고를 보고 있었다. 마웨이가 들어오는 것을 보고 그녀가 말했다. "하이!" 그녀는 고개조차 들지 않고 계속해서 신문을 보았다.

그녀는 어깨가 드러나는 초록색 민소매 셔츠를 입고 있었다. 가슴과 팔이 완전히 노출되어 있었다. 희고 통통한 두 팔은 용도를 알 수 없는 한 쌍의 상아 같았다. 부드럽고 매끈하게 윤나는데다 향기마저 나는 듯했다.

마웨이가 어깨를 으쓱이며 말했다. "날씨 좋네요!"

"쌀쌀한데요!" 그녀가 그를 보지도 않은 채 붉은 입술로 내뱉은 말이었다.

음식을 쟁반에 받쳐들고 들어온 웬델 부인이 마웨이에게 물었다. "아버님은요?"

"아직 못 일어나셨나봅니다." 마웨이가 낮게 말했다.

말은 안했지만 그녀의 표정은 작은 커튼처럼 굳어버렸다. 그녀는 딸아이 맞은편에 앉아 차를 따라주었다. 특별히 그녀는 마쩌런이 준 찻잎을 우려냈다. 그러지만 않았어도 찻잎을 보며 화를 내지는 않았을 것이다. 그녀는 차를 따르며 낮은 소리로 기어이 한마디 했다. "어쨌든 난 아침식사를 두번 차리지는 않아요!"

"그러게 누가 중국인에게 세놓으랬어요!" 웬델 아가씨가 신문을 한쪽으로 던지고 고개를 갸웃거리며 어머니에게 말했다.

마웨이가 얼굴이 붉히고는 일어나 나가려는 듯한 제스처를 취했다. 그러나 눈살만 찌푸릴 뿐 일어나지는 않았다.

웬델 아가씨가 그를 보며 웃었다. '중국인은 맞아도 화를 내지 못할 거야!'라고 말하는 듯했다.

웬델 부인이 힐끔 딸아이를 보고 서둘러 마웨이에게 차 한 잔을 건네며 말했다. "차가 정말 맛있네! 중국인은 차를 즐기죠. 그렇죠?"

"맞습니다." 마웨이가 고개를 끄덕였다.

웬델 부인이 빵을 한입 물고 찻잔을 들려는데, 웬델 아가씨가 간절하면서도 아무렇지도 않은 말투로 "독약 조심해요!" 하고 그녀를 말렸다. 마웨이는 안중에도 없는 듯했다. 중국인은 독약으로 사람을 해칠 게 틀림없다는 듯, 전혀 머뭇거림이 없었다. 자연스럽게 움직이는 그녀의 입술을 보면 알 수 있었다. 그녀는 마웨이의 기분을 상하게 할 생각이 전혀 없었지만 그렇다고 특별히 세심한 성격도 아니었다. 그녀의 말은 아주 '자연스럽게' 흘러나온 것으로, 상대를 기분 나쁘게 하려는 의도는 없었다. 그녀는 남을 불쾌하게 하는 것이 어떤 것인지도 몰랐다. 다만 연극에 나오는 중국인은 항상 독약으로 사람을 해쳤다. 영화와 소설 모두 그랬다. 웬델 아가씨가 내뱉은 한마디에는 나름 내력이 있었다. 그것은 종교적 신앙에 가까운 의미를 담고 있었다. 회교도들이 돼지고기를 먹지 않는 것을 누구나 아는 것처럼, 중국인이 독약으로 사람을 해친다는 것은 일종의 신앙과도 같이 굳어진 믿음이었다.

마웨이가 그냥 웃어버렸다. 찻잔을 들고 한모금 마시면서 그는 아무 얘기도 하지 않았다. 그는 그녀의 말뜻을 알아차렸다. 그 또한 영국 소설—중국인이 독약으로 사람을 해친다는 소설—을 보았기 때문이다.

웬델 부인이 작고 얇은 입술로 차를 반모금 홀짝이고는 괜히 무안하여 마웨이에게 이것저것 물었다. 중국차는 몇 종류나 되죠? 중국 어느 지역에서 차가 생산되나요? 지금 마시는 차는 이름이 뭐예요? 어떻게 만들죠?

마웨이가 화를 삭이며 아무렇게나 몇 마디 대답했다. 그리고 지금 마시는 차는 '샹펜香片'(재스민 차)이라고 알려주었다.

웬델 부인이 입을 씰룩이며 발음을 따라했다. "향벤." 그리고 마웨이에게 맞는지 물었다.

어머니에게 독약을 조심하라고 경고한 후 웬델 아가씨는 며칠 전에 본 영화를 떠올렸다. 한 영국인 영웅이 낮은 콧대에 누런 얼굴을 한 중국인 십여명을 거침없이 죽였다. 그녀는 그 장면에서 끓는 물에 넣은 붉은 홍당무처럼 통통한 손이 벌게지도록 손뼉을 쳤었다. 그날 본 영화 생각에 정신이 팔린 그녀는 한 손으로 빵을 입에 넣으면서 주먹 쥔 다른 손으로 탁자 밑에서 마웨이를 한방 먹이는 시늉을 했다. '영국 남성들만이 너희처럼 매를 버는 놈들을 때려눕힐 수 있는 건 아니지! 여성 영웅도 너를 한방에 눕힐 수 있다고!' 그때 문득 친구 존이 생각났다. '모르긴 해도 상하이에서 존은 정말 대단할 거야! 그의 커다란 두 주먹이라면 한방에 몇십명의 중국인도 문제없겠지!' 그녀의 푸른 눈동자가 이채롭게 빛났다. 존은 그녀 마음속의 영웅이었다…… 그가 편지에 썼다. '의용군에 입대

했어. 어제는 총 한 자루로 황인종 다섯명을 죽였어. 그 안에는 여자도 있었지.' ……본래 웬델 아가씨는 '여성을 죽이는 건 비인도적이지'라고 생각했다. 그러나 존이 죽였고, 또 죽은 사람이 중국여성이어서 그녀는 존이 용감하다고만 여겼다. 다른 것은 모두 잊어버렸다…… '신문에서는 중국인이 영국인을 도살했고, 영국인은 중국인을 전혀 죽이지 않았다고 하는데, 존이 허풍을 떠는 건 아니겠지?' 거기까지 생각하고 있을 때, 엄마가 "항벤"이라고 말하는 소리를 들었다. 그녀가 고개를 갸웃거리며 물었다. "뭐라고요, 엄마?" 엄마가 그녀에게 지금 마시는 차 이름이 "항벤"이라고 말해주었다. 그래서 그녀도 따라해보았다. 영국인은 매사에 능력을 과시하려 하고, 칭찬을 듣고 싶어한다. 그래서 그녀는 조금 전 마웨이를—단지 그가 중국인이기 때문에—역겨워했던 걸 잊어버렸다. "항벤, 항벤, 맞아요?" 그녀가 마웨이에게 물었다.

마웨이는 당연히 "맞아요!"라고 말했다.

아침식사를 마치고 마웨이는 아버지가 있는 위층으로 올라갔다. 웬델 아가씨가 아래층에서 쏜살같이 올라왔다. 어제 산 새 모자를 쓰고 있었는데, 모자에는 쥐꼬리 같은 게 한 다발 달려 있었다. 메밀 면발 같기도 했다. 그런 걸 다는 것이 최신 유행인 듯싶었다. 그녀가 마웨이를 흘겨보더니 "안녕"이라고 말하고 연기처럼 사라졌다.

7

웬델 아가씨는 가게로 일을 가고, 웬델 부인은 집 안팎을 드나들며 청소했다. 나뽈레옹은 그녀 곁에서 이리저리 날뛰었다. 마웨이는 거실에 혼자 앉아 에번스 목사를 기다렸다.

여덟살 때 어머니가 돌아가신 후 마웨이는 여성의 사랑을 받아보지 못했다. 초등학교에 다닐 때는 하루 종일 불결한 아이들과 놀았다. 중학교에서는 좀더 키가 크고 더러운 아이들과 되는대로 어울렸다. 그는 일요일에 교회에 가서 예배를 드릴 때만 여성들을 볼 수 있었다. 기도를 할 때면 그는 머리를 숙이고 몰래 그녀들을 훔쳐보았다. 그러다 에번스 목사 부인에게 몇번이나 들켜 결국 에번스 목사까지 알게 되었다. 에번스 목사는 중국어 반, 영어 반으로 호되게 혼냈다. "얘야, 기도를 할 때 아가씨를 보지 마라! 밍바이明白(알았지)? 씨See(알았어)?" 마웨이는 에번스 목사가 기도를 할 때면 감은 한쪽 눈으로는 천당의 하느님을 보았고, 다른 쪽 뜬 눈으로는 지옥에 떨어져 마땅한 학생들을 보았다. 마웨이의 '아가씨 훔쳐보기'는 에번스 목사 부인의 시선을 벗어나지 못했다.

교회에 나오는 아가씨들 열에 여덟아홉은 에번스 목사 부인보다 못생겼다. 눈동자를 좌우로 굴리다 그녀들과 마주치면 그는 자신도 모르게 급히 눈을 감아버렸다. 그리고 하느님이 사람을 만들 때 실수가 있었나보다고 조용히 생각했다. 그 와중에…… 정말로 예쁜 아가씨 한두명을 본 적도 있었다. 그러나 그녀들은 얼굴만 예쁠 뿐이었다. 그 얼굴은 장례식에 쓰이는 종이인형을 생각나게 해 조금 두렵기도 했다. 그러나 종이인형 같든 아니든, 여성들을 보기가 쉽지 않았다. 그녀들과 얘기를 나누고 손을 잡는 것은 망상이었다.

마웨이는 딱 한번 여성들과 며칠 동안 일한 적이 있었다. 그가 영국에 오기 일년 전이었다. 그때는 학교 전체가 혼란스러웠다. 교장은 업무를 보지 않았고 교사들은 수업을 하지 않았으며, 학생들 역시 휴업을 했다. 왜 그렇게 동맹휴업을 일으켜야 하는지 아는 사람도 많지 않았다. 그러나 한 사람도 빠짐없이 모두 휴업에 참가했다. 미션스쿨 또한 성서를 내버리고 휴업의 대오에 합류했다. 마웨이는 말솜씨가 좋고 외모도 그럭저럭 괜찮았으며 목소리도 부드럽고 듣기 좋았다. 게다가 아버지도 별다른 간섭을 하지 않아 대표로 뽑혔다. 대표자회에는 여성 대표도 있었다. 그래서 그는 동맹휴업 가운데 그녀들과 몇 마디 대화를 나눌 수 있었다. 한번은 그녀들과 악수를 하기도 했다. 혼란이 얼마나 지속될지는 알 수 없었다. 사흘일 수도, 다섯달이 될 수도 있었다. 사람들은 길수록 좋다고 했지만, 모든 일은 끝이 있는 법이니, 순간적인 사건에 그치게 마련이었다. 공교롭게도 그 휴업은 매우 짧았다. 여성들과의 교제를 꿈꾸었던 마웨이는 우처우武丑[13]와 같은 운명으로, 재주를 한번 넘고 곧바로 무대 커튼 밑으로 기어 퇴장해야 했다.

마웨이와 웬델 아가씨가 전생에 어떤 인연이었는지는 분명하지 않았다. 또 월하노인이 인도양과 지중해를 사이에 두고 보이지 않는 가늘고 붉은 선으로 그와 그녀의 엄지발가락을 묶어둔 것도 아닐 것이었다. 그녀는 서양 여성 가운데 한명일 뿐이었다. 그러나 그녀는 마웨이가 가장 먼저 만난 서양 여성이었다. 들고양이처럼 발랄한 그녀를 보자마자 그는 경탄했고 흠모했으며, 사랑에 빠졌다. 한 잔 마시면 얼굴이 바로 벌게지는, 술을 처음 마시는 사람 같았다. 그러나 그녀의 표정이나 말투는 그의 마음을 차갑게 만들었다. 그녀는 "안녕"이라는 말을 하면서 분명 웃고 있었다. 눈길도 그를 향하고 있었다…… '그녀가 반드시 나를 혐오한다고 할 수 없는 건

---

13 중국 전통극에 등장하는 어릿광대. 무대에 아주 잠깐 올라 무예와 입담을 익살스럽게 선보이고 퇴장하는 배역이다.

아닐까…… 그래. 그녀는 중국인을 좋아하지 않을 뿐이야! 기다려
봐. 두고 보자고. 시간이 지나면 중국인이 어떤 사람인지 알게 해줄
거야……! 널린 게 여자인데, 꼭 그녀와 사귈 필요도 없지……'

　마웨이는 요모조모 생각해보았다. 문제는 많았지만 결론은 하
나, '기다려봐!'였다. 자신의 얼굴을 만져보니 향이 탈 때처럼 광대
뼈가 뜨거웠다. "기다려봐, 서두를 필요 없어! 서두르지 마!" 그렇
게 중얼대며 그는 입술을 약간 벌렸다. 웃어보려고 했지만, 웃음이
나오지 않았다. 원망하는 마음도 생겨났다. 그녀를 원망하다니? 있
을 수 없는 일이었다. 잠깐 동안 자신의 하얀 이를 거울에 비춰보
았다. 바지 주머니에 손을 넣고 왔다 갔다 하기도 했다. "서두를 필
요 없어! 두고 보자고!"

　"마웨이, 마웨이!" 마쩌런이 가래가 찬 목소리로 위층에서 소리
쳤다. 곧이어 기침 소리가 났다. 그제야 목소리가 가다듬어졌다.
"마웨이!"

　마웨이는 정신을 차린 다음 빠른 걸음으로 위층에 올라갔다. 마
쩌런이 한 손으로는 문을 열고 다른 손으로 물통을 들고 있었다.
잠에서 깬 얼굴은 붉은 주름투성이였고, 수염도 엉켜 있었다.

　"가서 뜨거운 물 좀 가져와라!" 그가 물통을 마웨이에게 건넸다.

　"주방에 들어가시면 안돼요!" 마웨이가 말했다. "어제저녁에 집
주인이 하는 말 못 들으셨어요? 우리더러 주방에 들어오지 말라고
했잖아요! 아침밥을 먹을 때, 아버지가 나오시지 않아 웬델 부인이
벌써 불평을 했다고요. 생각해보세요."

　"그만해라. 그만해!" 마쩌런이 눈을 비비며 말했다. "그렇다고
면도를 안해서야 되겠냐?"

　"조금 있다 에번스 목사님이 우리와 함께 어디 가자고 했잖아

요!"

"난 안 간다, 됐어?"

마웨이가 말없이 양치용 컵에 물을 부어 아버지에게 건넸다.

마쩌런이 양치를 할 때, 마웨이는 간밤에 부쳐온 트렁크를 열면서 옷을 갈아입겠느냐고 물었다. 마쩌런은 인상을 쓰고 못 들은 척했다. 마웨이는 영국에서는 영국의 법도를 따라야 한다고 말해주려 했다. 그러나 아버지의 표정을 보고는 아무 말 없이 나가버렸다.

마쩌런은 생각할수록 화가 났다. '여기가 상국上國이야? 잘못도 없이 벌을 받아야 하다니! 알아서 벌을 받아야 하냐고! 늦게 일어나서도 안되고, 따뜻한 물은 나오지도 않고! 아무것도 없잖아! 이럴 줄 알았으면 절대 오지 않았을 거야!' 그는 한참 동안 생각했다. '방법이 있어! 여관에 묵으면 되지! 돈은 얼마든 지불하지. 그 더러운 벌만 받지 않으면 돼!' 곧이어 트렁크를 둘러보더니 냉정을 되찾았다. '짐이 많아서 옮기는 것은 너무 번거로워!' 시간이 더 흐르자 화도 많이 누그러졌다. '우선 이곳에서 버티다 적당한 곳이 있으면 그때 이사하지, 뭐!' 그렇게 생각하자 화가 완전히 가라앉았다. 그는 커다란 안경을 끼고 담뱃대를 들고 서재로 갔다.

고민은 인간이 하는 일 가운데 가장 미천한 것이다. 처음 생각은 이치에 맞는 듯해도 한번 더 생각해보면 별로다. 세번 생각해보면 정말 바보스럽다. 생각할수록 애매모호해진다. 그래서 이전에 생각한 것은 전혀 쓸모없어진다. '여관에 묵으면 되지!'라던 마쩌런의 생각은 그렇게 '버텨보자'는 쪽으로 마무리되었다. 그러지 않았다면 그가 그렇게 고민을 접을 리 없었다.

웬델 부인은 마쩌런이 일어나 아침밥을 달라고 하면 퇴짜를 놓으려고 했다. 처음부터 단단히 일러야 다시는 같은 실수를 하지 않으리라 생각했다. 그녀는 그의 기척을 들었다. 그가 벌써 몸단장을 끝냈으리라고 생각한 그녀는 흥얼거리며 위층으로 올라갔다. 그런데 마쩌런의 방문 앞에 다다르니 문은 반쯤 열려 있고, 아무 소리도 없었다. 갑자기 마쩌런의 기침 소리가 두번 들렸다. 그녀가 돌아보니 그가 담뱃대를 물고 의자에 앉아 있는 게 보였다.

'어쩐지 에번스 목사님께서 중국인은 기이하다고 하시더라니.' 속으로 말했다. '그에게 아침밥을 주지 않으면, 그는 더 좋아하며 물어보지도 않을 거라고 했지! 좋아! 굶어보시지!'

마쩌런은 미동도 없이 담배만 뻑뻑 피웠다. 머리 위로 담배 연기가 푸르게 피어올랐다.

11시가 넘어 에번스 목사가 왔다. 그는 웬델 부인을 만나보지 않고 대문 앞에서 마웨이에게 물었다. "네 아버님은? 안 가신대?" 마웨이가 위층으로 올라가 묻자 마쩌런은 고개를 저었다. 그의 머리 주변으로 푸른 담배 연기가 흩어졌다. 마웨이가 내려와 에번스 목사에게 그대로 전했다. 아버지가 충분히 쉬지 못해 나가고 싶어하지 않는다고. 결국 그와 에번스 목사만 나갔다.

8

민족이 늙으면 사람들마다 '애늙은이'를 낳는다. 애늙은이는 다시 눈이 침침하고, 귀가 먹고, 천식을 앓는 아이를 낳는다. 한 나라에 그런 애늙은이가 사억이나 있다면, 그 나라는 점점 더 늙어갈 수밖에 없다. 기어다닐 수도 없고, 아무 소리도 내지 못할 만큼 늙어버렸으니 아, 슬프도다!

"선생님, 우리의 문명은 당신들에 비해 훨씬 오래되었습니다!"
유럽에서 중국 문화를 선전하는 지식인들이 입을 삐죽이며 서양
인에게 하는 얘기였다. "거기다 인구는 사억입니다. 큰 나라죠! 대
국!" '오래되다'와 '크다'라는 말에 어찌나 힘을 주는지!

"'오래된 것'이 '좋은 것'이라는데, 당신네 나라는 왜 오래되었
으면서도 그다지 좋아 보이지 않죠?" 중국인에게 미움을 사는 서
양 늙다리가 웃으며 말했다. "사억명이 모두 밥벌레라면, 사억이
더 있다 한들 무슨 소용입니까?"

중국 문화를 선전하는 지식인들은──대부분 공부를 하기 위해
서양에 온 사람들로, 중국 문화를 알리는 일을 주로 했다. 그들에게
서양 서적을 읽는 것은 그다지 중요하지 않았다. 서양 서적은 얼마
나 어려운가!──심심찮게 그런 말을 들었다. 그러면 그들은 중국
인의 유일한 해외 사업인 중국 식당에 가서 차사오러우叉燒肉14를 먹
으며 화를 달랬다.

마쩌런 역시 '오래된' 민족의 '오래된' 사람이 분명했다. 그를
수식하는 두개의 '오래된'이라는 단어를 통해 단정할 수 있었다.
그는 평생 동안 두뇌를 사용한 적이 없으며, 게다가 하나의 사물을
삼분 동안 주시한 적도 없다고. 그럼 왜 사느냐고? 관리가 되기 위
해서였다. 어떻게 관리가 될 수 있느냐고? 먼저 한턱을 내고 손을
써주십사 부탁하면 되었다. 왜 아내를 얻었느냐고? 나이가 찼기 때
문이었다. 어떻게 아내를 얻었느냐고? 중매쟁이를 통해서였다. 아
내를 얻고 나서 왜 또 첩을 들였느냐고? 하나로는 부족했기 때문이
다…… 오래된 민족의 구성원들은 그런 것들을 평생 동안 충분히

---

14 양념한 돼지고기를 꼬챙이에 꿰어 구운 광둥식 요리.

누렸다. 마쩌런도 역시 마땅히 그러할 뿐이었다.

영국에 온 후 그는 줄곧 종잡을 수 없는 꿈을 꾸는 듯했다. 그는 장사에 문외한이었다. 모를 뿐 아니라 장사하는 사람들을 줄곧 무시해왔다. 돈을 버는 정도^{正途}는 관리가 되는 것이라 여겼다. '피땀으로 돈을 버는 장사는 못난 짓이지! 고명하지도 않고 저속해!' 그는 아무런 목적이나 계획도 없이 담뱃대를 물고 서재에 앉아 지냈다. 어느날, 앉아 지내는 데 질렸는지 갑자기 이런 생각이 들었다. '기왕에 영국에 왔으니 마웨이에게는 공부할 기회가 생겼고, 돌아가면 관리가 되겠지…… 나는? 태평성대를 즐기자! 하하……' 그는 커튼을 열고 런던의 골목이 어떤 모양인지조차 보려고 하지 않았다. '런던에 와 있는데 밖을 내다볼 필요가 뭐 있어! 부질없는 짓이지!' 런던을 둘러보려고도 하지 않았지만, 떠난 지 사오십일밖에 안된 베이징의 모양새도 잘 기억나지 않았다. '남패루$南牌樓$[15]에 과자 가게가 있었던가?' 생각나지 않았다. '아이고, 베이징의 과자도 먹을 수 없게 되었구나! 이제 어찌 산단 말인가!' 그렇게 생각하자 집 생각이 절실했다. 다른 일들은 모두 잊어버렸다. '아! 베이징의 과자!'

1시가 다 되어갔다. 마쩌런의 배 속에서 꼬르륵 소리가 몇번 났다. 그는 내키지 않는 담배를 계속 피웠다. 담배 연기가 들어가자 배가 더 고파왔다. '아무래도 뭔가 먹어야 할 듯한데!' 몇번이나 아래층으로 가서 집주인에게 말할까 했지만 그러지 않는 게 나아 보였다. 일어나 몇 걸음 걸었다. 이건 아니었다. 움직일수록 배가 고

---

15 베이징 시 동서남북의 큰 거리에 세워진 사(四)패루 중 도시 남쪽에 있는 것. '패루'란 중국 문화를 상징하는 전통 건축 양식으로, 도시의 주요한 거리에 세우던 문이다.

팠다. 다시 앉았다. 새로 담뱃잎을 담았지만 피우지 않고 담뱃대를 내려놓았다. 한참을 더 앉아 있었다. 배가 꼬르륵거릴 뿐 아니라 아프기까지 했다. "내려가서 시도해보자!" 그는 일어나 천천히 아래층으로 내려갔다.

"마 선생님, 밤새 안녕히 주무셨어요?" 웬델 부인이 비꼬는 투로 물었다.

"잘 잤습니다. 잘 잤어요." 마쩌런이 대답했다. "웬델 부인, 안녕하십니까? 따님은 나가셨죠?"

웬델 부인이 내키지 않는 듯 웅얼거리며 대답했다. 마쩌런은 '밥을 먹어야겠는데요'라는 말을 몇번이나 목구멍으로 삼켰다. 그녀에게 묻는 말도 갈수록 '밥을 먹다'와 멀어졌다. "날씨가 아직 쌀쌀하네요? 아아! 따님은 나가셨죠? 오, 벌써 물었네요. 미안합니다. 나뽈레옹은요?"

웬델 부인이 나뽈레옹을 불렀다. 마쩌런은 나뽈레옹을 안았다. 나뽈레옹이 매우 좋아하며 마쩌런의 귀를 핥았다.

"강아지가 정말 똑똑하네요!" 마쩌런이 나뽈레옹을 칭찬했다.

웬델 부인은 귀찮아하던 참에 마쩌런이 개를 칭찬하는 소리를 듣고, 곧바로 그와 쉴 새 없이 말하기 시작했다.

"중국인도 개를 좋아하나요?" 그녀가 물었다.

"좋아합니다. 생전에 아내는 발바리 세마리와 토끼 한마리를 키웠어요. 네마리가 같이 밥을 먹어도 결코 싸우지 않았었죠." 그가 대답했다.

"재미있네요. 정말 재미있어요."

그는 그녀에게 중국 개와 관련된 이야기들을 해주었다. 그녀는 아주 즐거워했다. 마쩌런은 중국에서 일이 없을 때, 셋째 할머니나 다섯째 이모와 이런저런 얘기를 곧잘 나눴다. 그래서 웬델 부인에게 대답할 말도 많았다. 그가 보기에 여성은 모두 똑같았다. 다른 점은 서양 여성의 콧대가 중국 아낙네에 비해 높다는 것뿐이었다.

개와 관련된 얘기가 끝났지만, 마쩌런은 여전히 밥 달라는 소리를 못했다. 웬델 부인은 그가 배고프다는 생각을 전혀 못했다. 영국인들은 매사에 법도를 중시하고, 조건에 맞춰 실행했다. 일이 일단락되면 다른 것은 관여치 않았다. 그는 아침밥을 먹지 않았다. 늦게 일어났기 때문이다. 늦게 일어났기 때문에 아침밥을 먹지 못한 것은 당연했다. 점심은? 방을 세놓을 때 분명히 했었다. 점심은 준비하지 않기로. 웬델 부인은 점심을 준비할 책임이 없으니, 그가 배고프다고 해도 신경 쓸 이유가 없지 않은가!

희망이 없어 보이자 마쩌런은 속 시원히 굶기로 마음먹었다. 그는 나뽈레옹을 내려놓고 위층으로 올라갔다. 가쩌런이 마음에 드는 듯 나뽈레옹이 꼬리를 흔들며 쫓아왔다. 마쩌런이 자리에 앉자 나뽈레옹이 여기저기를 물고 긁으며 흥겹게 놀았다. 의자 뒤에 숨어 그의 옷섶을 잡아당겼다가, 앞쪽으로 돌아와 그의 구두를 물기도 했다.

"좋을 때 그만해. 도를 넘지 말고." 마쩌런이 나뽈레옹에게 말했다. "배불리 먹고 뛰놀면서 다른 사람 배 속은 어떤지 생각하지도 않아……!"

나뽈레옹이 걱정되어 웬델 부인이 위층으로 올라가보니 서재 문이 열려 있었다. 그 바람에 그녀는 마쩌런이 나뽈레옹에게 불만을 털어놓는 걸 듣고 말았다.

"오! 마 선생님, 식사를 하셔야 한다는 걸 몰랐네요. 밖에 나가드시는 줄 알았어요."

"괜찮습니다. 아직은 그다지……"

"드시겠다면 제가 준비해드릴 수 있어요. 한 끼에 1실링이에요."

"2실링 드릴 테니, 많이 좀 해주십시오."

한참 후 웬델 부인이 차 한 주전자와 차가운 소고기 한 접시, 빵 몇 조각, 약간의 채소를 가져다주었다. 마쩌런은 (차를 빼고) 모두 차가운 음식인 것을 보고 미간을 찌푸렸다. 그러나 너무 배가 고파 먹지 않을 수 없었다. 차를 천천히 다 마셨다. 차가운 소고기는 반만 먹었다. 빵과 채소는 조금도 남기지 않았다. 배불리 먹고 마신 다음 그는 다시 의자에 앉았다. 트림을 몇번 크게 한 후, 성냥을 꺾어 만든 이쑤시개로 여유롭게 이를 쑤셨다.

그때까지 거기에 있던 나뽈레옹이 눈을 비껴뜨고 놀아주기를 기다렸다. 마쩌런은 그를 데리고 놀 생각이 없었다. 나뽈레옹은 서운한 듯 의자 한구석에 엎드렸다.

웬델 부인이 그릇을 치우려고 왔다가 나뽈레옹을 발견했다. 그녀는 급히 그릇을 내려놓고 카펫에 엎드리더니 개를 껴안고는 마쩌런과 무엇을 하며 놀았느냐고 물었다.

그 집으로 들어온 때부터 지금까지 마쩌런은 웬델 부인을 똑바로 본 적이 없었다. '군자가 어찌 아무렇게나 여인을 쳐다보겠는가!' 그제야 그는 그녀의 머리카락에서 풍기는 향기를 분명하게 맡을 수 있었다. 마음이 따뜻해지고 떨려와 어떻게 해야 할지 몰랐다.

웬델 부인이 그에게 물었다. "베이징에서는 '개 경주'가 1년에 몇번 열리나요? 개에 대한 중국법상의 보호 규정은 어떤 것이 있죠? 발바리는 중국 품종이……"

'과학'처럼 '구학狗學'을 연구한 적이 없는 마쩌런이 대충대충 몇 마디 보충했다. 그녀가 듣고 싶어하는 화제를 찾는 게 잘못은 아닐

터였다. 그는 말하면서 처음으로 대담하게 그녀를 바라보았다. 그녀 나이는 서른일고여덟 정도였지만, 얼굴은 그만큼 나이 들어 보이지 않았다. 깔끔하고 세련되게 옷을 입어 더 젊어 보였다.

그가 조심스럽게 손을 뻗어 나뽈레옹을 만지려고 했다. 그녀가 피하지 않고 개를 앞쪽으로 내밀었다. 마쩌런의 손이 그녀의 가슴에 닿을 뻔했다. 그의 몸이 떨렸다. 의자를 웬델 부인에게 내주고 나니 나무걸상을 가져와야겠다는 생각이 번쩍 들었다. 두 사람의 대화는 '구학'에서 장사에까지 이르렀다. 그녀는 모든 면에서 경험이 많은 듯했다.

"이제 장사를 하려면 광고가 가장 중요하답니다." 그녀가 말했다.

"저는 골동품을 팔기 때문에 광고는 필요 없을 듯합니다." 그가 대답했다.

"골동품을 파니까 더더욱 광고가 없으면 안되죠!"

"그렇겠군요!" 조금 전까지 반박하던 그가 갑자기 수긍하니 오히려 그녀가 놀랐다. 그녀가 일어서며 말했다.

"나뽈레옹을 여기에 둘까요?"

이 집에서 나뽈레옹은 결코 가벼운 존재가 아니라는 것을 깨달은 마쩌런은 서둘러 강아지를 받아안았다.

쟁반에 그릇을 담아 나가면서 그녀가 강아지에게 말했다.

"말 잘 들어! 말썽 피우면 안돼!"

그녀가 나갔다. 마쩌런은 개를 바닥에 내려놓고 긴 의자에 누워 다시 잠을 잤다.

6시가 넘어 돌아온 마웨이는 피곤하여 머리가 지끈거렸다. 눈은 충혈되어 실핏줄이 몇 가닥 맺혀 있었다. 에번스 목사는 그를 데리고 먼저 런던탑(간 김에 타워브리지를 보았다)과 쎄인트폴 성당, 국회의사당에 갔다. 하루 만에 런던을 둘러보고 이해하는 것은 불가능했다. 에번스 목사는 그를 데리고 세 곳만을 둘러보았다. 나머지 박물관, 미술관, 동물원 등은 그가 조금씩 런던 지리를 익혀 혼자서 돌아보아야 했다. 쎄인트폴 성당에 간 김에 에번스 목사는 큰아버지의 골동품 가게가 성당 왼편의 작은 골목 안에 있다고 일러주었다.

에번스 목사는 수수깡 같은 두 다리로 정말 빨리 걸었다. 마웨이는 몸을 앞으로 내밀고 열심히 따라갔으나 그를 따라잡지 못했다. 그러나 지고 싶지 않았던 그는 에번스 목사를 따라 한나절 내내 죽어라 걸었다.

그가 막 문으로 들어섰을 때, 웬델 아가씨가 돌아왔다. 열심히 걸어왔는지 상기된 그녀의 얼굴이 보기 좋았다. 그가 멋쩍어하며 그날 구경한 것들을 말해주려 했지만 그녀는 재빨리 주방으로 들어가버렸다.

마웨이는 아버지가 있는 위층으로 올라갔다. 마쩌런은 여전히 담뱃대를 물고 앉아 있었다. 마웨이는 구경한 것들을 하나하나 아버지에게 말했다. 마쩌런은 그다지 주의해서 듣지 않았다. 그러나 형의 골동품 가게 얘기를 듣자 무언가 불현듯 생각난 듯이 말했다.

"마웨이! 내일 네 큰아버님 묘소에 갔다가 가게에 가보자. 잊지 마라!"

벨소리가 나자 부자는 식당으로 내려가 밥을 먹었다.

식사를 마치고 웬델 부인은 설거지를 하느라 바빴다. 마쩌런은 다시 서재로 돌아와 담배를 물었다.

마웨이 혼자 거실에 앉아 있었다. 갑자기 웬델 아가씨가 뛰어들어왔다. "제 가죽지갑 봤어요?"

마웨이가 대답하려 하자 그녀가 또 뛰어나갔다. 그러면서 말했다. "맞아. 주방에 있지."

마웨이는 거실 입구에 서서 그녀를 보고 있었다. 주방에서 가죽지갑을 찾은 그녀가 뛰어올라와 서둘러 모자를 썼다.

"외출하세요?" 그가 물었다.

"물론이죠. 영화 보러 가요."

마웨이는 거실 창을 통해 밖을 내다보았다. 그녀와 한 남자가 어깨를 맞댄 채 웃고 떠들면서 걸어갔다.

9

마쩌런은 성묘 갈 생각을 하고서야 형을 떠올렸다. 그날 밤 꿈속에서 형을 몇번이나 보았다. 두 사람 모두 눈물을 흘렸다. 형에게 신세 졌던 일들을 생각하자 마쩌런은 조금 부끄러워졌다. '형의 돈을 얼마나 많이 썼던가! 그 돈은 쉽게 번 것인가!' 형의 돈을 그냥 쓴 것만이 아니었다. 형이 보내준 돈으로 고주강태가 되도록 술을 마셔 경찰 두명의 부축을 받으며 집으로 돌아간 적도 있었다. '형이 보내준 돈으로 술을 마시다니! 게다가 인사불성이 되도록 취하다니!' 그러나 다시 원점으로 돌아갔다. '과거의 일은 어쨌든 다 지나간 것이다. 생각해야 무슨 소용인가…… 지금은 런던의 가게 사장이다. 관리가 되는 것만큼 영광스럽지는 않지만, 팔자는 좋은 편이다! 운이 트인 거지! ……맞아. 왜 달력을 가져오지 않았지? 내일은 성묘 가기에 좋은 날일까?' 기독교를 믿는 사람은 아무것도 두려워하지 않았다. 하느님의 힘은 그 어떤 신보다 크기 때문이었다. '태세신[16]? 안돼! 태세신을 감히 하느님께 비할까!' 그러나……여러가지 문제가 머릿속에서 옥신각신해서 밤새 잠을 이룰 수 없었다.

다음 날 아침, 하늘은 여전히 어두침침했다. 동풍도 서늘했다. 마쩌런은 몸에 꼭 맞는, 낙타털이 섞인 플란넬 셔츠와 두툼하고 검은 나사 바지를 입었다. 그러고도 감기에 걸릴까봐 셔츠 위에 솜저고리를 껴입었다. 그러나 솜저고리가 너무 끼어 허리띠를 맬 수 없었다. 그는 서양 옷을 탓하며 솜저고리를 다시 벗었다. '이걸 어떻게 받아들여야 하지? 역시 동서양의 문화는 조화를 이룰 수 없구나! 솜저고리와 서양 바지가 함께할 수 없는 걸 보면……!'

마쩌런은 아침밥을 먹은 후 담배를 몇모금 빨고 나서야 거들먹거리며 거리로 나섰다.

마웨이는 아버지를 모시고 고든 로를 나와 토트넘 코트로드를 가로질러 곧장 옥스퍼드 가를 향해 걸으면서 아버지에게 물었다. "지하철이 좋으세요, 버스가 좋으세요?" 그는 어제 에번스 목사에게 물어 묘지의 위치를 알아두었다. 마쩌런은 아무런 의견이 없었으므로 "큰길에 가서 다시 말하자"라고만 했다.

옥스퍼드 가에 도착했다. 거리에는 동서로 오가는 차들이 줄지어 달리고 있었다. 대형차 사이에 소형차가 끼어 있고, 소형차 뒤를 오토바이가 바짝 따르고 있었다. 달리기에 심취한 타조가 작은 타조 무리를 이끄는 듯했다. 금방이라도 부딪힐 듯 빽빽하게 모여들기만 할 뿐, 어찌 된 일인지 쉽사리 빠져나가지 못했다. 앞 차를 들

---

16 길흉의 방위를 맡아 본다는 여덟 신(神) 가운데 태세(太歲), 즉 목성을 관장하는 신.

이받아 멀리 보내고 뒤집힐 듯하면서도 절대 서로 부딪히지는 않았다. 차 뒤쪽에서는 푸릉푸릉 푸른 연기가 뿜어나왔다. 차바퀴 구르는 소리도 들렸다. 어떤 것은 뛰뛰, 어떤 것은 빵빵 하며 어지럽게 경적을 울렸다. 먼 곳도 자동차, 가까운 곳도 자동차, 전후좌우가 모두 자동차였다. 모든 자동차에서 연기가 뿜어나왔으며, 어딜 가나 바퀴 구르는 소리가 났다. 모든 자동차가 뛰뛰빵빵 떠들어댔다. 그 넓은 길 전체가 '자동차 바다'였다. 도로 양옆의 인도를 걷는 사람들은 남녀노소 할 것 없이 무언가를 잃어버린 것처럼 목을 빼고 서둘러 앞으로 나아갔다. 밑을 내려다보면 온통 다리만 보였다. 위를 쳐다보면 조금씩 움직이는 머리만 보였다. '자동차 바다'의 파도가 양안의 모래에 부딪혀 조금씩 움직이는 듯했다.

마쩌런은 고개를 들어 하늘을 보았다. 잿빛으로 흐렸다. 마웨이에게 가지 않겠다고 말하려 했으나 곤란했다. 잠시 후 도로 중앙에 서 있는 자동차 행렬을 보았다. "마웨이, 저 자동차들은 빌릴 수 있는 거냐?"

"네. 그렇지만 정말 비싸요!" 마웨이가 말했다.

"비싸도 필요하면 빌려야지!" 마쩌런은 커다란 버스를 바라보는 것만으로도 현기증이 났다.

"그럼 지하철을 타시죠!" 마웨이가 말했다.

"지하도에서는 숨도 쉴 수 없을 것 같은데!" 마쩌런은 런던에 도착하던 날 지하철을 탔던 경험을 떠올렸다.

"돈을 너무 많이 쓰면 안되잖아요!" 마웨이가 웃으며 말했다.

"너 왜 그러는데? 차를 빌리고 운전사에게 말해라. 길을 돌아 한적한 길로 가달라고! 알았어? 아이고, 어지러워!"

마웨이는 택시를 부르는 수밖에 없었다. 그리고 운전사에게 길을 돌아서 가달라고 부탁했다.

마쩌런은 차를 타고서도 마음이 놓이지 않았다. "이러다간 언젠가 머리가 터지고 말겠어!" 그는 목소리를 낮추어 말했다.

"왜 헌서憲書[17]를 가져오지 않은 거야! 거기에 '재수 없다'고 나왔는데 이렇게 다니다가는 우린 죽을 수밖에 없어!"

"헌서는 뭐하시려고?" 마웨이가 물었다.

"혼잣말이잖아. 말대꾸하지 마!" 마쩌런이 마웨이를 노려보았다.

운전사는 정말로 한적한 길을 골라 달렸다. 동쪽으로 가다 다시 서쪽으로 달렸다. 들판을 돌아 다시 작은 골목으로 들어갔다…… 사오십분 정도 달리고서야 널찍한 공원에 도착했다. 그 주변으로 사람 키 높이쯤 되는 철책이 둘러쳐 있었다. 철책 안에는 둥근 원을 따라 작은 나무가 줄줄이 심겨 있었다. 그곳에 크고 작은 표석표石이나 비석이 세워져 있었다. 런던은 정말 이상했다. 북적거리는 곳은 너무 북적거리고, 한적한 곳은 너무 한적했다.

철책을 따라 돌던 택시가 작은 철문을 돌아 멈춰섰다. 부자는 차에서 내렸다. 마웨이가 택시를 보내려고 하자 마쩌런이 기다리게 했다. 작은 철문 안 표석 앞쪽에 붉고 아담한 집이 쓸쓸하게 서 있었다. 높은 담 위로 난 굴뚝에서 구불구불 연기가 솟아났다. 그들은 작은 철문을 두드렸다. 붉고 아담한 집의 문이 살짝 열렸다. 문이 점점 크게 열리더니 둥글고 통통한 얼굴이 천천히 드러났는데, 무언가를 씹고 있는 듯 양 볼이 씰룩거렸다. 드디어 문이 활짝 열렸다. 통통한 얼굴과 얼굴 아랫부분까지 모두 드러났다. 작고 통통한 노부인이었다.

---

17 청대의 점술서.

노부인의 얼굴은 특별할 게 없었다. 그 얼굴은 '반들반들하고' 부드러운 혹처럼 목 위에 달려 있을 뿐이었다. 팔과 다리가 없다면 작고 둥근 쇠막대기 같았을 것이다. 그녀가 앞치마로 입을 닦으면서 누구의 묘를 찾는지 물었다. 그녀가 앞으로 다가오자 분명히 알 수 있었다. 그녀는 분명 오관이 멀쩡했고, 작은 눈은 빙그레 웃고 있었다. 말할 때는 이가 하나만 보였다. 다른 이가 없기 때문이었다. 하나 남은 이는 길고 넓적해서 꽤나 돋보였다.

"우리는 마 선생님의 묘를 찾습니다. 중국인이죠." 마웨이가 노부인에게 말했다. 입을 닦은 그녀가 눈물을 훔치려는 듯 손을 올리는 척했다.

"알아요. 기억해요. 작년 가을에 돌아가셨죠! 가련하게도!" 노부인은 앞치마를 걷어올리려 했다. "관 위에 꽃다발이 세개 있었죠. 기억해요. 가을, 10월 7일이었죠. 이곳에 묻힌 첫번째 중국인이에요. 처음으로! 불쌍하게도!" 말을 하는 노부인의 얼굴에 눈물이 흘렀다. 얼굴에 살이 많아 눈물이 쉽게 흘러내리지 못했다. "저를 따라오세요, 제가 알아요. 기억하고 있답니다." 노부인이 앞으로 걸어갔다. 짧은 다리가 알을 깨고 나온 새끼오리 같았다. 걸을 때마다 출렁이는 볼살이 겨울철에 먹는 위둥魚凍[18] 같았다.

그들은 노부인을 따라 걸었다. 얼마 걷지 않아 노부인이 작은 표석을 가리키며 말했다. "저곳이에요." 마씨 부자가 서둘러 가보았다. 표석에 새겨진 이름이 외국인이었다. 그들이 물으려 하자 그녀가 얼른 말했다. "아뇨! 아니에요! 더 가야 해요! 제가 알죠. 기억하고 있어요. 저기예요. 첫번째 중국인!"

---

18 생선 국물이 엉겨 굳어진 것.

다시 얼마간 더 걸었다. 마웨이가 재바른 눈으로 오른편의 작은 비석을 발견했다. 한자가 새겨 있었다. 마쩌런을 부축하여 함께 걸어갔다.

"맞아요! 바로 거기예요! 기억해요! 내가 알고 있어요!" 뒤쪽에서 노부인이 통통한 손으로 그들이 찾은 비석을 가리키며 말했다.

비석은 두자 정도 크기였다. 마웨이 큰아버지의 이름인 마웨이런이 맨 위에 있고 그 밑으로 생몰 연월일이 새겨 있었다. 옅은 잿빛 인조석으로 만들어진 비석에 새겨진 글자는 암갈색이었다. 비석 앞에 놓인 화환은 비바람에 씻겨 색깔이 바래 있었다. 꽃다발 위의 종잇조각은 바람에 날려가버린 지 오래였다. 비석 앞 풀밭에는 연노랑 야생화 몇 송이가 말없이 피어 있었다. 눈물방울 같은 이슬이 꽃잎에 맺혀 있었다. 하늘의 먹구름과 땅 위의 비석, 그리고 흩어진 꽃다발이 처량하고 참담한 분위기를 자아냈다. 마쩌런은 괴로워하며, 자신도 모르게 눈물을 흘렸다. 큰아버지를 뵌 적 없는 마웨이 역시 눈가가 붉어졌다.

마쩌런은 마웨이와 노부인을 개의치 않고 비석 앞에 무릎을 꿇고 공손히 세번 절했다. 그가 낮은 소리로 말했다. "형님! 이 동생이 돈을 벌어 형님을 중국으로 모실 수 있도록 도와주십시오!" 여기까지 말하고 자신도 모르게 목이 메어 통곡했다.

마웨이는 아버지 뒤에서 비석을 향해 세번 허리 굽혀 절했다. 가까이 다가온 노부인의 얼굴 역시 눈물범벅이었다. 짧은 팔로는 앞치마마저 걷어올릴 수 없었다. 어쩔 수 없이 손으로 얼굴 여기저기를 닦았다.

그녀가 울면서 말했다. "생화가 필요하세요? 제게 있어요."

"얼마입니까?" 마웨이가 물었다.

"가져오십시오!" 마쩌런이 엎드린 채 말했다.

"네. 가져올게요. 가져오죠." 노부인이 말을 마치고 치마를 걷어 들었다. 빨리 걸으려 했지만 다리가 잘 굽혀지지 않는 듯했다. 그녀가 발을 동동거리며 뒤뚱뒤뚱 걸어갔다. 그러고 나서 한참 후에야 몸을 흔들며 천천히 돌아왔다. 붉은 집의 벽돌처럼 그녀의 목과 얼굴도 모두 붉었다. 한 손에는 치맛자락이, 다른 손에는 살굿빛 튤립 한 다발이 들려 있었다.

"선생님, 꽃을 가져왔어요. 정말 싱싱하죠! 보세······" 그녀가 부들부들 떨면서 마쩌런에게 꽃을 건네주었다. 그가 낡은 화환을 들어 철사를 동여매더니 새 꽃을 꽂아 비석 앞에 놓았다. 그리고 두 걸음 물러나 다시 한번 자세히 살폈다. 또 눈물이 떨어졌다.

그가 울자 노부인도 울었다. "돈 내셔야죠!" 그녀는 울다가 갑자기 신이 난 듯 손을 내밀었다. "꽃값 말이에요!"

마쩌런이 말없이 10실링짜리 지폐를 꺼내 그녀에게 주었다.

지폐를 살펴보던 그녀가 고개를 들어 마쩌런을 자세히 보았다. "감사합니다! 감사해요! 이곳에 묻힌 첫번째 중국인이죠. 감사합니다! 제가 알아요. 감사합니다! 더 많은 중국인이 죽어 이곳에 묻히기를 바랍니다!" 마지막 말은 그녀 자신에게 한 것이었지만 마씨 부자에게는 진심으로 들렸다.

문득 구름 사이로 햇빛이 비쳤다. 비석이 그들의 그림자를 가리자 무덤—사람이 묻혀 있는 그곳—이 더욱 참담해 보였다. 마쩌런은 한숨을 쉬고 나서 눈물을 닦고 마웨이를 돌아보며 말했다. "마웨이, 그만 돌아가자!"

부자는 천천히 걸어나왔다. 뒤를 따라 걷던 노부인이 다른 종류도 있다며 꽃이 더 필요한지 물었다. 마웨이가 그녀를 힐끗 보았다.

마쩌런은 고개를 저었다. 두 사람은 작은 철문에 이르렀다. 노부인은 멀리 뒤처져 있었다. 그러나 "첫번째 중국인……"이라는 그녀의 말은 계속해서 들렸다.

부자는 다시 택시를 탔다. 마쩌런은 눈을 감고 생각했다. '형님의 영구靈柩를 어떻게 돌려보내지?' 또 형님이 예순도 되지 않아 돌아가셨다는 생각이 들었다. '그리고 나는? 벌써 오십대구나! 삶은 꿈일 뿐이야! 뭐가 더 있겠어! ─ 그저 다 꿈이지!'

묘지에서의 인상이 아직 가시지 않아 마웨이는 비스듬히 좌석한쪽 끝에 기댄 채 운전기사의 넓은 등을 바라보았다. 그는 생각했다. '큰아버님은 영웅이시다! 해외에 나와 사업을 하시고! 영웅이시다! 골동품을 파는 게 큰 사업은 아니지만 외국인의 돈을 벌어들였으니 영웅 될 자격이 있다! 그런데 아버지는 아니다.' 그는 마쩌런을 바라보았다. '관리가 되지도 못했으면서 술을 마시며 궁상을 떠신다. 관리? 유명인사? 얼어죽을! 진정한 능력이란 참된 지식으로 정의롭게 돈을 버는 것이다!'

10

마씨네 작은 골동품 가게는 쎄인트폴 성당 왼편으로 약간 경사진 골목에 있었다. 가게 밖에 서면 쪼개놓은 수박 같은 성당 첨탑 일부분이 보였다. 가게는 한 칸짜리였다. 가게 전면 왼편에 작은 문이 있었고, 오른편은 통유리 진열창이었다. 유리창 안쪽으로 자기와 놋그릇, 옛날 부채, 작은 불상, 그리고 자질구레한 것들이 전시되어 있었다. 창 오른편에도 작은 문이 있었는데, 우산과 트렁크를 수리하는 위층 가게로 통하는 출입구였다. 가게 왼편으로 나란히 세 가게가 더 있었다. 마씨네 바로 옆 가게에서도 골동품을 팔았다. 오른편은 외투 가게의 물품을 보관하는 곳이었다. 사람들이 드나들며 문 앞에 서 있는 마차 두대에 물품을 싣고 있었다. 가게 맞은편에는 높은 담벼락만 서 있을 뿐 아무것도 없었다.

마씨 부자가 가게 주변을 살피고 있을 때, 리쯔룽이 가게 안에서 나왔다. 그가 웃으며 물었다.

"마 선생님이시죠? 들어오십시오."

마쩌런이 리쯔룽을 살펴보았다. 얼굴은 나무랄 데가 없었지만, 웃는 모습이 좀 지나쳤다. 그는 셔츠만 입고 있었는데, 소매를 팔뚝까지 말아올렸다. 손에는 녹과 흙먼지가 묻어 있었다. 상품 진열대를 물로 닦아가며 정리하고 있었기 때문이다. 마쩌런이 자신도 모르게 한마디로 그를 평가했다. '속물스럽긴!'

"리 선생님이시죠?" 마웨이가 급히 다가와 리쯔룽과 악수하려고 했다.

"잡지 마세요. 손이 지저분합니다!" 리쯔룽이 허겁지겁 바지 주머니에서 손수건을 찾았다. 그러나 손수건을 찾지 못하자 마웨이에게 자신의 손목을 잡도록 했다. 그의 손목은 거칠었고 힘이 느껴졌다. 온통 뼈와 근육으로만 이뤄진 것 같았다. 다웨이가 뜨거운 손목을 다정하게 붙잡았다. 그는 첫눈에 리쯔룽에게 빠져들었다. 셔츠와 걷어올린 소매, 먼지투성이 손, 거친 손목을 보고 그가 능력있는 사람이라고 생각했다. '능력이 없는데 외국인과 경쟁할 수 있겠어?'

서양인의 눈으로 보면 리쯔룽보다 마웨이의 외모가 더 중국적이었다. 그들이 생각하는 중국인은 이랬다. 키가 작고 변발을 했으며 얼굴이 넓적하다. 광대뼈가 튀어나왔고 코가 낮으며 눈은 한치 남짓한 구멍 두개가 뚫린 듯하다. 씰룩이는 입술 위에는 바람 따라 흔들리는 짧은 수염을 기르고 있다. 발바리 같은 짧은 다리로 건들거리며 걷는다. 그것은 겉으로 드러난 모습에 대한 판단일 뿐이다. 서양인이 생각하는 중국인은 음험하고 교활하며, 옷소매에 독사를 넣고 다니거나 귀에 비상砒霜을 넣어두고, 숨을 쉬면 독가스를 내뿜거나, 단 한번의 눈짓으로 사람을 죽일 수 있다. 서양의 남녀노소는 그런 중국인을 상상하며 벌벌 떨었다.

리쯔룽은 '평평하나 통통한' 모습이었다. 그의 키가 조금만 더 컸다면, 사람들은 그를 일본인이라고 높여 불렀을 것이다. (똑같이 누런 얼굴이라도 조금만 좋은 점이 있으면 일본인이라 여겼다.) 불행히도 그는 키가 165센티미터 정도밖에 되지 않았고, 안짱다리였다. 검은 머리카락은 거칠고 숱이 많았다. 이마는 좁은데다 머리는 텁수룩했기 때문에 눈썹 위가 더더욱 좁아 보였다. 눈과 코, 입은 그럴듯하게 생겼지만 광대뼈가 약간 평평했다. 그러나 체격은 좋았다. 허리는 넓고 꼿꼿했으며, 목은 굵었다. 게다가 안짱다리여서 서 있으면 작은 대포 같았다.

그러니까 리쯔룽은 외국인이 보기에 헷갈리는 외모였다. 일본인이라고 하기엔 어딘지 모르게 얼굴 생김이 달랐다. (일본인은 모두 체면을 중시한다!) 중국인으로 보기에 그의 누런 얼굴은 너무 깨끗했다. 중국인이 어디 비누를 사서 세수를 하던가? 또 그는 허리가 꼿꼿했다. 중국인은 허리를 굽히고 매를 맞는 족속이니 허리가 꼿꼿한 것은 이치에 맞지 않았다. 다리가 조금 휘었지만 걸을 때는 아무런 거리낌 없이 뚜벅뚜벅 걸었다. 건들거리지도 않았고, 심지어 보통 사람들보다 빨리 걸었다…… 서양 어르신들은 그가 어떤 하등 인류의 산물인지 알 수 없었다. 결국 리쯔룽의 집주인이 생각한 것은 이랬다. '아! 저자는 중국과 일본의 혼혈이야.' 그녀는 남몰래 사람들에게 말했다. "중국인은 절대 아니야. 그럼 일본인? 말도 안돼!"

마웨이와 리쯔룽은 여태 손을 놓지 않고 있었다. 마쩌런은 벌써 허리를 세우고 가게로 들어갔다. 리쯔룽이 급히 따라들어와 바닥을 정리하고는 마쩌런을 카운터로 쓰는 방으로 안내했다. 작은 가게는 두 부분으로 나뉘어 있었다. 한 부분은 장사를 하는 곳이고, 다른 한 부분은 카운터로 쓰는 방이었다. 카운터로 쓰는 방은 매우 작았다. 뒷벽 쪽에 소형 금고가 놓여 있었다. 금고 앞쪽으로 의자 서너개와 탁자 하나를 놓을 공간이 있었다. 소형 금고 옆에 작은 다기가 있었고, 그 위쪽에 전화기와 전화번호부가 있었다. 가게 안은 습기로 눅눅한데다 시큼한 녹 제거용 기름 냄새까지 더해져 마치 베이징의 작은 양화점 같았다.

"리 점원." 마쩌런은 한참을 생각한 후 '점원'이라는 두 글자를 생각해냈다. "차 좀 내오게."

리쯔룽이 텁수룩한 검은 머리를 잡아당기며 마쩌런을 보았다. 그러고 나서 웃으며 마웨이에게 말했다.

"이곳에는 찻주전자와 찻잔이 없습니다. 차를 마시려면, 바깥에 나가 사올 수밖에 없습니다. 그렇게라도 내올까요?"

굳은 표정의 마쩌런이 돈을 꺼내려는 마웨이를 말리며 리쯔룽에게 말했다.

"점원!" 이번에는 '리'마저도 붙이지 않았다. "사장이 차 한잔 마시겠다는데 자기 돈을 꺼내야 하나? 그리고 진열대에 찻주전자와 찻잔이 잔뜩인데 왜 생떼를 쓰는 거야?" 그러고는 의자를 당겨 다기 앞에 앉았다. 그는 등을 뒤로 젖히다 전화기에 부딪힐 뻔했다.

천천히 셔츠의 소매를 내린 리쯔룽이 마쩌런을 돌아보며 말했다.

"마 선생님, 이전 사장님이 살아 계실 때, 저는 이곳에서 일년 넘게 일을 도왔습니다. 그분이 돌아가실 때, 제게 선생님을 도와드리라고 부탁하셨습니다. 그래서 저는 그동안 해온 대로 장사를 할 수밖에 없습니다. 차를 마시는 것은 사적인 일이기 때문에 공금으로 지출할 수 없습니다. 이곳은 중국과 다릅니다. 공적 장부는 변호사가 서명한 후, 정부에서 세금을 걷습니다. 마음대로 지출하지 못합니다. 진열대 위의 찻주전자와 찻잔은 팔기 위한 것이지, 우리가 사용하기 위한 것이 아닙니다." 그가 다시 몸을 돌려 마웨이에게 말했다. "제 뜻을 대충 아시겠죠? 아마도 제가 너무 각박해 보일 겁니다. 그러나 우리는 지금 영국에 있습니다. 영국에서는 인정은 인정이고, 장사는 장사입니다. 우리 역시 그 방식을 따르지 않으면 안됩니다."

"맞아요!" 마웨이가 낮은 소리로 말하면서도 감히 아버지를 쳐다보지는 못했다.

"됐어! 됐다고! 안 마실 거야! 안 마시면 되지!" 마쩌런은 리쯔룽이 두려운 듯 고개를 숙이고 말했다.

리쯔룽이 말없이 바깥방으로 가서 열쇠를 가져다 금고를 연 다음, 장부 몇권과 문서를 꺼내 마쩌런 앞에 있는 의자에 놓았다.

"마 선생님, 이것이 우리 가게의 장부입니다. 살펴보십시오. 보시고 나면 제가 설명드리겠습니다."

"왜 그러는데? 말이 그렇다는 것이지, 설마 내가 자네의 진심을 의심하겠나?" 마쩌런이 말했다.

리쯔룽이 웃었다.

"마 선생님, 장사해보신 적 없으······"

"장사? 흐음······" 마쩌런이 말을 잘랐다.

"좋습니다. 선생님께서 장사를 해보셨든 안해보셨든, 공적인 일은 공적으로 처리해야 한다는 원칙대로 하겠습니다. 어쨌든 한번은 확인하고 넘어갈 문제였으니 지금 선생님께서 저를 의심하는지 안하는지는 언급할 필요 없습니다." 리쯔룽은 웃을 수도, 화낼 수도 없어 곤혹스러웠다. 중국인은 기질적으로 예의를 강조하고 인정에 호소한다는 것을 그도 잘 알았다. 또 외교를 할 때를 제외하고 영국인은 직설적이고 즉각적이며, 글도 직설적으로 쓴다는 것을 잘 알고 있었다. 진퇴양난이었다. 마쩌런이 영국식을 못마땅해하니 어떻게 해야 좋을지 몰랐다. 그는 그저 머리카락을 하릴없이 잡아당겼다. 이마 위의 긴 머리카락은 둥글게 말리기까지 했다.

아버지가 말이 없자 마웨이가 웃으며 말했다.

"큰아버님 묘소에서 돌아오는 길이라 아버지 마음이 아직 안정되지 않았습니다. 장부는 내일 보도록 하죠."

마쩌런은 고개를 끄덕이며 생각했다. '그래도 아들놈이라고 아비를 두둔하는구면! 저 점원 녀석은 일부러 나를 괴롭히려 들고!'

리쯔룽이 마쩌런과 마웨이를 보고 키득 웃더니 장부를 다시 거둬들였다. 장부를 내려놓고 다시 금고 안쪽을 한참 동안 만져보더니 자줏빛의 작은 비단 상자를 꺼냈다. 리쯔룽을 보며 줄곧 미소 짓던 마쩌런이 생각했다. '저자가 또 무슨 수작을 부리려고! 아직 안 끝났어?'

리쯔룽이 작은 비단 상자를 마웨이에게 건넸다. 마웨이가 아버지를 보고 나서 작은 상자를 천천히 열었다. 거기엔 하얀 솜이 가득 들어 있었는데 솜을 들추고 보니 한가운데에 다이아몬드 반지가 있었다.

마웨이가 반지를 손바닥에 올려놓고 자세히 보았다. 여성용 장신구였다. 금으로 된 고리는 가늘었고, 꽈배기처럼 꼬여 있었다. 조금 넓적한 위쪽에 박힌 다이아몬드에서 번쩍번쩍 빛이 났다.

"이것은 큰아버님께서 당신에게 남기신 선물입니다." 리쯔룽이 금고를 잠그며 마웨이에게 말했다.

"어디 좀 보자!" 마쩌런이 말했다.

마웨이가 서둘러 반지를 건네주었다. 리쯔룽에게 한 수 보여주려는 듯, 마쩌런은 반지를 요모조모 살폈다. 겉을 보고 나서 다시 머리를 빼고 눈을 작게 뜬 채 반지 안쪽에 새겨진 글자를 보았다. 그리고 손가락으로 다이아몬드에 침을 발라 몇번 문질렀다.

"다이아몬드군. 괜찮아. 여성용 반지야." 마쩌런이 고개를 흔들고 혀를 차며 말했다. 그러면서 자연스럽게 반지를 자기 옷 주머니에 넣었다.

그걸 보고 리쯔룽이 한마디 하려는데 마웨이가 눈짓을 했다. 리쯔룽은 입을 다물었다.

잠시 후, 리쯔룽은 금고 열쇠와 작은 열쇠 뭉치를 마쩌런에게 건넸다.

"가게 열쇠입니다. 받으십시오, 마 선생님!"

"자네가 가지고 있으면 되지, 응!" 그의 손은 여전히 주머니 속의 반지를 만지고 있었다.

"마 선생님, 분명히 해야 할 일이 있습니다. 저를 계속 고용하실 겁니까?" 리쯔룽이 물었다. 손에는 아직 열쇠 뭉치가 들려 있었다.

마웨이가 아버지를 향해 고개를 끄덕였다.

"내가 열쇠를 가지고 있으라 했는데, 고용하지 않겠어?"

"좋습니다! 감사합니다! 이전 사장님이 살아 계셨을 때는 아침 10시에 출근해서 오후 4시에 퇴근했습니다. 일주일에 2파운드를 주셨고요. 제가 하는 일은 손님을 응대하고, 물건을 정리하는 것이었습니다. 사장님이 편찮으신 다음부터 출근은 아침 10시로 같았지만 퇴근은 오후 6시로 늦어졌습니다. 그때부터는 일주일에 3파운드를 주셨습니다. 자, 어떻게 하시겠습니까? 급료와 할 일, 업무 시간을 알려주십시오. 사실 저는 한나절만 일하고 싶습니다. 급료가 줄더라도 괜찮습니다. 시간을 내서 공부를 해야 하기 때문입니다."

"아아! 아직 공부를 하고 있나?" 리쯔룽이 학생일 거라고는 생각지 못했던 마쩌런은 생각했다. '그렇게 속물 같은 모습으로 아직 공부를 해? 알 수 없군! 중국 학생들은 너랑 달라!'

"본래 저는 학생이었습니다." 리쯔룽이 말했다. "선생님께서……"

"마웨이!" 마쩌런은 별다른 의견이 없어 마웨이를 보았다. '네가 의견을 내봐!'라고 말하는 듯한 눈빛이었다.

"제가 리 선생님과 얘기를 하고 나서 모든 것을 다시 정하는 게 좋겠습니다." 마웨이가 말했다.

"그렇게 해!" 마쩌런이 일어났다. 가게 안이 썰렁해 무릎이 뻣뻣해졌다. "먼저 나를 집으로 데려다다오. 그리고 돌아와서 리 점원과 얘기를 해라. 온 김에 장부도 좀 보고. 사실 보거나 말거나 중요하지는 않지만." 그가 말하며 천천히 밖으로 걸어가다 바깥채의 상품 진열대 앞에서 멈춰섰다. 한참 동안 살핀 후 그는 리쯔룽에게 말했다.

"리 점원. 저 하얀 찻주전자 좀 가져와보게."

리쯔룽이 찻주전자를 조심스럽게 가져와 마쩌런에게 건넸다. 마쩌런이 손수건을 꺼내 찻주전자를 싼 다음 마웨이에게 주었다. 마웨이가 그것을 들었다.

"기다리세요. 함께 식사해요. 금방 올게요." 마웨이가 리쯔룽에게 말했다.

11

부자는 골동품 가게를 나왔다. 몇 걸음 가다 멈춰선 마쩌런이 다시 한번 가게의 외관을 살펴보았다. 그때서야 창문 위에 간판이 가로로 길게 걸려 있는 것을 발견했다. 검정 바탕에 금색 글자가 새겨진 간판에는 유리가 씌워져 있었다. "천박하군!" 그가 고개를 저으며 말했다. 말을 마치고 발돋움해서 다시 간판을 보았다. 그리고 몸을 돌려 맞은편의 담벼락을 보았다. "굴뚝이 우리 가게의 창문을 향하고 있어 풍수가 안 좋아!"

마웨이는 아버지의 말에는 신경 쓰지 않고 고개를 들어 쎄인트 폴 성당의 첨탑을 보았다. 볼수록 아름다웠다.

"아버지, 나중에 여기 와서 예배를 드리는 것도 좋겠어요." 마웨이가 말했다.

"성당은 나쁘지 않은데 첨탑이 좋은 기운을 다 가져가버려 당해 낼 수 없겠는데!" 자신이 기독교도라는 걸 완전히 잊어버린 듯, 마쩌런은 계속해서 불길한 풍수를 탓했다.

골목을 나와서도 마쩌런은 계속 고개를 저으며 풍수가 좋지 않은 것을 원망했다. 마웨이가 옥스퍼드 가로 가는 버스를 발견했다. 쎄인트폴 성당 바로 바깥에 정류장이 있었다. 마웨이는 노인네에게 묻지도 않고 끌다시피 하여 버스에 올랐다. 마쩌런이 어찌 된 영문인지도 모르는 사이 버스가 출발했다. 표를 끊은 마웨이가 아버지에게 말했다.

"리쯔룽을 '점원'이라고 부르지 마세요. 보세요. 차를 탄 사람들이 표를 사면서도 매표원에게 '고맙습니다'라고 하잖아요. 그가 가게에 있으면 크게 도움이 될 텐데, '점원'이라고 부르면 그가 좋아하지 않을 거예요! 게다가……"

"그럼 뭐라고 불러야 하는지 말해봐라. 사장인 내가 점원을 어르신이라고 부르기라도 하라는 거야?" 마쩌런은 손을 뻗어 마웨이가 들고 있던 찻주전자를 뺏어 들었다. 그는 손수건을 펼치고는 찻주전자 밑의 전서篆書를 자세히 살폈다. 하지만 워낙에 전서 실력이 부족한데다, 버스마저 흔들려 더더욱 알아볼 수 없었다. 그는 속으로 마웨이를 욕했다. '한마디 말도 없이 버스를 타다니!'

"리 선생이라고 불러도 우리가 체면을 잃는 건 아니죠!" 마웨이가 눈썹을 찌푸렸다. 그러나 실은 그도 아버지와 언쟁할 생각이 없었다.

버스가 철교 밑을 지날 때 기차가 다리 위를 덜컹거리며 지나가는 바람에 아무 소리도 들리지 않았다. 마쩌런은 마웨이의 말을 전혀 듣지 못했다. 버스가 갑자기 왼쪽으로 꺾는 바람에 마쩌런이 앞으로 미끄러지면서 하마터면 찻주전자를 놓칠 뻔했다. 그가 투덜거리며 욕을 했지만 기차 소리가 시끄러워 마웨이 역시 그의 말을 듣지 못했다.

"그를 쓰실 거죠?" 차가 멈춰선 틈을 이용하여 마웨이가 물었다.

"별수 없잖아! 그는 장사를 잘하지만 나는 못하니까!" 마쩌런이 얼굴을 붉혔다. 그는 마웨이가 다시 물으면 차에서 뛰어내릴 것처

럼 발을 내밀었다. 그러는 바람에 맞은편에 앉아 있는 노부인의 발
부리를 밟을 뻔했다. 마쩌런은 황급히 발을 오므렸다. 그와 동시에
버스에서 뛰어내리려던 생각도 거둬들였다.

마웨이는 물어도 소용없다는 것을 알았다. '그를 쓰실 거죠?—
별수 없잖아!' '그를 선생님이라고 하실 겁니까?—사장인 내가
그를 선생님이라고 하면, 그는 나를 뭐라고 불러야 하는데?' 어차
피 이렇게 될 일이었다. '됐어! 물을 필요 없어!' 마웨이는 고개를
돌려 거리의 간판을 유심히 살폈다. 정류장을 지나치지 않기 위해
서였다. 버스가 멈춰설 때마다 차장이 정류장 이름을 외쳤지만, 하
루아침에 차장의 영어 발음을 알아들을 수는 없었다.

부자는 옥스퍼드 가에서 내렸다. 마웨이는 아버지를 모시고 집
으로 향했다. 얼마 걷지 않아 멈춰선 마쩌런이 밭은 숨을 내쉬며
찻주전자를 꺼내 살폈다. 그가 갑자기 멈춰서는 바람에 뒤를 따르
던 행인들이 서둘러 양옆으로 갈라졌다. 그러지 않으면 부딪혀 함
께 넘어졌을 것이다. 마쩌런은 곧잘 다른 사람들을 개의치 않고 흥
겨우면 바로 멈춰섰다. 마웨이 역시 방법이 없어 아버지 뒤를 따라
천천히 걸을 수밖에 없었다. 런던 거리의 마씨 부자는 갑자기 움직
여 물고기를 날뛰게 만드는 어항 속 미꾸라지 두마리 같았다. 그들
은 가까스로 집에 도착했다. 마쩌런은 문밖에 서서 소맷부리로 찻
주전자를 닦았다. 그러고 나서 한 손에 찻주전자를 받쳐든 채, 열쇠
를 꺼내 문을 열었다.

벌써 점심식사를 끝낸 웬델 부인이 거실에서 쉬고 있었다. 그녀
는 그들이 돌아온 것을 보고도 아무 말이 없었다.

대문을 들어선 마쩌런이 소리쳤다. "웬델 부인!"

"들어오세요, 마 선생님." 그녀가 집 안에서 대답했다.

마쩌런이 안으로 들어갔다. 마웨이도 따라들어갔다. 낮잠을 자던 나뽈레옹은 그들이 들어오는 소리에도 눈을 뜨지 않고 킁킁 콧소리만 두번 냈다.

"웬델 부인, 보십시오." 마쩌런이 찻주전자를 높이 들었다. 얼굴에 웃음이 가득했고, 말소리도 꽤나 부드러웠다. 희춘한 듯했다.

방금 전에 식사를 끝낸 웬델 부인은 졸린 듯 눈꺼풀이 무거웠다. 화장이 지워져 그녀의 작고 붉은 콧등이 드러나 있었는데 그 모습이 설익은 산사나무 열매 같았다. 그러나 마쩌런에게 그 작고 붉은 콧등은 말할 수 없이 아름다워 보였다. 그녀가 일어나려 할 때 마쩌런이 찻주전자를 그녀 앞으로 내밀었다. 그는 기억하고 있었다. 나뽈레옹과 놀던 그날 그녀의 머리카락이 자신의 옷깃을 스칠 뻔했음을. 그래서 지금 그는 용기를 내서 그녀의 비위를 맞추고자 했다. 애정이란 한 걸음 한 걸음 나아가는 것이다. 앞으로 나아가지 않으면 키스를 할 수 있는 희망은 영원히 사라진다. 키스도 하지 않았는데 무슨 사랑 타령을 하겠는가! 마쩌런은 모든 일에 퇴영적이었다. 그러나 연애에서만큼은 진취적이어야 한다고 주장했다. 게다가 그의 진취적인 수완도 나쁘지 않았다. 그 점에서는 천부적이라고까지 할 수 있었다.

웬델 부인이 일어나 찻주전자를 받아들고 고개를 기울여 자세히 보았다. 마쩌런도 같이 들여다보았다. 홍조가 생길 정도로 미소를 띠고서.

"정말 예뻐요! 정말 좋네요! 중국 자기죠? 그렇죠?" 웬델 부인이 찻주전자에 붉은 벼슬의 작은 플리머스록 두마리가 새겨진 것을 가리키며 말했다.

중국 자기를 칭찬하는 걸 보고 마쩌런은 속으로 매우 좋아했다.

"웬델 부인, 당신에게 드리려고 가져온 것입니다!"

"제게 준다고요? 정말이에요, 마 선생님?" 그녀의 두 눈이 동그래졌다. 얇은 입술은 대문자 'O'처럼 커졌다. 쇄골 밑 가슴도 약간 붉어졌다.

"이 찻주전자 꽤 비싸죠?"

"별거 아닙니다!" 마쩌런이 작은 자기병을 가리키며 말했다. "부인께서 중국 자기를 좋아하는 걸 알고 있습니다. 저 작은 병도 중국산이죠? 그렇죠?"

"안목도 있으신데다 정말 자상하시네요! 저 병은 어느 군인에게서 산 거예요. 나뽈레옹, 일어나 마 선생님께 감사를 표해야지!" 웬델 부인은 나뽈레옹을 안더니 손으로 머리를 눌러 마쩌런에게 인사시켰다. 나뽈레옹은 정말 피곤했는지 아무리 해도 눈을 뜨지 않았다. 그러고도 찻주전자를 그냥 받는 것이 미안한 듯, 그녀가 눈동자를 굴리며 말했다. "마 선생님, 교환하는 건 어때요? 저는 이 찻주전자가 정말 마음에 들어요. 찻주전자를 주시는 대신 선생님께서 제 병을 가져가서 파는 거죠—그 병도 얼마간 돈이 될 거예요. 제가 샀는데요—얼마에 샀었지? 잊어버렸네요!"

"교환이라니요? 번거롭게 하지 마십시오!" 마쩌런이 웃으며 말했다.

마웨이는 창문 앞에 서서 아버지를 주시했다. 아버지가 그녀에게 반지도 줘버릴지 모르겠다는 생각이 들었다. 그러나 마쩌런은 주머니 속에서 만지작거릴 뿐 반지를 꺼내지는 않았다.

"마 선생님, 이 찻주전자가 얼마인지 알려주세요! 사람들이 물으면 대답해주게요!" 웬델 부인이 찻주전자를 가슴으로 안았다. 아가씨가 새로 산 인형을 껴안듯이.

"얼마냐고요?" 마쩌런이 커다란 안경을 고쳐쓰고는 고개를 돌려 마웨이에게 물었다. "얼마냐?"

"제가 어떻게 알아요?" 마웨이가 말했다. "뚜껑 안쪽에 가격표가 있을 거예요."

"맞아. 그렇지. 제가 한번 보죠." 마쩌런이 노래하듯 흥얼거리며 말했다.

"아뇨. 제가 볼게요!" 웬델 부인이 적절히 끼어들었다. 그러고 나서 가볍게 뚜껑을 열었다. "헉! 5파운드 10실링이에요. 5파운드 10실링!"

마쩌런이 가격표를 살피는 웬델 부인 곁으로 고개를 들이밀었다. "정말 그러네요. 중국 돈으로 하면 얼마지? 60위안! 사기야. 60위안으로 찻주전자를 산다고? 둥안 시장에 가면 이것보다 큰 걸 1위안 1마오면 살 수 있는데!"

아버지의 말이 귀에 거슬리는지 마웨이가 모자를 들며 말했다. "아버지, 저는 리쯔룽에게 가봐야겠습니다. 그가 식사도 하지 않고 기다리고 있어서요."

"맞아요. 마 선생님, 아직 식사 안하셨죠?" 웬델 부인이 물었다. "차가운 소고기가 있는데, 드실 만할 거예요. 어떠세요?"

마웨이는 대문을 나섰다. 커튼 틈 사이로 입술을 씰룩이며 계속 얘기하고 있는 아버지가 보였다.

12

골동품 가게로 돌아온 마웨이가 리쯔룽을 찾았다.

"리 선생, 죄송합니다! 많이 시장하시죠? 어디로 갈까요?" 마웨이가 물었다.

"리 형이라고 부르십시오. 선생이라고 부르지 마시고." 리쯔룽이 웃으며 말했다. 그는 벌써 진열대의 일부분을 깨끗이 정리해두었다. 세수를 했는지 누런 얼굴에 빛이 났다. "이 골목을 나가면 작은 식당이 있습니다. 거기서 대충 먹으면 됩니다." 리쯔룽은 가게 문을 잠근 후 마웨이를 데리고 식당에 갔다.

작은 식당은 쎄인트폴 성당 바로 맞은편에 있었다. 창밖으로 성당의 전면과 외부의 석상이 보였다. 노부인과 아이들이 석상 주변에서 건조식품이나 빵 조각 같은 걸 비둘기 모이로 주고 있었다.

"뭘 드시겠습니까?" 리쯔룽이 물었다. "저는 매일 차 한 잔과 빵 두 조각, 달달한 디저트를 먹습니다. 이곳은 런던에서 최하급의 식당입니다. 좋은 걸 먹고 싶어도 여기에는 없습니다. 다행히 저도 돈이 없어 좋은 음식을 먹을 수 없습니다만."

"당신이 드시는 걸로 하겠습니다." 마웨이는 별생각이 나지 않았다.

리쯔룽은 평소처럼 차와 빵을 주문했다. 그러나 마웨이에게는 따로 쏘시지를 주문해주었다.

식당의 테이블은 모두 대리석으로 되어 있었고, 다리는 철로 만들어져 있었다. 또 테이블마다 깨끗하게 닦여 있어 사람들이 좋아할 만했다. 사방의 벽에 걸린 커다란 거울 때문에 내부가 밝고 떠들썩해 보였다. 디저트와 빵 같은 게 출입구의 유리 진열대에 놓여 있었다. 맛이 있든 없든, 그곳에 올려두니 깨끗하고 예뻐 보였다. 실내를 오가는 종업원은 모두 아가씨들이었다. 게다가 매우 아름다웠다. 그들은 짧은 치마를 입고, 주름이 잡힌 하얀 머릿수건을 두르고서 쉴 새 없이 왔다 갔다 하며 차와 요리를 날랐다. 상기된 얼굴은 유리 진열대 안의 붉은 사과처럼 싱싱하고 윤이 났다. 식사하는 사람들 대부분은 근처 가게 사람들이었다. 그들은 석간신문을 펼쳐든 채 경마와 경구競狗 관련 기사만 보고 있었다. (런던의 석간신문은 아침 9시가 지나면 거리에서 살 수 있었다.) 실내에서는 사박사박 다니는 아가씨들의 발소리, 나이프와 포크 부딪히는 소리만 났다. 말하는 사람은 거의 없었다. 영국인들은 신문을 보면서 말하는 걸 싫어하는 듯했다. 마웨이는 다시 한번 사람들이 먹는 것을 유심히 살폈다. 대개 차 한 잔과 빵, 버터였다. 요리를 먹는 사람은 매우 적었다.

"이곳이 최하급 식당이라고요?" 마웨이가 물었다.

"안 그런 것 같아요?" 리쯔룽이 소리를 낮춰 말했다.

"정말 깨끗합니다!" 마웨이가 말했다. 베이징에서 가보았던 크고 작은 음식점과 식당의 먼지 낀 기다란 탁자가 떠올랐다.

"아! 영국인은 밥상을 차리는 시간이 먹는 시간보다 길고, 조금이라도 체면을 중시하는 사람은 한 입이라도 덜 먹기 때문에 식사하는 곳이 깨끗할 수밖에 없겠군요! 우리 중국인들은 너무 잘 먹어서 먹는 곳을 따지지 않는데. 그러니 깨끗한 곳에서 한술이라도 적게 먹는 사람들은 몸이 건강하고, 더러운 곳에서 훈제 닭고기와 오리구이를 먹는 사람들은 먹을수록 야위고……"

그가 말을 마치기 전에 한 아가씨가 주문한 음식을 가져왔다. 그들은 식사하면서 낮은 소리로 말했다.

"리 형, 아침에 아버지 말씀이 조금……" 마웨이가 진지하게 말했다.

"괜찮습니다!" 마웨이의 말이 끝나기도 전에 리쯔룽이 받았다.

"어르신들이 모두 그렇죠!"

"그래도 제 아버님을 돕고 싶으십니까?"

"제가 없으면 안될 겁니다. 저는 돈을 벌어야 하고요! 마음 놓으십시오. 우리는 같이해야 합니다." 자신도 모르게 리쯔룽의 웃음소리가 커졌다. 맞은편에서 식사를 하던 노인네들이 일제히 그를 노려보았다. 그가 급히 머리를 숙이고 빵을 한입 물었다.

"아직 공부하신다고요?"

"공부를 하지 않아서야 되겠습니까!" 리쯔룽이 말하며 또 웃으려고 했다. 그는 일단 자신의 말이 우습다고 생각하면 다른 사람이 웃든 말든 신경 쓰지 않고 웃기부터 했다. "빨리 드십시오. 가게로 돌아가서 얘기하죠. 할 말이 많습니다. 이곳에서는 시원스럽게 말할 수 없어요. 노인네들이 나만 보고 있어요!"

두 사람은 서둘러 음식을 먹었다. 차도 모두 마셨다. 리쯔룽이 일어나 아가씨에게 계산서를 달라고 했다. 계산서를 받아든 그가 마웨이를 가리키며 아가씨에게 말했다. "저 사람이 괜찮은 사람인지 좀 말씀해보세요. 이렇게 말하더군요. 당신이 참 미인이라고."

"뭐예요!" 아가씨가 웃으며 리쯔룽에게 말했다. 그러고 나서 마웨이를 힐끗 보았다. 미인이라고 칭찬받아 기분이 좋아진 듯했다.

마웨이도 그녀에게 웃음을 지어 보였다. 그녀와 말하는 기색을 보니, 리쯔룽이 거의 매일 이곳에서 식사를 해 서로 잘 아는 듯했다. 리쯔룽이 팁으로 동전 두닢을 꺼내 가볍게 쟁반 위에 놓았다. 리쯔룽이 자신이 먹은 밥값을 꺼내며 마웨이에게는 10펜스를 내라고 말했다. 마웨이는 곧바로 그렇게 했다.

"영국에서는 더치페이죠." 리쯔룽이 돈을 받은 다음 웃으며 말했다.

두 사람은 가게로 돌아왔다. 다행히 가게를 비운 사이 다녀간 손님은 없었다. 리쯔룽은 봇물 터지듯 장황하게 이야기를 늘어놓았다.

"제가 먼저 한가지 알려드리죠. 여기서 차를 마실 때는 소리를 내지 마십시오! 방금 전 차를 마시면서 맞은편에 앉아 있던 노인네들이 당신을 쏘아보는 걸 모르셨죠? 영국인들은 코는 있는 힘껏 풀지만, 마실 때는 소리를 내지 않습니다. 풍속이죠. 풍속은 옳고 그름의 이유가 없습니다. 그 사람들처럼 하지 않으면 야만인이 되는 거죠. 게다가 그들은 본래부터 우리 중국인을 무시합니다! 사람들 앞에서는 머리를 긁지 마십시오. 손톱도 뜯지 마시고요. 트림을 해서도 안됩니다. 하! 규율이 참 많죠! 어떤 유학생들은 전혀 그런 것들에 개의치 않습니다. 그러나 본래부터 우리를 무시하는데, 또다시 그들의 미움을 살 필요가 있겠습니까! 저도 그런 것을 주의하지 않다가 곤란해진 적이 있었죠! 한번은 친구와 다른 사람의 집에서 식사를 한 적이 있어요. 배불리 먹은 다음 고개를 쳐들고 트림을 크게 했습니다. 하! 완전히 망쳤죠! 옆에 서 있던 아가씨의 표정이 바로 굳어지더니 몸을 돌려 친구에게 말하더군요. '예의범절을 모르는 사람과는 사귀지 않는 게 최선이에요!' 식사 초대를 한 사람은 중국에서 선교활동을 한 나이 든 목사님이었습니다. 그가 기회라도 얻은 듯 곧바로 그 아가씨에게 말하더라고요. '그러지 않으면 어떻게 동양에서 선교활동을 하겠습니까. 식사하는 것과 차 마시는 예절까지 우리가 가르쳐야 합니까?' 저는 어땠겠어요? 그곳에 있자니 당황스럽고, 나오자니 또 미안하고, 정말 힘들었습니다! 트림하는 게 뭐 그리 대단한 일이라고 사람을 야만인 취급하는지! 마 형, 유념하세요! 이런 것까지 알려드린다고 언짢으신 건 아니죠?"

"아닙니다!" 마웨이가 말했다.

자리에 앉은 리쯔룽이 말을 이었다. "좋습니다! 이제 저의 내력을 말씀드려야겠네요! 저는 유학생입니다. 산둥 성 관비官費 유학생이죠. 먼저 미국에 삼년 살면서 경영학 학위를 받았습니다. 그다음 곧바로 유럽으로 왔죠. 우선 프랑스로 갔습니다. 빠리로 간 다음부터 사정이 나빠졌습니다. 중국에서 전쟁이 일어나 관비를 받을 수 없게 되었죠. 저는 가난한 집 자식입니다. 집에 돈을 요구해도 집에서는 보내줄 수 없었습니다. 그래서 이곳저곳에서 돈을 벌어 영국에 왔습니다. 저는 영국의 생활수준이 프랑스보다 높다는 걸 분명히 알고 있었습니다. 그리고 영국에서 일을 하면 임금이 높다는 것도 알고 있었죠. 또 영국은 무역 대국이니 배울 만한 것이 있을 거라고 생각했고요. 또 하나, 솔직하게 말씀드리자면, 저는 빠리의 여성들을 당해낼 재간이 없었습니다. 여기 런던에서는 창녀를 빼면 모두 중국인을 무시하기 때문에 탐색당하는 느낌은 덜하죠." 거기까지 말한 리쯔룽은 기분이 좋은 듯 아무렇게나 머리를 긁었다.

"리 형, 사람들 앞에서 머리를 긁지 말라고 하지 않았던가요?" 마웨이가 일부러 그에게 농담을 걸었다.

"그러나 당신은 외국인이 아니잖아요! 외국인 앞에서는 절대 안됩니다! 어디까지 말했죠…… 그렇지! 관비를 받을 수 없게 되고부터 앞길이 막막해졌어요. 런던 동부에서 한달여를 살았습니다. 몇 권의 책과 입고 있는 옷을 빼면 그야말로 빈털터리였죠! 그럭저럭 지내는데 경찰국에서 일자리를 찾아주었습니다. 중국인 노동자들을 대신해 통역하는 일이었죠. 그들이 구사하는 영어에는 한계가 있습니다. 경찰들은 걸핏하면 그들을 검문하는데, (오죽하면 착한 중국인들도 인상을 쓰며 다시는 중국인으로 태어나지 말라고 하겠습니까!) 그때마다 제가 통역을 했습니다. 부족한 광둥어 실력이지만 영국 경찰보다는 나았기 때문에 그러저러 처리할 수 있었죠. 굶어죽지 않으려면 그 일을 해야만 했습니다. 굶어죽을 때가 되면 죽고 싶지 않은 게 인지상정이잖아요! 동향 사람들이 영국 경찰의 놀림거리가 되는 걸 보고도 그냥 있을 수밖에 없었죠! 아, 방법이 없었습니다! 배가 고파서 어쩔 수 없었어요! 그 동향 사람들처럼 제게도 방법이 없었던 거죠! 그 일을 하면 한달에 3~4파운드밖에 벌 수 없었습니다. 부족했죠. 나중에는 광고 같은 걸 중국어로 번역하는 일도 조금씩 했습니다. 그 일은 벌이가 괜찮았습니다. 중국으로 가져가 파는 것을 광고하는 일이니 소규모 장사는 아니었다고 할 수 있겠죠. 광고 한편의 번역이 끝나면 어쨌든 1~2파운드를 벌었습니다. 두가지 일을 해서 번 돈은 빵을 사먹을 수 있는 정도였지, 공부할 돈은 안됐습니다. 때마침 당신 큰아버님이 장사하는 법도 알고 영어도 할 수 있는 점원을 찾고 있어 ㅂ로 고용되었죠. 한번 생각해보십시오. 유학 온 '나리들' 가운데 일주일에 2파운드를 받으며 남의 심부름을 할 사람이 어디 있겠습니까. 그러나 2파운드가 제 손에 들어오면 저는 천당에 오른 듯했습니다. 됐다, 공부를 할 수 있겠다! 낮에는 번역과 가게 일을 하고, 밤에는 대학에 가 강의를 들었습니다. 어떻습니까, 마 형?"

"쉽지 않았겠어요. 리 형, 대단하십니다!" 마웨이가 말했다.

"쉽지 않았겠다고요? 세상에 쉬운 일은 없습니다!" 리쯔룽이 쿵 소리를 내며 일어섰다. 상당히 자신만만해 보였다.

"런던에서는 한 사람이 최소 얼마를 씁니까? 한달을 기준으로 말씀해주십시오." 마웨이가 물었다.

"적어도 한달에 20파운드는 듭니다. 저는 예외고요! 저는 이곳에 꽤 오래 있었지만 중국요리는 아직 한번도 먹지 않았습니다. 한

끼도 못 먹을 형편은 아니지만, 먹기 시작하면 자주 먹게 될 것 같아서요."

"이곳에 중국 식당이 있습니까?"

"있습니다! 식당과 세탁소는 중국인이 해외에서 하는 양대 사업입니다!" 리쯔룽이 다시 앉았다. "일본인이 가는 곳에는 일본식 유곽이 있습니다. 중국인이 가는 곳에는 소규모 식당과 세탁소가 있습니다. 중국인과 일본인이 다른 점은, 일본인은 유곽 말고도 선박회사와 은행을 가지고 있으며, 그밖에도 큰 장사를 한다는 것이죠. 중국인에게는 식당과 세탁소 말고는 다른 사업이 없습니다. 그래서 일본인은 항상 가슴을 쫙 펴고 다니지만, 우리 중국인은 감히 허리도 못 펴는 거죠! 서양인은 일본인과 중국인을 모두 무시합니다. 그러나 일본인에 대해서는 깔보면서도 '두려워하거나' '탄복하는' 면이 있습니다. 중국인은 안중에도 없죠. 뒤에서는 일본인을 잽Jap이라고 부르며 멸시하지만, 면전에서는 항상 치켜세웁니다. 중국인에게는 면전에서 욕을 하면서도 전혀 미안해하지 않습니다! 말해 뭐합니까! 우리 자신이 변변치 못한데, 속상해할 필요 없죠! 다른 이야기를 하는 게 좋겠어요. 그만하죠! 화만 나니까요!"

"가게 일과 관련된 것 좀 말해주십시오!"

"좋습니다. 잘 들으세요. 당신 큰아버님은 정말 훌륭하고 유능한 분이셨습니다. 골동품상만 하신 게 아니었어요. 골동품은 빵도 아니고, 또 날마다 팔릴 수 있는 것도 아니잖아요. 그분은 주식투자도 했습니다. 광둥 일대의 상인들에게 상품 같은 것을 전매했고요. 이 골동품 가게에서는 모든 비용을 빼고 나면 잘해야 일년에 200파운드 정도 벌었습니다. 그분이 당신들에게 남겨준 2000파운드는 다른 일을 해서 번 것입니다. 당신들에게 그 정도 돈이 있으니, 이 일을 조금 확장하고 잘 운영하는 것이 최선입니다. 그래야 희망이 있습니다. 만약 지금까지 해오던 대로만 한다면 당신 두 사람 쓸 비용도 벌기 힘들 것입니다. 물려받은 2000파운드 정도 되는 돈을 한 푼 두 푼 써버린다면 곤란한 상황에 빠지게 될 거예요. 마 형, 아버님께 서둘러 생각을 정하시라고 권해보세요. 이 장사를 확충하거나 별도로 다른 가게를 열어보시라고. 제가 보기에는 이 장사를 확충하는 것이 좋을 듯합니다. 골동품은 정해진 가격이 없기 때문에 운이 좋으면 같은 물건으로 몇백 파운드를 벌 수 있습니다. 그것은 자연히 우리 능력과 솜씨에 달려 있습니다. 이곳에서 다른 장사를 하기란 정말 어렵습니다. 거리의 작은 가게들을 보십시오. 담배를 팔든 술을 팔든 모두 몇몇 큰 회사들의 지점입니다. 그들의 자본은 어마어마합니다. 1000파운드 정도의 돈으로 그들과 경쟁해봐야 아무 소용 없습니다!"

"아버지가 장사해본 분이 아니어서 당장 뭐라고 말씀드리기 어렵네요!" 마웨이는 눈썹을 찌푸렸다. 얼굴도 창백해진 듯했다.

"어르신이 벼슬에 눈이 멀어서! 낭패네요, 낭패! 벼슬에 눈먼 사람을 타도하지 못하면, 중국인은 영원히 비전이 없습니다!" 잠시 멍해 있던 리쯔룽이 다시 말했다. "다행히 우리 두 사람이 있잖아요. 그분이 하지 않을 수 없도록 하면 되죠! 그러지 않고 가게에서 손해가 나기 시작하면 당신들의 장래마저 위험해집니다! 그나저나 당신은 무엇을 할 생각입니까?"

"저요? 공부할 겁니다!"

"어떤 공부요?『장자』를 번역해서 학위라도 따시게요?" 리쯔룽이 웃으며 말했다.

"상업을 공부할 생각입니다. 어떨 것 같으세요?"

"상업을 공부한다고요? 좋습니다! 우선 어학반에 가서 영어를 익힌 다음 상업을 공부하십시오. 좋은 생각입니다."

두 사람은 한참 동안 얘기했다. 마웨이는 리쯔룽을 볼수록 그가 마음에 들었고, 리쯔룽은 말을 할수록 힘이 났다. 두 사람은 4시가 넘어서 얘기를 끝내고 헤어졌다. 마웨이가 돌아가려고 할 때, 리쯔룽이 말했다. 내일 아침에 그들 부자를 데리고 경찰국에 가겠다는 거였다.

"영국인에게 변호사와 의사는 떼려야 뗄 수 없는 소중한 존재입니다. 그러나 우리는 그들과 가까이하지 않는 것이 좋습니다. 분명히 말씀드리죠. 법을 어기지 마시고, 아프지 마십시오. 영국에서는 이 두가지가 가장 중요합니다." 리쯔룽이 계속해서 마웨이에게 말했다. "내일부터 만나면 영어를 쓰기로 합시다. 언어도 자꾸 써야 느니까요. 많은 유학생들이 외국어로 말하는 걸 싫어하지만, 다행히 당신과 저는 '하층' 유학생입니다. '나리들'에게서 배워서는 안 되겠죠? 그렇죠?"

두 사람은 가게 밖에 서서 또 한참 동안 이야기했다. 그때, 옆 골동품 가게의 주인이 나왔다. 리쯔룽이 서둘러 마웨이에게 그를 소개해주었다.

마웨이가 고개를 들어 쎄인트폴 성당의 첨탑을 바라보자 리쯔룽이 그를 가게로 다시 끌고 들어가 성당의 역사를 설명해주었다.

"이제 가봐야겠습니다!" 쎄인트폴 성당의 역사를 다 들은 마웨이가 밖으로 나갔다.

리쯔룽이 그를 따라나왔다. 로빈슨 크루소우가 프라이데이를 만났을 때처럼 다정했다.

"마 형, 하나 묻겠습니다. 그 반지, 아버지가 당신에게 돌려주셨습니까?"

"아직 가지고 계십니다!" 마웨이가 낮은 소리로 말했다.

"달라고 그러십시오. 그것은 큰아버님이 당신에게 주신 것입니다. 그것은 당신 것입니다!"

마웨이는 고개를 끄덕이며 천천히 거리로 나섰다. 쎄인트폴 성당의 종이 5시를 알렸다.

3부

1

 지는 꽃과 함께 봄이 가버렸다. 따뜻해진 바람 속에서 온몸에 푸른 잎을 두른 여름이 약동하듯 다가왔다. 런던에서도 뜻밖에 구름 한점 없이 맑고 푸른 하늘을 볼 수 있었다. 밀짚모자를 쓴 미국인을 태운 차들이 거리를 달렸다. 런던을 유람하는 무리인 듯했다. 거리의 높다란 백양나무에서는 햇빛을 받은 잎사귀가 초록빛으로 물결쳤다. 건물 위 푸른 하늘로 안개처럼 하얀 아지랑이가 피어올랐다. 푸르른 녹음과 하얀 아지랑이를 보며 사람들은 매우 즐거워했다. 그러나 답답해하는 이들도 있었다. 커다란 불도그들이 제일 불쌍했다. 온몸의 힘을 혀에 집중한 듯, 숨을 헐떡이며 아가씨들을 뒤따랐다. 거리에는 자동차가 부쩍 늘었다. 가지각색의 종이 모자를 쓴 사오십명의 여행객이 탄 대형 버스가 시끄럽게 달렸다. 그야말

로 런던이 미어터지는 듯했다. 정류장에도, 큰길에도, 자동차에도
피서지 광고가 나붙었다. 거리에서 전후좌우로 달리는 자동차를
피할 생각 말고는, 모두 바닷가나 시골에 가서 며칠 쉴 방법을 궁
리하는 듯했다. 아가씨들은 더욱 예뻐 보였다. 모두 하얀 팔을 드러
내놓고 어깨까지 닿는 커다란 밀짚모자를 쓰고 있었다. 챙에는 가
지각색의 기묘한 장신구가 꽂혀 있었다. 수를 놓은 중국 쌈지며 일
본의 작은 자기 인형, 타조 깃털, 꽃잎이 넓은 접시꽃 등이었다. 이
층버스 위에서 보면, 길 양편으로 커다란 꽃무늬 버섯이 수없이 걸
어다니는 듯했다.

그렇게 번화한 광경을 볼 때마다 마웨이의 커다란 두 눈에는 뜨
거운 눈물이 맺혔다.

그가 혼잣말을 했다. "저 사람들을 봐라! 돈을 벌어 즐긴다! 즐
거움과 희망이 넘친다! 우리는 어떠한가. 근검절약하며 고달픈 삶
을 견디고 있다…… 아껴가며 모은 동전 두닢도 군인 어르신이 빼
앗아버린다! 끙……!"

웬델 아가씨는 5월부터 바닷가로 피서 갈 궁리를 하며 매일 저
녁 어머니와 의논했다. 그러나 끝내 결정하지 못했다. 어머니는 친
척을 만나러 스코틀랜드에 갈 생각이었다. 딸은 교통비가 너무 비
싸니 근처 바닷가에 가서 며칠 머무는 것이 좋겠다고 했다. 어머니
가 생각을 바꿔 딸아이와 바닷가에 가려고 하면 다시 딸아이는 스
코틀랜드로 가는 편이 바닷가보다 훨씬 흥미로울 것이라고 했다.
어머니가 스코틀랜드의 친척에게 편지를 쓰려고 하면 다시 또 딸
아이는 바닷가가 스코틀랜드보다 북적댈 것이라고 생각했다. 본래
부터 아가씨들은 쉬기 위해 피서를 가는 것이 아니었다. 사람들로
북적거리는 곳을 찾아 며칠 재미있게 놀려는 것이다. 새로 산 옷을

자랑하고, 자신의 하얀 팔을 보여주기 위한 것이었다. 바닷가라면 하얀 다리도 뽐낼 수 있었다. 그래서 어머니가 한마디 하면, 딸아이도 한마디 했다. 영국인의 독립정신에 기초한 것인지는 모르지만 두 사람은 각기 생각이 달랐다. 둘 다 한발도 양보하지 않으니 의논을 할수록 견해 차이는 심해졌다.

어느날 웬델 부인이 말했다.

"메리! 우리, 같이 피서 못 가겠구나. 우리가 함께 떠나버리면, 누가 마 선생님 밥을 해드리지?"(메리는 웬델 아가씨의 이름이다.)

"그들도 피서를 가라고 하죠!" 웬델 아가씨가 말했다. 보조개가 개구쟁이처럼 움직였다.

"내가 마 선생님께 여쭤봤다. 저들은 일을 쉬지 않는대!" 웬델 부인이 '않'에 특별히 힘을 주어 말하며, 천장에 날아든 파리를 날려보내기라도 하듯 코끝으로 위를 가리켰다—공교롭게도 천장에 파리 한마리가 붙어 있었다.

"뭐라고요? 네?" 속눈썹이 뒤집힐 만큼 메리의 눈이 커졌다. "피서를 가지 않는다고요? 세상에!" 영국인들은 듣도 보도 못한 일이었다. 일년 내내 쉬지 않고 일을 하다니! 잠시 후, 그녀가 풋 하고 웃으며 말했다. "마웨이가 말하더군요. 함께 바닷가에 가고 싶다고. 그에게 말했죠. 나는 중—국—인과 같이 가고 싶지 않다고! 그와 함께 가면 웃음거리밖에 안되잖아요!"

"메리! 그렇게 말하면 못써! 사실 저들 부자도 그렇게 나쁜 사람들은 아니잖니!"

웬델 부인은 중국인을 싫어했지만, 천성적으로 남들 하는 대로 따르는 걸 더 싫어했다. 다른 사람이 붉은 장미가 가장 향기롭다고 하면, 그녀는 흰 장미의 향기는 치명적이라고 말했다. 아니면 적어도 분홍 장미가 가장 향기롭다고 말했다. 사실 붉은 장미가 분홍 장미보다 향기롭다는 것은 그녀도 이미 알고 있지만 말이다.

"됐어요! 엄마!" 메리가 머리를 숙인 채 붉은 입술을 삐죽이며 말했다. "나도 알거든요. 마 선생님이 마음에 드신 거죠! 따져볼까요? 그가 찻잎 한 통과 찻주전자를 줬죠! 나라면 그것들을 받지 않았을 거예요! 그 늙은이의 얼굴은 늘 퉁퉁 부어 있어서 얻어맞은 것 같다고요! 한마디 말도 없이 한자리에 줄곧 앉아 있는 모습은 어떻고요! 그 마웨이란 놈은 더 혐오스럽고! 쓸데없이 외출할 것인지나 묻고. 어제도 영화 보러 가자고 하더라고요. 그래서 나는……"

"같이 영화 보러 가면 항상 그가 표를 사지. 응?" 웬델 부인이 정색을 하고 메리에게 한마디 했다.

"내 표까지 사달라고 한 적 없어요! 내가 돈을 줘도 받지 않은 거지! 그러고 보니까, 엄마! 제 돈 여섯닢 갚으셔야죠. 엄마?"

"내일 갚을게. 꼭!" 웬델 부인의 주머니에는 동전 여섯닢도 없었다. "내가 보기에는 중국인이 우리보다 도량이 크더라. 마 선생님이 마웨이에게 돈을 줄 때는 항상 세보지도 않고 한움큼씩 쥐여주던걸. 마웨이는 아버지에게 물건을 사주면서도 돈을 달라고 들볶지 않고. 그리고……" 웬델 부인이 머리를 두어번 저었다. 그러더니 틀어올린 머리를 손가락 끝으로 가볍게 눌렀다. "매주 방세를 낼 때, 마 선생님은 한 손으로 계산 장부를 주머니에 쑤셔넣으며 다른 손으로 돈을 건네주시지. 내역을 꼬치꼬치 물어본 적이 없다니까. 그러니까……"

"그건 새로운 게 아니에요!" 메리가 웃으며 말했다.

"뭐라고?" 어머니가 물었다.

"경제상황에 따라 윤리도 변한다고요." 메리가 집게손가락을 가슴 부근의 작은 주머니에 넣고, 가슴을 내밀었다. 그 모습이 마치 위엄있는 대학교수 같았다. "우리 선조도 옛날엔 일가족이 함께 살았어요. 중국인처럼 함께 돈을 썼죠. 지금은 경제제도가 바뀌었어요. 사람들 모두 스스로 돈을 벌어 각자 써요. 우리의 도덕관념 또한 변했어요. 사람들은 독립하는 것을 영광으로 여기죠. 그 사람의 돈은 그 사람만의 것이에요. 애매한 구석이 있으면 안되죠! 중국인이 우리보다 도량이 크다고요? 그들의 경제제도가 아직 그만큼 발전하지 못한 것뿐이에요."

"어디서 또 그런 걸 듣고 내게 잘난 척하는 거냐?" 웬델 부인이 물었다.

"어디서 들었는지 무슨 상관이에요?" 메리가 파란 눈동자를 한 바퀴 굴리더니 고개를 갸웃하며 풋 웃었다. "어쨌든 내 말이 일리가 있죠! 이치에 맞지 않아요? 그렇지 않아요, 엄마?" 엄마가 고개를 끄덕이는 것을 보고 메리가 계속 말했다. "엄마, 중국인을 편드실 필요 없어요. 중국이 호감을 산다면, 영화나 연극, 소설에서 그렇게 살인자나 방화범, 강간범으로 나오겠어요?" (메리 아가씨는 경제와 윤리의 관계를 신문에서 보았다. 그녀는 신문이나 영화를 통해 중국인을 혐오하게 되었다. 사실 그녀 스스로 경제와 중국인에 대한 지식을 탐구해본 적은 없었다. 그렇다고 그녀를 탓할 수는 없다. 중국이 실제로 그처럼 혼란스럽지 않다면, 외국의 신문사가 어디에서 그런 기삿거리를 얻을 수 있겠는가!)

"영화는 모두 거짓이야!" 웬델 부인 역시 속으로는 중국인을 좋아하지 않았지만, 딸아이의 생각을 논박하기 위해 그렇게 말했다. "나는 약소국 사람들을 비웃고 놀리는 것이 가장 천박하다고 생각해!"

"아하, 엄마! 사실이 아니라고요? 영화마다, 연극마다, 소설마다 다 그런데요. 50퍼센트가 거짓이라고 쳐도 50퍼센트는 사실인 거 아니에요?" 반드시 어머니를 설복해야겠다고 생각한 메리가 머리를 내밀며 물었다. "그렇지 않아요, 엄마? 그렇죠?"

웬델 부인은 헛기침을 할 뿐 말이 없었다. 그러면서 머릿속으로 딸아이를 반격할 만한 다른 이유를 준비하고 있었다.

거실 문소리가 두번 났다. 밧줄이 문에 부딪히는 듯했다.

"나뽈레옹이 왔네." 웬델 부인이 메리에게 말했다. "들여보내줘라."

메리가 문을 열자 나뽈레옹이 꼬리를 흔들며 뛰어들어왔다.

"나뽈레옹, 아가야, 이리 와! 나 좀 도와줘!" 웬델 부인이 손뼉을 치며 나뽈레옹을 불렀다. "메리가 무던히 쓸모없는 이야기를 듣고 와서는 우리에게 주도면밀함을 과시하는 거지! 그렇지, 아가야?"

나뽈레옹이 안으로 들어오기 전에 벌써 웬델 아가씨는 다리를 나란히 모은 채, 카펫에 엎드려 나뽈레옹과 싸울 준비를 마쳤다. 그녀가 기어서 뒷걸음치자 강아지가 앞다리를 뻗어 달려들 준비를 했다. 그녀가 갑자기 입을 삐죽이며 외쳤다. "으응!" 그러자 강아지가 허리를 뒤로 빼면서 목을 앞쪽으로 내밀었다. 메리가 다시 소리쳤다. "왕!" 그러고는 곁눈질로 강아지를 보았다. 그 순간 강아지가 몸을 뻗어 달려들더니 그녀의 통통한 손목을 가볍게 물었……둘은 한참 동안 소란을 떨었다. 강아지가 메리의 머리카락을 흐뜨려놓았다. 코의 화장도 완전히 지워버렸다. 나뽈레옹은 뒤로 돌아가 메리의 구두 뒤축을 물었다.

"엄마! 엄마, 얘가 내 새 신발을 물어뜯어요!"

"이리 와, 나뽈레옹. 그만해!"

메리가 숨을 돌리며 머리카락을 정리하더니 다시 작고 하얀 주먹을 쥐고 나뽈레옹에게 싸움을 걸었다. 강아지는 웬델 부인의 발밑에 숨은 채 작은 눈을 끔벅이며 메리를 노려보았다.

한바탕 소란 뒤에 메리가 또다시 어머니와 여행 가는 일을 상의했다. 웬델 부인은 여전히 따로따로 휴가를 가자고 했다. 메리는 동의하지 않았다. 그녀는 마씨 부자에게 밥을 차려줄 생각이 없었다.

"다시 말하지만 저는 밥을 못해요! 네? 엄마!"

"좀 배워라!" 웬델 부인이 이때다 하고 딸아이를 놀렸다.

"그럼 이렇게 해요. 우리가 함께 가고, 도리 고모에게 편지를 써서 우리가 집을 비우는 동안 밥을 해달라고 하는 거예요! 고모는 시골에 사니까 도시에서 며칠 머무는 걸 분명 좋아하실 거예요. 그 대신 우리가 고모의 열차 비용을 대야겠죠!"

"좋아, 네가 고모에게 편지를 써라. 내가 열차 비용을 낼게."

웬델 아가씨는 먼저 손을 씻은 다음 거울 앞에 서서 얼굴에 분을 발랐다. 요리조리 거울을 보며 빠짐없이 바르고 나서야 편지봉투와 편지지, 만년필, 잉크를 가져왔다. 그녀는 티테이블을 창가로 밀고 가 앉았다. 먼저 옷주름을 여민 다음 만년필을 잉크병에 꽂았다. 창밖에서 사과 파는 소리가 들렸다. 만년필을 내려놓고 커튼을 걷었다. 다시 만년필을 들더니 고개를 갸웃했다. 먼저 압지에 사과 몇개를 그리고 나서 중지로 펜대를 가볍게 눌렀다. 미리 그려놓은 사과가 잉크 방울을 빨아들이며 천천히 검게 물들었다. 펜을 다시 잉크병에 꽂았다. 그러다 자신의 통통한 손을 보더니 작은 칼을 꺼내 손톱을 손질했다. 칼을 압지 위에 내려놓고 손톱을 보더니 마음에 들지 않아 다시 칼을 들었다. 후후 불어가며 손톱을 다듬은 후

칼을 편지봉투 옆에 내려놓았다. 다시 펜을 들고 압지에 잉크를 몇 방울 떨어뜨렸다. 그다지 둥그렇지 않게 그려진 검은 점을 펜 끝으로 조심스럽게 다듬어 둥그렇게 만든 다음 일어섰다.

"엄마가 쓰시죠! 제가 나뽈레옹을 씻길게요!"

"물건을 사러 나가야 하는데!" 웬델 부인이 강아지를 안고 다가왔다. "남자 친구에게 편지를 쓸 때는 한번에 대여섯장도 쓰면서! 왜 그러는데?"

"고모에게 편지 쓰는 걸 좋아하는 사람이 어디 있으려고요!" 펜을 어머니에게 건넨 메리가 나뽈레옹을 안고 나갔다.

"나랑 씻으러 가자. 이 지저분한 녀석!"

2

마쩌런이 서너달 동안 런던에서 얻은 경험은 그리 많지 않았다. 그는 서너개의 조그만 중국 식당을 찾아 매일 점심을 먹으러 갔다. 이제 마웨이를 데리고 다닐 필요 없이 가게에서 집으로 혼자 돌아갈 수 있었다. 그는 영어 회화 실력은 늘었지만, 문법은 상당히 잊어버렸다. 하층 영국인들은 문법을 따지지 않기 때문이었다.

그의 생활은 일정한 규칙이 없었다. 어떤 때는 아침 9시면 가게로 나가 혼자서 여유만만하게 창문에 진열된 골동품들을 재배치했다. 리쯔룽이 진열한 것은 속물스럽고 격에 맞지 않는다고 생각했기 때문이다. 리쯔룽이 그에게 몇번이나 말했다. 물건은 어떻게 진열해야 하며, 색깔은 어떻게 맞추고, 어떻게 하면 행인들의 주의를 끌 수 있는지…… 그는 살며시 고개를 저으며 한 귀로 흘려버렸다.

물건을 처음 진열할 때는 위패를 안듯 양손으로 조심스레 물건을 받쳐들고, 혀를 조금 내민 채 숨까지 참아야 했다. 물건을 진열하고서야 숨을 쉴 수 있었다. 두번째부터는 조금씩 용기가 생겼다. 일부러 폼을 재보기도 했다. 물건을 든 손을 보지 않고도 요리를 들고 식당을 오가는 종업원처럼 자연스럽게 다룰 수 있게 되었다. 리쯔룽이 가게에 있으면 입신의 경지에 오른 듯 더욱 자연스럽게 굴었다. 손에는 물건을 들고 입으로는 조그마한 찻주전자를 물고는 짧은 수염을 빳빳이 세우며 리쯔룽을 흘겨보았다.

'나는 장사하는 사람을 무시하지만 장사를 꼭 해야 한다면 어느 누구에게도 뒤지지 않을 만큼 잘한다고! 치!'

그가 득의양양해 있는데 입이 말라 기침이 나왔다. 그 순간 중력이 찻주전자를 끌어당겨…… 깨져버렸다! 마쩌런은 양손으로 급히 찻주전자를 받으려다가 들고 있던 작은 병과 쟁반 두개마저 떨어뜨리고 말았다. 리쯔룽이 뛰어와 쟁반을 잡았다. 목이 좁은 작은 병이 바닥에 떨어져 깨졌다.

물건을 진열하고 밖으로 나온 마쩌런은 옆 골동품 가게의 창을 훔쳐본 다음 짧은 수염을 매만지며 자신이 방금 진열한 물건을 보고 고개를 끄덕였다. 그 옆 가게의 물건과 진열 방식 모두 천박하게 느껴졌다. 그러나 장사는 옆 가게가 더 잘됐다. 원인을 알 수 없으니 그는 모든 영국인들을 싸잡아 욕했다. 옆 가게 주인은 뚱뚱하고 키가 컸다. 그 노인은 머리는 있지만, 머리카락이 없었다. 옆 가게에는 뚱뚱하고 키가 큰 노부인도 있었다. 그녀는 머리도 있고, 머리카락도 있었다. (머리숱이 적지 않았다.) 그들은 몇 차례나 마쩌런에게 다가와 다정하게 말을 건넸다. 그러나 마쩌런은 그들을 외면했다. 그리고는 작은 의자에 앉아 곰곰이 생각하며 웃었다. '장

사는 나보다 잘되면서도 나한테 말 걸고 싶어 안달하는 꼴이라니, 속물스럽긴!'

리쯔룽은 몇번이나 그에게 건의했다. 어떻게 물건을 늘려야 하는지, 어떻게 물건의 목록과 설명서를 인쇄해야 하는지, 그리고 왜 중국 물건만을 팔아서는 안되는지에 대해서. 융통성이 없는 마쩌런이 그에게 몇 마디 했다.

"물건을 늘린다고? 지금 있는 것도 진열하려면 반나절이 걸리는데! 눈이 어떻게 된 거 아냐?"

기분이 좋은 날이면 마쩌런은 하루 종일 가게에 나가지 않고 집에서 웬델 부인 대신 화초 같은 것을 심기도 했다. 그녀가 머무는 방 뒤편에는 집 한채만 한 공터가 있었다. 마씨 부자가 런던에 왔을 때만 해도 그곳에는 온통 푸른 잡초와 다 죽어가는 월계화 두그루뿐이었다. 웬델 부인은 화초를 가장 좋아했지만 심을 시간이 없었다. 또 꽃모종 사는 돈을 아까워했다. 그녀의 딸은 항상 거리에서 꽃을 샀다. 그러나 꽃을 가꾸는 일에는 별로 관심이 없었다. 어느 날 웬델 부인에게도 말하지 않고 마쩌런이 거리에서 모종 한 뭉치를 사왔다. 대여섯그루의 장미와 십여그루의 계죽향桂竹香, 막 싹이 튼 달리아 뿌리 한 묶음, 국화 몇그루였다. 그중에서 국화는 줄기가 길고 몇개 없는 이파리마저 누렇게 변해 도무지 꽃을 피울 것 같지 않았다.

그는 꽃나무를 담벼락에 세워두고 물 두 통을 뿌렸다. 그러고 나서 주방으로 가 삽과 모종삽을 찾아가지고 나왔다. 풀밭 가운데에다 흙으로 둥근 둔덕을 만든 다음 바깥쪽을 따라 장미를 심었다. 그 바깥에는 계죽향을 '열십十' 자 모양으로 심었다. 달리아 뿌리는 모두 담벼락 아래에 묻었다. 별로 희망이 없어 보이는 국화 모종은

뜰로 나가는 작은 길 양쪽에 심었다. 모두 심고 나서 그는 삽 등을 다시 원래 자리에 가져다놓고 물을 한 통 들고 와 뿌렸다…… 그는 손을 씻고 말없이 서재로 돌아가 담배를 한대 피우고는 가게로 달려가 막대기와 노끈을 찾아 숨을 헐떡이며 다시 돌아왔다. 방금 심은 꽃나무에 막대기로 부목을 대고 노끈으로 가볍게 묶었다. 대마침 비가 내렸다. 그는 그곳에 멍청히 서서 꽃나무들을 바라보았다. 빗속에서 머리를 한두번 끄덕이다, 물방울이 떨어질 정도로 머리카락이 젖고 나서야 집으로 들어가야겠다는 생각이 들었다.

오후가 되어 뒤뜰에 강아지를 풀어놓으러 나갔다가 웬델 부인이 눈과 입이 커다래져서는 황급히 위층으로 올라왔다.

"마 선생님! 뒤뜰의 꽃나무, 선생님께서 심으셨죠!"

마쩌런이 입가로 담뱃대를 놀리며, 엷은 미소를 지었다.

"오오! 마 선생님! 호인이신데다 개구쟁이시네요! 아무 말씀도 없이! 얼마에 사신 거예요?"

"얼마 들지 않았습니다! 화초는 보기만 해도 즐겁잖아요!" 마쩌런이 웃으며 말했다.

"중국인도 꽃을 좋아하나보죠?" 웬델 부인이 물었다──영국인은 결코 모를 것이다. 영국인을 빼고, 꽃을 좋아하는 만큼 꽃에 대해 아는 사람들이 세상에 또 있다는 것을.

"그렇고말고요!" 마쩌런이 그녀의 말뜻을 알아챘지만, 반박하기가 곤란해서 힘을 주어 말했다. 그리고 웃는 듯 마는 듯 미소를 지었다. 잠시 멍해 있던 그가 말했다. "제 아내가 죽은 뒤로 저는 하릴없이 꽃을 심으며 지냈습니다." 아내를 생각하자 마쩌런의 눈가가 조금 촉촉해졌다.

고개를 끄덕이던 웬델 부인도 남편을 생각했다. 그가 살아 있을 때 뒤뜰은 일년 열두달 꽃밭이었다.

마쩌런이 그녀에게 의자를 권했다. 두 사람은 한시간 넘게 이야기를 나누었다. 그녀는 마 부인이 어떤 옷을 즐겨 입고, 어떤 모자를 즐겨 썼는지 물었다. 그는 그녀의 남편이 어떤 담배를 즐겼으며, 어떤 관직에 있었는지를 물었다. 대화를 할수록 두 사람은 가까워졌지만 서로를 이해하지는 못했다. 둘의 대화는 이런 식이었으니까. "아내는 자줏빛 난징 주단 조끼를 즐겨 입었죠." 그러나 웬델 부인은 난징 주단을 본 적이 없었다. 그녀가 말했다. "남편은 관직에 있지 않았습니다." 마쩌런은 왜 그가 관직에 나가지 않았는지 이해할 수 없었다……

저녁이 되어 메리가 돌아왔다. 모자도 벗기 전에 웬델 부인은 그녀를 끌고 뒤뜰로 갔다.

"빨리, 메리! 새로운 걸 보여줄게."

"오오! 엄마! 웬일로 꽃나무를 사는 데 돈을 쓰셨어요?" 메리가 허리를 굽혀 꽃향기를 맡았다.

"내가? 마 선생님이 사서 심으신 거야! 넌 항상 중국인이 나쁘다고 말하지. 네가 보기에……"

"꽃나무 좀 심은 게 뭐 그리 대단하다고!" 마쩌런이 심은 꽃나무라는 말을 듣더니 메리는 황급히 허리를 펴고 일어서버렸다.

"나는 중국인도 문명인처럼 꽃을 알고 즐긴다는 것을 증명하려는……"

"꽃을 좋아한다고 해서 꼭 살인과 방화를 좋아하지 않는다고는 할 수 없죠! 엄마, 사실 제가 오늘 신문에서 사진 세장을 봤어요. 모두 상하이에서 찍은 것이었죠. 정말 흉측했어요. 엄마! 엄마! 사람을 죽여 머리를 전봇대에 걸어두었더라고요. 걸어두기만 했게요?

그 아래에서 남녀노소 할 것 없이 영화라도 보듯 그 끔찍한 광경을 구경하더라니까요!" 말하는 메리의 얼굴이 창백해졌다. 그녀는 결국 떨리는 입술을 진정시키지 못하고 급히 집으로 들어갔다.

뒤뜰에 꽃나무를 심은 후, 마쩌런에게 새로운 의무가 생겼다. 웬델 부인이 눈코 뜰 새 없이 바쁘면 나뽈레옹을 데리고 거리로 나가 산책하는 것이었다. 지금까지 뒤뜰은 나뽈레옹의 놀이터였는데 이제 꽃을 심었기 때문에 소란을 피우지 않는 게 좋았다. 꿀벌을 보면 나뽈레옹은 펄쩍 뛰어 잡으려고 했다. 나뽈레옹이 뛰면, 벌레는 날아가버리고 꽃대만 부러졌다. 그래서 날마다 나뽈레옹을 끌고 밖으로 나가야 했다. 꽃밭을 만든 죄로 마쩌런이 그 황당한 직책을 맡게 되었다. 메리는 어머니에게 몇번이나 당부했다. 마쩌런이 개를 데리고 나가는 것을 그만두게 하라고. 그녀는 중국인이 개고기를 먹는다는 얘기를 들었다고 했다. 만약 마쩌런이 산책하다가 식탐이 동하여 나뽈레옹을 잡아먹어버리면 어떡하겠는가!

"내가 마 선생님께 여쭤보았다. 중국인은 개고기를 먹지 않는다던데." 웬델 부인이 정색하며 말했다.

"무슨 얘긴지 알겠어요, 엄마!" 메리가 어머니를 비꼬며 놀렸다. "그는 꽃과 개를 좋아하는데, 단지 사랑할 아이가 없는 거죠!"(대개 영국인은 꽃과 개, 자식을 사랑하는 사람을 좋은 남편으로 여긴다. 메리는 웬델 부인이 마쩌런을 사랑하게 되었다고 말하려는 것이다.)

웬델 부인이 말없이 울먹이며 딸아이를 쏘아보았다.

마웨이도 강아지를 데리고 나가지 말라고 아버지에게 권유했다. 아버지가 개를 끌고 거리나 공터를 거닐고 있으면, 아이들이 뒤를 따르며 놀리는 것을 몇번이나 보았기 때문이다. "저 늙고 누런 얼굴 좀 봐! 저 얼굴을 보라고! 누렇게 부어올랐어……!"

앞니 빠진 금발머리 아이가 다가와 마쩌런의 옷을 잡아당기기
도 했다. 외할머니도 아끼지 않고, 외삼촌도 사랑하지 않을 만큼 흉
하게 삐쩍 마른 아이가 나뽈레옹을 안고 도망친 일도 있었다. 마쩌
런은 아이를 뒤쫓을 수밖에 없었다. 그가 뒤쫓으면, 다른 아이들이
그의 목을 잡아당기며 소리쳤다.

"저 다리 좀 봐! 저 사람 다리 좀 보라고! 발바리 같은!"

"톰!"——아마 외할머니도 아끼지 않고, 외삼촌도 사랑하지 않을
만큼 흉하게 삐쩍 마른 아이 이름이 '톰'인 듯했다——"빨리! 못 쫓
아오게 해!"

"톰!" 목소리가 날카롭고 머리카락이 얼굴처럼 빨간 꼬마 아가
씨가 소리쳤다. "개를 잘 안아! 떨어뜨리지 말고!"

보통 영국의 학교에서는 역사 시간에 중국 관련 사실들을 가르
치지 않았다. 중국에 대해 어느정도 아는 사람은 중국에서 장사를
해본 사람이거나 선교사뿐이었다. 그 두 부류의 사람들은 중국인
에 대한 호감을 갖지 않았다. 그래서 귀국 후 중국과 관련된 일을
이야기할 때에도 좋게 말할 리가 없었다. 게다가 중국은 강하지도
않았다. 해군은 해군답지 않고, 육군은 육군답지 않았다. 그러니 오
직 해군과 육군의 능력으로 문명의 수준을 가늠하는 유럽인들이
중국을 무시할밖에! 더 말해보자면 중국에는 아직까지 세계를 놀
라게 할 만한 과학자, 문학가, 탐험가 한명이 없다——심지어 올림
픽에 참가한 인재마저 없다. 생각해보라. 중국을 무시하지 않을 수
있겠는가!

하지만 마쩌런은 마웨이의 권유를 듣지 않았다. 마쩌런은 도리
어 그 장난꾸러기들에게 줄 생각으로 담배 광고 포스터를 조금씩

모았다. 그걸 받고 아이들은 더욱 좋아라하며 떠들어댔다.

"짱깨[19]야! 짱깨! 부르기만 하면 담배 포스터를 주지!"

"톰! 그의 개를 빼앗자!"

3

랭커스터 가에 있는 붉고 아담한 집에서 에번스 목사의 부인이 명령을 내렸다. 마씨 부자와 웬델 모녀, 그녀의 오라버니를 식사에 초대한 것이다. 처음으로 '명령을 받은' 사람은 당연히 에번스 목사였다. 가정에서 에번스 목사에 대한 에번스 부인의 주도권은 절대적이었다. 하지만 부인의 아들과 딸은—이미 성인이었다—그녀의 말을 듣지 않을 때가 있었다. 아들과 딸은 자랄수록 통제하기가 어려웠지만 남편은 나이를 먹을수록 쉬웠다. 많은 서양 여성들이 줄을 서가며 나이 든 남성과 결혼하는 이유가 있었다.

에번스 부인은 입으로만 명령을 내리는 게 아니었다. 그녀의 몸 전체가 명령 덩어리였다. 그녀가 눈을 홉뜨던—갈색 두 눈은 남편보다 적어도 세 배는 컸으며, 눈두덩은 항상 부어 있었다. 남편과 딸, 아들 모두 쥐 죽은 듯 지내니 집 안이 법정보다 더 엄숙했다.

그녀는 검은 수염을 약간 기르고 있었다. 수염은 부드럽고, 길기까지 했다. 에번스 부인이 수염이 없었다면 에번스 목사가 수염을 기를 생각이나 했겠는가! 그는 그녀와 경쟁하기 위해 일부러 수염을 길렀다. 그녀는 에번스 목사보다 머리 하나만큼 더 컸다. 키가

---

19 원문은 'Chink'이나 우리말로 옮기면서 뜻과 발음이 유사한 표현으로 바꾸었다.

크고, 덩치도 있어 겉모습이 매우 건장해 보였다. 얼굴 살은 별로 없었지만, 시멘트와 삼거웃을 섞어 만든 듯 근육질의 단단한 체구였다. 코 양옆으로는 살짝 팔자주름이 패어 있었다. 에번스 부인이 울 때면―그녀도 울 때가 있었다―눈물이 팔자주름을 타고 흘러내렸다. 그러나 흐르면서 말라버리는지 금세 멈춰버렸다. 그녀의 머리칼은 이미 반백이었다. 느슨하게 뒤쪽으로 틀어올린 머리는 언뜻 보기에 털신에 붙은 솜털 같았다.

에번스 목사는 톈진에서 그녀를 만났다. 그때에도 팔자주름은 있었다. 그러나 틀어올린 머리가 지금처럼 푸석푸석하지는 않았다. 에번스 목사가 결혼을 서두르고, 그녀도 남편이 생기는 것을 반대하지 않아, 두 사람은 자초지종을 따지지 않고 결혼했다. 그녀의 오라버니 알렉산더는 그 결혼을 그다지 반기지 않았다. 그는 장사꾼이었으므로 인의도덕을 강조하고, 돈도 많이 벌지 못하는 목사를 무시했다. 그러나 그는 그 결혼에 대해 아무 말도 하지 않았다. 누이 얼굴의 팔자주름과 있으나 마나 한 머리칼을 보며 생각했다. '시집만 가면 되지. 목사면 어때! 몇년 지나 얼굴 주름이 물길처럼 넓어지면, 목사 정도도 어려울 텐데!' 그러면서 알렉산더는 혼자 웃었을 뿐 누이에게는 말하지 않았다. 결혼식 날 그는 신혼부부에게 푸젠 성에서 만든 옻칠 자기병 한 쌍을 선물했다. 아직까지도 에번스 부인은 그 병을 보며 말한다. "오라버니의 심미안이 대단하죠! 이 자기병 한 쌍이 6~7파운드라니까요!" 병 말고도, 알렉산더는 40파운드짜리 수표 한장을 결혼 선물로 주었다.

그들의 자녀―일남 일녀로, 많지도 적지도 않았으며 어느 성별로도 치우치지 않았다―는 모두 중국에서 태어났다. 그러나 둘다 중국어를 잘하지는 못했다. 에번스 부인은 아이들이 말을 배울 시기에 하등 언어—중국어나 인도어 등등—를 익히면 고상한 생각을 가질 수 없다고 여겼다. 예를 들어 중국 아이가 품 안에서 영어를 하면 싹수가 있는 것이었다. 그 아이가 자라면 보통의 중국인처럼 혐오스럽지 않을 것이기 때문이었다. 반대로 영국 아이가 중국어로 말을 배우면 잘해봐야 쓸모가 없었다. 영국산 가지에 중국산 물을 뿌린다고 해서 껍질은 얇고 수분이 많은 가지가 되겠는가! 그녀는 아이들이 중국 아이들과 어울리는 것을 허락하지 않았다. 다만 그들이 중국인에게 하지 않을 수 없는 말들만 용납했다. "차 가져와!" "꺼져!" "병아리 ××!" 같은, 말끝마다 '느낌표'를 붙여야 하는 것들이었다.

에번스 목사는 그녀의 교육 원칙에 그다지 동의하지 않았다. 대대로 내려오는 영국식 실리주의에 근거하여 자기 아이들이 중국어를 조금이라도 익히기를 바랐다. 귀국하면 중국어로 돈을 벌 수도 있겠다고 생각했기 때문이다. 그러나 공개적으로는 아내에게 도전할 수 없었다. 에번스 부인이 실리주의를 모르는 것도 아니었다. 그녀는 아이들이 중국어 하는 것을 허락하지 않았지만, 프랑스어를 배우는 건 반대하지 않았다. 그건 사실 에번스 부인이 프랑스어를 딱히 높이 사서가 아니었다. 세상에 영어보다 더 좋은 게 어디 있겠는가! 그런데 영국의 귀족이나 학식이 있는 사람들은 모두 프랑스어를 공부했다. 그녀도 남보다 뒤처지는 것을 달가워하지는 않았다. 그러면 프랑스어를 배워보게 해? 치!

에번스 목사 부부의 아들은 폴, 딸은 캐서린이다. 폴은 열세살이 되어 영국으로 건너온 뒤 그나마 알고 있던 중국어를 모두 잊어버렸다. 가장 마음에 들었던 욕 몇 마디만 빼고. 캐서린은 중국의 외국인학교에서 공부했다. 게다가 엄마 몰래 중국어를 상당히 익힌 덕분에 쉬운 중국책을 사전을 찾아가며 읽을 수 있을 정도 실력은 되었다.

"캐서린!" 에번스 부인이 주방에서 명령을 내렸다. "달달한 쌀 푸딩을 준비해라! 중국인들은 쌀을 즐겨 먹잖아!"

"그런데 우유와 설탕을 넣은 쌀은 잘 먹지 않잖아요, 엄마!" 캐서린이 말했다.

"네가 중국을 얼마나 아니? 나보다 많이 알아?" 에번스 부인이 핏대를 세우고 말했다. 그녀는 자신처럼 중국을 아는 사람이 세상에 또 있을 거라고 생각하지 않았다. 무슨 주중 공사니, 중국문학 교수니 하는 사람들도 안중에 없었다. 그녀는 자주 에번스 목사에게 말했다. (다른 사람에게 말하려면 항상 몇 마디를 더 보태야 했다.) "마 공사가 뭘 알아요? 베일시 박사는 또 뭘 알고요? 그들도 조금은 알겠죠. 하지만 아무도 우리만큼 중국인과 그들의 영혼을 알진 못할걸요!"

어머니의 성격을 아는 캐서린은 말없이 고개를 숙인 채 달달한 쌀 푸딩을 준비했다.

에번스 부인의 오라버니가 도착했다.

"중국인 두 명은 아직 안 왔어?" 알렉산더가 누이의 산발한 머리칼 아래 이마에 가볍게 입을 맞췄다.

"아직요, 들어가 앉으세요." 에번스 부인이 말했다. 그리고 다시 주방으로 가 식사를 준비했다.

알렉산더가 온 목적은 식사를 하려는 것이지, 에번스 목사와 얘기하려는 것은 아니었다. 선교사와 나눌 얘깃거리도 마땅치 않았다.

에번스 목사가 담배쌈지를 알렉산더에게 건넸다.

"괜찮네, 고마워. 나도……" 반자 정도 크기의 금빛 상자를 꺼낸 알렉산더가 여송연을 집어 에번스 목사에게 건네고는 자신도 한대 물었다. 촤악, 성냥에 불을 붙여 두 볼이 움푹 들어갈 정도로 한모금 빨고는 후우 하며 연기를 멀리 내뿜었다. 담배 연기를 흐뭇하게 바라보다가 알렉산더는 성냥을 재떨이에 던져넣었다.

알렉산더도 누이처럼 키가 컸다. 떡 벌어진 어깨에 목이 굵었으며, 머리는 벗어진데다가 틀니를 하고 있었다. 양쪽 뺨은 세게 얻어 맞은 것처럼 붉었다. 옷차림을 상당히 신경 쓰는 듯, 머리에서 발끝까지 허술한 곳이 없었다.

그는 한 손에 여송연을 든 채 무언가를 생각하는 듯 다른 손으로 정수리를 누르고 있었다. 한참 만에 그가 입을 열었다.

"그때 그 중국인 이름이 뭐였지? 톈진의 메일리 회사 외근 사원이던. 멍청했던 그 젊은이 말이야. 누군지 기억나지?"

"장위안." 에번스 목사는 불을 붙이지 않은 여송연을 들고만 있었다. 그냥 내려놓자니 미안하기도 하고, 여송연을 피울 줄 모른다는 것을 들키고 싶지도 않았다.

"맞아! 장위안! 그 녀석 참 괜찮았지." 알렉산더가 다시 한모금 빨더니 다시 푸우 하며 온 집 안을 하얀 연기로 채웠다. "좀 어리석어 보여도 실은 정말 총명했어. 나는 중국어를 잘 못하고, 그는 또 영어를 못했는데도 우리는 신속하게 업무를 처리했지. 그가 들어와 '20위안입니다'라고 말하면 내가 고개를 끄덕이고. 그러면 그가 하물송장을 건네줬지. 내가 '이름을 쓰라고?' 하면 그가 고개를 끄덕였고. 나는 하물송장에 서명을 했고. 그런 식으로 손발이 척척 맞았다니까!" 거기까지 말하고는 알렉산더가 배를 잡고 웃어댔다. 그 바람에 담뱃재가 카펫에 떨어졌다. 그는 대머리가 뺨처럼 붉어질 정도가 되어서야 웃음을 멈추었다.

아무런 재미를 못 느낀 에번스 목사는 안경을 고쳐쓰고 입을 삐죽이며 카펫에 떨어진 담뱃재를 바라보았다.

마씨 부자와 웬델 부인이 도착했다. 그녀는 노란 셔츠 차림에 챙이 넓은 밀짚모자를 쓰고 있었다. 문을 들어서자마자 그녀는 여송연 연기 때문에 기침을 두번 했다. 마쩌런은 손에 든 검은 중절모를 어디에 두어야 할지 몰라 허둥댔다. 마웨이가 모자를 받아 옷걸이에 걸고 나서야 그는 마음을 놓았다.

"헬로우! 웬델 부인!" 벌떡 일어난 알렉산더가 여송연을 든 채 다른 사람이 끼어들 새도 없이 크게 말했다. "대체 몇년 만인가요? 웬델 씨도 잘 계시죠? 그는 어떻게 지내십니까?"

때마침 에번스 부인과 캐서린이 들어왔다. 에번스 부인이 서둘러 오빠의 말을 받았다.

"오라버니! 웬델 씨는 이미 돌아가셨어요! 웬델 부인! 와주셔서 감사합니다! 따님은요?"

"헬로우! 마 선생님!" 알렉산더가 누이 말에 개의치 않고 마쩌런에게 다가가 악수를 했다. "누이한테 말씀 들었습니다! 상하이에서 오셨다고요? 상하이는 요즘 어떻습니까? 최근 들어 많이 혼란스럽지요? 베이징은 여전히 장쉰[20]이 통치하고 있죠? 그 사람은 쓸 만한 인물입니다! 그가 둥베이 삼성[21]을 다스릴 때는 한번도 외세 배척 풍조가 일어나지 않았었죠! 무슨 뜻인지 아시죠? 톈진에 있을 때 그에게 말했었죠. ×××는 신경 쓸 필요 없다고."

---

20 청나라 말기에서 중화민국 초기의 군벌. 신해혁명을 부정하고 1917년 '마지막 황제' 푸이를 재옹립하여 청나라를 다시 일으키고자 했으나 실패했다.
21 중국 최동북 지역의 지린, 랴오닝, 헤이룽장의 세 성(省)을 묶어서 이르는 것.

"오라버니! 식사 준비됐으니 식당으로 가시죠!" 에번스 부인이 오빠의 목소리에 묻힐까봐 온몸으로 소리쳤다.

"뭐라고? 식사가 준비됐다고? 마실 것은?" 알렉산더가 여송연을 그 자리에 두고 손님들과 거실을 나왔다.

"진저비어가 있어요!" 에번스 부인이 목을 꼿꼿이 세우고 말했다─그녀는 오빠를 사랑하지만, 두려워하기도 했다. 그러지 않았으면 맥주도 준비하지 않았을 것이다.

모두들 자리에 앉았다. 알렉산더가 또 큰 소리로 말했다. "차라리 샴페인을 가져오지!"

본래 영국인들은 격식을 중시했다. 알렉산더 역시 어렸을 때는 격식과 예의에 부족함이 없었다. 중국에서 장사를 하면서부터 중국인에게는 예의를 차릴 필요가 없다는 생각에 수하 중국인에게는 항상 눈을 부릅뜨고 화를 냈다. 지금은 그때 든 버릇을 바꾸려 해도 바꿀 수가 없었다. 아무렇게나 소리를 지르고, 예의를 차리지 않기 때문에 지금은 많은 친구들이 그를 외면했다. 그가 에번스 목사의 집에 와서 식사를 하는 것도 그 때문이었다. 친구가 많고 어딜 가든 환영받는다면, 여기에서 진저비어나 마실 그가 아니었다.

"에번스 부인, 폴은요?" 웬델 부인이 물었다.

"시골에 가서 아직 돌아오지 않았어요." 에번스 부인은 코끝으로 목사를 가리켰다. "에번스 목사님, 식사 기도를 하시죠!"

알렉산더에게 질려 줄곧 말이 없던 에번스 목사가 이 기회를 놓칠세라 장황하게 기도를 했다. 에번스 목사는 알렉산더가 긴 식사 기도를 별로 달가워하지 않는다는 것을 알았지만, 그를 조금 더 굶주리게 해 골탕먹일 작정이었다. 알렉산더는 몇번이나 눈을 떠 진저비어를 힐끗거리며 속으로 에번스 목사를 욕했다. 에번스 목사가 "아멘!"을 하자마자 그는 술병을 들어 모두에게 술을 따랐다. 그러면서 마쩌런에게 물었다.

"영국은 어떻습니까?"

"정말 아름답습니다!" 마쩌런이 최근에 웬델 부인에게서 배운 대로 대답했다. 그것은 어떤 질문에든 아주 좋습니다! 정말 아름답습니다! 그렇고말고요! 등의 말로 대답하는 것이었다.

"무슨 뜻이죠? 아름답다고요?" 알렉산더가 잘 모르겠다는 투로 물었다. 그는 돈으로 환산할 수 있어야만 '아름다움'의 가치를 아는 듯했다. 그가 알기로 골동품 가게의 커다란 채색 자기병이나 미술관의 그림이 아름다운 것은 가격이 매겨 있기 때문이었다.

"네에?" 마쩌런은 어떻게 말해야 좋을지 몰라 눈동자만 굴렸다.

"오라버니!" 에번스 부인이 말했다. "웬델 부인에게 소금병 좀 넘겨주세요!"

"죄송합니다!" 알렉산더가 소금병을 웬델 부인에게 건네려다 후추병을 넘어뜨릴 뻔했다.

"마웨이, 살코기가 많은 부위를 좋아하세요, 아니면 적은 부위를 좋아하세요?" 캐서린이 물었다.

마웨이가 대답하기도 전에 에번스 부인이 목을 꼿꼿이 세우고 끼어들었다. "중국인은 누구나 살진 걸 즐기지!" 그녀는 소고기를 포크로 눌러 잡고는 칼로 썰었다. 입을 약간 벌린 채 한쪽 눈썹을 치켜세운 모습이 살인이라도 할 기세였다.

"정말 좋습니다!" 마쩌런이 갑자기 또 웬델 부인의 말을 흉내 냈다. 하지만 그가 그렇게 말하는 이유를 아무도 몰랐다.

소고기 다음으로 쌀 푸딩이 나왔다.

"이것 좀 드릴까요?" 캐서린이 마웨이에게 물었다.

"괜찮습니다." 마웨이가 그녀에게 웃음을 지어 보였다.

"쌀을 즐겨 먹지 않는 중국인은 없죠? 그렇죠, 마 선생님?" 에번스 부인이 캐서린을 보며 마쩌런에게 물었다.

"그렇고말고요!" 마쩌런이 고개를 끄덕이며 말했다.

알렉산더가 붉은 얼굴이 자줏빛으로 변할 만큼 크게 웃었다. 아무도 그를 거들떠보지 않았다. 그래도 입이 얼얼해질 때까지 웃다가 누이마저 그를 모른 척하자 제풀에 그쳤다.

쌀 푸딩을 한 숟가락 먹은 마웨이가 한참 동안 삼키지 못하고 있었다. 마쩌런은 푸딩을 한입 삼키더니 목을 빼고 한동안 눈동자도 굴리지 않았다. 졸도라도 할 듯했다.

"찬물 드릴까요?" 캐서린이 마웨이에게 물었다. 마웨이가 고개를 끄덕였다.

"당신도 찬물이 필요하시죠?" 웬델 부인이 마쩌런에게 친근하게 물었다.

그때까지도 목을 빼고 있던 마쩌런이 웬델 부인에게 어색한 미소를 지었다.

알렉산더는 뭐가 즐거운지 또 웃어댔다.

"오라버니! 푸딩 더 드려요?" 에번스 부인이 곁눈을 뜨고 물었다.

에번스 목사가 말없이 천천히 마씨 부자에게 찬물을 따라주었다. 그들은 찬물 한모금으로 푸딩 한입의 고통을 견뎠다.

"제가 우스운 얘기 하나 할까요!" 알렉산더가 다른 사람이 듣든 말든 상관하지 않고 말했다.

웬델 부인이 가벼운 박수 몇번으로 알렉산더의 우스갯소리를 환영했다. 그녀가 박수치는 걸 본 마쩌런이 "정말 좋습니다!"를 연발했다.

"내가 베이징에 갔던 그해 베이징은 궁핍했습니다!" 엄지손가락을 조끼 주머니에 넣은 채 알렉산더가 두 다리를 곧게 펴고 의자 등받이에 등을 붙여 자세를 바로 했다. "커다란 상점 하나 없고, 공장도 없었죠. 거리는 정말 지저분했고요! 어떤 사람은 베이징이 아름답다고 하는데, 나는 찾아볼 수 없었습니다. 더러움과 아름다움은 함께할 수 없죠! 내 말 이해하시겠어요?"

"캐서린!" 마웨이의 얼굴이 붉어진 것을 본 에번스 부인이 황급히 말했다. "마웨이에게 폴 서재를 구경시켜주겠니? 그다음에 거실에서 커피를 마시자꾸나. 폴이 책을 상당히 모았지. 서재가 작은 도서관이라니까. 마웨이, 캐서린과 함께 가봐요."

"들어보라고!" 알렉산더는 언짢아하는 표정이었다. "내가 묵었던 베이징의 호텔은 정말 좋았습니다. 술이면 술, 당구면 당구, 춤이면 춤, 도박이면 도박, 모두 가능했죠! 베이징에서 쓸 만한 곳은 거기뿐이었습니다. 내 말 아시겠죠? 식사를 마치면 하릴없이 아래층으로 가 당구를 쳤는데, 거기에 검은 수염을 기른 노인네가 있었어요. 고풍스러운 중국인이었죠. 내가 고풍스러운 중국인을 좋아하잖아요. 내 말 이해하시겠어요? 내가 당구를 치면, 그 중국인은 수염이 난 입을 삐죽 내밀고 웃었죠. 그 노인네가 재미있다고 생각하던 참에, 어느날 당구가 끝났는데 여전히 그 자리에 서 있기에 내가 다가가 물었습니다. 중국어로요. '술 한잔 하시겠습니까?'" 여기까지 말하고 알렉산더는 목을 빼고, 주먹을 입으로 가져갔다. 중국인의 거동을 따라하듯 눈을 감고서 '쯔' 소리를 냈다.

그가 중국인을 흉내 내는 기회를 틈타 에번스 부인이 얼른 끼어들었다. "거실로 가시죠!"

에번스 목사가 서둘러 일어나 문을 열었다. 알렉산더가 계속해서 우스갯소리를 하려는 듯 마쩌런에게 불쑥 다가갔다. 중국과 관련된 일은 중국에 가본 적이 있는 사람에게서 듣고 싶었던 웬델 부인이 알렉산더에게 말했다.

"거실로 나가 얘기하시죠."

"웬델 부인, 노란 셔츠가 정말 아름답네요!" 에번스 부인이 알렉산더의 우스갯소리를 끊기 위해, 궁리 끝에 이렇게 말했다.

"정말 아름답습니다!" 마쩌런이 에번스 부인을 거들었다.

모두 거실로 나오자 에번스 부인이 커피를 따라주었다.

에번스 목사가 웃으며 웬델 부인에게 물었다.

"라디오 들으시죠? 어떤 프로를 즐겨 들으시나요?"

"물론 좋아하죠! 이따 램 씨의 우스갯소리가 끝나면 말씀 나누시죠."(램은 알렉산더의 성이었다.)

에번스 목사는 어쩔 수 없이 커피를 들고 자리에 앉았다. 알렉산더는 기침을 두번 한 뒤 속으로 적잖이 좋아하며 우스갯소리를 이어갔다.

"웬델 부인, 들어보십시오. 내가 그 노인에게 술 한잔 하겠느냐고 물었더니 그가 고개를 끄덕이며 웃더군요. 제가 앞장서니까 그가 쫄레쫄레 따라왔는데, 강아지처럼……"

"오라버니, 웬델 부인께 건네드리세요. 웬델 부인, 사과 드시겠어요? 아니면 바나나?"

과일 접시를 그녀에게 건넨 뒤 알렉산더가 계속 떠들었다.

"'뭘 마시겠습니까?' 내가 물었더니 노인이 '당신은 뭘 마시겠습니까?' 하더군요. 내가 말했죠. '저는 위스키를 마시겠습니다.' 그가 말하더군요. '저도 같은 걸로.' 우리는 한 잔씩 마셨습니다. 노인네가 대단한 게, 아무렇지 않게 그날 나랑 다섯 잔을 마셨다니까

요!"

"하하하, 알고 보니 램 선생님께서 중국인에게 위스키 마시는 것도 가르치셨네요!" 웬델 부인이 웃으며 말했다.

에번스 목사와 부인이 화제를 돌리려고 동시에 입을 뗐다. 그러나 두 사람이 동시에 말하는 바람에 아무도 알아듣지 못했다. 알렉산더가 기회라도 잡은 듯 말을 이었다.

"다 마시고 나서 신기하게도 그 노인네가 술값을 내더라고요. 돈을 지불하고 나서 그가 드디어 입을 열었습니다. 상하이 경마장의 마권을 어떻게 사느냐고 묻더군요. 게다가 꼭 나보고 사달라고 하더라고요. 당신네 중국인들은 도박을 좋아하죠? 그렇죠?" 그가 마쩌런에게 물었다.

마쩌런이 고개를 끄덕였다.

웬델 부인이 바나나를 물고 혼잣말을 했다.

"경마 도박을 가르치고도 뭐라고……"

그녀의 말이 끝나기 전에 에번스 목사가 말했다.

"웬델 부인, 체임벌린 목사는 아직……"

에번스 부인도 입을 열었다. "마 선생님, 주일에 어디서 예배를 드리세요?"

커피를 한모금씩 홀짝거리던 알렉산더는 생각할수록 자기 이야기가 우스웠는지 결국 하하하 웃음을 터뜨렸다.

4

폴의 서재에서 캐서린은 남동생의 회전의자에 앉았다. 마웨이는 서가 앞에 서서 책을 구경했다. 서가에는 대략 이삼십권의 책이 있었다. 그중 셰익스피어 전집이 열대여섯권이었다. 벽에는 컬러로 인쇄한 명화가 서너점 걸려 있었다. 폴이 작은 시장에서 한점에 동전 여섯닢을 주고 산 것들이었다. 서가 옆 작은 탁자에는 아편 담뱃대 하나, 전족용 신발 새것 한켤레, 깨진 삼색 코담배 통 하나, 절반 정도 수가 놓인 쌈지 한 쌍이 놓여 있었다.

폴의 친구들은 그가 중국에서 태어난 것을 알았다. 그래서 폴은 그들에게 중국 물건을 보여주지 않을 수 없었다. 친구들이 올 때마다 그는 항상 그 물건들로 이야기를 만들어냈다. 전족을 하고 아편을 피운다느니, 이것은 아편을 담는 통이라느니, 이것은 통 쌈지라느니 하는 식이었다. 다행히 영국 아이들은 중국을 알지 못해 그가 아무렇게나 말해도 상관없었다.

"이것들이 폴의 소장품이에요?" 마웨이가 몸을 틀어 웃으며 캐서린에게 말했다.

캐서린이 끄덕였다.

그녀는 스물일고여덟 정도 돼 보였다. 아버지처럼 키는 그다지 크지 않았으며, 커다란 눈에 작은 눈동자를 갖고 있었다. 그녀의 어머니처럼 머리숱이 많았지만 키가 크지 않아서인지 머리칼이 그녀의 전신을 묵직하게 짓누르는 듯했다. 그러나 결코 밉상은 아니었다. 특히 등을 곧게 펴고 빛나는 금발을 뒤로 늘어뜨린 채 앉아 있으면 동양 여인처럼 다소곳한 아름다움이 느껴졌다. 말을 할 때면 항상 입가에 미소를 머금었지만, 자주 웃지는 않았다. 이따금 매끄럽고 아름다운 두 손을 들어 긴 머리를 매만졌다.

"마웨이, 영국에서 지낼 만해요?" 캐서린이 그를 보며 물었다.

"그렇고말고요!"

"정말이에요?" 그녀가 미소를 지었다.

고개를 숙이고 한참 동안 탁자 위의 작은 담배통을 만지작거리더니 마웨이가 말했다.

"저는 영국 사람들이 우리를 대하는 태도에 그다지 신경 쓰지 않습니다. 그러나 아버지 사업을 생각하면 걱정이 되죠! 아시잖아요, 누나!" 중국에서 자신보다 나이 든 여성을 누나라고 부르던 습관을 마웨이는 여전히 고치지 못했다. "중국인은 기질적으로 장사하는 사람을 무시합니다. 아버지도 장사에는 전혀 마음이 없으시죠! 하지만 우리가 그 가게에 의지해 먹고사는데, 신경을 안 써서야 되겠습니까! 제 말도 안 들으시고, 리쯔룽의 말도 안 들으십니다. 가게에 나가지 않고 웬델 부인을 위해 하루 종일 화초를 심기도 하시죠. 가게에 나와 계실 땐 손님이 중국 물건을 칭찬하면 공짜로 주기까지 하십니다. 큰아버님이 남겨주신 돈도 이곳에 온 지 몇 달 만에 200파운드 넘게 써버렸습니다. 오늘은 식사, 내일은 술을 대접하시느라요. 누나가 보기에도 속상하겠죠! 중국인이 좋다고 말하는 사람이 있으면, 아버지는 식사를 대접하십니다. 식사가 맛있다고 하면 흥이 나서 한번 더 초대하셔야만 하고요. 사람들이 무어라 말하면, 항상 그 사람의 뜻대로 하는 것은 말할 필요도 없고요. 평범한 영국인들은 중국과 관련된 일 가운데 좋은 건 하나도 모릅니다. 그들은 나쁜 일들을 중국 사람 입으로 직접 듣는 걸 가장 좋아하죠. 예를 들어 사람들이 아버지에게 아내가 몇이냐고 물으면, 대여섯이라고 거짓말을 합니다. 제가 왜 그러셨느냐고 물으면, 핏대를 세우고 이러시죠. '사람들이 중국인은 아내를 여럿 둔다고 믿고 있는데, 그대로 말해주지 않으면 호감을 보이겠어?' 몇몇 어르신과 노부인들은 아버지를 보물처럼 아끼죠. 항상 그들의 구미에 맞게 말하니까요!

영국이 상하이로 군대를 파견해야 한다는 주제의 강연 석상에 가워 장군이 특별히 아버지를 초청했습니다. 강연 중간에 가워 장군이 아버지를 가리키며 말하더군요. '영국군이 중국에 주둔하는 것이 중국인에게 복이자 행운일까요? 우리, 중국인에게 한번 물어봅시다. 마 선생님, 말씀해보시죠.' 아버지는 좋아하시며 일어나 정중하게 말씀하셨죠. '영국군을 환영합니다!'

하루는 어느 노부인이 중국옷이 예쁘다고 칭찬했습니다. 다음 날 아버지는 비단 두루마기를 입고 거리를 활보하셨죠. 그러자 아이들이 뒤에서 짱깨라고 놀렸습니다. 만약 아버지가 주관에 따라 중국옷을 입었다면 별문제가 아니죠. 그런데 그 부인의 환심을 사기 위해 입었으니 문제라는 거예요. 누나도 아시죠? 아버지 연배의 중국인들은 외국인을 무서워합니다. 그래서 외국인이 칭찬하면, 영광으로 알죠. 아버지는 국가관이라고는 없습니다, 없어요……"

캐서린이 미소를 지으며 탄식했다.

"국가주의. 누나, 국가주의만이 중국을 구할 수 있습니다! 저는 중국인이 일본인처럼 대포와 비행기, 살상무기를 만드는 건 찬성하지 않습니다. 그러나 오늘날의 세계에서는 대포와 비행기가 발전된 문명의 척도입니다! 평범한 영국인들은 제멋대로 우리를 비웃습니다. 왜냐하면 우리의 육군과 해군이 쓸모없기 때문이죠. 고개를 들고 살려면 전쟁을 하지 않을 수 없습니다! 그건 비인도적이지만, 그렇게 하지 않으면 영원히 지상에 발붙일 생각을 말아야 합니다!"

"마웨이!" 캐서린이 마웨이의 손을 붙잡았다. "마웨이! 열심히 공부하세요. 다른 건 신경 쓰지 말고! 마웨이의 고충을 알아요. 마웨이는 충격을 받았어요! 그러나 쓸데없이 화를 내는 것으로는 중국을 변화시킬 수 없잖아요, 그렇죠? 국가가 혼란스러우면 아무도 동정을 보이지 않아요. 입이 닳도록 영국인, 중국인, 일본인에게 알릴 수도 있죠. '우리는 오래된 나라입니다. 오래된 나라가 새로워지는 건 어렵습니다. 우리를 동정해주십시오. 전쟁을 빌미로 약탈을 자행해서는 안됩니다.' 이건 쓸모없는 짓이에요! 약해 보이면 무시하죠. 혁명을 일으키면 비웃고요. 국가와 국가 간의 관계는 본래부터 생사가 걸린 문제예요. 스스로 국가를 변화시키지 못하고 강하게 만들지 못하면, 아무도 거들떠보지 않을 거예요. 아무도 우정을 논하지 않죠. 마웨이, 내 말대로 하세요. 학업만이 중국을 구할 수 있어요. 중국은 대포와 비행기가 부족할 뿐 아니라, 각 분야의 인재도 부족해요. 마웨이가 인재가 되지 못한다면, 구국을 논할 자격도 없어요! 어쨌든 외국에 나온 이번 기회를 통해 외국의 단점과 자국의 단점을 살펴봐요—우리 모두는 단점을 가지고 있어요, 그렇죠?—그러고 나서 냉정하게 생각해보세요. 외부의 자극 때문에 쓸데없이 화를 낼 필요는 없어요. 영국의 위기는 영국인이 학문을 하지 않은 탓이죠. 폴의 저 쓸모없는 책들을 보세요. 어머니께서 무슨 낯으로 당신에게 보여주라시는지 모르겠네요. 그러나 영국에는 진정으로 학문을 하는 참다운 인재가 몇 있어요. 그 몇명의 인재로 인해 영국이 발붙일 수 있는 거죠. 한 사람이 콜레라를 치료하는 약을 발명하면, 전국민, 전세계 사람들이 복을 누립니다. 전화를 발명하면, 전세계 사람들이 누리고요. 세상이 만들어진 때로부터 멸망하는 그날까지 인류는 평등할 수 없어요. 보통 사람들은 항상 위대한 인물 몇 사람의 뒤꿈치를 따를 뿐이죠. 중국인의 약점역시 학문을 하지 않는 거예요. 중국이 영국보다 뒤처진 원인 역시 진정으로 학문을 하는 사람이 아무도 없기 때문이고요. 마웨이, 쓸데없이 조급해할 필요 없어요. 학문을 하세요. 학문만요! 무슨 공부를 하나요? 상업도 좋아요. 진정으로 상업을 알게 되면, 동포가 외국 상인과 경쟁하는 것을 도울 수 있어요! 마 선생님에게는 마웨이와 리쯔룽이 그렇게 하도록 해야 해요! 나는 마웨이의 고충을 알겠어요. 마웨이는 효도를 다하면서, 눈앞의 위험에도 대처해야 하죠. 그러나 두가지를 다 이룰 수는 없어요. 영국인의 관점에서는 위험을 피하는 것이 어리숙하게 효도를 다하는 것보다 낫지요. 나는 중국에서 태어났기 때문에 중국을 조금 안다고 할 수 있어요. 또 나는 영국인이기 때문에 영국을 안다고 말할 수 있죠. 양국의 다른 점을 비교해보면 종종 명확하고 적당한 결론을 얻을 수 있어요. 마웨이, 넘어설 수 없는 장애물이 있다면, 나를 찾아요. 만약 내가 도울 수 없다고 하더라도, 최소한 의견을 제시할 수는 있을 거예요.

마웨이! 나는 집에서도 그다지 즐겁지 않아요. 나는 부모님과 얘기가 통하지 않아요. 남동생은 더 말할 필요도 없고요. 그러나 내게는 나만의 일이 있어요. 일을 하고, 공부를 하면 아무런 고뇌도 느끼지 않죠! 내가 보기에 삶에는 즐거운 일이 단 두가지인 듯해요. 자신의 지식을 이용하고, 지식을 얻는 것이죠!"

거기까지 말하고 캐서린이 다시 한번 미소를 지었다.

"마웨이!" 그녀가 친근하게 말했다. "중국어를 좀더 배우고 싶은데, 우리 서로 돕기로 할까요? 마웨이가 내게 중국어를 가르쳐주고, 내가 마웨이에게 영어를 가르치는 거죠. 그런데……" 그녀가 머리를 매만지며 잠시 생각했다. "어디에서 하죠? 나는 마웨이가 이리로 오지 않았으면 좋겠어요. 솔직히 어머니가 중국인을 좋아하지 않거든요! 마웨이가 있는 곳으로 가면? 마웨이네는……"

"우리 집에 작은 서재가 있습니다." 마웨이가 서둘러 말을 이었다. "그런데 누나가 왔다 갔다 하는 게 아무래도 좀……"

"그건 괜찮아요. 나는 늘 박물관에 가서 공부하기 때문이에요. 마웨이네 집에서도 멀지 않아요. 잠깐만, 좀더 생각해봐야겠어요. 다음에 알려줄게요!"

영어 공부에 대해 이야기하면서 캐서린은 마웨이가 읽어야 할 책들을 많이 알려주었다. 그리고 도서관에서 책을 빌리는 방법도 말해주었다.

"마웨이, 우리 그만 거실로 가봐야겠는데요."

"누나, 감사합니다. 이렇게 털어놓고 나니 기분이 한결 좋아졌습니다!" 마웨이가 낮은 소리로 말했다.

캐서린은 말없이 미소를 지었다.

5

에번스 부인과 웬델 부인이 이마를 맞댔다. 에번스 부인이 왼손을 무릎에 올려놓고, 어깨 부근까지 들어올린 오른손으로 웬델 부인을 가리켰다. 그러다가 몇번이나 웬델 부인의 낮은 코를 찌를 뻔했다. 웬델 부인은 입을 작게 벌린 채 낮은 코를 씰룩이며 에번스 부인의 손가락을 따라 머리를 상하좌우로 움직였다. 마치 에번스 부인의 손가락을 물기라도 하려는 듯했다. 두 사람은 재잘재잘 이야기했지만 그녀들이 무슨 말을 하는지는 아무도 몰랐다.

알렉산더는 의자에 양다리를 쩍 벌리고 앉아 있었다. 손안에서 여송연이 천천히 사그라졌다. 그는 두 눈을 감고 있었다. 얼굴은 불그스레하고, 코에서는 줄곧 드르렁 소리가 났다.

마쩌런과 에번스 목사는 낮은 소리로 말하고 있었다. 에번스 목사의 안경이 코에서 흘러내릴 듯했다.

캐서린과 마웨이가 돌아오자, 에번스 부인이 서둘러 마웨이에게 커피를 권했다. 캐서린은 웬델 부인 옆에 앉아 그녀들의 대화에 끼어들었다.

알렉산더의 코 고는 소리가 갈수록 커졌다. 그러다 자기 코 고는 소리에 놀라 깼다. "누가 코를 고는 거야?" 그가 눈을 끔뻑이며 물었다.

그러자 모두가 웃었다. 에번스 부인도 헝클어진 뒷머리가 흔들리도록 웃었다. 그도 영문을 알고는 따라 웃었다. 다른 사람들보다 한 톤 높게.

"마 선생님, 술 한잔 하러 가시죠!" 알렉산더가 마쩌런의 어깨를 짚으며 말했다. "에번스 목사, 자네도 갈 거지?"

에번스 목사가 안경을 고쳐쓰며 부인에게 눈짓했다.

"이이는 다른 일이 있어요!" 에번스 부인이 말했다. "오라버니와 마 선생님만 가시죠. 마 선생님이 취하도록 권하진 마시고요. 알았어요?"

알렉산더가 말없이 마쩌런에게 눈짓을 했다.

마쩌런이 미소를 지으며 일어나 마웨이에게 말했다.

"네가 웬델 부인을 모시고 돌아가거라. 나는 한 잔 해야겠다. 딱 한 잔만 하고 들어갈 거라니까. 한동안 술은 입에 대지도 않았잖아!"

마웨이는 말없이 캐서린을 바라보았다.

조카에게 가볍게 입맞춤을 한 뒤, 알렉산더가 마쩌런의 어깨를 붙잡았다. "가십시다!"

에번스 부인이 앉은 자세 그대로 오라버니에게 말했다. "안녕히 가세요." 에번스 목사가 그들을 현관까지 배웅했다.

"자네, 진짜로 안 갈 거야?" 현관에서 알렉산더가 큰 목소리로 물었다.

"예!" 에번스 목사가 대답한 뒤 마쩌런에게 말했다. "조만간 다시 뵙죠. 상의할 일이 있습니다."

랭커스터 가로 나온 두 사람은 길을 건너, 공원 철책을 따라 서쪽으로 걸었다. 여름이라 해가 길어서인지 거리가 그다지 어둡지 않았다. 공원에도 아직 사람들이 많았다. 공원의 나뭇잎 역시 생생하고 푸르렀다. 화단에는 때늦은 튤립이 황금빛 노을처럼 피어 있었다. 어제 내린 눈처럼 화단가에 지천으로 핀 작고 하얀 꽃들이 마음속을 시원하게 했다. 숲을 사이에 두고 멀리 바라다보이는 바닷가에서는 갈매기 무리가 날고 있었다. 바닷가에서 군악을 연주하는 듯, 나뭇잎 너머로 붉은 군복의 연주자가 보였다. 시원한 바람에 실린 군악 소리가 이따금 귓가에 들렸다. 하늘에는 구름 한점 없었다. 서쪽 나뭇가지에 옅은 노을이 걸려 있을 뿐이었다. 연붉은 노을이 공원에서 놀고 있는 아가씨들의 모자처럼 아름다웠다.

공원 맞은편의 여관 창문은 활짝 열려 있었는데 저마다 흰 바탕에 분홍색 아니면 녹색 무늬의 커튼이 쳐 있었다. 커튼 아래에는 팔을 드러내고 앉아서 찻잔을 들고 공원의 저녁 경치를 구경하는 아가씨도 있었다.

마쩌런은 공원과 그 맞은편의 꽃무늬 커튼을 보고는 고개를 끄덕이며 좋아했다. 시정詩情이 일었지만, 한 구절도 지을 수 없었다. 시를 지어본 적이 없었기 때문이다.

알렉산더는 줄곧 앞장서 걸으며 이따금 공원을 거니는 남녀를 향해 냉소를 지었다. 퀸스게이트 가 어귀에 이르러 술집을 발견하고서야 흐뭇하게 웃었다. 그는 입맛을 다시며 마쩌런에게 입짓을 했다. 마쩌런이 고개를 끄덕였다.

한 절름발이가 술집 바깥에서 바이올린을 켜며 돈을 구걸했다. 알렉산더가 고개를 돌려 모른 체했다. 하얀 수염을 기른 노인이 입을 내밀고 소리쳤다. "석간이오! 석간!" 알렉산더가 한부를 사서 겨드랑이에 끼웠다.

문을 들어서자 카운터 앞쪽에 가득 들어선 남녀가 보였다. 그중 한 사람이 손에 술잔을 들고 마시면서 이야기를 하고 있었다. 이가 없는 노부인이 북적이는 사람들에 치여 얼굴이 벌게져서는 이 사람 저 사람에게 물었다. "우리 아이 못 보셨어요?" 그녀는 술 마시는 데 정신이 팔려 그만 아이를 잃은 모양이었다. 노부인이 나가자 알렉산더가 마쩌런을 이끌고 별실로 들어갔다.

별실에는 삼면의 벽을 따라 의자가 놓여 있었다. 가운데에는 카펫이 깔려 있고, 그 위에 유리를 끼운 네모난 탁자가 놓여 있었다. 탁자 옆에는 자주색 피아노가 있었다. 노인 몇이 술잔을 든 채 벽에 붙어 눈을 감고 담배를 피우고 있었다. 뚱뚱하고 키 큰 여성이 벌써 술에 취해 눈이 벌게진 채 머리를 흔들며 피아노를 치고 있었다. 그녀 옆에서는 얼굴이 붉고 수염이 노란 사람이 술잔을 든 채, 이가 서너개밖에 없는 입을 크게 벌려가며 소리 높여 군가를 부르고 있었다. 성량도 풍부하고 표정도 좋았지만, 노래와 피아노 선율이 전혀 맞지 않았다. 피아노를 치던 여성이 마쩌런이 들어오는 것을 보고 얼굴이 붉어졌다가 순간 창백해졌다. 그녀가 어깨를 추켜올리며 말했다. "오! 하느님! 중국놈이 왔어요!" 그러고는 고개를 젓더니 더욱 신이 난 듯 크고 통통한 다리로 의자를 쿵쿵 찧어가며 피아노를 쳤다. 노래를 부르던 사람이 갑자기 멈추더니 술을 단숨에 마셨다. 네 귀퉁이에서는 노인들이 눈도 뜨지 않고, 담뱃대로 실내 중앙인 듯한 곳을 가리키며 동시에 말했다. "계속해! 조지!" 다시 한번 단숨에 술을 들이켠 조지가 술잔을 탁 하고 탁자에 내려놓은 후 다시 노래를 불렀다. 여전히 노래와 피아노가 따로 놀았다.

"무얼 마시겠습니까, 마 선생님?" 알렉산더가 물었다.

"아무거나 괜찮습니다!" 마쩌런이 조심스럽게 벽 앞 의자에 앉았다.

알렉산더가 주문한 술을 마시면서 중국에서의 경험담을 늘어놓았다. 네 귀퉁이의 노인네들이 눈을 뜨고 마쩌런을 흘깃 보더니 다시 눈을 감았다. 알렉산더의 목소리가 조지의 노랫소리보다 컸다. 화가 치민 조지가 노래를 멈췄다. 뚱뚱한 여성도 화가 나서 피아노 치는 것을 그만두었다. 다들 알렉산더의 이야기를 들었다. 마쩌런은 여기저기 둘러보며 입을 오므려 웃었다. 그런 다음 술을 한모금 마셨다. 조지가 알렉산더에게 다가와 말을 걸려고 했다. 그의 매부가 홍콩에서 군인으로 복무해 중국과 관련된 일을 꽤 들었기 때문이었다. 그러나 알렉산더가 쉴 새 없이 떠드는 바람에 조지에게는 기회가 없었다. 알렉산더에게 검고 성근 이를 드러내며 을러봐도 소용없자 조지는 자리에 앉았다.

"하나 더 할까요?" 우스갯소리 하나를 끝낸 알렉산더가 마쩌런에게 물었다.

마쩌런이 고개를 끄덕였다.

"하나 더 해요?" 다른 우스갯소리를 끝낸 알렉산더가 다시 한번 마쩌런에게 물었다.

마쩌런이 또 고개를 끄덕였다.

부어라 마셔라 술에 취한 네 노인이 꽈배기처럼 두 다리가 꼬인 채 줄줄이 비틀거리며 나갔다. 그 뒤를 따라 뚱뚱한 여성도 모자를 쓴 채 비틀비틀 걸어나갔다. 조지는 여전히 알렉산더에게 중국 관련 일화를 말할 기회를 엿보고 있었다. 그러나 알렉산더는 시종일관 빈틈이 없었다. 조지는 시계를 보더니 결국 말없이 나가버렸다. 문을 나서면서 그는 혼자 노래를 시작했다.

술집 여종업원이 들어와 웃으며 말했다. "선생님, 죄송합니다! 문 닫을 시간입니다!"

"고맙습니다, 아가씨!" 알렉산더는 술이 부족했다. 그러나 정부의 명령으로 술집은 11시에 문을 닫아야 했다. 어쩔 수 없이 돌아가야 했다. "마 선생님, 가시죠!"

하늘에는 별이 셀 수 없을 만큼 많았다. 큰길 양쪽으로 늘어선 가로수 이파리가 서늘한 바람을 맞아 쏴아쏴아 소리를 내며 흔들렸다. 지나는 차도 많지 않았다. 어쩌다 지나가는 자동차의 전조등만이 반짝이는 빙하처럼 적막한 거리를 비추었다. 자동차가 지나가면 곧바로 길 양쪽에서 어둠이 밀려들어 반짝이는 빙하를 덮었다. 소리 없이, 어둠 속에서 화초의 향기를 부추기는 나무들이 공원을 달콤한 꿈나라로 탈바꿈시키는 듯했다.

마쩌런은 공원 철책에 기대어 공원을 바라보았다. 시커멓게 늘어선 커다란 나무들이 다리가 달린 것처럼 전후좌우로 어지럽게 움직였다. 나무 주위를 이리저리 날아다니는 불꽃들이 그의 눈가에서 맴돌았다. 그는 몸을 돌려 철책에 기대어 눈을 비볐다. 불꽃들이 여전히 그 앞을 날아다녔다. 길가의 가스등 하나하나도 불꽃 같았다. 어떤 가로등은 바람에 쓰러진 수숫대처럼 휘어 보였다.

머리가 제대로 말을 듣지 않았다. 무언가를 붙잡지 않으면 곧바로 머리가 앞으로 쏠렸다. 두 다리마저도 말을 듣지 않았다. 조심하지 않으면, 허공을 내디딜 듯했다. 손으로는 물체를 붙잡고, 머리도 심하게 '움직이지' 않았지만, 두 다리가 도무지 말을 듣지 않았다. 그랬다. 무릎 위로는 몸뚱이가 달려 있었지만, 무릎 아랫부분이 더 이상 상부의 말을 듣지 않으려는 듯했다─말 그대로 노동 혁명이었다. 거리의 사람들도 이상했다. 혼자 걷는 사람은 아무도 없었다. 모두가 쌍쌍이었다. 우스꽝스러웠다. 마쩌런의 머릿속에서 레코드가 돌아가는 것처럼 칙, 칙, 윙, 윙, 윙윙 하는 소리가 계속 들렸다.

그는 분명 정신도 멀쩡했고, 기분도 좋았다. 무엇을 보든 우스웠고, 보지 않아도 우스웠다. 그는 가로등을 보며 웃었다. 다 웃고 나면 철책을 붙잡았던 손을 내려 앞으로 휘둘렀다. 그가 입을 삐죽이며 말했다. "저쪽이 집입니다! 천천히 갑시다. 바쁘지 않아요! 서두를 게 뭐 있습니까? 바쁠 일이 뭐가 있습니까? 치…… 알렉산더. 아니, 알렉산더가 어디 갔지? 좋은 사람!" 말을 마치고 고개를 숙여 사방을 찾아보았다. "방금 누가 말한 거지?" 한참을 찾던 그가 손을 위로 휘둘렀다. 손이 코에 닿았다. "치! 여기 있네! 여기에서 말을 한 거야! 그렇지, 친구?"

6

마웨이와 웬델 부인이 집에 도착했다. 에번스 부인과 대화가 길었던 탓인지 그녀는 조금 피곤했다. 문을 들어서고 보니 집 안이 고요했다. 뒤뜰에서 나뽈레옹의 울음소리만 들려왔다. 웬델 부인은 모자를 벗을 생각도 않고 빠른 걸음으로 뒤뜰로 나갔다. 나뽈레옹이 장미꽃 아래 앉아 있었다. 두 다리를 빳빳이 펴고 머리를 들어 하늘의 별을 향해 짖고 있었다. 주인의 발소리를 듣고 순식간에 그녀 앞으로 뛰어온 나뽈레옹이 솜털 뭉치처럼 다리 밑을 맴돌았다.

"헬로우! 아가야! 너밖에 없어? 메리는?" 웬델 부인이 물었다.

나뽈레옹이 단숨에 뛰어올라 왈왈 짖었다. '빨리 저를 안아주세요! 저를 버려두고 메리는 나갔어요! 제가 모두 합해 큼지막한 파리 세마리를 잡았어요. 고양이 한마리를 쫓아버렸고요'라고 말하는 듯했다.

웬델 부인은 강아지를 안고 거실로 들어왔다. 창문으로 밖을 보던 마웨이가 그녀를 보고 낮은 소리로 말했다.

"아버지는 왜 아직 안 오실까요?"

"메리도 어디 가서 노는지 알 수 없네!" 자리에 앉으며 웬델 부인이 말했다.

나뽈레옹이 주인의 품에서 날뛰며 목으로 그녀의 가슴을 이리저리 문질렀다.

"나뽈레옹, 얌전해야지! 피곤하다니까! 마웨이와 놀아라!" 그녀가 나뽈레옹을 들어 마웨이에게 건넸다. 나뽈레옹이 기회라도 얻은 듯 짧은 꼬리로 그녀의 새 모자를 쳤다.

마웨이가 나뽈레옹을 받았다. 나뽈레옹은 여전히 제멋대로였다. 조금도 얌전해지지 않았다. 마웨이가 귀밑때기에서부터 목 아랫부분까지 가볍게 쓰다듬어주자 나뽈레옹이 적잖이 얌전해졌다. 코로 마웨이의 가슴을 받더니 목을 빼고 쓰다듬어주기를 기다렸다. 쓰다듬다보니 강아지의 목걸이에 무언가 끼워져 있는 것이 만져졌다. 자세히 보니 작은 종이쪽지였다. 붉은 실 두 가닥으로 묶인 것을 마웨이가 천천히 풀었다. 나뽈레옹은 짧은 꼬리를 가볍게 흔들 뿐 조금도 움직이지 않고 기다렸다. 마웨이가 쪽지를 풀어 웬델 부인에게 주었다. 그녀가 쪽지를 펼쳤다. 거기엔 이렇게 쓰여 있었다.

　　엄마에게. 저녁식사를 전부 망쳤어요. 솥에 넣은 달걀은 제대로 익지도 않았고요. 워싱턴이 찾아와서 함께 아이스크림 먹으러 가요. 저녁에 만나요. 나뽈레옹은 뒤뜰에서 마 선생님의 장미를 지키고 있어요. 메리.

　웬델 부인이 종이쪽지를 보고 나서 찢어버렸다. 그리고 손등으로 작은 입을 가리고 하품을 했다.
　"웬델 부인, 들어가 쉬십시오. 제가 기다리겠습니다!" 마웨이가 말했다.
　"그래. 네가 기다려라! 커피 마시지 않을래?"
　"감사합니다. 괜찮습니다!"
　"이리 온, 나뽈레옹!" 웬델 부인이 강아지를 안고 들어갔다.
　최근 들어 웬델 부인은 마웨이를 상당히 마음에 들어했다. 절반은 그가 규칙을 잘 지키고, 말솜씨가 있기 때문이었고 나머지 절반은 메리가 그를 싫어하기 때문이었다. 웬델 부인은 조금 별난 성격의 소유자였다. 그래서 다른 사람과 사이가 좋지 않은 사람을 일부러 좋아했다.
　마웨이는 창문을 살짝 열고 티테이블 곁의 의자에 앉아 거리를 바라보았다. 발소리가 들리면 곧바로 밖을 내다보았다. 몇번이나 지켜봤지만 그때마다 아버지가 아니었다. 서가에서 소설책 한권을 꺼내 몇장을 넘겼지만 눈에 들어오지 않아 다시 제자리에 꽂았다. 피아노를 쳐볼까 싶기도 했지만 시간이 너무 늦은 것 같아 관두었다. 다시 창가로 돌아와 앉아 눈썹을 찌푸리며 생각했다. '다른 집 젊은 남녀는 얼마나 즐거운가! 아무것도 생각하지 않고, 아무것도 걱정하지 않는다. 담배가 있으면 피우고, 돈이 있으면 영화를 보며, 축구공이 있으면 차면 그만이다! 우리는……? 알렉산더! 에번스 부인의 머리칼! 캐서린 누나의 말은 마음속에서 우러나온 것일까? 분명히 그럴 것이다! 그녀가 얼마나 공손하게 웃던지! 그녀도 사는 게 즐겁지 않다고? 어쨌든 나보다는 낫다!' 거기까지 생각했을 때, 캐서린의 그림자가 그 앞에 나타났다. 머리카락을 어깨까지 늘어뜨리고 입술을 살짝 떨며 웃음을 지으려 했다. 그는 속으로 적잖이 즐거웠다. 무언가 떠오를 듯 말 듯 했기 때문이다. 그러나 생각이 떠오르기도 전에 얼굴이 붉어졌다…… '메리는 정말로…… 그러나…… 그녀는 예쁘다! 그녀는 또 누구랑 놀러 간 것일까? 누구에게 자기 얼굴을 뽐내려는 것일까? 아니면 그녀의 붉은 입술을 내주려는 것일까?' 그는 눈썹을 찌푸리고 주먹 쥔 손으로 다리를 두세번 쳤다. 서늘한 바람이 창틈으로 불어왔다. 그는 일어나 창밖을 보며 숨을 깊게 들이마셨다.

멀리서 택시 한대가 다가왔다. 마웨이의 가슴이 뛰었다. 머리를 내밀고 밖을 내다보았다. 택시가 순식간에 문 앞에 도착했다. 차 안에서 말소리가 났다. "바로 여기예요!" 메리의 목소리였다. 그러나 차에서 내린 사람은 뜻밖에도 메리가 아니라 경찰관이었다. 마웨이는 허둥지둥 뛰어나갔다. 아무 말 없이 경찰관이 그에게 고개를 한번 끄덕였다. 그가 뛰어갔을 때 메리가 차에서 내리고 있었다. 그녀는 창백해져서는 눈을 커다랗게 뜨고 있었다. 모자는 손에 들고 있었다. 그러나 그다지 허둥대지는 않았다. 그녀가 택시 안을 가리키며 마웨이에게 말했다.

"당신 아버지!"

"돌아가셨…… 무슨 일이에요?" 마웨이는 차문을 당겨 연 다음 안쪽을 보았다. 무언가를 생각할 여유도 없었지만, 자연스럽게 그쪽으로 생각이 미쳤다. 아버지가 교통사고를 당한 게 분명해…… 적어도 크게 다쳤을 거야! 그러자 그는 목이 메어 말을 할 수 없었다. 입술만 계속 떨려왔다.

"부축해 내리게!" 경찰관이 믿음직스럽게 말했다.

경찰관의 말을 듣고서야 마웨이는 아버지를 살펴보았다. 마쩌런의 머리는 차 구석에 박혀 있었고, 비스듬히 뻗은 두 다리는 축 늘어져 있었다. 한 손은 힘없이 품속에, 다른 손은 손바닥이 위를 향한 채 자동차 시트에 놓여 있었다. 이마는 멍이 들었고, 콧구멍에는 혈흔이 있었다. 짧은 수염이 자란 입가는 웃고 있는 듯 보였다.

"아버지! 아버지!" 마웨이가 아버지의 한쪽 손을 끌어당기며 소리쳤다. 손은 차가웠지만, 손바닥에는 식은땀이 맺혀 있었다. 엄지손가락에는 파인 상처가 나 있었지만 피는 더이상 나오지 않았다.

"부축해 내리라고! 죽지 않았으니 걱정 말게!" 그 경찰관이 웃으며 말했다.

마웨이는 아버지의 입에 손을 대보았다. 분명 숨을 쉬고 있었다. 짧은 수염도 조금씩 움직이고 있었다. 마음이 한층 진정된 그는 경찰관을 보고는 바로 얼굴을 붉혔다.

경찰관과 마웨이, 운전기사가 취한 마쩌런을 부축해 내렸다. 그의 머리가 목에서 분리된 것처럼 이리저리 흔들렸다. 목에서 끄윽 끄윽 소리가 났다. 세 사람이 그를 부축해 위층으로 올라갔다. 침대에 눕히자 목에서 다시 끄윽 하는 소리가 나더니 하얀 거품을 토해 냈다.

메리의 얼굴도 붉었다. 그녀가 아래층에서 냉수 한 통과 브랜디 반병을 들고 왔다. 마웨이가 물통과 술병을 받았다. 서둘러 머리를 매만지고 다시 물통을 받아든 그녀가 말했다. "내가 물을 먹일 테니, 가서 차비를 지불해요!" 마웨이는 주머니를 뒤졌다. 동전 몇닢 뿐이었다. 그는 아버지의 지갑을 뒤져 1파운드를 운전사에게 주었다. 운전사는 퍽이나 즐거운 듯 한달음에 3층 계단을 쿵쿵거리며 내려갔다. 마웨이는 지갑을 아버지의 요 밑에 찔러넣었다. 지갑 한 귀퉁이에 작고 딱딱한 물건이 들어 있었다. 다이아몬드 반지인 듯했지만, 마웨이는 자세히 보고 싶지 않았다.

운전사가 떠나자 마웨이는 허겁지겁 경찰관에게 감사를 표하며 아버지가 새로 산 여송연 몇개를 건넸다. 경찰관이 웃으며 한대를 골라 주머니에 넣었다. 그리고 마쩌런의 이마를 만지며 말했다. "걱정하지 말게! 좀 많이 마신 것뿐이니. 알았나?" 말을 마친 경찰관이 집 안을 둘러보고 나서 천천히 밖으로 걸어나갔다. "안녕히 계십시오!"

마쩌런에게 찬물을 먹이던 메리가 다시 한번 머리를 매만졌다. 그녀는 양 볼 가득 숨을 마셨다가 한숨을 쉬었다.

마웨이가 아버지의 단추와 옷깃을 풀어헤치고 나서 그녀를 돌아보며 말했다.

"웬델 아가씨, 일단 오늘 저녁에는 웬델 부인에게 알리지 마십시오!"

"말 안해요!" 원래의 혈색을 되찾은 그녀의 얼굴은 평소처럼 예뺐다.

"아버지를 어떻게 만나신 거예요?" 마웨이가 물었다.

"우웩!" 마쩌런이 방금 삼킨 찬물을 토했다.

메리가 마쩌런을 살피고는 거울 앞으로 가서 매무새를 확인한 뒤 말했다.

"워싱턴과 하이드파크에 갔었어요. 공원이 문을 닫자 우리는 공원 밖의 작은 길을 따라 걸었죠. 내가 뭔가 부드러운 것을 밟았어요. 정말 놀랐죠. 내려다보니, 그, 당신 아버지였어! 커다란 악어처럼 바닥을 기고 있더라고요. 나는 그를 지키고, 워싱턴은 택시와 경찰관을 부르러 갔죠. 경찰관이 그를 데리고 병원으로 가자고 했어요. 워싱턴이 말하더라고요. 당신 아버지는 술에 취한 것이니 집으로 모시고 가는 게 좋겠다고. 어쩜 이런 우연이! 근데 나는 정말 놀랐어요. 내 입술 아직도 떨리는 거 보이죠?"

"웬델 아가씨, 어떻게 감사를 드려야 할지 모르겠습니다! 워싱턴을 다시 뵙게 되면 저를 대신해 고맙다고 전해주십시오!" 마웨이가 침대를 한 손으로 짚은 채 그녀를 보며 말했다. 속으로는 워싱턴이 못마땅하면서도 말은 그렇게 하지 않을 수 없었다.

"좋아요! 이제 자야겠어요!" 메리가 다시 한번 마쩌런을 살펴본 후 밖으로 나갔다. 문 앞에 이르러 그녀가 고개를 돌리고 말했다. "찬물을 좀더 마시게 해요."

위층에서 나는 소리를 들은 웬델 부인이 메리가 내려오자 물었다.

"메리, 왜 그래?"

"별일 아니에요. 우리가 좀 늦은 것뿐이에요! 나뽈레옹은요?"

"어쨌든 꽃밭에서 놀게 해서는 안돼!"

"하! 알았어요! 잘 자요, 엄마!"

7

마웨이는 아버지의 옷을 벗기고 이불을 덮어주었다. 마쩌런이 눈을 살짝 떴다. 입술도 조금 움직였다. 눈을 떴다가 곧바로 감았다. 눈꺼풀이 미세하게 떨리는 걸로 보아 불빛이 너무 강한 듯했다. 침대 옆에 앉아 아버지가 움직이는 것을 보자 마웨이는 마음이 조금 놓였다.

'워싱턴이라는 놈은 매일 그녀와 나가 노는구나!' 마웨이가 눈살을 찌푸리며 생각했다. '그러나 그들이 아버지를 구했잖아! 오늘 정말 그녀가 마음에 드는데. 아니면 그녀의 마음씨가 본래 나쁘지 않은 건가? 아버지? 정말 안되겠어! 만약 교통사고로 돌아가셨다면? 개죽음이지! 알렉산더! 좋아. 내일 캐서린을 만나보자!'

마웨이가 온갖 생각을 다 하고 있는데 아버지의 손이 이불 안에서 움직였다. 몸을 뒤척이려는 듯했다. 뒤이어 아버지의 입이 벌어지더니 헛구역질 소리가 났다. 아버지가 희미하게 말했다.

"다시는 안 마실게! 마웨이!"

마쩌런은 머리를 베개 아래에 묻더니 다시 말이 없었다.

새벽 3시가 넘어 깨어난 마쩌런이 손을 뻗어 이마를 만졌다. 볼록하게 솟아오른 멍 자국의 가운데는 퍼렇고 주위는 붉었다. 금방 상할 것 같은 오리알 노른자 같았다. 가슴 근처에서 마른 장작을 태우는 것처럼 목구멍이 찢어질 듯 아팠다. 오랫동안 수리를 하지 않은 굴뚝에 갑자기 불을 넣는 것 같았다. 손은 뻣뻣했고, 엄지손가락은 쿡쿡 쑤셨다. 머리는 베개 위에 놓여 있으나 마치 공중에 매달려 아무렇게나 사방으로 흔들리는 느낌이었다. 목구멍처럼 메

말라버린 입안 아래쪽으로, 코르크마개처럼 말라버린 혀가 달라붙어 있었다. 입을 벌려 서늘한 공기를 들이마시자 꽤 편안해졌다. 그러나 속에서 시고 매운 기운이 단숨에 올라왔다. 목구멍 속에 작고 쉰 건대추가 들어 있는 것 같았다.

"마웨이! 목이 마르구나! 마웨이! 어디 있는 거냐?"

마웨이는 의자에서 졸고 있었다. 꿈을 꾸는 것처럼 머리가 어지러웠지만, 꿈이 아니었다. 아버지가 부르는 소리에 그의 머리가 아래로 툭 떨어졌다가 다시 들렸다. 그리고 눈을 떴다. 그때까지 전등이 켜 있었다. 그가 눈을 비비며 말했다.

"아버지, 좀 어떠세요?"

다시 눈을 감은 마쩌린이 한 손으로 가슴을 어루만졌다.

"갈증이 난다!"

마웨이가 찬물 한 그릇을 아버지에게 올렸다. 마쩌런이 고개를 젓더니 메마른 입술로 "차!"라는 한 글자를 쥐어짜냈다.

"물을 끓일 곳이 없어요, 아버지!"

마쩌런은 한참 동안 말이 없었다. 참아보려고 했지만 목이 너무 따가워 참을 수 없었다.

"찬물이라도 다오!"

마웨이가 물그릇을 가져오자 마쩌런이 몸을 조금 일으켜 눈을 뜨고 단숨에 비웠다. 그러고는 입술을 핥더니 거만한 자세로 머리를 다시 베개 위에 내려놓았다.

잠시 후 아버지가 말했다.

"물통을 다오. 마웨이!"

찬물 한 통을 급하게 들이켜는 바람에 목구멍으로 거품이 올라왔다. 사레라도 들린 듯 콧물이 떨어졌다. 그러더니 배 속에서 꾸르륵 하는 소리가 몇번 났다. 손을 가슴에 올려놓은 그는 하아 하고 깊은 숨을 내뱉었다.

"마웨이! 내가 죽지는 않겠지?" 마쩌런이 수염 난 입을 벌려 낮은 소리로 말했다. "거울 좀 다오!"

거울을 바라보며 그가 고개를 끄덕였다. 다른 곳은 그래도 괜찮았다. 흐리멍덩한 눈이 별로 마음에 들지 않았지만 그뿐이었다. 눈동자에는 핏발이 서 있었고, 아래 눈꺼풀은 누르스름했다. 상한 오리알 노른자 같은 이마의 멍은 걱정할 게 못됐다. 가벼운 상처, 가벼운 상처일 뿐이야!

그러나 그의 눈은 정말로 꼴같잖았다.

"마웨이! 내가 죽는 건 아니겠지?"

"돌아가실 리 없어요!" 마웨이는 화제를 돌리려 했지만 멋쩍어 관두었다.

마쩌런이 거울을 내려놓더니 이내 다시 들어 혀를 비춰보았다. 그런 후에도 '죽지 않겠지!' 아니면 '혹시 죽을 수도?' 하는 생각이 오락가락했다.

"마웨이! 내가 어떻게…… 언제 돌아왔지?" 마쩌런은 알렉산더와 술집, 공원이 희미하게 기억났다. 그러나 공원에서 집으로 온 과정이 기억나지 않았다.

"웬델 아가씨가 차로 아버지를 모시고 왔어요!"

"아!" 마쩌런은 별다른 말이 없었다. 마음속으로 자책했지만 '스스로를 꾸짖는 조서'를 내릴 필요까지는 없다고 생각했다. 그리고 본래부터 아버지가 아들에게 사죄하는 것은 도리에 맞지 않았다. 또 '늙어서는 경솔해야 하고, 젊어서는 진중해야 한다'고 했으니, 늙은이가 취한 것은 당연했다. 게다가 죽게 된 것도 아니고 하물며…… 여기까지 생각이 미치자 마음이 상당히 편해졌다. 그가 일부러 대범하게 말했다.

"마웨이, 가서 자라. 난…… 죽지 않는다!"

"전 괜찮아요!" 마웨이가 말했다.

"가라고!" 잠을 자러 가지 않겠다는 아들을 보니 마쩌런은 매우 흡족했지만 일부러 그렇게 말했다. 좋아. '부모는 자애롭고 자식은 효를 다한다'고 했던가. 그렇지!

마웨이가 다시 그에게 이불을 덮어주고 나서 담요를 두르고 의자에 앉았다.

다시 깜빡 잠이 들었다 깨어난 마쩌런은 몸이 몹시 아팠다. 엄지손가락과 이마는 말할 필요도 없고, 넓적다리와 팔꿈치, 등까지 찢어질 듯 아팠다. 부러진 데라도 없나 싶어 온몸을 더듬어보았다. 없었다. 어디도 다친 곳이 없었지만 어디든 다 아팠다. 마웨이가 옆에 있다는 것을 알기 때문에 앓는 소리를 내고 싶지 않았지만 참을 수 없었다. 끙끙 앓는 소리를 낼 수밖에 없었다. 게다가 메마른 목에서 나는 끙끙 소리는 정말 듣기 싫었다. 평소 머리가 아프고 열이 날 때 앓는 소리는 시를 읊는 것처럼 가락이 있었다. 오늘은 전혀 그렇지 않았다. 엉덩이뼈가 당겨 끙끙거릴 때는 위엄을 부릴 새도 없었다. 그러나 끙끙 앓는 소리를 내뱉으면 마음이 편해졌다. 편해지면 되는 것이지 가락이 무슨 상관이야!

한바탕 앓는 소리를 하고 나니 온통 '죽음'의 문제가 떠올랐다. 사람이 죽을 때는 끙끙거리지 않나! 안 죽으면 그만이지. 하느님, 하느님! 평생 동안 복을 누려보지 못했습니다. 이렇게 죽는 것은 너무 억울합니다…… 다음에는 이렇게 많이 마시지 말아야지. 견딜 수가 없잖아! 그러나 사람들과 함께하는데 많이 마시지 않을 수 있을까? 그들과 어울리는 게 중요한데! 죽지 않으면 된 거지! 끙끙거리지 말자. 끙끙거리는 것도 좋은 현상은 아니잖아. 베개 아래로 머리를 움츠린 마쩌런은 다시 천천히 잠이 들었다.

태양의 장밋빛 입술이 이슬을 머금은 공기를 따뜻하게 만들었다. 런던은 다시 바빠졌다. 우유를 배달하는 사람과 채소를 파는 사람들이 떠들썩하게 수레를 밀고 다녔다. 노동자들은 다리를 절룩이며 작은 담뱃대를 문 채 무리 지어 출근했다. 뒤뜰의 꽃나무에도 꽃봉오리가 많이 올라왔다. 뜰로 나간 나뽈레옹이 조심스럽게 향기를 맡았다. 아직 잠이 덜 깬 쉬파리 두마리도 잡아먹었다.

마쩌런은 거리의 소음 때문에 깨어났다. 여전히 속이 쓰렸고, 입은 바짝 말라버렸다. 혀는 새로 산 신발 밑창처럼 부드러우면서도 딱딱했다. 약간 허기진 듯했지만 가슴이 몹시 답답했다. 목으로는 끊임없이 욕지기가 올라와 입안 가득 고인 침을 삼킬 수도 없었다. 이마의 멍은 많이 가라앉았지만 여전히 아팠다.

"죽으려고 해도 죽을 수 없고, 계속 불편하기만 하네!"

자신이 환자라는 생각이 들자 마쩌런은 안심이 되었다. 환자를 가련히 여기지 않는 사람이 있으려고! 잠시 후면 리쯔룽도 나를 보러 오겠지! 아이가 생과일을 먹으면 매를 맞는다. 그러나 너무 많이 먹어 병이 나면 차라리 낫다. 누가 아픈 아이를 때리겠는가! 때리지도 않을뿐더러 사탕까지 사준다. 나는 노인이다. 노인이 아프면 사람들이 더욱 가련히 여기지 않을까! 맞아! 아픈 거야! 그래서 마쩌런은 가락까지 넣어가면서 다시 끙끙거리기 시작했다.

마웨이가 따뜻한 수건으로 마쩌런의 얼굴과 손을 닦으며 먹고 싶은 건 없는지 물었다. 마쩌런은 고개를 저을 뿐이었다. 죽으려 해도 죽을 수 없었지만, 아픈 건 진짜였다. 아픈데 말을 할 수 있을까? 말을 하지 말자.

마쩌런의 무용담을 들은 웬델 부인은 우습기도 하고 화가 나기도 했다. 그의 상태를 보려고 위층으로 올라온 그녀가 곧바로 어머니처럼 자애롭게 침대 앞에 서서 음식을 권했다. 그는 여전히 고개를 저었다. 그녀가 단호한 말투로 의사를 부르자고 했다. 그래도 그는 고개를 저었다. 더욱 완강하게.

아침식사를 마친 메리도 올라왔다.

"마 선생님, 오늘 한잔 더 하시죠!" 메리가 웃으며 말했다.

마쩌런이 갑자기 풋 하고 웃어 웬델 부인을 놀라게 했다. 웃고 나서 적절하지 않았다고 생각했던지, 마쩌런이 일부러 웅얼거렸다.

"허! 메리 양, 신세를 많이 졌습니다! 내가 나으면 좋은 모자 하나 사줄게요."

"좋아요. 잊지 마세요!" 메리가 말을 하고 나갔다.

웬델 부인이 아침식사를 가지고 왔다. 마쩌런은 차만 한 잔 마셨다. 차가 식도를 싸하게 훑고 내려갔다.

마웨이는 리쯔룽을 찾아갔다. 조금 일찍 가게로 나와달라고 하기 위해서였다. 웬델 부인은 아래층으로 내려가 집안일을 했다. 나뽈레옹은 마쩌런이 말동무나 삼도록 위층에 남겨두었다. 침대로 뛰어오른 나뽈레옹이 환자의 머리에서 발끝까지 냄새를 맡았다. 그리고 나서 마쩌런이 마시지 않은 우유를 몰래 마셔버렸다.

밖에서 돌아온 마웨이는 아버지가 끙끙거리는 소리를 듣고 의사를 부르자고 했다. 아버지는 절대 허락하지 않았다.

"의사를 불러 뭐하게? 끙끙거리면서 즐거워하면 된 거지!"

웬델 부인이 뒤뜰에서 장미 몇 송이와 계죽향을 꺾어 병에 꽂은 다음 침대 옆에 놓았다. 마쩌런은 꽃향기를 맡으며 속으로 기뻐했다. 그가 끙끙거리면서 나뽈레옹에게 말했다.

"맡아봐! 한번 봐! 꽃보다 아름다운 것은 이 세상에 없지! 누가 꽃을 이렇게 아름답게 만들었을까? 넌 아마도 모를 거야. 나 역시 모르지. 꽃은 피면 정말 향기로워. 그러나 갑자기 시들고 사라지면 무의미해지지! 사람도 그렇고, 너희 개들도 그렇지. 세상이 그런 것을 누가 모르겠냐! 아! 죽지 말아야지! 네가 보기에도 내가 죽지 않겠지?"

나뽈레옹은 가만히 앉아 쟁반 위 백설탕만 노려보았다. 그러나 주둥이만 핥을 뿐 어쩌지 못했다.

저녁때 리쯔룽이 바나나 한 다발과 매실 한 바구니를 사들고 왔다. 마쩌런은 리쯔룽이 훈계를 할까봐 계속 앓는 소리를 했다. 리쯔룽은 아무 말 하지 않았지만 마웨이와 서재에서 한참 동안 수군거렸다.

어디서 들었는지 모르지만 마쩌런이 아프다는 것을 알고 알렉산더가 득의양양하게 브랜디를 한 병 사들고 왔다.

"마 선생님, 정말 실망입니다! 겨우 그 정도 마시고 거리에 나자빠지십니까? 좋습니다. 이 술 드시죠!" 술을 탁자에 내려놓은 그가 여송연에 불을 붙여 몇번 내뱉자 방 안이 온통 연기로 가득 찼다.

"그 정도 가지고 뭘요!" 마쩌런이 앓는 소리를 멈추고 내키지 않는 웃음을 지었다. "한동안 안 마시다가 갑자기 마시니까 못 버틴 겁니다! 다음에 보십시오. 제 술 실력이 얼마나 좋은지!"

"어쨌든 길거리에 널린 게 경찰관이니까요!" 알렉산더가 웃었다.

나뽈레옹이 몰래 다가와 알렉산더의 발밑에서 킁킁거렸다. 하지만 감히 그의 뒤꿈치를 물 엄두는 내지 못했다…… 통통한 두 발이 참 먹음직스러웠지만.

8

런던의 날씨는 그다지 변덕스럽지는 않지만, 변화가 매우 빨랐다. 날이 흐리면 하얗게 드러난 아가씨들의 팔에 소름이 돋을 정도로 차가운 바람이 불었다. 노인과 노부인들은 곧바로 때가 된 듯 기침을 하고, 앞다투어 감기에 걸렸다. 감기에서만큼은 에번스 목사도 뒤처진 적이 없었다. 마쩌런을 병문안 갔다 돌아오던 그는 잠시 공원의 커다란 나무 아래 앉았다. 거기 앉아 있으니 코가 근질근질하고 곧바로 몸이 떨리더니 재채기가 나왔다. 서둘러 집으로 돌아가 잠을 잤다. 에번스 부인이 따뜻한 레몬수 한 잔을 가져다주고, 따뜻한 물주머니를 이부자리에 넣어주었다. 재채기는 하면 할수록 요란스럽고, 강해졌다. 그의 코가 튼튼하지 않았다면 벌써 날아가버렸을 것이다.

에번스 목사가 부인을 화나게 한 적은 거의 없었다. 그러나 아파서 기분이 좋지 않을 때는 부인과 다투곤 했다. 에번스 목사는 마쩌런이 넘어져 다친 꼴을 보고 온 것만으로도 기분이 별로였다. 그런데 자신마저 감기에 걸려 더욱 화가 났다. 생각할수록 기분이 나빴다.

가까스로 중국인 신도를 데려왔는데, 가까스로! 알렉산더가 고주망태로 만들어버렸어! 나는 종교를 믿으라고 설득하지도 못했는데, 그가 망쳐버렸어! 나는 성서를 읽으라고 했는데, 그는 고량주를 들이부어버렸어! 모두 그, 알렉산더 때문이야! 에취! 보라고. 그가 마쩌런을 취하게 하지 않았다면, 내가 어디 감기에 걸렸겠어! 에취! 알렉산더? 마누라의 오빠! 우선 마누라에게 무언가 조치를 취해야겠어! 알렉산더 형님이 마쩌런에게 술을 마시게 해서는 안 돼. 그를 초대해서도 안돼. 알렉산더 형님과 식사하라고? 두고 보라지. 에—에—에취! 먼저 마누라에게 한마디 해야겠어!

생각이 거기까지 미치자 이불을 걷고 내려가 그녀와 한바탕해야겠다는 결론에 이르렀다. 그러나 이불을 조금 걷자마자 바로 차가운 바람이 파고들었다. 에취! 침착하자! 무엇보다 중요한 건 목숨이잖아! 내일 말하자…… 그러나 병세가 좋아져 그나마 있던 기백마저 사라져버린다면? 단정하기 어려웠다. 경험상 그가 그녀와 싸워 이긴 경우는 두세번뿐으로, 모두 그가 아플 때였다. 그녀가 말했다. "그만하세요. 당신이 맞아요. 됐어요? 저는 환자와 싸우지 않아요!" 그녀가 거짓으로 칼을 내리고 패한 셈 쳐도 '승전고를 울린 것은' 어쨌든 그였다! 병이 나으면 말해? 그녀가 거짓으로 칼을 내리는 것이야말로 이상한 일이지! 이번에는 정말로 마누라와 한바탕해야겠어! 할 수밖에 없어! 마누라? 마누라의 오빠? 함께 덤비라지! 나는 마쩌런에게 세례를 주었는데, 당신 오빠는 그에게 술을 먹였어! 더 할 말 있어? 내가 묻잖아! 게다가 캐서린도 분명 나를 도울 거야. 폴은 엄마 편을 들겠지. 하하. 걔는 집에 없지…… 사실 마쩌런 때문에 싸우는 것은 아니지. 그런데, 싸우지 않으면 하느님을 뵐 면목이 없잖아! 만일 마웨이가 내게 따진다면! 젊은 중국인들은 늙은 황인종들보다 훨씬 총명하다니깐! 가증스러워! 만약 웬델 부인이 내게 몇 마디 묻는다면? 그래, 한바탕 싸워야 해! 게다가 알렉산더 형님은 줄곧 눈에 거슬렸어!

그는 발로 따뜻한 물주머니를 아래쪽으로 밀어 발바닥을 덥혔다. 그러고 나서 눈을 감고 천천히 잠이 들었다.

밤에 깨보니 창밖에 가랑비가 내리고 있었다…… 빌어먹을 비가 또 오네! 창틈으로 상쾌하고 차가운 바람이 불어와 코가 차가워졌다. 에번스 목사는 고개를 움츠리고 아내와 내일 어떻게 싸울 것인지를 생각하다 얼른 눈을 감았다. 생각하지 말자. 생각할수록 마음만 약해져. 마음이 약해서는 이 세상에서 살아갈 수 없어! 이 세상! 왕, 왕! 왕, 왕! 이웃집 커다란 개가 몇번 짖었다. 뭐라고 시끄럽게 짖는 거야? 이 세상은 개를 위해 준비된 곳이 아니야!

다음 날 아침, 캐서린이 아침밥을 들고 왔다. 에번스 목사는 먹지 않을 생각이었다. 그런데 닭고기와 절인 고기 냄새가 입맛을 돋우었다. 에이! 먹자! 영국인을 제외하고 세상의 어느 누가 이렇게 맛있는 아침을 먹을 수 있겠어? 아침을 먹지 말까? 쓸모없는 영국인이 되지, 뭐! 먹자! 그는 다 먹어치웠다. 식사를 마치자 다시 힘이 솟았다. 그들과 싸울 수밖에 없어. 그러지 않으면 괜히 아침을 먹은 게 되잖아!

캐서린이 다시 들어와 배불리 드셨는지 물었다. 그가 말했다.

"캐서린! 네 엄마는?"

"주방에 계세요. 왜요?" 쟁반을 든 캐서린이 웃으며 말했다. 아직 빗지 않아 헝클어진 머리가 그녀의 새하얀 목 언저리에 뭉쳐 있었다.

"마 선생이 네 외삼촌 때문에 술에 취해버렸어!" 에번스 목사의 눈이 아무렇게나 움직였다. 안경을 쓰지 않아 초점을 맞출 수 없었기 때문이다.

캐서린은 웃기만 할 뿐 말이 없었다.

"내가 성심을 다해 그에게 주님을 믿으라고 했지. 그런데 알렉산더 형님이 한번에 말끔히 쓸어버렸어!" 그가 다시 말없이 캐서린을 주시했다.

그녀가 또 웃었다…… 사실 그녀는 입술만 달싹였을 뿐이다. 터질 듯한 웃음을 참고 있는 모습이 정말 예뻤다.

"날 좀 도와줄래. 캐서린?"

캐서린이 쟁반을 내려놓고 침대가에 앉아 아버지와 가볍게 손을 마주쳤다.

"제가 도울게요. 아빠! 저는 영원히 아빠 편이에요! 그런데 왜 엄마와 싸우려고 하세요? 다음에 알렉산더 외삼촌을 만나 한마디 하시면 되잖아요!"

"그는 내 말을 듣지 않아! 항상 나를 비웃지!" 에번스 목사 자신도 알 수 없었다. 오늘은 왜 이렇게 말에 힘이 들어가지? "네 엄마가 외삼촌에게 말해야만 하는데, 내가 싸우지 않으면 엄마는 아무 말도 하지 않을걸!" 말을 마치고 나니 오늘은 정말로 화가 난 것일까 하는 의심이 들었다.

아버지가 코를 길게 빼고, 정신을 바짝 차리려는 것을 본 캐서린은 그가 정말로 화났다는 것을 알아챘다. 그녀가 천천히 말했다.

"먼저 좀 쉬세요, 아빠. 엄마랑은 낼모레쯤 말씀해보시고요."

"난 못 기다리겠어!" 그는 병이 나은 후에는 아내를 이길 방법이 없다는 것을 알았다. 그걸 딸아이가 알아챌까봐 서둘러 말했다. "난 네 엄마가 두렵지 않아! 가장은 나라고! 여긴 내 집이고!"

"제가 엄마에게 말할게요. 저 믿으시죠? 그렇죠, 아빠?"

에번스 목사는 말없이 입가에 묻은 달걀 노른자를 닦았다…… 입이 더 작았다면 막 알을 깨고 나온 참새 같았을 것이다.

"차 더 갖다드릴까요?" 캐서린이 다시 쟁반을 집어들었다.

"됐다! 엄마에게 말해라! 알아들었어?" 에번스 목사는 자신이 수다스럽다는 것을 분명히 알았다. 환자가 다 그렇지! "엄마에게 말해!"

"알았어요. 지금 가서 말할게요!" 캐서린이 웃으며 고개를 끄덕였다. 그녀가 쟁반을 들고 사뿐사뿐 걸어나갔다.

"좋아. 가서 말해! 안되면, 내가 보여주지!" 딸아이가 나간 후 에번스 목사는 스스로를 다잡았다. "아! 캐서린에게 담뱃대를 갖다 달라고 말하는 걸 잊어버렸네!" 그는 방 안을 둘러보았다. 담뱃대가 어디에 있는지 찾을 수 없었다. "맞아. 그날 알렉산더 형님이 준 여송연을 아직 태우지 않았지. 알렉산더! 여송연! 형님만 생각하면 화가 나!"

점심을 먹고 캐서린과 에번스 부인은 마쩌런이 술에 취한 일에 대해 이야기했다. 그때 폴이 돌아왔다. 그는 스물네다섯살 정도로, 엄마보다 키가 훨씬 컸다. 성기고 누런 머리칼은 가지런히 가르마를 내어 윤이 나도록 빗어내린 듯했다. 갈색 눈동자 두개가 사방으로 빛을 발하며 움직였다. 그러나 딱히 무언가를 보고 있는 것 같지는 않았다. 그는 하늘색 재킷에 통이 넓은 플란넬 바지를 입고 소프트칼라 셔츠에는 알록달록한 넥타이를 매고 있었다. 양손은 바지 주머니에서 자라나기라도 한 듯 노상 그곳에 찔러넣고 있었다. 입에는 작은 담뱃대를 물었는데, 담뱃불은 벌써 꺼져 있었다.

문을 들어선 그가 주머니에서 한 손을 빼내 입에 물린 담뱃대를 들었다. 그리고 어머니와 누나에게 건성으로 입맞춤을 했다.

"폴, 너 요 며칠 동안 뭘 하고 다녔니?" 아들이 돌아온 것을 본 에번스 부인의 야윈 얼굴이 붉어졌다. 입가에도 미소가 걸렸다.

"그렇고 그런 일들이죠." 자리에 앉은 폴이 담뱃대를 다시 물고 손을 주머니에 넣은 다음, 잇새로 몇 마디를 뱉어냈다.

에번스 부인은 기뻤다. 사내란 말이 짧을수록 사내다운 법이지.

본래 젊은이들 몇이 야외로 나가 텐트를 치고 노는 것은 흉볼 일이 아니고. 다 그런 것이지!

"엄마, 이따 아빠랑 이야기 좀 해보세요. 아빠가 편찮으셔서 그런지 기분이 안 좋아 보여요." 캐서린은 그 일을 일단락 짓고 다시 언급하고 싶지 않았다.

"무슨 일인데?" 폴이 재판관처럼 누나에게 물었다.

"마 선생이 술을 취하도록 마셨어!" 에번스 부인이 캐서린 대신 말했다.

"그게 우리랑 무슨 상관인데요?" 폴이 콧잔등을 잔뜩 찡그리며 말했다.

"내가 그들을 식사에 초대했어. 마 선생과 알렉산더 오라버니도 함께 왔지." 에번스 부인이 캐서린에게 눈짓을 했다.

"아버지에게 말하세요. 다시는 그들을 부르지 마시라고. 하릴없이 중국인을 집으로 부르는 건 체통 없는 일이라고요!" 폴은 성냥을 꺼내더니 손톱에 그어 불을 붙였다.

"오, 폴, 그렇게 말하지 마라! 우리는 참다운 기독교 신자다. 다른 사람과…… 네 외삼촌이 드시게 한 거야……"

"모두 취하셨어요?"

"알렉산더 오라버니는 취하지 않았고, 마 선생은 길거리에 쓰러지셨지!"

"저는 외삼촌이 대단하다는 걸 알고 있어요. 그분을 좋아하고요. 능력있는 분이시죠!" 폴이 담뱃대(또 불이 꺼졌다)를 꺼내 들더니 코로 냄새를 맡고는 고개를 돌려 누나에게 말했다. "누나, 이번에도 중국인 편에 서서 외삼촌 잘못이라고 할 거야? 그들을 모른 체해. 중국인! 우리가 어렸을 때, 흙더미로 중국인의 머리를 때린 거기억하지? 그들이 아무렇게나 소리를 질렀잖아!"

"난 기억 안 나는데!" 캐서린이 무뚝뚝하게 말했다.

갑자기 방문이 열렸다. 긴 가운을 걸친 에번스 목사가 사람을 해치지 않는 유령처럼 들어왔다.

"왜 나왔어요! 이제 조금 좋아지려는데. 얼른 방으로 돌아가요!" 에번스 부인이 그를 막았다.

에번스 목사가 아들을 힐끗 보았다.

"안녕하세요! 아버지! 또 감기에 걸리셨어요? 어서 가 주무세요! 자, 제가 업겠습니다." 말을 끝낸 폴이 담뱃대를 던져두고 아버지를 잡아끌듯 위층으로 모셨다.

온몸 가득한 화를 풀지도 못하고 도리어 아들에게 업혀 돌아온 에번스 목사는 더욱 화가 났다. 침대에 누워 알렉산더가 준 여송연을 단숨에 피워버렸다. 담배를 피우면서 알렉산더를 욕했다.

9

영국처럼 도시생활이 발달한 곳에서는 시간이 금이다. 십오분의 시간을 헛되이 소모하는 것은 말하자면 1위안을 버리는 것이다. 오직 부자들만이 춤과 공연 관람, 식사, 손님 초대, 농담, 유언비어, 사냥, 수영, 질병의 치료에 마음대로 시간을 소모할 수 있다. 보통 사람들의 생활은 시간에 맞춰 진행된다. 지극히 바쁘고 어지럽고 소란스러운 사회의 이면에는 지극히 냉혹하고 규율에 짜인 시간이 있다. '시간의 경제학'에 따르면 사람의 교제와 왕래도 줄이는 것이 유리하다. 그래서 '전화'와 '편지'가 문명인의 두가지 보물이 되었다. 화이트 부인의 남편이 죽으면 블랙 부인은 위로의 편지를 한 통 쓰면 된다. 바쁘기 때문이다. 곧이어 화이트 부인이 블랙 부인에게 전화를 걸어 감사의 인사를 전한다. 역시 바쁘기 때문이다.

마쩌런은 줄곧 영문을 몰랐다. 우체부는 하루에 네댓 차례 편지를 배달했는데, 그때마다 거의 한 집도 빼놓지 않고 문을 두드렸다. 어디서 온 편지가 저렇게 많을까? 웬델 부인은 거의 매일 저녁 만년필을 들고 눈썹을 찌푸리며 편지를 썼다. 누구에게 쓰는 걸까? 쓸 말이 뭐가 그리도 많은 걸까? 그는 궁금하기도 했고, 왠지 모르게 샘이 나기도 했다. 만년필을 들고 눈썹을 찌푸린 그녀는 이상하게도 아름다웠다. 그러나 결코 그에게 편지를 쓰는 건 아니었다. 외국 여성들은 모두 ××[22]이 있는 걸까! 자신이 그녀와 연애하고 있는 것인지는 분명하지 않았지만, 편지를 쓰고 있는 그녀를 보면 마쩌런은 속이 시렸다. 이상했다!

마씨 부자가 들어온 이후, 웬델 부인은 확실히 우표를 많이 썼다. 집에 중국인 두명이 살고 있으니 친척이나 친구를 불러 차를 마시고 식사를 하는 것이 꺼려졌다. 그들과 마씨 부자가 함께 식사한다면? 안될 일이지. 손님을 불러놓고 중국인 두명과 한 탁자에서 먹고 마시게 하다니! 그렇다고 마씨 부자만 따로 먹게 해? 그건 너무 번거로워. 어디에서 먹든 마씨 부자는 개의치 않겠지만, 내가 왜 그런 수고를 감수해야 해? 됐어. 그들에게 안부편지를 쓰는 것이 수고도 덜고 여러 사람에게 좋은 거지. 게다가 마씨 부자가 들어온 이후, 손님을 초대한 적이 두번 있었는데 결국 초대받은 사람들이 오지 않았다. 그녀는 답신의 행간에서 '우리가 중국인 두명과 함께

---

22 '남자 친구' 또는 '애인' 정도의 말인 듯하다.

식사하겠습니까?'라는 의미를 간파해냈다. 물론 편지에 그렇게 직설적이고 예의 없는 표현은 없었다. 그러나 바보가 아니고서야 그것도 알아채지 못할까! 그것 때문에 그녀는 편지를 쓸 때마다 중국인에게 집을 세놓으면 안된다는 메리의 말이 틀리지 않았다고 생각했다. 그러나 정작 메리는 마씨 부자 때문에 아무런 영향도 받지 않았다. 매일 남자 친구가 그녀를 찾아와 외출했기 때문이다. 나, 웬델 부인만 사서 고생하는 격이지. 식사 초대를 안하니 무슨 낯으로 다른 사람 집에 식사하러 가겠어? 교유를 할 수가 없네! 중국인 두명을 위해 나의 즐거움을 희생하다니! 그녀는 자신도 모르게 눈물을 떨구었다. 그러면, 그들을 나가라고 해? 그들에게 큰 잘못도 없잖아. 게다가 방세도 다른 사람보다 많고! 편지나 쓰자. 방법이 없잖아. 인상을 쓰고 편지나 쓰자!

아침을 먹기 전에 메리는 머리를 긁적이며 편지가 왔는지 보러 갔다. 두통이 와 있었다. 한통은 가스 요금 청구서였고, 한통은 시골에서 온 것이었다.

"엄마, 도리 고모의 편지예요. 보세요!"

마침 아침을 준비하던 웬델 부인은 손을 비울 수 없어 메리에게 읽어달라고 했다. 메리가 작은 칼로 편지봉투를 열었다.

사랑하는 웬델에게

편지 잘 받았다. 그런데 다시 병이 도져서 런던에 갈 수 없어. 정말 미안해. 네 집에 중국인 두명이 산다고? 정말이니?

너의 친구, 도리

메리가 편지를 탁자 위에 던져두고 한숨을 쉬었다.

164

"아이, 엄마! 고모가 오시지 않겠대요! '네 집에 중국인 두명이 산다고?'라고 쓰신 걸 봐요! 엄마!"

"고모가 오지 않아도 피서는 가야지!" 웬델 부인이 팬에 기름을 두르고 달걀을 깨넣다 가늘고 하얀 손목을 살짝 데었다. "제기랄!"

아침식사가 준비되자 웬델 부인은 마쩌런의 식사를 쟁반에 담아 위층으로 가져갔다. 마쩌런의 취기는 이미 사라졌다. 이마의 상처도 나았다. 그러나 술이 깬 후 마쩌런은 퍽 몸을 사렸다. 오전 11시가 되어야 일어났고, 아침도 침대에서 먹었다. 그녀가 쟁반을 들고 주방 문을 나서려는 순간, 마침 뒤뜰에서 놀던 나뽈레옹이 돌아왔다. 나뽈레옹이 갑자기 뛰어오르는 바람에 다리가 풀린 그녀는 문 안쪽에 주저앉고 말았다. 똑바로 들고 있던 쟁반이 뒤집혔다. 와르르! 달걀 프라이는 카펫에 붙어버렸고, 빵은 나뽈레옹의 코를 때렸다. 나뽈레옹은 그녀를 살피고 빵 냄새도 맡아보더니, 별일 아니라는 듯 꼬리를 감춘 채 힐끗거리며 다시 뒤뜰로 나갔다.

"엄마! 무슨 일이에요?" 메리가 어머니를 부축해 일으키며 물었다. "왜 그래요, 엄마?"

웬델 부인의 안색이 창백해지다가 갑자기 붉어졌다. 콧등에는 식은땀이 맺혔고, 입술은 손을 떠는 속도보다 빠르게 떨렸다. 그녀는 입을 다문 채 멍청히 바닥에 떨어진 음식물만 바라보았다.

메리의 얼굴도 하얗게 질렸다. 그녀가 어머니를 부축해 의자에 앉혔다. 혼자서 바삐 바닥의 음식물을 줍고 카펫을 털었다. 접시와 그릇은 깨지지 않았지만 우유병 손잡이는 두 동강이 났다.

"엄마! 왜 그러세요?"

웬델 부인의 안색이 더욱 붉어졌다. 한순간 평생 겪은 설움이 한꺼번에 떠오른 듯했다. 떨리던 입술이 갑자기 멈췄다. 그녀는 속에

담아둔 억울함을 한꺼번에 쏟아내듯 장황하게 늘어놓기 시작했다.

"메리! 그만 살고 싶다! 나는 이런 생활을 견딜 수 없어! 돈! 돈! 돈! 무엇이든 다 돈이야! 네 아버지는 돈 때문에 과로로 돌아가셨지! 나는 돈 때문에 일을 하고, 고생해야 했고! 지금은 돈 때문에 중국인 두명의 시중을 들어야 하고! 친구들 볼 낯이 없어! 돈! 왜 이 세상의 총명한 사람들이 더 좋은 생각을 못하는 걸까? 돈을 아예 없애버릴 방법을 생각하지는 못할까? 삶? 재미없어! 돈이 없으면!"

웬델 부인은 그러고 나니 기분이 조금 풀린 듯했다. 눈물이 주르륵 떨어졌다. 메리의 눈에도 눈물이 맺혔다. 무슨 말을 해야 좋을지 몰라 손수건으로 어머니의 눈물만 닦았다.

"엄마! 그들을 시중들고 싶지 않으면, 내보내면 되잖아요!"

"돈은!"

"다른 사람에게 세놓아도 똑같이 방세를 받잖아요. 엄마!"

"여전히 돈이군!"

메리는 어머니의 속마음을 알 수 없었다. 어머니 얼굴에 닦을 눈물이 없어서 메리는 자신의 눈을 닦았다. 웬델 부인은 한참 동안 말이 없었다.

"메리, 밥 먹어라. 나는 나뽈레옹을 찾으러 가야겠다." 웬델 부인이 천천히 일어섰다.

"엄마? 도대체 왜 넘어지신 거예요?"

"나뽈레옹이 갑자기 달려들어서. 내가 미처 나뽈레옹을 보지 못한 거야."

메리가 아침식사를 하라고 마웨이를 불렀다. 메리의 안색을 본 그는 그녀에게 말을 걸지 않았다. 우선 아버지의 식사(메리가 다시 만든 것이었다)를 들고 올라갔다. 그러고 나서 말없이 밥을 먹었다.

식사를 마치고 메리는 어머니를 찾아 뒤뜰로 나갔다. 웬델 부인은 나뽈레옹을 안고서 장미 화단 옆에 서 있었다. 햇빛이 뒤뜰을 환하게 비추었다. 산들바람에 살랑거리는 꽃과 이파리들로 주변의 공기가 매우 맑았다. 담벼락 밑의 민들레 갓털이 바람을 따라 천천히 하늘로 날아올라갔다. 한쪽 눈으로 주인을 보고 다른 쪽 눈으로는 날아가는 하얀 민들레 갓털을 주시하면서, 나뽈레옹은 부끄러운 듯 아무 소리도 내지 않았다.

"엄마! 괜찮으시죠?"

"괜찮아. 출근해야지. 지각하겠다!" 웬델 부인 얼굴의 홍조는 가셨지만 햇볕을 쬐어 푸석해진 탓에 조금 흉했다. 그녀가 뒤뜰에서 나뽈레옹을 안은 채 한 차례 더 울었는데, 그때 햇볕에 눈물자국이 생겨버렸기 때문이다. 나뽈레옹의 눈가도 축축한 듯했다. 메리를 본 나뽈레옹이 천천히 꼬리를 흔들었다.

"나뽈레옹, 너 엄마에게 사과했어? 이 장난꾸러기. 엄마를 넘어뜨린 게 너지?" 메리가 어머니를 보며 강아지에게 말했다.

웬델 부인이 엷은 미소를 지었다. "메리, 일하러 가야지. 늦었잖아!"

"안녕, 엄마! 안녕, 나뽈레옹! 엄마, 식사 꼭 하셔야 해요!"

주인이 웃는 것을 본 나뽈레옹이 메리에게 인사를 하는 듯 멍, 멍 두번 짖었다.

10

메리가 나간 후 웬델 부인은 나뽈레옹을 안고 주방으로 돌아가 다시 차를 끓이고 닭고기를 삶았다. 차를 한잔 마시고, 닭고기를 한입 먹었다. 닭고기를 삼킬 수 없어 남은 것을 모두 나뽈레옹에게 주었다. 집 안 정리를 하려고 뭉그적뭉그적 일어나 밖을 보니 구름 한점 없이 쾌청했다. "공원에 산책이나 갈까?" 나뽈레옹은 공원에 간다는 소리를 듣자마자 귀를 쫑긋 세우고 침을 흘렸다. 웬델 부인은 옷을 갈아입고 구두를 닦은 다음 모자를 썼다. 귀찮다는 생각뿐이었지만, 체면과 겉치레를 중시하는 영국인의 천성 때문에 외출하려면 기분과는 상관없이 화장을 해야 했다. 게다가 자신은 기혼녀였다. 기혼녀? 아름다움의 중심이지! 잘 차려입고 제대로 쓰지 않으면 안돼! 메리 같은 젊은 아가씨들은 아름다움이 무엇인지를 몰라. 짧은 치마에 다리를 드러내놓고, 머리에는 달걀 껍데기처럼 작은 모자라니! 말해 뭐하겠어. 시대가 변했는데. 어느 누구도 시대를 거스를 순 없지! 나도 아직 젊다면 짧은 치마를 입고 작은 모자를 써야겠지! 어쨌든 여성들이 무언가를 입으면 남성들이 모두 좋아하잖아! 남성! 바로 그 남성들과 속에 담긴 불평불만을 이야기하면 즐거워지지! 마 선생님? 풰! 늙은 중국인! 그가 일어났을까? 올라가볼까? 신경 쓰지 말자. "나뽈레옹, 이리 온! 엄마가 털을 골라줄게. 어디에서 굴러 이렇게 더러운 거야?" 그녀는 혀를 빼고 있는 나뽈레옹의 털을 골랐다. 나뽈레옹이 오른쪽 다리를 들어 목 밑을 긁었다. 거기에 이라도 있는 듯했다. 그러나 진짜 이가 있는지는 나뽈레옹 자신도 몰랐다.

큰길로 나와 동전 한닢을 내고 버스를 탄 다음 리젠트파크로 갔다. 지붕이 열린 이층버스에 앉으니 귓가로 따뜻한 바람이 스쳐갔다. 그녀는 숨을 크게 들이마셨다. 나뽈레옹은 버스 난간을 붙잡고 머리를 내밀어 길가의 포플러 잎사귀를 물어뜯으려고 했다. 그러나 버스의 속도가 빨라 한번도 성공하지는 못했다.

리젠트파크의 화단에 꽃이 만발했다. 선홍빛 수국과 연푸른 푸크시아, 이름을 알 수 없는 작은 꽃들이 태양을 향해 웃는 듯했다. 비탈에 가득한 촉국蜀菊은 줄기가 가늘고 길었으며, 이파리는 크고 둥글었다. 외따로 혹은 무더기 져 핀 희고 노란 꽃들이 웃음을 머금은 채 말하는 듯했다. "우리가 바로 '자연'의 대표예요! 우리는 여름의 영혼입니다!" 길 양쪽의 높다란 나무에 달린 초록 잎사귀들은 경쾌하게 움직이며 고운 모랫길에 변화무쌍한 무늬를 뿌렸다. 나무 밑 기다란 의자에는 아가씨들이 팔을 드러낸 채 앉아 있었다. 나무 그림자가 그녀들의 하얀 팔에 알록달록한 무늬를 새겼다. 빈 의자를 찾아 앉은 웬델 부인이 나뽈레옹을 바닥에 내려놓았다. 꽃향기를 맡으며 나뭇잎 사이로 비치는 햇살을 보니 마음이 편해졌다. 많은 일들이 분명하게, 혹은 희미하게 떠올랐다. 바람이 치마를 살짝 들어올리면서 다리에 햇볕이 쏟아지자 온몸이 따사로워졌다. 급히 치마를 바로잡은 그녀의 얼굴이 붉어졌다. 이십년이 되었네! 그와 여기에 앉았던 게! 멀리 동물원에서 사자 울음소리가 들려왔다. 동물원에 온 것도 오랜만이네! 메리가 어렸을 때였지. 그가 메리를 안고 나는 뒤를 따랐어. 가져온 건조식품을 원숭이에게 주었지! 그때는 얼마나 행복했던지! 꽃도 분명 지금보다 향기로웠어! 생명? 잔혹하게만 변하지! 변할수록 나빠져! 중국인 두 사람의 시중을 들어? 꿈에도 생각 못했던 일이야!

돌아가자! 공상이란 아무 쓸모 없는 것이야! 살아야지. 사람은 살아야만 해! 늙었다고? 아니야! 돈이 있는 여성들은 쉰이 넘어도 여전히 한 송이 꽃 같은데! 메리는 이런 일들을 생각조차 못할 거야. 아! 메리가 결혼을 해 나 혼자 남게 되면 더욱 쓸쓸하겠지! 쓸쓸해! 나무 위에서 작은 새가 "쓸쓸해! 쓸쓸해!"라고 울었다. 돌아가자. 마 선생님을 살피러 가자…… 왜 계속 그가 마음에 걸리는 거지? 남녀관계란 이상하기도 하지! 그는 중국인이야. 사람들이 나를 비웃는다고! 그런데 왜 내가 다른 사람들 말에 신경 써야 하지? 참새 한마리가 그녀의 모자를 스치듯 날아갔다. 불쌍하기도 하지. 종일 먹을거리를 찾아 날아다녀야 하다니!

그런데 나뽈레옹은? 어디 갔지?

"나뽈레옹!" 그녀가 일어나 주변을 살폈다. 강아지가 보이지 않았다.

"혹시 나뽈레옹 봤니?" 그녀가 꼬마에게 물었다. 꼬마는 작은 통을 들고 나무 밑에 떨어진 홍두紅豆씨를 줍고 있었다.

"나뽈레옹? 프랑스인이에요?" 꼬마가 입을 벌린 채 작은 갈색 눈으로 그녀를 보며 말했다.

"아니. 내 강아지." 그녀가 웃었다.

꼬마가 고개를 젓더니 다시 웅크리고 앉았다. "크다!"

당황한 웬델 부인이 공원 안쪽으로 걸어가며, 꽃밭과 나무 뒤편을 살펴보았지만 강아지가 보이지 않았다. 다급해진 그녀는 다른 일은 모두 잊고 나뽈레옹을 찾을 생각만 했다.

공원의 두번째 출입구를 지나가면서 두 눈으로 강 이쪽저쪽을 살펴보았다. 나뽈레옹의 그림자도 보이지 않았다. 작은 배 두척에 나누어 타고 노를 젓던 남녀가 그녀의 모자를 보고 웃었다. 그들이 웃든 말든 그녀는 강둑을 따라 멀리까지 찾아다녔다. 그래도 보이지 않았다. 눈물이 쏟아질 것 같았다. 다리 힘이 풀려 잔디밭에 털썩 주저앉았다. 아까 본 남녀는 아직도 웃고 있었다. 웃어? 아무도 나를 동정하지 않아! 그들을 보라고! 옷도 제대로 차려입지 않았잖아! 나뽈레옹은? 작은 다리 아래로 백조 두마리가 새끼들을 데리고 수양버들 밑으로 헤엄쳐갔다. 물결에 다리 그림자가 흔들렸다. 다리 저쪽에 경찰관이 서 있었다. 꿋꿋하게 서 있는 모습이 동상 같았다. '그에게 물어보자.' 웬델 부인이 일어서려는데 뒤쪽에서 누군가 그녀를 불렀다. "웬델 부인!"

마웨이! 나뽈레옹을 안고 있잖아!

"오! 마웨이! 네가! 어디에서 찾은 거야?" 웬델 부인이 급히 강아지를 받아안고 뽀뽀를 해댔다. "너 무슨 일로 여기 온 거야? 앉아라. 조금 쉬었다 함께 돌아가자." 그녀는 기뻐하며 모든 것을 잊어버렸다. 심지어 마웨이가 중국인이라는 점까지.

"저쪽에서 낚시하는 아이들을 보고 있었어요." 마웨이가 북쪽을 가리키며 말했다. "갑자기 무언가 제 다리를 치더라고요. 보니까 나뽈레옹이지 뭐예요!"

"이 나쁜 녀석, 못된 녀석! 엄마를 놀라게 만들고! 얼른 마웨이에게 고맙다고 해!"

나뽈레옹이 마웨이에게 왈왈 짖었다.

웬델 부인이 강아지를 안고 다시 강을 바라보니 모든 것이 아름다웠다. 건강한 저 젊은이들을 봐! 저 사랑스러운 백조 무리를 봐!

"마웨이, 조정漕艇 할 줄 아니?"

마웨이가 고개를 저었다.

"조정은 아주 좋은 운동이지. 마웨이! 수영은?"

"조금 할 수 있습니다." 마웨이가 미소를 지었다. 그는 그녀 옆에 앉아 반짝이는 강물을 바라보며 이리저리 움직이는 백조 무리를 눈으로 좇았다.

"마웨이, 너 요즘 야위었어."

"네. 아버지가…… 아시잖아요……"

"알지!" 웬델 부인이 고개를 끄덕이며 말했다. 갑자기 마웨이에게, 중국인에게 동정심이 이는 듯했다.

"아버지는…… 아!" 마웨이가 말을 할 듯하더니 고개만 저었다.

"아직 여름휴가 갈 곳을 정하지 않았지?"

"아직요. 저는……" 마웨이가 다시 말을 멈췄다. 그가 속으로 말했다. '저는 부인의 따님을 사랑합니다. 아십니까?'

홍두씨를 줍던 꼬마가 강아지를 안고 있는 그녀에게 다가왔다. 꼬마가 땀을 닦으며 말했다.

"이 녀석이 나뽈레옹이군요? 아가씨!"

'아가씨'라고 부르는 소리를 듣고 웬델 부인이 웃었다.

"근데 아가씨, 왜 중국인과 함께 앉아 계세요?"

"이분? 이분이 강아지를 찾아주었어!" 웬델 부인이 여전히 웃으며 말했다.

"흥!" 꼬마는 말없이 나무 아래로 뛰어가더니 짧은 나뭇가지를 찾아 들고는 마웨이를 때리려고 했다. 그러다 다리 쪽의 경찰관을 발견하고는 작은 통을 들고 사라졌다.

"꼬마잖아. 마웨이, 마음에 두지 마라!"

"예!" 마웨이가 말했다.

웬델 부인은 '어쨌든 나는 중국인을 싫어하지 않아!'라는 말이 목구멍까지 올라왔지만 내뱉지 않았다. '중국인들이 잘하기만 하면, 다른 사람들이 그들을 비웃는다 하더라도, 나는 그편에 설 거

야!' 다시 한번 괴벽을 드러낸 웬델 부인이 떠다니는 백조를 바라
보며 그렇게 생각했다.

"다음 주 메리 휴가 때 나도 며칠 놀러 갈 건데. 그동안만 밖에서
식사해도 되지?"

"아! 괜찮습니다! 메리 아가씨도 함께 갑니까, 웬델 부인?" 마웨
이가 땅바닥에서 풀을 한움큼 뽑았다.

"그래! 본래 나는 사람을 찾아 식사를 부탁할 생각이었는데……"

"사람들이 중국인을 거들려고 하지 않죠?" 마웨이가 웃었다.

웬델 부인이 고개를 끄덕였다. 마웨이가 그것을 눈치챈 게 그녀
로선 상당히 놀라웠다. 영국인의 관점에서 보자면, 어쩌다 영국인
보다 똑똑해 보이는 프랑스인을 빼고 다른 나라 사람들은 모두 바
보였다. 영국인의 눈에는 영국인의 생각만이 옳았고, 영국인만이
그들 자신의 생각을 이해할 수 있었다. 다른 사람이 영국인의 마음
을 꿰뚫어보는 것은 이상하고도 이상한 일이었다.

"마웨이, 네가 보기에 내 모자가 예쁘니, 아니면 메리의 것이 예
쁘니?" 마웨이의 총명함을 알아본 웬델 부인이 속으로 중국인의
'심미안'을 알아보려고 했다. 만약 중국인에게 그런 안목이 있다고
한다면.

"둘 다 좋은데요."

"그건 내 질문에 답을 한 게 아니잖아!"

"부인 것이 아름답습니다!"

"메리를 만나면, 메리 것이 예쁘다고 할 거지?"

"아닙니다, 웬델 부인. 부인의 모자가 확실히 더 예뻐요! 아버지
도 그렇게 말씀하셨고요."

"아!" 웬델 부인이 모자를 벗어 손수건으로 먼지를 툭툭 떨었다.

"저는 이제 가야겠어요!" 마웨이가 시계를 보며 말했다. "오늘 캐서린 누나가 공부하러 오기로 했거든요! 안 가십니까? 웬델 부인!"

"좋아. 같이 가자!" 웬델 부인이 말했다. 말을 마치고 혼자서 생각했다. '나를 비웃고 싶어하는 사람이 있으면 비웃으라지. 난 신경 안 써! 기어코 중국인과 함께 가야겠어!'

11

최근 들어 자주 마웨이는 책을 들고 리젠트파크로 갔다. 사람이 없는 조용한 곳에 앉아 책을 폈다—꼭 책을 보는 것만은 아니었다. 가끔 시험 삼아 몇 줄 읽어보기도 했다. 눈썹을 찌푸리고, 엄지손가락을 깨물어가며 뒤적여보았으나, 읽다보면 무엇을 읽는지도 모르게 눈앞이 어지러웠다. 풀밭에 책을 내려놓고 주먹으로 뒤통수를 두번 세게 때렸다. '너 뭐 하러 온 거야? 공부하러 온 거 아니었어?' 쓸모없는 자신을 탓하고 때려도 소용이 없었다. 아무리 해도 글자가 눈에 들어오지 않았다.

책도 눈에 들어오지 않고, 밥맛도 없었으며, 차를 마셔도 아무 맛이 느껴지지 않았다. 게다가 사람들과도 섞이고 싶지 않았다. 왜 그렇지?—그녀 때문이었다. 그녀를 만나면 마음이 편안해졌다! 이런 걸 사랑이라고 하는 걸까? 마웨이의 두 볼이 붉어지더니 화끈거렸다. 아버지에게 들키면 안돼. 리쯔룽에게도, 그 누구에게도 들키면 안되는데! 빌어먹게도 두 볼은 항상 손이 델 듯 뜨거워진단 말이야! 리쯔룽은 분명 벌써 알아챘을 거야!

그는 매일 아침을 먹으면서 그녀를 만났고, 저녁을 먹을 때 또 만났다. 아침과 저녁식사는 몇시간 간격이지? 1, 2, 3, 4…… 끝이 없네, 끝이 없어! 저녁을 먹기 전에 대문 밖에 서서 그녀가 돌아오기를 기다린 적도 있었다. 그래도 달라진 건 없었다. 그녀가 고개를 끄덕이며 웃은 적도 있었지만, 웃음마저 보이지 않은 적이 많았다. 문밖에서 그녀를 기다리는 것은 아무 소용이 없다! 그녀가 일하는 가게에 가볼까? 적절치 않아! 길거리를 맴돌다 그녀를 만나면! 점심을 먹다 그녀를 만나더라도 식사 초대를 할 수 없잖아! 그녀가 가게에서 일하는 것을 분명히 알면서 거리에서 기다리는 게 무슨 소용이지? 그러나 만약……! 그는 거리를 서성거리며 차 안과 가게를 모두 살펴보기도 했다. 만약 그녀가 차 안에 있다면, 난! 얼른 뛰어가야겠지! 아! 놀랍게도 그녀다! 그런데 자세히 보니 아니었다! 한번은 어느 아가씨를 따라 인파 속을 헤매기도 했다. 그러다 노부인의 발등을 밟고도 사과도 하지 않고 단숨에 아가씨를 쫓아 갔지만 이번에도 그녀가 아니었다. 그 아가씨의 얼굴은 그녀만큼 하얗지 않았다. 그러나 얄궂게도 모자와 옷이 같았다. 그녀와 같은 옷을 입다니! 걸으며 다시 살펴보았다…… 그는 자꾸 마음이 아팠다. 또 손이 델 듯 볼이 뜨거웠다.

그는 비가 내려도 나갔다. 비가 오면 그녀가 일찍 퇴근할지도 모르잖아! '마웨이, 너 참 어리석다! 비가 온다고 일찍 일을 마칠 리가 없잖아! 상관없어. 어쨌든 앉아 있지 못하겠으니, 나가야지!' 우산도 가지고 가지 않았다. 우산으로 얼굴을 가리는 사람들이 미웠다. 몸은 온통 젖고, 모자에서 물이 떨어졌지만 그는 그녀를 만나지 못했다.

그녀, 이번엔 정말로 그녀다! 길 저편에서 걷고 있었다. 그의 가승이 뛰기 시작했다. 바지 속에서 다리가 헛도는 듯했다. 쫓아가! 그런데 그녀에게 무슨 말을 하지? 식사 초대를 해? 벌써 3시인데 아직 점심도 안 먹었으려고! 차를 마시기엔 너무 이르고! 만약 그녀에게 급한 일이 있는데 시간을 지체하는 거라면 그녀가…… 만약 그녀가 나를 모른 체한다면? 길거리의 사람들이 나를 보고 있는데? 만일 그녀가 화를 낸 다음 영원히 모른 체하면? 그녀를 거의 따라잡았지만 용기가 없어 걸음을 멈추고 멀어져가는 그녀를 바라보았다. 큰길만 아니었다면 그는 한바탕 울어버렸을 것이다. 왜 이렇게 용기가 없고 결단력이 부족하지! 마웨이는 마음속이 텅 빈 것처럼 자신을 어떻게 해야 할지 몰랐다. 나 자신을 원망해? 나 자신을 때려? 나 자신을 가련히 여겨? 그 일들은 자신과 아무런 상관이 없었다. 그녀 때문이었다. 그녀가 그의 마음을 빼앗아버렸다! 소극적인 방법은 그녀를 잊는 것이다. 그녀를 보지 않고 살 수 있을까? 이 세상에 널린 게 아가씨인데, 왜 하필 그녀를 사랑하게 되었을까? 토요일마다 입술을 붉게 칠하는 그녀는 얼마나 보기 싫은가? 그녀는 영국인이다. 왜 하필? 왜 하필 외국인을 사랑하게 된 거지? 결국 귀국해야 할 텐데, 그녀가 나와 함께 가려고 할까? 불가능해! 됐다. 그녀를 잊자…… 그녀가 다시 돌아왔다. 그녀가 아니라 그녀의 그림자였다! 보조개가 살포시 움직였고, 입술은 떨리고 있었다. 새하얀 이로 아랫입술을 지그시 깨물고, 황금빛 머리카락은 햇볕을 받아 반짝이는 봄날의 파도처럼 굽이쳤다. 하얗고 보드라운 목선이 정말 예뻤다. 무슨 말을 하든 어떤 생각을 하든, '메리'라는 소리를 내지 않고 그녀를 생각하는 것만으로도 정말 달콤했다.

그녀를 한번 안아볼 수 있다면? 목숨도 중요치 않지. 목숨이라도 내놓아야지! 그녀와 함께 영화관에 가 불 꺼진 어둠 속에서 그녀의 손을 잡는다면, 얼마나 좋을까! 그녀는 개의치 않을 것이다. 혹 외국 여성들은 손 잡는 걸 전혀 개의치 않을지도! 그녀가 아버지를 구한 건 분명 딴생각이 있는 것이다. 그렇지 않다면 무슨 이유로 내가 손을 만지는 걸 허락했겠는가? 그리고 왜 지극정성으로 아버지를 구했겠는가? 시간이 더 지나면 희망이 생길지도! 워싱턴이라는 놈! 그는 그녀의 손을 잡았을 것이다. 분명히! 또 분명히…… 그가 원망스러워! 그녀가 중국 여성이라면, 나는 분명히 그녀에게 말할 것이다. "당신을 사랑합니다!" 그러나 중국 여성이라고 그렇게 할 수 있는 용기가 내게 있나? 마웨이! 마웨이! 이 쓸모없는 놈! 정말 어쩔 수 없어! 생각하지 말자! 열심히 공부나 하자! 아버지도 비전이 없는데, 나까지 이러면 앞으로 어떻게 하려고! 아냐, 미래를 걱정해 뭐해! 내 마음이 다치지 않는다면, 죽기를 각오하고라도 해야지……

눈앞에는 물이 흐르고 새가 날며 바람을 따라 꽃이 흔들리고 있었다. 물과 새, 꽃이 그녀보다 아름다울지도 몰랐다. 그러나 사람이 사람인 것은 살덩어리로 이루어졌기 때문이다. 사랑은, 정신적으로는 이루어지지 않더라도, 육체적으로 즐기거나 고통을 감내할 수 있는 그 무엇이다. 억눌러도 소용이 없는 것이다!

캐서린은? 오! 오늘 그녀는 공부를 하러 왔다! 공부? 아! 해야만 한다!

마웨이는 강아지를 안은 웬델 부인과 함께 집으로 돌아왔다.

집 앞에 이르렀을 때 계단 아래 서 있는 캐서린을 발견했다. 그녀는 연분홍빛 비단 조화로 장식한 짙푸른 밀짚모자를 쓰고 푸른색 블라우스에 우윳빛 비단 바지를 입고 있었다. 고개를 갸웃한 자세로 하얀 돌계단 위에 비스듬히 드리워진 자신의 그림자를 조용히 바라보고 있었다.

'그녀도 예뻐!' 마웨이가 속으로 말했다.

"아! 캐서린! 요즘 잘 지내지? 들어와!" 웬델 부인이 캐서린과 악수를 했다.

"미안해요, 캐서린 누나, 오래 기다리셨죠?" 마웨이도 그녀와 악수했다.

"아뇨. 방금 왔어요." 캐서린이 웃었다.

"캐서린, 위층으로 올라가라. 내가 공부하는 시간을 뺏어서는 안되지." 나뽈레옹을 안은 웬델 부인이 거실 문을 열고 안으로 들어갔다.

"이따 뵙겠습니다, 웬델 부인." 모자를 옷걸이에 건 뒤, 캐서린이 머리를 매만지며 위층으로 올라갔다.

마침 점심을 먹으러 나가려던 마쩌런이 계단에서 캐서린과 마주쳤다.

"캐서린 아가씨, 안녕하세요? 에번스 목사님도 잘 계시죠? 사모님도 잘 계시고요? 동생도 잘 있죠?" 마쩌런은 지금까지 안부 인사를 소홀히 한 적이 없었다.

"모두 잘 지냅니다, 마 선생님. 건강은 괜찮아지셨습니까? 외삼촌이 정말 잘못하셨죠. 선생님께……"

"아닙니다. 아니에요!" 마쩌런이 헛기침을 몇번 했다. 그는 퍽 즐거워보였다. "내가 잘못한 거죠. 그분은 호의로 친구와 함께 즐기려던 것이었고요. 하하하!"

"마 선생님, 다녀오세요. 저는 마웨이와 공부 좀 하려고요." 캐서린이 몸을 돌려 마쩌런에게 길을 내주었다.

"그러면, 나는 이만, 자리를 뜰게요. 히히히." 마쩌런이 천천히

2층 계단을 내려오며 마웨이에게 말했다. "나는 식사를 하고 곧장 가게로 갈 거다." 그는 캐서린이 듣기라도 할까봐 목소리를 낮추었다. 그에게는 '관아에 나가는 것'이야말로 멋진 일일 뿐, '가게에 나가는 것은' 드러낼 만한 일이 아니었다.

캐서린은 의자에 앉아 잡지 한권을 꺼냈다.

"마웨이가 삼십분 동안 나를 가르치고, 내가 삼십분간 마웨이를 가르치기로 해요. 내가 이 잡지의 한 부분을 중국어로 바꿔볼 테니, 마웨이가 중간중간 바로잡아줘요. 마웨이는 뭘 공부할 생각이지?"

마웨이가 창문을 열자 햇빛이 그녀의 머리를 비췄다. 둥그런 황금빛이 그녀를 그림 속 성모처럼 도드라지게 했다. 그녀의 머리를 비추고 있는 햇빛을 가릴까봐 마웨이는 의자를 당겨 안쪽에 앉았다. '그녀의 머리카락은 참 예뻐. 메리보다 더 예뻐! 그런데 이유는 모르겠지만, 메리가 그녀보다 더 매력있단 말이야. 메리가 아름다움으로 마음을 파고든다면, 캐서린은 단지 예쁜 누나인 것 같아.' 마웨이가 속으로 생각했다. 그녀가 묻는 것을 듣고 서둘러 정신을 차린 마웨이가 말했다. "어떤 것을 읽는 것이 좋을까요, 캐서린 누나?"

"소설을 읽어보죠. 웰스의 『폴리 씨 이야기』를 사요. 마웨이가 소리 내어 읽으면 내가 들을게요. 걸리는 대목이 없으면 계속 읽는 거죠. 그렇게 하면 한 글자 한 글자 분명하고 정확하게 읽을 수 있을 거예요. 마웨이가 모르는 단어가 나오면, 내가 가장 적절한 뜻을 알려줄게요. 어때요? 마웨이에게 좋은 생각이 있으면 더 좋고."

"그렇게 하죠, 누나. 오늘은 제게 책이 없으니 제가 먼저 누나를 가르칠게요. 다음에 누나가 저를 가르쳐주세요."

"그럼 내가 삼십분 이득을 보는 셈인데도요?" 캐서린이 그를 보며 웃었다.

마웨이도 따라 웃었다.

"엄마! 엄마! 새 모자 사셨네요?" 메리는 문을 들어서자마자 캐서린의 푸른색 밀짚모자를 보았다.

"어디?" 웬델 부인이 물었다.

"저기요!" 메리가 옷걸이를 가리켰다. 푸른 눈동자에는 한없는 선망의 빛이 담겨 있었다.

"내 것 아니야. 캐서린 거야."

"오! 엄마. 저도 저런 모자를 사야겠어요! 캐서린 언니는 왜 왔어요? 흥, 근데 저 분홍 꽃은 별로야!" 메리가 괜히 트집을 잡았다. 부러운 마음을 조금이라도 누르기 위해서였다. 선망과 질투는 종종 함께하게 마련이다.

"너 왜 이렇게 일찍 돌아온 거야?" 웬델 부인이 물었다.

"아, 참 그렇지. 엄마! 엄마가 마음에 걸려서요. 엄마가 아침에 그렇게 갑자기 넘어져서 한번 와봤어요. 괜찮아요, 엄마? 엄마, 나도 저런 모자 갖고 싶어! 우리 가게에서는 밀짚모자를 안 파는데. 캐서린이 거기에서 산 건 아니겠죠?" 메리는 줄곧 문가에 선 채로 모자에서 눈을 뗄 줄 몰랐다. 모자의 푸른색과 그녀의 푸른 눈동자가 하나로 이어지기라도 한 것처럼.

"메리, 너 밥 먹었어?"

"살구씨 넣은 전병에 커피 한 잔 마셨어요. 엄마 보러 서둘러 오느라고!" 메리가 옷걸이 쪽으로 발걸음을 옮겼다.

"나는 괜찮다. 얼른 다시 가봐라! 고마워, 메리!"

"엄마, 캐서린 언니는 도대체 왜 왔대요?"

"마웨이에게서 중국어를 배운다던데."

"나중에 나도 배워야지!" 메리가 눈을 동그랗게 뜨고 푸른 모자를 살폈다.

메리가 다시 나가려는데, 캐서린과 마웨이가 위층에서 내려왔다.

캐서린이 웬델 모녀에게 인사를 하면서 모자를 집었다. 그녀가 모자를 쓰는 모습이 매우 자연스러웠다. 모자를 자랑하려는 마음도, 일부러 꾸며내려는 기색도 전혀 없었다.

"메리, 얼굴 정말 좋아졌다!" 캐서린이 웃으며 말했다.

"캐서린 언니, 모자 정말 예쁘다!" 메리가 왼쪽 입가를 삐죽이며 쓴웃음을 지었다.

"그래?"

'아닌 척해도 다 안다고!' 메리가 속으로 말하며 마웨이를 보았다.

"안녕히 계세요, 웬델 부인! 잘 있어, 메리!" 캐서린이 그녀들과 악수를 하고, 마웨이에게 고개를 끄덕였다.

"엄마, 저녁에 봐요." 메리도 같이 나갔다.

마웨이는 계단에서 그녀들의 뒷모습을 바라보았다. 여성이라는 점을 빼면, 그녀들 사이에 공통점이라고는 찾아볼 수 없었다. 캐서린은 목을 곧추세우고 걸었는데 그때마다 모자 챙이 조금씩 흔들렸다. 메리는 목을 앞으로 조금 빼고 걸었다. 짧은 치마가 그녀의 다리 언저리에서 나풀댔다. 손을 바지 주머니에 찔러넣은 채 마웨이는 눈썹을 찌푸리며 위층으로 올라갔다. 벌써 점심 먹을 시간이었지만 배가 고프지 않았다. 사실 배가 고프지 않은 것은 아니었지만, 어찌 된 일인지 아무것도 먹고 싶지가 않았다.

"엄마, 옥스퍼드 가에 있는 제임스 백화점에 그런 밀짚모자가 있어요. 엄마, 우리 하나씩 사는 거 어때요?" 메리가 나뽈레옹을 안은 채 엄마에게 말했다.

"그럴 돈이 어딨니, 메리! 설탕통이나 이리 좀 줄래." 웬델 부인의 작은 코가 불에 구운 것처럼 붉었다. 말투도 딱딱했다. "우리 피서 가기로 하지 않았니? 돈을 모자 사는 데 다 써버리면 갈 필요 없겠네! 그런 모자라면 하나에 적어도 2파운드는 할걸." 웬델 부인은 말하는 데 정신이 팔려 설탕 한 스푼을 채소에 쏟아버렸다. "봐! 너 때문에 설탕을……"

"여행을 가려면, 모자가 있어야 한다고요!" 메리가 진지하게 말했다. 그리고 나서 나뽈레옹의 다리를 아프도록 세게 잡았다. 짖을 엄두도 못 낸 강아지가 속으로 말했다.

'메리가 모자를 사지 못하면 내가 죽겠구나! 개로 태어난 게 다행이지. 모자 따위 신경 쓰지 않아도 되니!'

"식사 끝내고 다시 이야기하자. 메리! 강아지를 그렇게 세게 안지 마!"

마쩌런은 저녁상이 차려진 후에 돌아왔다. 점심으로는 중국 식당에서 삼선탕면을 먹었다. 식사를 한 다음 가게로 가 엄숙하게 담배를 몇대 피웠다. 본래 물건을 다시 진열할 생각이었지만, 사서 고생할 필요가 없겠다는 생각이 들어 관뒀다. 일을 좀 덜 한다고 해서 크게 잘못하는 것은 아닌 듯했다. 장부나 좀 보지 뭐! 지난 두달 동안은 40파운드를 벌었지만, 지난달에는 15파운드를 밑졌다. 그는 장부를 덮었다. 그럼 어때! 벌기도 하고 밑지기도 하는 거지. 장사라는 게 항상 돈을 벌 수야 있겠어?

저녁식사를 마치고 메리는 엄마와 계속해서 모자 문제를 상의했다. 마쩌런이 그녀에게 가볍게 고개를 끄덕였다.

"웬델 아가씨, 이것 받으세요." 그가 그녀에게 작은 봉투를 건 넸다.

"오, 마 선생님. 2파운드짜리 지폐네요. 왜 그러시죠?"

"제가 모자 하나 사주기로 했죠, 그렇죠?"

"와아! 엄마……! 모자!"

12

건강을 회복한 마쩌런은 웬델 부인의 환심을 사려고 더욱 노력 했다. 아침을 먹으면 뒤뜰로 나가 꽃에 물을 뿌리고, 진드기를 잡거 나 풀을 뺐다. 그가 찬송가를 읊조리는 모습은 낙천적이고 신앙심 깊은 중세의 수도사 같았다. 마음도 매우 편안했다. 꿀벌이 이마에 앉아도 쫓지 않았다. 벌이 쏘지만 않으면, 나서서 미움을 살 필요가 없잖아. 내가 원하는 게 이런 평온함인데. 그럼!

그가 메리에게 모자를 사라고 2파운드 ― 적은 돈이 아니다! ― 를 준 것은 다시 한번 마음을 내보이는 것이었다. 메리 어머니에게 도 하나 선물해? 지난달에 밑진 15파운드는 적은 돈이 아니잖아. 조금 아끼자! 그러나 인정을 무시할 수도 없잖은가! 아팠을 때 그 녀에게 적잖은 수고를 끼쳤는데, 뭔가를 사서 고마움을 표시해야 하지 않을까! 다음 달에 보자. 설마 또 15파운드를 밑지려고! 최근 들어 마웨이가 조금 야위었어. 뭐가 잘못된 걸까? 어쨌든 그맘때 엔 잘 먹어야 하는데. 잘 먹고 잘 자야 살이 오르지! 많이 먹어야 하 지! 아! 가게에 나가야 할 시간이네. 리쯔룽이라는 녀석은 쓸데없 이 잔소리만 해대지. 잔소리, 또 잔소리. 하루 종일 잔소리야. 오늘은 그가 뭐라고 잔소리하는지 일찍 가봐야겠어! 하! 벌써 10시네. 빨리 가보자! 잠깐만, 꽃나무 두그루를 화분에 옮겨 가게에 가져다 놓으면 어떨까! 그가 늦었다고 해도 할 말이 생기는 거고. '내가 꽃나무를 옮겨 심어 가져왔잖아.' 치! 죽을 것 같던 국화 모종도 뜻밖에 잘 자랐어. 그래, 국화 두그루를 가져가자. 골동품 가게에 국화를 가져다놓으면 얼마나 우아할까! ─ 리쯔룽이 생각보다 더한 속물일지도 모르겠지만!

마쩌런은 거리가 멀면 택시를 타고, 가까우면 천천히 걸어다녔다. 버스와 전차는 타지 않으려 했다. 그래, 일단 사고가 나면 런던에서 죽는 건데, 장난이 아니지! 최근 들어서는 택시도 잘 타지 않았다. 거리가 혼잡하니 차를 타는 것은 아무래도 안전하지 않지! 베이징에서는 차를 타면 경찰이 사람과 인력거를 세운 다음 차만 지나가도록 했었지! 차만 타면 기세등등하고, 관리의 풍모를 느낄 수 있었는데! 이곳, 런던에서는 경찰이 손을 들면 모든 차가 멈춰 서지. 총리의 차라 하더라도 어쩔 수 없어. 귀신이라도 되는 건가? 상하귀천도 모르게! 국화 화분 두개를 들고 짧은 수염이 자란 입을 삐죽이며 그는 인파를 헤쳐나갔다. 제길! 저쪽에 사람들이 저렇게나 많네! 그야말로 걸어가지도 못하겠는데! 저렇게 빨리 걷는 사람들과 부딪혀 다치기라도 하면! 난 도무지 영국인이 좋아질 것 같지가 않아. 진중함이라고는 찾아볼 수 없으니!

그는 가게에 도착했다. 귓가에는 윙윙거리는 소리가 계속 맴돌았다. 항상 이렇게 윙윙거리는군. 하루 종일 그렇다니까! 은혜로운 하느님, 제가 집으로 무사히 돌아가게 해주십시오. 저는 이런 번잡함을 견딜 수 없습니다! 마음을 진정시킨 마쩌런은 국화 화분 두개를 진열창 앞쪽에 놓은 다음 짧은 수염을 비비며 한참 동안 바라보왔다. 이런! 국화에 작고 누런 잎이 달렸네. 따버려야겠군! 누런 잎은 아무 필요 없지. 잎이라면 무조건 초록색이어야 해!

"마 선생님!" 리쯔룽이 카운터로 쓰는 방에서 나왔다. 소매는 여전히 걷어붙였고, 손에는 흙먼지가 가득했다. (재는 툭하면 옷을 제대로 입지 않는다니깐, 천박하게!) "고민을 해봐야 합니다! 지난달에는 돈을 전혀 만져보지 못했습니다. 이번 달에도 몇개 팔지 못했고요. 급료를 받는 입장에서 눈 뜨고 볼 수만은 없잖아요! 방법이 있으시면 저도 당연히 돕겠지만 방법이 없다면, 임금을 아껴드리기 위해서라도 제가 다른 일을 찾을 수밖에 없습니다. 이곳 일이 많지 않으니, 선생님과 마웨이가 충분히 처리할 수 있을 것입니다. 제가 새 일을 찾을 수 있을지는 단정할 수 없지만, 제게 이주일의 시간을 주시면 윤곽이 잡힐 듯도 합니다. 속 시원히 이야기해주십시오. 어려워 마시고 속 시원히 말씀해주세요!"

시원스럽게 말하는 리쯔룽의 태도는 매우 온화했다. 마쩌런도 알아볼 정도였다. 그의 말은 정말로 마음속에서 우러난 것이었다. '그런데도 역시 속물스러워!'

마쩌런은 커다란 안경을 벗어 손수건으로 가볍게 닦은 뒤 한참을 잠자코 있었다.

"마 선생님, 급하지 않습니다. 한번 생각해주십시오. 한나절 후에 확답을 주시는 게 어떻습니까?" 사실 리쯔룽은 마쩌런을 독촉해봤자 아무 소용이 없다는 것을 알았다. 그보다 그에게 시간을 주어 고민해보도록 하는 것이 더 좋겠다고 생각했다. 사실 그가 고민을 할 것인지도 알 수 없었다. 그러나 그렇게 말하면 두 사람 모두 그곳에 붙박여 있을 필요가 없을 터였다.

마쩌런은 고개를 끄덕이며 계속해서 안경을 닦았다.

"리 점원!" 안경을 다시 쓰고 마쩌런이 웃는 듯 마는 듯 말했다. "급료가 적다면 조정해볼 수 있네!"

"예에? 마 선생님, 제가 급료가 적어서 이런다고 생각하세요? 정말, 정말로 저를 이해하지 못하시네요!" 리쯔룽이 머리를 긁었다. 말도 약간 더듬었다. "돌아가는 상황을 보셔야 합니다. 마 선생님! 제가 방법을 생각해야 한다고 몇번이나 말씀드렸잖습니까. 줄곧 제 말을 귀담아듣지 않으시더니, 결국 밑지게 되었잖습니까. 저는, 저는, 정말로, 뭐라 해야 할지 모르겠습니다! 한번 보십시오. 옆집은 지난달에 몽골어와 만주어로 된 서적만 팔아서 몇백 파운드를 벌었습니다! 저는……"

"만주어와 몽골어로 된 책을 누가 산다고? 그걸 사서 뭐하게?" 마쩌런은 리쯔룽이 속물스럽기만 한 게 아니라 정신병을 앓고 있다고 생각했다. 농담이겠지. 골동품 가게에서 파는 만주어와 몽골어 서적을 누가 산다고? "급료가 적다면 방법을 찾으면 되지. 방법이 있으니, 앞으로는 체통을 지키게!"

체통!

우스운 것은 중국인이 '체통을 중시하는 것'이 '수치를 모르는 것'과 함께할 수도 있다는 점이다. 베이징에 있을 때였다. 마쩌런은 체통 없이 1위안을 빌려 친척집에 가 잔칫술을 마셨다. 체통을 살리기 위해서였다! 장 원수[23]가 일본에서 구원병을 데려와 주 원수와 전쟁을 벌인 것도 체통 때문이었다. 리 부사장이 나쁜 놈이라는 걸 알고도 왕 회장이 그를 면직시키지 않은 것 역시 체통 때문이었다.

중국인의 일상사는 모두 '체통' 밑에 엎드려 있다. 체통이 살면

---

23 중국의 군인이자 정치가 장쭤린(張作霖, 1873~1928)을 가리킨다.

괜찮다. 사실에 신경 쓰는 사람은 없다!

중국인의 일처리 방식은 아이들의 '술래잡기 늘이'와 비슷하다. 맴을 돌며 술래를 잡다 어느 때든 한명만 잡으면 체통이 선다고 생각한다. 붙잡은 사람이 어느 집 셋째든 넷째든, 아니면 바보 둘째 형이든 상관없다.

마쩌런은 정말로 난처했다! 그러나 실은 간단한 문제였다. 장사에서 밑지지 않는 방법을 생각해내면 된다. 그러나 진정한 중국인 마쩌런은 생각하려고 하지 않았다. 서양놈들이야 그렇게 생각하겠지? 그렇게 생각하는 리쯔룽은 누런 얼굴의 서양놈이고!

'장사를 해서 밑진다? 그럼 이 보잘것없는 장사를 접으면 되지!' 마쩌런은 리쯔룽을 보며 생각했다. 의자에 앉아 짧은 수염을 비비다가 문득 '만약 영국에 오지 않았다면, 중국에서 관리를 하고 있었을지도 모르지! 돈은 얼마를 쓰든 내 돈이니 아무도 상관하지 않았을 테고!' 하는 반감이 들었다. 그 순간 손에 힘을 주는 바람에 수염 두 가닥이 뜯길 뻔했다. '나는 장사를 어떻게 하는지 모른다고. 공부를 한 군자는 장사를 중시하지 않아! 내게 돈을 요구해? 고의로 나를 핍박해? 리쯔룽 녀석, 네가 언제든 학문에 통달하면 이 마씨 어른이 어떤 사람인지 깨닫게 될 거야! 속물스럽긴!' 그는 눈을 부릅뜨고 가게 안을 살폈다. '만주어와 몽골어로 된 서적을 팔아? 웃기는 소리, 서양놈들이 만주어 자모를 배우겠다고? 무슨 일이지? 서양놈들이 뭐하러 4품 만주 군관을 만나려는 거지? 지금은 '중화민국'인데! 일을 그만둔다고? 체통도 전혀 지키지 않고? 네 놈이 여기에 있는 건 또 무엇 때문이지? 나 마씨는, 네가 옳은지 그른지 두고 볼 거야! 갑자기 일을 그만두고 거들지 않겠다니, 정말로 기막힐 노릇이군!'

마쩌런은 이리저리 생각해보았다. 그럴수록 자신의 변명거리는 늘어갔고 그만큼 그는 사실과 멀어졌다. 마쩌런에게 자신은 점점 진정한 중국인으로, 리쯔룽은 누런 얼굴의 서양놈으로 여겨졌다.

"리 점원." 마쩌런이 일어섰다. 눈을 크게 떴고, 목소리는 조금 거칠었다. 리쯔룽을 놀래려는 듯했다. "급료를 올려주어도 일을 하지 않겠다 이거지. 좋네, 갈 테면 가게! 지금 바로 가버리게!"

그는 말을 마치고 연극 무대의 제갈량이 연기하듯 히히 웃었다. 문득, 리쯔룽을 그렇게까지 막 대해서는 안되겠다는 생각이 들었지만 이미 엎질러진 물이었다. 그는 끝까지 화를 낼 수밖에 없었다.

"당장 가버리라고!"

리쯔룽은 닦고 있던 구리 주전자를 천천히 진열대에 내려놓았다. 그러고는 한참 동안 말없이 마쩌런을 바라보았다.

마쩌런은 그 자리에 있기가 불편했다. '저 녀석, 눈매가 보통이 아니야.'

리쯔룽이 웃었다.

"마 선생님, 선생님과 저는 서로를 이해하지 못하니 쓸데없는 말은 하지 않는 것이 좋을 듯합니다. 인정을 봐서 제게 이주일의 시간을 주십시오. 법률적으로도 그렇고, 애초에 제가 이전 사장님과 계약했을 때 해고당하든 스스로 그만두든 이주일 전에 서로 알리기로 했습니다. 이제 됐습니다, 마 선생님. 저는 앞으로 십사일 동안만 더 일하겠습니다. 감사합니다!"

말을 마친 리쯔룽이 다시 구리 주전자를 집어들었다.

얼굴이 붉어진 마쩌런이 리쯔룽의 등을 쏘아보더니 문을 열고 나갔다. 밖으로 나온 그가 투덜거리며 욕을 했다.

"쟤는 정말로 창피한 줄 몰라! 쫓아내는데도 이주일간 더 일을 해야 한다고? 그래, 좋아. 여기에서 이주일간 일을 하게 하지. 내가 너를 다시는 안 보기로 했으니 체통이 이미 땅에 떨어진 것인데, 그래도 같이 일해야 하다니! 있을 수 없어! 있을 수 없는 일이지! 그래, 돌아가자! 돌아가서 이주일 치 급료를 줘버리고 당장 그만두게 하자! 돈을 그냥 주는데 그래도 설마 떠나지 않으려고? 네놈도 분명히 알 거야. 내가 해고한 게 아니라, 스스로 관둔 거라고! 이주일간 더 일한 다음 더 연장해보려는 속셈, 내가 모를 줄 알고? 누구를 바보로 아나! 맞아, 이주일 치 급료를 주고 그만두게 하자……! 저 녀석 하는 꼴을 보면 돈을 줘도 떠나지 않고 이주일간 더 하겠다고 할 것 같은데. 그러면 끝난 거지! 그런 사람을 대할 방법은 없어. 체면도 따지지 않으니! 방법이 없어! 내일이라도 마웨이를 데리고 귀국해야겠어. 외국에서 공부해봐야 좋을 게 없어! 리쯔룽을 봐. 정말 뻔뻔스럽잖아! 쫓아내려 하면 법률을 따지고 인정을 들먹이잖아! 바보 자식! 방법이 없어…… 체통도 안 살고…… 삼선탕면이나 먹으러 가자! 리쯔룽이니 장쯔룽이니 상관할 필요 뭐 있어! 화낼 가치도 없어! 어휴, 좋아, 끝난 거야!……"

13

"리 형, 아버지와 싸우셨어요?" 마웨이가 가게 문으로 들어서자마자 물었다. 안색이 매우 나빴다.

"내가 어디 아버님과 싸울 수나 있나요? 마 형!" 리쯔룽이 웃으며 말했다.

"리 형!" 마웨이가 정색을 했다. 눈썹을 찌푸린 채 입술까지 떨고 있었다. "아버지와 직접 부딪히면 안됩니다! 아버지를 아시면서 왜 제게 먼저 말하지 않았어요! 맞습니다, 리 형이 우리를 많이 도와주죠. 그러나 아버지를 가르치려 들면 안됩니다. 어쨌든 아버지는 우리보다 스무살 가까이 연장자시잖아요!" 그가 갑자기 말을 멈추더니 리쯔룽을 보았다.

멍하니 듣던 리쯔룽이 머리를 긁으며 키득 웃었다.

"왜 그래요? 마 형!"

"제가 뭘 어쨌다고요! 저는 단지 제 아버지를 가르치려 들지 말라고 하는 것뿐입니다."

"오!" 막 화를 내려던 리쯔룽이 갑자기 미소를 지었다. "밥 먹었어요?"

"먹었습니다!"

"잠시 가게 좀 봐주시겠어요? 뭐 좀 먹고 곧 돌아오겠습니다."

마웨이가 고개를 끄덕였다. 모자를 쓰고 나가면서도 리쯔룽은 웃고 있었다.

리쯔룽이 나가고 십분쯤 지나 인자해 보이는 노인이 들어왔다.

"아, 젊은이, 자네가 마 선생님의 아드님이신가?" 노인이 미소 지으며 말했다. 그의 머리가 한쪽으로 기울어져 있었다.

"그렇습니다만!" 마웨이가 마지못해 웃으며 대답했다.

"아, 내가 한번에 맞혔구먼. 부자가 눈매가 똑같이 생겼어." 노인이 말하며 안쪽을 살폈다. "리 선생은?"

"식사하러 갔습니다. 곧 돌아올 거예요…… 뭐 찾으시는 거라도 있습니까? 제가 도와드리겠습니다!" 마웨이는 속으로 생각했다. '나도 장사를 할 수 있어. 리쯔룽 없이도 잘할 수 있지!'

"그럴 필요 없소. 그냥 나 혼자서 편하게 둘러보겠소!" 노인이 웃었다. 그러고는 한 손은 등에 붙이고 다른 손은 주머니에 넣고서 머리를 숙인 채 진열대의 물건들을 자세히 살폈다. 한 물건을 보고 나서는 살짝 머리를 끄덕이기도 했다.

마웨이는 그를 거들기도 그렇고, 그렇다고 기다리기만 하는 것도 뭐해 눈썹을 찌푸린 채 노인의 등만 바라보았다. 어쩌다 노인이 고개를 돌리면 마지못해 미소를 지었다. 그러나 노인은 시종일관 그를 무시했다.

노인은 그다지 큰 키는 아니었지만, 외모에서 기품이 흘렀다. 넓은 어깨는 나이 탓인지 아래로 조금 처져 보였다. 백발은 뒤쪽으로 대충 빗어넘겼다. 뺨에 난 하얀 수염이 입을 가렸는데 이상하게 잘 어울렸다. 콧대는 높지 않으나 눈매가 매우 깊었다. 움푹 들어간 두 눈동자 덕분에 가만있어도 얼굴에 미소가 번졌다. 머리는 줄곧 한쪽으로 기울어져 있었다. 노인은 옷도 잘 차려입었다. 위아래로 잿빛 모직 양복을 차려입고 같은 색 비단 넥타이를 맸으며, 가느다란 금반지를 끼고 있었다. 하드칼라가 상당히 높아 고개를 기울이면 그 끝이 흰 수염에 가려졌다. 모자는 쓰지 않았다. 매우 큰 구두를 신었는데 발보다 두 치수는 커 보였다. 바짓단은 걸으면 바닥에 아슬아슬 끌릴 만큼 길었다.

"좀 물어봅시다, 젊은이. 이 단지, 진품은 아니겠지요?" 노인이 상품 진열대에서 흙으로 구운 단지 하나를 집어들었다. 그러고는 가볍게 단지 주둥이를 어루만졌다. 작은 눈을 반쯤 감은 채, 머리 손질하는 아가씨처럼 매우 신중하면서도 대담한 손길로 단지를 쓰다듬었다.

"그러니까……" 마웨이가 급히 다가가 작은 단지를 살펴보았다. 그러나 적당한 대답을 찾지 못했다. "그러니까……"

"아! 잘 모르시나보군. 괜찮소. 리 선생을 기다리지." 노인이 말했다. 양손으로 작은 단지를 든 노인의 입술 밑 하얀 수염이 조금씩 움직였다. 그가 다시 작은 단지를 원래 자리에 내려놓았다. "아버님은요? 꽤 오랫동안 뵙지 못했소만!" 노인이 마웨이의 대답을 들을 새도 없이 말을 이어갔다. 그러면서도 눈으로는 계속 그 작은 단지를 보고 있었다. "아버님이 참 좋은 분이시더군요. 단지 장사 수완이 좋지 않을 뿐. 그래, 영국에서 공부를 한다고요? 무슨 공부를 하시오? 아! 리 선생이 오셨네! 리 선생, 그동안 안녕하셨소?"

"아! 존 싸이먼 남작님, 안녕하십니까? 네댓새 만에 뵙네요!" 리쯔룽이 전혀 웃음기를 띠지 않고도 친근하게 싸이먼 남작과 악수를 했다.

싸이먼 남작이 작은 눈을 깜박이며 웃었다.

"싸이먼 남작님, 오늘은 무얼 찾으십니까? 지난번에 가져가신 이싱 주전자[24]는 이미 분석을 마치셨죠?"

"아, 아, 물론이오! 오늘은 값이 싼 광둥 자기가 있는지 보러 왔소. 내가 아직 광둥 자기를 시험해보지 못해서요. 당신이 가지고 있는 것이면 무엇이든 좋소. 단, 값이 싸야 하오!" 싸이먼 남작이 말하면서 그 작은 단지를 가리켰다. "저건 진품이오?"

"제가 남작님 앞에서 어찌 감히 진짜라고 말할 수 있겠습니까!" 리쯔룽이 설탕을 넣은 꽃빵처럼 환하게 웃으면서 작은 단지를 가져와 노인에게 건넸다. "유약 발림이 너무 얇고 바닥의 갈색도 진하지 않은 걸 보면, 본고장에서 만든 것은 아닌 듯합니다! 그러나, 늦어도 명나라 초기에 만들어진 것은 확실해 보입니다! 싸이먼 남

---

24 양쯔 강 하류의 모래로 만든 도기 주전자로, 장쑤 성 이싱의 특산품.

작님께서 저보다 많이 아시니까 한번 봐주십시오. 물건값은 주시는 대로 받겠습니다. 마 형, 싸이먼 남작님께 의자 좀 가져다드리세요!"

"아, 아, 가져오실 필요 없소! 실험실에서 하루 종일 서 있기 때문에 서 있는 것이 아예 습관이 되었다니까, 습관이!" 싸이먼 남작이 일부러 마웨이에게 웃어 보였다. "아, 고맙소! 의자는 정말 필요없습니다!" 그러고 나서 그는 다시 작은 단지를 들고 자세히 살폈다. "아, 리 선생 말씀이 맞소. 바닥의 갈색이 진하지 않군요. 맞아요! 좋소. 어쨌든 내게 보내주시오. 얼마를 지불하면 되겠소?"

"먼저 말씀해주시죠, 싸이먼 남작님!" 리쯔룽이 손을 비비며, 어깨를 으쓱거렸다. 장사에 도가 튼 사람 같았다.

리쯔룽을 보고 있던 마웨이가 자신도 모르게 고개를 끄덕였다.

노인이 작은 단지를 들어 바닥의 가격표를 본 다음 곧바로 눈짓하며 말했다. "리 선생, 반값만 받으시지! 어떻소?"

"그렇게 하시죠, 싸이먼 남작님! 제가 직접 가져다드리는 게 좋겠죠?"

"아, 아, 6시 이후에는 분명 집에 있을 거니까 나와 식사라도 합시다! 어떻소?"

"감사합니다! 6시 30분까지 반드시 도착하겠습니다! 광둥 자기도 가져다드릴까요?"

"아, 몇개나 있습니까? 좋은 것은 필요 없소! 분석하는 데 사용할 거라서. 아시다시피······"

"압니다! 알고 있습니다! 지금 가지고 있는 건 찻주전자와 찻잔두 세트뿐입니다. 그다지 상품도 아니고요. 하지만 진짜 광둥 제품입니다. 그 두 세트는 실험실로 보내고, 이 작은 단지는 서재로 보내드리면 되죠, 싸이먼 남작님?"

'리쯔룽은 모르는 게 없네!' 마웨이가 속으로 말했다.

"아, 아, 리 선생 말씀대로 해주시오."

"사모님께서는 눈치 못 채시게 서재로 갖다드릴까요?" 리쯔룽이 말을 하면서 단지를 받아 탁자에 놓았다.

노인이 처음으로 소리 내어 웃었다.

"아, 아, 가정사까지 다 들켜버렸구면!" 노인이 비단 손수건을 꺼내 작은 눈을 닦았다. "아십니까. 과학자는 아내를 얻으면 안됩니다. 정말 번거롭다오, 정말 번거로워요! 내 아내는 훌륭한 여성이지만 그래도 다를 바 없지! 항상 내 일을 방해한다오. 아, 나는 과학자이자 수집가라서 더욱 나쁜 경우라오! 아내는 진주나 보석을 좋아하는데, 나는 깨진 단지나 벽돌을 살 뿐이니! 아, 여성은 결국 여성이라오! 아, 단지를 몰래 서재로 가져다주시오. 우리 거기에서 함께 식사를 합시다. 참, 몇가지 더 물어볼 게 있는데, 엊그제 산 동합銅盒에 한자가 새겨져 있더군. 하나하나 작고 네모져서, 아이고, 읽을 수가 있어야지. 번역 좀 부탁해도 되겠소? 세 글자에 1실링, 어떻소?"

"전서인가요?" 리쯔룽은 여전히 웃고 있었다. 그 작은 골동품 가게와 온 세상을 웃기기라도 하려는 듯했다.

"아니, 아니요! 당신이 전서를 어려워하는 걸 알고 있소. 아, 저녁에 만납시다. 물건값과 번역비는 저녁에 한꺼번에 드리겠소. 저녁에 봅시다, 그럼." 말을 마친 싸이먼 남작이 다가와 마웨이의 어깨를 쳤다. "아, 무엇을 공부하는지 아직 말해주지 않았소만!"

"상업입니다! 선생님…… 아니, 남작님!"

"아, 좋소, 좋아요! 중국인은 장사하는 데 재능과 끈기가 있더군.

다만 새로운 방법을 모를 뿐! 배워보시오! 좋아요, 열심히 공부하시고, 쓸데없이 아가씨나 쫓아다니는 일은 하지 마시오. 알겠소?" 노인이 일부러 작은 눈을 깜박거리며 웃으려다 말았다. 하얀 콧수염 아래로 입술이 떨렸다.

"알겠습니다!" 마웨이의 얼굴이 붉어졌다.

"싸이먼 남작님, 모자는 어디 두셨습니까?" 리쯔룽이 문을 열고 허리를 굽혀 노인을 배웅했다.

"이런, 아까 차에 두고 내린 모양이군! 아무튼 저녁에 봅시다, 리 선생!"

노인이 떠난 후 리쯔룽은 찻주전자와 찻잔 두 세트, 작은 단지에 솜을 깔고 포장하느라 분주했다. 포장을 하면서 마웨이에게 말했다.

"저 노인은 좋은 고객입니다. 동기銅器와 도자기를 전문적으로 수집하죠. 그의 서재에 있는 물건이 여기보다 세 배 이상 많을 것입니다. 원래는 런던대학교의 화학 교수였는데, 지금은 나이가 들어 퇴직했죠. 그런데도 아직까지 도자기 흙의 화학적 배합을 연구하고 있습니다. 정말 흥미로운 노인네죠! 귀중한 것은 사서 보관하고, 싼 것은 화학적 분석에 이용합니다. 일흔이 넘은 노인네가 정말 활기차다니까요! 마 형, 계산서 두장 써서 이 보따리 두개에 각각 넣어주세요." 리쯔룽이 포장을 마쳤다. 마웨이는 계산서를 썼다. 리쯔룽이 마웨이를 보며 말했다.

"마 형, 아까 왜 그런 거예요? 화가 난 것 같던데요. 분명 다른 걱정거리가 있는데 내게 화풀이한 거죠? 그렇죠? 잘은 모르지만 사랑 때문인 거죠? 벌써 알아봤어요. 볼이 상기되고, 인상을 찌푸리게 되고, 말수가 적어지고, 자주 화가 나죠! 먹고 마시는 것도 신통찮고. 목을 베거나 매달아 죽고 싶기만 하고요!" 리쯔룽이 하하 웃으며 즐거워했다. "상사병에 걸리면 눈빛이 빛나고, 짝사랑을 하면 눈빛이 흐려지죠! 상사병은 달콤한 맛이 있지만, 짝사랑은 고통뿐이죠! 마 형? 어느 쪽이에요?"

"짝사랑입니다!" 비웃음을 당하고 나니 마웨이는 마음이 오히려 후련했다──하소연할 곳도 없는 짝사랑은 목을 베고 죽어버려야만 하는가!

"웬델 아가씨?"

"허!"

"마 형, 당신을 설득할 생각은 없습니다. 소용없거든요! 언젠가 제가 한 여인을 사랑하게 되고 그녀가 저를 놀린다면, 저는 바로 칼로 목을 베어버릴 것입니다! 쯧쯧쯧!" 리쯔룽이 집게손가락으로 목을 베는 시늉을 했다. "그러나 최소한 이 정도는 말해줄 수 있습니다. 그녀를 생각할 때마다 이런 생각이 들 겁니다. 그녀가 나를, 중국인을, 사람으로 볼까? 당신에게는 그럴듯한 대답도 마련되어 있을 거예요. 하지만 질문을 이렇게 바꾸면 어떨까요? 그녀가 나를 사람으로 보지 않아도 사랑을 구해야 하나? 그러면 당신의 마음이 식을 것입니다! 이것은 제가 손수 만든 '아이스크림'입니다. 짝사랑의 열병을 치료하는 데 특효약이죠! 영국 젊은이들은 중국인을 사랑하지 않습니다. 지금 중국인은 전세계인의 웃음거리이기 때문입니다. 글을 쓰는 사람도 웃음을 사기 위해 중국인을 욕합니다. 욕을 해도 위험하지 않은 족속은 중국인뿐이니까요. 학문을 하는 사람은 중국인을 증오합니다. 중국인만이 그들을 도울 수 없기 때문이죠. 중국인은 어떤 학문에 능하냐고요? 없습니다! 일반인들도 중국인을 얕잡아봅니다. 분명히 말할 수는 없지만 중국인은 결점이 많다고 생각하기 때문이죠! 애초에 그들이 우리를 존중하게 만들 수도 있었습니다. 만약 우리가 영국이나 독일, 아니면 프랑스와 싸워 이겼다면! 그러나 그보다 더 좋은 방법은 현재의 우리나라가 매우 평안해지고 인재를 많이 배출하는 것입니다! 사람들이 '정치' 하면 중국이 가장 깨끗하다고 여기고, '화학' 하면 중국을 떠올리게 해야 해요! 이렇게 되지 않는다면, 다른 사람들에게 존중받을 수 있는 희망도 없습니다. 외국인에게 무시당할 때는 쓸데없이 외국인 아가씨를 생각하지 마십시오! 웬델 아가씨를 한번밖에 보지 못해 그녀의 미모와 인품에 대해서 함부로 말할 수 없지만, 당신에게 한마디는 해줄 수 있습니다. 그녀는 당신을 사랑할 수 없습니다! 그녀도 보통 사람일 뿐입니다. 영국의 보통 사람들은 모두 중국인을 무시합니다. 그녀만 유별나서 마 형을 사랑할 이유가 없습니다!"

"그녀가 나를 사랑할 리가 없다고 어떻게 확신하죠?" 마웨이가 고개를 숙인 채 말했다.

"그럼 사랑하는지는 어떻게 확신할 수 있죠?" 리쯔룽이 웃으며 물었다.

"그녀는 나와 함께 영화를 보러 갔고, 제 아버지를 구했습니다."

"그녀가 당신과 영화 보러 간 것과 내가 당신과 영화 보러 가는 것이 뭐가 다릅니까? 다시 한번 말하지만 여기선 남녀가 그리 유별하지 않아요. 당신도 알 테니 더 말할 필요 없을 것입니다. 아버님을 구한 것도 그래요. 노인이 땅바닥에서 기고 있는 것을 보면 누구든 그를 구해 집으로 데려갈 것입니다! 중국인은 위험에 처한 사람을 보면, 멀리 달아날수록 좋다고 생각합니다. 중국의 교육이 자기중심적이기 때문이죠! 서양인은 재난에 빠진 사람을 보면, 목숨을 걸고 구합니다. 얼굴빛이 희든, 검든, 올리브색이든 상관없이 똑같이 구합니다. 평소 그들은 검은 얼굴과 올리브색 얼굴의 족속들을 무시합니다. 그러나 일단 위험한 상황에서는 얼굴색을 가리지 않습니다! '당신'의 아버지이기 때문에 구한 것이 아니라, 그녀의 도덕관이 그렇기 때문입니다. 우리는 길에 넘어진 사람을 보살피지 않아도 잘못됐다고 생각하지 않습니다. 서양인은 그렇지 않습니다. 그들의 도덕은 사회적이고, 대중적입니다. 이 점은 분명 중국인이 서양인에게서 배워야 할 부분입니다! 그제 신문에서 읽었습니다. 상하이에서 한 할머니가 길거리에 넘어졌는데, 중국인은 둘러서서 구경만 하고 외국인 병사가 부축해 일으켜세웠다고 하더군요. 이러니 그들이 우리를 비웃지 않을 수 있겠습니까! 제가…… 제가 어디까지 말했죠? 원점으로 돌아갑시다! 당신과 악수한다고 해서 그녀가 당신을 사랑하는 것이라고 넘겨짚지 마십시오! 그녀가 무슨 시간이 있어 당신을 사랑하겠습니까! 제 아이스크림을 드시는 게 최고입니다. 쓸데없는 생각 관두고요!"

마웨이는 이마를 싸안은 채 아무 말도 하지 않았다.

"마 형, 저는 이미 당신 아버님께 일을 그만두겠다고 말씀드렸습니다!"

"압니다! 그렇지만 떠나면 안됩니다! 우리가 망하는 걸 보고만 있을 건가요?" 마웨이가 여전히 고개를 숙인 채 말했다. 그의 목소리가 떨렸다.

"제가 그만두어야 합니다! 그러면 한달에 10파운드 가까이 아낄 수 있잖아요!"

"그럼 장사는 누가 하고요?" 마웨이가 갑자기 고개를 들어 리쯔룽을 바라보았다. "싸이먼 남작이 묻는 말에 저는 한마디 대꾸도 못했습니다. 저는 몰라요! 모른다고요!"

"그건 어렵지 않습니다! 마 형! 영국책을 몇권 보면, 많이 알게 될 것입니다. 저라고 처음부터 골동품을 알기나 했겠습니까. 모두 책에서 본 것이죠! 외국인은 무엇을 연구하든 조리있게 책을 씁니다. 중국 자기와 동기에 관련된 책도 정말 많습니다. 몇권만 읽으면 됩니다! 손님 응대만 할 수 있을 정도면 돼요! 마 형, 마음 놓으세요. 제가 그만두더라도 우리는 친구입니다. 진심으로 당신을 돕고 싶습니다!"

한참 후에 마웨이가 물었다.

"어디에서 일거리를 찾을 건데요?"

"어떻게 말해야 할지 잘 모르겠습니다. 기회를 봐야죠! 다행히 상금으로 50파운드 받은 게 있으니, 몇달 살기에는 충분하겠죠! 보십시오."리쯔룽이 또 웃었다. "『아시아잡지』에서 중국 노동자의 근황에 대한 논문을 구하고 있어, 한달 동안 밤낮 가리지 않고 논문을 썼는데 뜻밖에도 선정되어 50파운드를 받았습니다! 마 형! 하늘은 무심하지 않다는 말이 틀린 것 같지는 않네요! 50파운드면 한동안 지내기에 충분합니다! 어쨌든 일이란 찾으면 있게 마련입니다. 열심히 찾다보면 분명 기회가 있겠죠! 일을 하려는 사람은 굶어죽지 않습니다. 굶어죽은 사람은 절대 능력있는 사람이 아닙니다! 마 형! 얼굴을 펴고 즐겁게 일하세요!"

리쯔룽이 마웨이에게 다가와 어깨를 흔들었다.

마웨이가 울상을 한 채 웃었다.

14

    리쯔룽과 화를 내며 다툰 뒤, 마쩌런은 중국 식당에 가서 삼선탕면을 두 그릇이나 먹었다. 평소에는 한 그릇만 먹었었다. 뜨끈한 국물이 배 속으로 들어가자 화가 누그러졌다. 화를 내고도 두 그릇이나 먹을 수 있다는 건 좋은 현상이지! 그렇게 생각하자 화가 기쁨으로 바뀌는 듯했다. 식사 후에는 차를 시켜 천천히 음미했다. 마쩌런은 손님들이 모두 가고 나서야 천천히 계산을 하고 밖으로 나왔다. 식당을 나오니 어디로 가야 할지 막막했다. 가게로 돌아갈 수는 없었다. 사장과 점원이 다투었을 경우 사장은 가게로 돌아가지 않을 권한이 있는 거지! ─화가 난 참모총장이 관공서에 가지 않는 것과 같지! 암! 그런데 어디로 가지? 거리를 걸어? 부글부글 끓는 속으로 자동차 많은 곳에 갔다가 치이기라도 하면 끝장이지 않은가! 연극을 보러 가? 누가 서양놈들의 연극을 본다고! 징이나 북도 없고, 배우는 분장도 하지 않고 우물우물 허튼소리만 해대는 연극이라니! 에번스 목사님이나 찾아갈까? 그래! 그를 만나러 가자! 그가 그날 말했었지. 상의할 일이 있다고. 무슨 일이지? 에이, 무슨 일이면 어때! 멀리서 찾아온 손님을 설마 마다하진 않겠지!

    마쩌런은 택시를 타고 랭커스터 가로 갔다.

    택시를 타니 자신도 모르게 베이징이 떠올랐다. 이곳이 베이징이라면 얼마나 멋질까! 택시를 탄 모습이 얼마나 근사하겠어! 이곳은 밟히는 게 자동차라 신기하지도 않고, 차비는 헛돈이니!

    "헬로우! 마 선생!" 에번스 목사가 대문을 열고 마쩌런을 맞아들였다. "몸은 좀 어떠세요? 알렉산더 형님을 다시 만났습니까? 마 선생님, 그와 나갈 때는 항상 조심하십시오!"

"에번스 목사님 안녕하십니까? 사모님도 안녕하시죠? 캐서린은요? 폴도 잘 있죠?" 마쩌런이 단숨에 네 사람의 안부를 물은 다음 자리에 앉았다.

"모두 나가고 없습니다. 잘됐네요. 이야기나 나눕시다." 에번스 목사가 작은 안경을 고쳐썼다. 콧잔등에 주름이 잡혔다. 감기에 시달린 며칠 내내 재채기를 했더니 감기가 낫고도 그는 코 운동이라도 하는 것처럼 그렇게 코를 찡그리는 게 습관이 되어버렸다. "상의할 일이 두가지 있습니다. 먼저, 베일리 목사님의 교회를 소개해드리고 싶습니다. 신도가 되면, 주일에 예배드리러 갈 곳이 생기는 것입니다. 교회는 선생이 계신 곳에서 멀지 않습니다. 유스턴 가 아시죠? 음, 유스턴 가를 따라 동쪽으로 곧장 가다 스코틀랜드행 기차역 대각선 쪽에 있습니다. 제가 소개해드리죠! 어떻습니까?"

"잘됐네요!" 외국인과 대화할 때 마쩌런은 무조건 동조하는 뉘앙스를 지닌 말을 즐겨 사용했다.

"좋습니다. 그렇게 하도록 하죠." 에번스 목사가 입술을 늘어뜨리고 그럴듯하게 웃었다. "두번째는 우리 두 사람이 저녁때 빈둥거리지만 말고 일을 좀 하자는 것입니다. 제가 책을 한권 쓰려고 하는데, 어떻습니까? 제목은 임시로 『중국도교사中國道敎史』로 해보았습니다. 그런데 제 중국어 실력이 부족해서 누군가의 도움 없이는 안됩니다. 당신이 도와주신다면, 정말 감지덕지지요!"

"그것도 좋습니다! 좋아요!" 마쩌런이 서둘러 말했다.

"그냥 도와달라는 것이 아닙니다. 저도 당신을 위해 무언가를 하려고 합니다." 에번스 목사가 담뱃대를 꺼내 천천히 담배를 쟀다. "당신을 위해 며칠을 고심했습니다. 외국에 나오신 김에 무언가를 좀 써보시죠. 가장 좋기로는 동서양의 문화를 비교하는 것입니다.

이런 주제가 요즘 유행이에요. 선생이 쓴 게 맞든 틀리든, 쓰기만 하면 잘 팔릴 것입니다. 선생이 중국어로 쓰면, 제가 영어로 옮기죠. 이렇게 우리가 서로 돕는 겁니다. 책이 출판되면 분명 돈을 벌 수 있을 것입니다. 어떻습니까?"

"목사님을 돕는 것만으로 충분합니다! 제가 책을 쓴다고요? 쉽지 않을 거예요! 나이 오십이 다 된 사람이 그렇게 힘든 작업을 해낼 수 있나요!" 마쩌런이 느릿느릿 말했다.

"나의 좋은 친구여!" 에번스 목사가 갑자기 목소리 톤을 높였다. "오십이 어때서요? 나는 예순이 넘었습니다! 버나드 쇼는 일흔이 넘었는데, 여전히 책을 쓰죠! 한번 물어보죠. 일을 하지 않는 영국 노인을 본 적 있습니까? 나이 오십에 일을 그만두면, 세상일은 누가 합니까?"

"저도 모릅니다. 그러나 저는 분명, 하지 않겠습니다!" 에번스 목사의 기분을 상하게 할까봐 마쩌런이 서둘러 마무리 지었지만 사실 마쩌런의 속마음은 달랐다. '너희 서양놈들은 어른을 존경할 줄 몰라. 그러지 않으면 서양놈들이겠어?'

영국인은 주변 사람과 집안일을 이야기하는 걸 가장 싫어한다. 본래 에번스 목사도 책을 쓰려는 이유를 마쩌런에게 말할 생각이 없었다. 그러나 마쩌런이 망설이는 모습을 보고 몇 마디 털어놓지 않을 수 없었다.

"친구여! 나는 꼭 해야만 합니다! 보세요. 아내는 아직도 런던 선교사회 중국지부 비서를 맡고 있어요. 폴은 은행에 근무하고, 캐서린은 여성 청년회 간사로 있습니다. 가족 모두 돈을 버는데, 나만 하는 일 없이 빈둥거리고 있다고요! 비록 매년 120파운드의 양로금을 받지만, 그래도 빈둥거리고 싶지는 않아요……" 에번스 목사가 다시 안경을 고쳐썼다. 마쩌런에게 집안일을 말한 걸 금세 후회하는 듯했다.

'자식들이 모두 돈을 버는데도 노인네가 수고를 감수해야 한다고? 서양놈들의 속은 어떻게 생겼는지 알 수가 없어!' 마쩌런이 속으로 생각했다.

"나의 유일한 희망은 대학의 중국어 교수 자격증을 따는 겁니다. 그러려면 먼저 책을 써서 명성을 얻어야 하고요. 런던대학교 중문학부에는 지금 교수가 없어요. 중국어를 쓰고 말할 수 있는 사람을 찾을 수 없기 때문입니다. 저요? 말은 되니 무언가를 써서 중국 관련 지식을 증명하기만 하면 됩니다. 이미 예순이 넘었으니 기껏해야 오륙년 정도 일할 수 있겠지만요. 안 그런가요?"

"그렇습니다! 맞습니다! 제가 목사님을 돕겠습니다!" 마쩌런은 자신이 책 쓰는 일을 사양할 방법을 고민했다. "목사님이 중국어 교수가 되어 중국을 위해 좋은 말을 해주시면 얼마나 좋겠습니까!"

마쩌런은 중국어 교수의 직무가 중국인을 위해 좋은 말을 하는 것이라고 여겼다.

에번스 목사가 웃었다.

두 사람은 한참 동안 말이 없었다.

"마 선생, 이렇게 합시다. 서로 돕는 것으로!" 에번스 목사가 먼저 말을 꺼냈다. "만약 내가 마 선생을 도울 수 없다면, 저도 마 선생에게 부탁하지 않을 것입니다! 아시죠, 영국인의 방법은 서로 돕는 것이고, 누구도 손해를 봐서는 안된다는 걸! 마 선생에게 그냥 부탁할 수는 없습니다!"

"저더러 동서양의 문화에 대해 쓰라고요? 참! 어디서부터 시작해야 하죠?"

"꼭 그 주제일 필요는 없습니다. 무엇이든 좋아요. 소설이나 우스갯소리도 괜찮습니다! 보세요. 영어로 책을 쓰는 중국인은 매우 적습니다. 마 선생이 쓴 책은 좋든 나쁘든 중국인이 쓴 것이기 때문에 많이 팔릴 것입니다."

"저는 아무렇게나 쓸 수 없어요. 중국인의 체면을 깎는 일이니까요!"

"오!" 에번스 목사는 한참 동안 입을 다물지 못했다. 마쩌런이 그런 말을 하리라고는 전혀 생각지 못했기 때문이다.

중국에 가보지 않은 영국인들은 중국인들이 음험하고 교활하며, 누런 얼굴이 혐오감을 일으킨다고 말한다. 중국에 가본 영국인들은 중국인이 더럽고 냄새나며, 어리석은 바보라고 말한다. 에번스 목사는 항상 마쩌런을 무시했다. 마쩌런에게 책을 쓰라고 한 것도 오로지 자신을 위해서였다. 그는 마쩌런이 바보라서 책을 쓸 수 없다는 것을 알고 있었다. 그러나 쌍방이 서로 돕기로 하지 않으면, 양심상 불편했다. 영국인은 거래를 공평하게 하기 때문에 최소한 형식적으로라도 그렇게 해야 했다.

다른 영국인들처럼 에번스 목사도 나이 든 중국인을 좋아했다. 나이 든 중국인들은 '국가'라는 두 글자를 내세우지 않기 때문이었다. 그는 중국의 젊은이들을 좋아하지 않을 뿐 아니라, 못마땅해했다. 젊은이들 역시 나이 든 중국인처럼 어리석었지만, 그들은 입만 열면 '국가'니 '민족'이니 하는 말을 하기 때문이었다. 입으로만 떠드는 것에 불과했지만 가증스러웠다. 그는 마쩌런이 "중국인의 체면을 깎는 일이니까요!"라고 말할 줄은 몰랐다.

어쩌다 그런 말이 떠올랐는지 마쩌런 자신도 알지 못했다.

"마 선생." 한참 동안 멍하니 있던 에번스 목사가 입을 열었다. "다시 한번 생각해보십시오. 꼭 오늘 중으로 결정하지 않아도 됩니다. 그건 그렇고, 마웨이는요? 그는 무엇을 공부합니까?"

"지금은 영어 과외를 받고 있습니다. 아마도 상업을 공부할 듯합니다." 마쩌런이 대답했다. "저는 정치를 공부해 귀국한 다음 관리가 되어보라고 했는데, 아이가 엇나갑니다. 자꾸 상업을 공부하겠다고 해서 저도 포기했습니다! 엄마가 없어 의지가지없는 아이죠! 요즘 들어 좀 야위었지만, 뭐 대단한 일은 아닙니다! 아이가 속이 깊어 저도 물어보기가 그렇습니다! 하고 싶은 대로 하게 둬야죠! 어쨌든 그 아이가 원한다면, 제가 학비를 대야죠. 아비 된 자로서! 어쩔 수 없습니다. 어쩔 수 없어요!"

마쩌런이 감개무량해하며 눈물을 보이지 않으려는 듯 천장을 바라보았다. 그는 내심 기대했다. 이렇게 말하면 에번스 목사가 중매를 서줄지도 모르지—예를 들어 웬델 부인을 소개시켜줄지도. 후처로 과부를 들이는 것이 그다지 체면은 서지 않지만, 서양인 과부라 해서 급살을 맞거나 남편과 상극이지는 않겠지!—그가 한숨을 쉬었다. 에번스 목사가 중매를 서겠다고 하면 그를 위해 일을 좀 해야겠지만 문화를 비교하는 일 같은 건 하지 않아도 되겠지! 당신이 정식으로 중매를 서고 내가 당신의 중국어 공부를 도우면, 서양인의 '둘 다 손해 보지 않는' 방식에도 맞지 않나! 그가 에번스 목사를 훔쳐보았다.

담뱃대를 문 에번스 목사는 말이 없었다.

"마 선생." 한참을 앉아 있던 에번스 목사가 다시 일어서며 말했다. "이번 주일에 베일리 목사님의 교회에서 뵙죠. 마웨이도 나오게 하십시오. 어쨌든 젊은 사람은 신앙이 있어야 합니다. 어쨌든!

폴은 주일에 교회를 세번 나갑니다."

"알겠습니다!"마쩌런은 손님을 쫓아내려는 에번스 목사의 의도를 알아채고 불쾌한 마음에 얼른 일어섰다. "주일에 뵙겠습니다!"

에번스 목사가 그를 문 앞까지 배웅했다.

마쩌런이 거리에 서서 낮은 소리로 욕했다. "제길! 그런 게 친구야? 손님이 가려고 하지도 않는데, 일어서서 '주일에 뵙죠'라고 말하다니. 일요일에 보자고? 두고 봐라. 내가 일요일에 교회에 나가나……"

빵빵! 부아앙── 자동차 한대가 스치듯 지나갔다.

15

웬델 모녀는 나란히 새 모자를 쓰고 여름휴가를 떠났다. 메리의 모자 챙에는 한자가 수놓여 있었다. 마쩌런이 써준 것을 웬델 부인이 수놓은 것이었다. 새 모자를 처음 쓴 날, 메리는 삼십분 동안 입을 다물지도, 거울 앞을 떠나지도 못했다. 같은 디자인의 모자는 많았지만 한자가 수놓인 모자는 분명 신기하고 유일하다고 할 수 있었다. 바닷가에서 이렇게 신기한 모자를 쓰고 있으면, 분명 많은 아가씨들과 부인들이 눈물을 흘리거나 기절할 만큼 부러워하겠지! 웬델 부인도 매우 기뻐했다. 딸아이의 모자가 분명 혁명을 일으킬 거야── 모자의 혁명이라고 할까! 분명 딸아이의 사진이 신문에 실려 많은 사람들의 이목을 집중시킬 거야!

"마 선생님." 메리가 떠나기 전에 마쩌런을 찾아왔다. "보세요!" 그녀가 왼손으로 치마를 살짝 들어올려 치맛주름을 부채처럼 펼쳤다. 그리고 고개를 왼쪽으로 기울이고, 오른손을 비스듬히 뻗은 다음 손목을 가볍게 움직였다. 동시에 어깨를 으쓱 하며 입술을 달싹였다. "보세요!"

"정말 좋네요! 아름다워요, 메리 양!" 마쩌런이 그녀를 향해 엄지손가락을 세워 보였다.

마쩌런의 칭찬을 들은 메리가 양손을 갑자기 몸에 붙이더니 머리를 치켜들고 "히" 웃고는 연기처럼 사라졌다.

사실 마쩌런은 절반의 진실만을 말했을 뿐이다. 그가 써준 글자는 아름다울 '미美'였는데, 웬델 부인이 수를 놓은 걸 보니 美와 같이 위아래가 뒤집혀 있었다. 글자를 낱낱이 떼고 거기서 '대大' 자만 다시 제대로 뒤집으면 '개자식杰王八'이 되었다. 그는 웃었다. 영국에 온 이후 이렇게 시원하게 웃어본 적이 없었다! "아! 정말 우습다! 서양 여성들이란! 머리에 '개자식'이라고 써 붙이고 다니다니. 게다가 '대' 자는 뒤집어져 있고! 아이고, 우스워! 우스워 죽겠네!" 그는 고개를 저으면서 눈물이 나도록 웃었다.

한참을 웃고 나서 마쩌런은 천천히 아래층으로 내려갔다. 그녀들을 정류장까지 배웅할 생각이었다. 아래층에 내려가보니 모녀가 대문가에서 차를 기다리고 있었다. 먼저 그의 눈에 들어온 것은 그 '개자식'이었다. 그는 이를 악물고, 목을 꼿꼿이 세웠다. 얼굴이 붉어졌지만 다행히 웃지는 않았다.

"안녕히 계세요, 마 선생님!" 모녀가 함께 말했다. 웬델 부인이 한마디 보탰다. "잘 지내고 계세요. 말썽 일으키지 마시고요. 외출하실 때는 뒷문을 꼭 잠그세요!"

자동차가 오자 나뽈레옹이 가장 먼저 뛰어올랐다.

마쩌런이 숨을 헐떡이며 말했다. "안녕히 다녀오십시오! 며칠

푹 쉬시고요!"

자동차가 떠나자 그가 문을 닫고 웃었다.

웃다 지친 마쩌런은 뒤뜰로 가서 꽃에 물을 주었다. 일주일 넘게 비가 오지 않아 꽃과 이파리, 특히 계죽향이 시들시들했다. 그는 시든 꽃과 이파리를 천천히 따냈다. 그리고 쓸모없는 장미 가지도 쳐냈다. 하늘은 맑고 푸르렀으며, 바람 한점 없었다. 멀리서 자동차 소리만 계속 들렸다. 장미꽃을 보며 멀리서 들리는 자동차 소리를 듣고 있으려니 마쩌런의 마음속에 뭐라 말하기 힘든 감정이 밀려왔다. 억지로 메리의 모자를 떠올려보았지만, 어찌 된 일인지 웃음이 나오지 않았다. 머리를 들어 푸른 하늘을 쳐다보았다. 맑고 높았다. 끝없이 멀어, 참담한 기운마저 서려 있었다.

"언제쯤 귀국할 수 있을까?" 그가 스스로에게 물었다. "이렇게 런던에서 죽는 건가? 아니! 아니야! 마웨이가 졸업하면 바로 귀국하자! 형의 영구도 모시고 가자!" 형을 생각하자 묘소에 가봐야겠다는 생각이 들었지만 혼자서 가고 싶지는 않았다. 푸른 하늘을 보고 있자니 마음은 벌써 형의 묘소로 날아갔다. 잿빛 비석과 흩어진 화환, 작고 뚱뚱한 노부인까지 그의 눈앞에 나타났다. "아! 사는 게 무슨 재미지!" 마쩌런이 가볍게 고개를 저으며 중얼거렸다. "비석? 그것도 몇년이 더 지나면 못쓰게 되지! 세상에 영원한 것은 없어. 서양 사람들은 태양도 죽을 거라고 말하잖아…… 그러나 살아야지. 다시 제자리네! 나쁘지 않지! 그러면 당연히 어떻게 살아야 하는가를 생각해봐야지. 높은 관직에 올라 녹을 먹고, 아내와 첩이 무리를 이루며, 자식들이 잘 먹고 잘 자라면 얼추 된 거지! 그러면 살만한 거야……!"

소극적이었던 마쩌런의 생각이 적극적으로 변했다. 그리고 다시 적극적인 것에서 중도적으로 바뀌었다. 어떻게든 살아보자는 것이었다. 살아보자! 하루하루 살다보면, 마음속에…… 자신도 모르게 빠른 박자의 시피西皮[25] 몇 소절을 읊조릴 뻔했다. 중국인들이 죽은 듯 사는 이유가 바로 그렇게 되는대로 살아보자는 생각 때문이었다. 마쩌런의 생각이 거기에 미치지 않는 것은 당연했다.

민족성이 절대적으로 소극적이면, 적어도 위대한 사상가 몇을 만들어낼 수 있다. 반대로 완전히 적극적이면, 최소한 국가의 정신을 진작시킬 수 있고 또 얼마간이라도 스스로에게 즐거움을 가져다줄 수 있다. 바로 방금 전의 마쩌런처럼. 그러나 또 마쩌런처럼 사억의 동포가 완전히 소극적이지 않기 때문에 사기를 진작할 필요성을 느끼지 못하는 것도 걱정스럽다. 그처럼 되는대로 살아보자는 태도는 가장 비천하고, 가장 못난 태도이며 인류의 수치이다!

마쩌런은 한참 동안 생각해보았지만, 그럴듯한 생각이 떠오르지 않자 화가 치밀어 그만두었다. 서재로 돌아와 테이블과 의자를 닦은 다음 담배를 피웠다. 앉아서 책을 볼까 했지만 습관이 되지 않은 탓에 책을 든 자신을 상상만 해도 우스웠다. 그래서 그것도 관두었다.

"여기저기 문단속이 잘됐는지 아래층에나 가보자!" 그가 혼잣말을 했다. "그렇지! 사람들도 떠나고 없는데, 내가 더 조심하지 않으면 안되지!"

웬델 부인이 집 안의 모든 문을 잠근 것은 아니었다. 불이 났을 때를 대비한 것이었다. 마쩌런은 거실을 살펴보았다. 그러고 나서 계단을 내려가 주방과 웬델 부인의 침실까지 둘러보았다. 한번도

---

25 경극에 쓰이는 곡조의 일종.

그녀의 침실에 들어가본 적이 없었기 때문에, 들어가자마자 그의 마음이 조마조마했다. 아무도 없다는 것을 알면서도 들킬까 걱정하는 듯 살금살금 걸었다. 방에 은은하게 퍼진 화장품 냄새를 맡으니 마쩌런은 저도 모르게 마음이 울렁거렸다. 한참을 거울 앞에 멍청히 서 있다가 나가려고 했지만 차마 발길이 떨어지지 않았다. 웬델 부인을 생각하고도 싶었고, 또 생각을 떨쳐버리고도 싶었다. 죽은 아내를 생각하려고 했지만 아련하기만 할 뿐, 분명하지가 않았다. 방을 어떻게 나왔는지도 모를 만큼 마쩌런은 정신이 하나도 없었다. 낮잠을 자다 꾸는 꿈처럼 무언가를 생각하고 있는 듯도 했고, 전혀 아닌 듯도 했다. 그는 발소리를 내지 않고 메리의 침실 문 앞에 이르렀다. 열린 문틈으로 작은 철제 침대가 보였다. 거기에 한 사람이 머리를 침대에 기대고 꿇어앉아 있었다. 소리를 죽여 우는 듯 어깨가 들썩였다.

마웨이였다!

마쩌런은 순간 그 자리에 굳어버렸다. 마음이 텅 빈 듯했다. 그가 낮은 소리로 불렀다.

"마웨이!"

마웨이가 서둘러 일어났다. 귀뿌리에서부터 이마까지 온통 빨갰다.

부자는 그곳에 말없이 서 있었다. 마웨이가 고개를 숙이고 눈물을 닦았다. 수염을 문지르는 마쩌런의 손이 떨렸다.

마쩌런은 줄곧 마웨이를 열두세살밖에 안된 아이로 여겼다. 마웨이를 생각할 때면 '엄마 없는 아이'라는 생각이 먼저 떠올랐다. 마웨이가 야위어가는 것을 영국 음식이 입에 맞지 않은 탓으로만 생각했다. 눈썹을 찌푸리고 있는 마웨이를 보고도 기분이 언짢아서일 거라고만 생각했다. 아직까지도 마웨이가 스무살이 넘은 청년이라는 생각은 들지 않았다. 아이가 ××할[26] 수 있으리라고는 전혀 생각지 못했다. 마쩌런은 남녀관계를 표현할 적당한 단어가 생각나지 않았다. 한참을 생각했지만 결국 고리타분한 단어를 사용했다. '저렇게 어린 게 '아내를 찾으리라'고는 전혀 생각하지 못했네!' 그는 차마 마웨이를 꾸짖을 수 없었다. 엄마도 없이 혼자라니! 그에게 한소리 해야겠다는 모진 마음이 들지 않았다. 그러나 그냥 모르는 척하기도 뭐했다. 아버지가 보기에 아들이 아가씨의 침대 맡에서 우는 것은 체통도 없고, 상스러우며, 못난 짓이었다. 그렇다면 한마디 해? 나에게도 잘못이 있잖아. 아들을 줄곧 철모르는 아이로 보았으니! 나이가 든 것도 모르고! 애들은 배 속에 있을 때부터 사악한 존재인데! 왜 미리 대비를 하지 않았을까? 그래도 아직은 괜찮아! 메리가 아직은 별다른 웃음거리를 만들지 않았잖아! 하지만 만약…… 그녀는 외국 아가씨인데, 어떻게 해야 하지! 나는? 어쩌다 웬델 부인의 작고 붉은 코가 좋기도 하지만 그건 한순간의 충동일 뿐, 누가 정말로 그녀를 맞아들인대? 서양 과부를 들이면 사람들 볼 낯이 없어지지! 쟤는 이렇게까지 생각 못하겠지……

마쩌런은 천천히 위층으로 올라갔다.

그를 따라나온 마웨이가 문 앞에서 철제 침대를 돌아보다가 갑자기 다시 메리의 방으로 뛰어들어가 자신의 눈물로 젖은 침대 시트를 살짝 당겨 가지런히 정리했다. 그러고는 머리를 숙이고 나와 문을 닫은 다음 위층으로 올라갔다.

"아버지!" 서재로 들어온 마웨이가 낮은 소리로 불렀다. "아버

---

26 '여자(메리)를 좋아할' 정도의 말이 생략된 것으로 보인다.

지!"

마쩌런이 짧게 대답했다. 하마터면 눈물을 흘릴 뻔했다.

마웨이가 아버지 의자 뒤에 서서 천천히 말했다.

"아버지! 걱정하실 필요 없어요! 그녀와는 아무런 관계도 아닙니다! 지난 며칠간…… 제가 미쳤나봅니다…… 미쳤어요! 이제 괜찮습니다! 메리의 방에 들어간 것은…… 저의 마지막 결심을 다지기 위해서였어요! 다시는 그녀를 아는 체하지 않을 것입니다! 그녀는 우리를 무시합니다. 우리를 무시하지 않는 외국인은 없죠. 그녀역시 그렇고요! 오늘부터, 정신을 차리고 우리 일을 하도록 하시죠! 지난 일은…… 제가 미쳤습니다! 리쯔룽이 가게를 그만두려고합니다. 그를 붙잡을 수도 없게 되어버렸어요. 이제 가게는 우리가도맡아야 합니다! 그런데도 그는 우리를 돕겠다고 했어요. 저는 그에게 감명받았습니다. 그를 믿고 있고요. 그의 말은 분명 진실일 겁니다! 지난 이틀 동안 저는 그에게 잘못을 했습니다. 잘못을 범하고 싶지 않았지만 제가…… 미쳤었나봅니다! 그는 전혀 개의치 않았습니다. 정말 좋은 사람이에요! 아버지! 죄송합니다. 만약 리쯔룽 같은 아들이 있었다면, 조바심 내실 일이 전혀 없었을 텐데요!"

"오히려 천만다행이지. 리쯔룽 같은 아들이 없어서!" 마쩌런이고개를 저으며 웃었다.

"아버지! 약속해주세요. 함께 잘해보시겠다고요! 우리는 돈을아껴 써야 합니다! 이제부터라도 일찍 일어나고 늦게 자며 정신 차려 일해야 합니다! 리쯔룽의 말을 들어야 해요! 그가 새 일자리를찾았는지 물어보겠습니다. 이미 찾았으면, 어쩔 수 없이 보내줘야겠죠. 하지만 그가 아직 찾지 못했다면, 남아달라고 부탁하고 싶어요! 그렇게 하시죠, 아버지!"

"좋아, 좋다고, 알았어!" 마쩌런이 고개를 끄덕이며 말했다. 그러나 마웨이를 보지는 않았다. "네가 알게 되어 다행이다. 네가 마음을 다잡고 문제만 일으키지 않는다면…… 무슨 일이든 잘할 수 있을 거다! 나는 너밖에 없다. 네 어머니도 일찍 떠났고! 나는 너만 바라보고 있다. 네가 팥으로 메주를 쑨대도 믿는단 말이다! 네가 리 점원과 상의해보아라. 그가 가게를 부숴야 한다고 하면, 바로 부술 것이다. 가서 그를 찾아와라. 함께 중국요리를 먹자꾸나. 내가 창위안러우에서 너희를 기다리마. 가봐라. 자, 1파운드를 주마." 마쩌런이 1파운드짜리 지폐를 마웨이의 주머니에 찔러넣었다.

요 며칠간 마웨이의 마음은 부글부글 끓는 죽 같았다. 사랑, 효도, 우정, 사업, 공부가 서로 충돌했다. 감정, 자존, 자책, 자기연민이 서로 모순을 일으켰다. 아버지는 그리 훌륭하지 않지만, 어쨌든 아버지다! 리쯔룽은 너무 직설적이지만, 100퍼센트 좋은 사람이다! 아버지 일을 도우면서 공부할 시간이 있을까? 공부에만 매달리면, 가게는 누가 돌보지? 그리고 그녀가 있잖아! 항상 그녀가 어른거린다. 마음속에, 꿈속에 시도 때도 없이 나타난다. 아무튼 그녀를 잊어야 한다. 그런데 잊을 수 있을까! 무슨 일이든 쉽게 떨쳐버릴 수 있지만, 사랑만은, 사랑만은 마음속 깊이 뿌리를 내리고 싹을 틔운다! 그녀는 나를 좋아하지 않는다. 그녀가 사랑을 하든 하지 않든 누가 상관하겠는가! 그녀의 웃음, 말, 행동 모두가 마음속의 사랑을 키우는 달콤한 이슬이다. 그녀가 어디에 있든 미혹되어버린다. 그녀가 이 세상에 있으면, 그녀를 그리워하지 않을 수 없다! 그녀를 그리워하지 않고 그녀를 잊는 것은 심지가 굳은 사람만이 할 수 있다! 마웨이의 심지는 철석처럼 굳지 않았다. 그녀의 새

하얀 팔이 움직일 때마다 그의 마음도 따라 움직였다! 그러나 그녀를 잊어야만 한다! 더이상 그녀를 사랑해서는 안된다. 그녀가 나를 무시하기 때문이다. 그녀를 원망할 수도 없다. 그녀는 사랑받기 위해 태어났기 때문이다! 이렇게 해서는 안되고, 저렇게 하고 싶지도 않으면, 나는 어떡해야 하는 거지? 젊은 사람은 성깔도 있어야 하고 자존심도 있어야 한다! 왜 그녀의 꽁무니를 따라다니며 사랑을 구걸해야 하지! 왜 나 자신을 중시하지 않는 거지! 왜 아버지를 돕지 않는 거지! 왜 리쯔룽에게서 배우려고 하지 않는 거지…… 끝이다! 나는 당신의 이불에 눈물을 뿌리며, 신께 당신을 보호해달라고 빌었다. 그러나 이제 당신을 그만 볼 것이다. 더이상 당신을 생각하지 않을 것이다! 좋은 남편을 얻어 한평생 즐겁게 살기를 바란다! 그때…… 아버지가 들어오셨지! ……아버지가 원망스럽기도 했다! 그러나 아버지는 아무 말씀 없으셨다. 나는 아버지를 도와야 한다. 아버지께 분명히 말씀드려야 한다! 아버지께 말씀드리고 나면, 마음속 고통도 없어질 것이다. 리쯔룽에게도 똑같이 말하자.

"리 형!" 마웨이가 가게에 들어서며 소리쳤다. "리 형! 끝났습니다!"

"뭐가 끝나요?" 리쯔룽이 물었다.

"지나간 것은 역사일 뿐입니다. 이제부터는 스스로 운명을 개척해갈 것입니다!"

"좋아요. 우리 손 좀 잡아봅시다! 마 형, 정말 좋은 분이십니다! 자, 손을 잡아요!" 리쯔룽이 마웨이의 손을 힘차게 붙잡았다.

"리 형, 어떻게 하실 겁니까? 떠나실 겁니까, 아니면 우리를 도우실 겁니까?"

"벌써 싸이먼 남작과 이야기가 끝났습니다. 그를 돕기로." 리쯔룽이 말했다. "그는 지금 책을 쓰고 있습니다. 한권은 중국 도자기에 대한 화학적 실험의 결과물이고, 한권은 그가 소장하고 있는 골동품을 소개하는 설명서입니다. 저는 그를 도와 골동품 설명서를 쓰기로 했죠. 그가 한자를 잘 모르기 때문입니다. 매일 아침에 가서 오후 1시면 나올 수 있으니, 이만한 조건도 드물죠."

"우리 가게는 어떻게 하죠?" 마웨이가 물었다.

"제 의견은 이렇습니다. 지금 물건을 많이 즌비해두었다가, 성탄절 전에 염가로 파는 겁니다. 모든 물품을 30퍼센트 할인판매 하면서 손님들에게 컬러로 된 작은 책자를 함께 나눠주는 거예요. 제가 인쇄하는 일을 맡을 테니 교통비만 주십시오. 그리고 『아시아 잡지』와 동방학원에서 발행하는 『계간季刊』에 삼개월간 광고를 내는 겁니다. 물품 확보요? 먼저 마 선생님께 왕밍촨 씨에게 중국요리를 대접하시라고 하세요. 그러고 나면 제가 그에게 물품을 확보해달라고 말씀드리겠습니다. 그는 당신 큰아버님의 오랜 친구니까요. 또 그 자신이 골동품 가게를 하고 있을 뿐 아니라, 골동품 수입하는 일까지 하고 있습니다. 그에게 500파운드어치를 확보해달라고 한 다음, 물품이 들어오면 제가 말한 방법대로 파는 겁니다. 그것이 성공한다면, 당신들의 사업이 자리를 잡았다고 할 수 있을 것입니다. 실패하면…… 그럴 리가 없습니다! 당신 생각은 어떻습니까? 아침저녁에는 공부를 한다 해도 오후에는 당신이 가게를 지켜야 합니다. 마 선생님에게만 맡기시면 안됩니다! 물품이 도착하고 나면, 분류하고 가격 매기는 일은 제가 돕겠습니다. 단, 점심은 제공해주셔야 합니다. 어떻습니까?"

"리 형, 당신이 말한 대로 하겠습니다! 우리의 실패와 성공이 거기에 달렸네요! 그리고 지금, 아버지가 좡위안러우에서 당신을 기다리고 계십니다. 가시죠!"

"고맙지만 사양할게요! 한번 먹은 후 두번째 먹으려고 하면 너무 비싸 먹을 수 없다고 하잖아요. 그나저나 마 형, 시골에 가서 일주일쯤 쉬는 게 어떻습니까. 다행히 제가 며칠 더 가게를 봐드릴 수 있으니, 갔다 와도 좋을 듯한데."

"어디가 좋을까요?" 마웨이가 물었다.

"가볼 곳은 많습니다. 터미널에 가서 여행 안내서를 달라고 하세요. 한 고장을 골라 일주일 정도 쉬는 것은 건강에도 좋을 겁니다! 마 형! 이제 식사하러 가십시오. 저 대신 마 선생님께 감사의 말씀 전해주시고요! 식사 잘하세요!" 리쯔룽이 웃었다.

마웨이 혼자 가게를 나섰다. 리쯔룽은 그곳에서 계속 웃고 있었다.

4부

1

입추 무렵부터 겨울까지 런던은 활기에 넘쳤다. 극장은 최고의 공연을 올렸고, 가을 바겐세일로 바빴던 상점들은 곧이어 성탄절을 준비했다. 돈이 있는 사람들은 런던에서 공연을 보거나 손님을 만났으며, 성탄절 선물도 준비했다. 돈이 없는 사람들도 돈을 들이지 않고 할 수 있는 일이 있었다. 그들은 런던 시장의 취임 축하 퍼레이드를 보거나 국회 개원에 참석하러 가는 국왕을 보기도 했다. 호주머니에 1실링이라도 있으면, 그땐 경마에 돈을 걸지 않고 축구팀의 승패에 돈을 걸었다. 석간에는 경마와 축구 경기 결과가 대문짝만 하게 실렸다. 사람들은 아침 9시만 되면 신문을 한장 사서 자신의 승패를 확인했다. 자신이 졌다는 것을 확인하고 나면 입을 삐죽이며 해외 뉴스를 욕하면서 화풀이를 했다. 그밖에 스케이트, 서커스, 개 경주, 국화 품평회, 고양이 경주, 경보, 자동차 경주 등 경품을 내건 경기나 놀이가 잇따라 개최되었다. 그러니 영국인들은 혁명을 일으킬 수 없었다. 볼거리, 이야깃거리, 놀 거리가 지천인데 혁명을 논할 시간이 있겠는가. 에번스 부인도 바빠졌다. 끼니조차 잇기 어려운 가난한 사람들의 성탄절 만찬을 위한 모금이 한창이었다. 그렇지 않아도 헝클어진 그녀의 머리가 더이상 손을 쓰기 어려울 정도로 엉망이 됐다. 에번스 목사 역시 많이 바빴다. 날마다 포켓 사전을 들고 중국책을 보았지만, 보면 볼수록 익혀야 할 단어가 늘어갔다. 폴이 바쁜 것은 말로 다 하기 어려울 지경이었다. 그는 비를 맞아가며 3시까지 거리에 서서 기다리다 먼발치에서 황태자를 보고는 집에 돌아왔다. 그러고는 거울 앞에 서서 미소를 지어보았다. 누군가 그에게 황태자의 코를 닮았다고 했기 때문이다. 그날 황태자는 무선마이크에 대고 실업자를 위한 모금에 참여해달라고 말했다. 폴은 그 자리에서 2파운드를 기부했다. 황태자가 아니었다면 평생 생각도 못할 일이었다. 폴은 가난한 사람 때문에 머리도 손질하지 못할 정도로 쓸데없이 바쁜 어머니를 도무지 이해할 수 없었다. 그는 비바람을 무릅쓰고 축구나 하키, 중국인을 비난하는 내용의 영화 등을 보러 다녔다. 차분한 캐서린 역시 바빠졌다. 중국어를 공부하고 음악을 배우며 협회의 일을 처리하느라 바빴지만, 그녀의 머리는 조금도 헝클어지지 않았다. 그녀의 긴 머리는 새하얀 목덜미를 살짝 덮었다. 웬델 모녀 역시 바빴다. 어머니는 콧등에 검댕을 묻혀가며 하루 종일 아래층과 위층에 불을 넣었다. 해가 짧아졌기 때문에 틈이 나면 물건을 사러 거리에 나가야 했다. 게다가 살 것도 많았다. 성탄절에 사용할 것과 선물을 미리 사두면 돈을 조금이라도 아낄 수 있기 때문이었다. 게다가 성탄 케이크는 한달도 전에 만들어야 했다. 메리의 눈동자도 바빠졌다. 가게마다 화려하게 꾸며져 어디를 가나 볼거리가 많았기 때문이다. 그녀는 매주 2실링을 아껴 열대여섯시간을 고민한 다음, 싸고 품질이 좋으며 예쁜 물건들을 사들였다. 집에 돌아온 다음에는 그것들을 자신의 작은 상자에 숨겨두었다. 성탄절 선물로 쓰기 위해서였다. 그리고 성탄절이 되면 자신에게 새 모자를 선물하기로 마음먹었다. 그러나 그것은 실현되기 어려워 보였다. 가계부를 들고 밤낮으로 계산해보았지만, 아무리 해도 그만한 돈을 마련할 수 없을 것 같았다. 남몰래 1실링을 경마에 걸어도 봤다. 하지만 공교롭게도 그녀가 돈을 건 말이 달리다 넘어져 그마저 날려버렸다. "돈이 없으면 없을수록 잃는다니깐! 돈을 없애버리지 않으면, 모자 문제를 해결할 수 없어!" 그녀가 이렇게 화를 낼 때면, 사회주의자라도 된 듯했다.

런던의 날씨도 변덕스러워졌다. 바람이 불지 않으면 비가 내렸다. 바람도 불지 않고 비도 내리지 않으면 안개에 휩싸였다. 맑다가도 갑자기 비가 내리거나 안개에 휩싸이기도 했다. 런던의 안개는 정말 흥미로웠다. 색깔만 해도 여러가지였다. 옅은 잿빛 안개가 끼면 20여 미터 정도 앞의 사물을 분간할 수 있었다. 뿌연 잿빛 안개가 끼면, 낮이든 밤이든 아무것도 분간할 수 없었다. 런던 전체에서 누런 연기가 나는 젖은 장작을 태우기라도 하는 듯 검누런빛의 안개가 끼기도 했다. 또 불그스름한 안개가 끼는 날도 있었는데, 그 정도로 안개가 끼면 사람들은 아예 사물을 분간하려고도 하지 않았다. 불그스름한 색은 집 안에서 창문을 통해 봐야만 알 수 있었다. 런던에서 안개 속을 걷다 앞쪽이 뿌연 잿빛이면, 고개를 들어 전등이 켜진 곳을 찾아보라. 희미한 불빛만을 간신히 볼 수 있을 것이다. 안개는 부분적으로 끼지 않았다. 모든 것을 뒤덮을 정도였다. 자신의 몸을 제외하면 모두 안개였다. 당신이 걸으면, 안개도 따라 걷는다. 아무것도 보이지 않으며, 누구도 당신을 알아보지 못한다. 당신 자신도 어디에 있는지 알지 못한다. 매우 밝은 자동차 전조등만이 공중에서 약한 불빛을 내뿜을 뿐이다. 자신의 입에서 나오는 따뜻한 입김만 느낄 수 있다. 그밖에는 모두 추측과 의혹 덩어리다. 대형 자동차가 천천히 한 걸음씩 기어가더라도 당신은 경적 소리만 들을 수 있다. 경적 소리마저 들리지 않는다면, 당신은 두려움에 떨 것이다. 세상이 안개로 인해 질식사해버렸나! 전후좌우 사방에 무언가 있는 듯하지만, 당신은 전후좌우 어디로도 움직일 용기를 낼 수 없다. 당신 앞에 있는 것은 말일 수도, 자동차일 수도, 나무일 수도 있지만, 직접 만져보지 않으면 알 수 없다.

마쩌런은 런던에서 가장 한가한 사람이었다. 비가 내리거나 바람이 불면 집 밖에 나가지 않았다. 안개가 끼어도 나가지 않았다. 짧은 담뱃대를 물고 발갛게 불을 붙인 다음 창문을 통해 비와 안개, 바람의 아름다움을 하나하나 음미했다. 중국인은 어디에서든 아름다움을 찾아낼 수 있다. 게다가 아름다움을 그럴듯하게 표현할 줄도 안다. 중국인 개인의 심미안과 장엄한 중국 풍경이 결합된 결과다. '안개비 맞으며 배를 타고 돌아가네, 눈을 밟으며 매화를 찾네' 하며, 안개비와 눈을 맞으면서도 미소를 머금는 호리호리한 노인. 그 노인이 바로 중국인의 미美의 신神이다. 그는 천상에 있지 않다. 개개인의 마음속에 있다. 마쩌런은 자신도 모르게 미소를 지었다. 자동차가 빗방울을 뚫고 달리는 모습이 아름다웠다. 아가씨의 우산이 바람에 날리는 것도 아름다웠다. 안개 속에서 흔들리는 불빛은 가을밤의 반딧불처럼 아름다웠다. 짧은 담뱃대를 문 채 밖을 보다, 다시 벽난로의 불꽃을 보니 모든 근심과 고뇌가 사라졌다.

갑자기 술 생각이 간절해졌다.

"여기 사오싱주酒[27] 한 병 가져와. 응?" 그가 혼자서 중얼댔다.

런던에서는 사오싱주를 살 수 없잖아, 하! 돌아가는 게 좋겠어! 마쩌런은 아무래도 귀국해야겠다고 생각했다. '눈을 밟으며 매화를 찾네, 안개비 맞으며 배를 타고 돌아가네' 같은 정서를 알아주는 곳으로 돌아가자! 중국인이 '미'와 '중국'을 잊지 않고 그 두가지를 충분히 발전시킬 수 있다면, 중국도 황금시대를 열 수 있을 것이다. 과학기술과 예술을 조화시키고, 조국의 사상을 바로 세워 깨끗한 정치를 발전시켜나간다면, 중국의 앞날은 밝아질 것이다! 하지만 지금 중국인을 대표하는 마쩌런은 흐리멍덩한 가운데 타고난 심미안만 조금 갖추었을 뿐, 상식이 부족했다. 애석하게도 마쩌런은 귀국하려고만 할 뿐, 국가가 무엇인지 몰랐다. 안타깝게도 마쩌런은 관리가 될 생각뿐, 관리의 책임은 몰랐다. 아쉽게도 마쩌런은 아들을 사랑했지만, 어떻게 교육시켜야 할지는 몰랐다. 아쉽게도……

성탄절이 다가오자 마쩌런 역시 조금 바빠졌다. 영국인들이 성탄절에 선물을 교환한다는 얘기를 듣고 그는 신뢰를 쌓을 기회가 생겼다며 좋아했다. 에번스 목사 가족과 웬델 모녀, 알렉산더에게는 당연히 선물을 보내기로 마음먹었다. 리쯔룽도 빠뜨리면 안되지! 속물 녀석. 그에게 보란 듯이 세속적인 선물을 보내야지! 그래, 그런 녀석들은 실용적인 걸 좋아하니 신발을 사주면 되겠네. 또 누가 있지? 쾅위안러우의 사장이 있었지. 워싱턴—그래, 워싱턴에게도 선물을 해야겠다. 내가 취한 그날 나를 택시에 태워줬잖아!

---

27 저장 성 사오싱 지방에서 나는 전통주.

그가 오토바이를 새로 샀다지. 조만간 험한 꼴 당하겠네! 아이고! 사람을 저주하면 안되지! 그런데 오토바이는 정말 위험한데. 그가 사고로 죽지 않기를 바라지만, 정말로 사고가 난다 해도 어쩔 수 없지! 마쩌런이 수염 난 입을 삐죽이며 웃었다.

"준비할 선물이 몇개지?" 마쩌런은 손가락을 꼽아가며 셌다. "네개에 세개를 더하면, 일곱개네. 거기에 리쯔룽과 챵위안러우의 사장, 워싱턴까지 하면 열개고. 또 누가 있지? 그렇지, 왕밍찬이 있었네. 그가 물건을 떼다주었는데, 선물을 안 보낼 수 없지! 열한개네. 일단 열한개로 하고, 다시 생각해보자! 웬델 부인에게는 모자를 사드려?"

마쩌런은 중얼거리다 말고 눈을 감고 고민하기 시작했다. 어떤 모자가 웬델 부인을 더욱 아름답게 만들까? 아무리 생각해도 그녀의 작은 코와 갈색 눈동자, 기름한 얼굴만이 떠올랐다. 도무지 생각이 나지 않네. 어떤 모자가 그녀의 얼굴을 덜 길어 보이게 할까? 생각이 안 나. 됐어. 그때 가서 생각해보지.

"아! 나뽈레옹이 있었지!" 마쩌런은 나뽈레옹을 상당히 아꼈다—그녀의 강아지가 아닌가! "이건 쉽지 않겠는데. 개에게 무슨 선물을 해야 하지? 개에게 선물을 해본 적은 없는데, 정말로! 아하! 있다! 있어! 있다고!" 마쩌런은 흥분해서 방금 잰 담배를 벽난로에 툭툭 털어버렸다. "무늬가 있는 종이를 구해 7실링 6펜스를 포장해서 털실로 묶어 웬델 부인에게 주는 거야. 그날 들었잖아. 새해가 되면 나뽈레옹에게 출생증명서를 만들어줘겠다고 했었지. 한 장에 7실링 6펜스였는데. 그걸 내가 사주는 거지, 허! 괜찮을까? 제길, 보잘것없는 개도 1년에 7실링 6펜스를 쓰네! 서양놈들이 하는 일이란! 어쨌든 내가 사주자. 그녀…… 그녀가 분명…… 좋아할 거야!"

그는 매우 즐거웠다. 뜻밖에도 이렇게 좋은 생각을 해내다니, 정말로, 정말로 쉽지 않은 생각을! 아침식사 시간이 되었지만, 밖은 짙은 안개로 어두웠다. 가게에 가볼까 싶었지만, 이런 날에는 자동차에 치여 죽을까 걱정이 되었다. 웬델 부인과 식사하고도 싶었지만, 차가운 소고기는 입에 대기도 싫었다. 게다가 최근 한달 동안 가게에 가볼 생각을 전혀 하지 않았다. 리쯔룽이 성탄절에 할인판매를 하자고 한 이후, 마웨이와 리쯔룽은 (그는 매일 시간을 내 가게 일을 도왔다) 손발이 뒤바뀔 정도로 바빴다. 그러나 마쩌런에게는 가게 일을 손도 못 대게 했다. 하루는 마쩌런이 꽃병으로 쓰려고 작은 병 하나를 가져가려 했다. 리쯔룽은 아무 말 없이 마쩌런의 손에서 작은 병을 억지로 빼앗아버렸다. 마웨이마저 정색을 하고 아버지에게 한 소리 했다. 또 한번은 마웨이와 리쯔룽이 모두 나간 것을 보고 진열창에 붙은 울긋불긋한 상품 목록을 모두 떼버렸다. 천박해 보이기도 했고, 마웨이가 그에게 잔소리를 해댔기 때문이다. 방법이 없었다. 아들마저 나를 상대하지 않으니 무슨 수가 있겠어! 누가 외국에 나오라고 했나? 외국에는 불효를 호소할 데도 없는데! 참아야지! 그래야지. 마웨이가 강해지려는 것은 돈을 벌기 위한 것인데! 강해진다고 해서 체면마저 버리는 건 아니겠지! 내가 너의 아비다. 그걸 명심하라고!

마쩌런은 고개를 끄덕이며 혼자 다짐했다. "착한 녀석, 마웨이, 강해져야 한다! 그러나, 강해지더라도 내가 아버지란 것을 잊으면 안된다!"

창밖의 잿빛 안개가 점점 짙어지더니, 다시 노래졌다가 불그스름해졌다. 맞은편의 집도 전혀 알아볼 수 없었다. 곳곳에 불이 켜졌다. 그러나 켜진 듯도 하고 꺼진 듯도 한 사방의 불빛이 그의 마음을 불안하게 했다. 거리에서 석탄을 파는 사람이 힘겹게 외쳐댔다. 그 목소리는 창 너머 가까이에서 들려왔지만, 몸과 석탄차는 다른 세계에 있는 듯 보이지 않았다.

"됐어!" 마쩌런은 다시 불가에 앉았다. "가게에 나가도 한 소리 들을 게 뻔하니 그냥 여기서 얌전히 기다리자!"

마쩌런은 런던에서 가장 한가한 사람이었다.

2

위대한 사람이든, 그렇지 않은 사람이든, 강인한 의지를 가지고 전진해나가면 뭔가를 이루어낼 수 있다. 사업의 크기는 다르더라도 굳센 마음가짐만 있으면 성공한 것과 마찬가지로 존경할 만하다. 가장 부끄러운 일은 깃발을 흔들면서 소리만 지를 뿐 아무런 일도 하지 않는 것이다. 의지가 굳지 않고, 아무런 주장도 없이 허영심이 가득한 사람만이 깃발을 흔들면서 소리를 지른다. 그런 사람은 성공할 가능성도 없을뿐더러, 사람들을 감복시키지도 못한다. 일소에 부칠 가치도 없는 것이다.

중국에서 살고 있는 외국인—대포, 비행기, 과학, 지식, 재력을 갖춘 서양인—들이 종이 깃발을 흔들며 정의를 외치거나, 리더가 되고자 하면서 공부도 하지 않는 학생들을 보면 어떨까? 웃을까? 아니, 웃을 가치도 없다! 당신들이 공부를 하지 않을수록 좋고, 종이 깃발을 흔들수록 좋지. 당신들이 공부를 하지 않으면 서양인의 지식은 영원히 당신들보다 높고, 종이 깃발을 제아무리 흔들어대도 서양인의 대포를 물리칠 수 없지. 당신들이 만약 작은 포砲로 서양인의 대포와 맞서고자 하면 서양인들은 아마도 웃어버릴 것이다. 붉은 종이를 붙인 작은 깃대를 들고 대포와 맞서고자 하면, 서양인들이 웃지 않고 배기겠어! 진정으로 애국하는 사람들은 그렇게 하지 않지!

사랑은 얼마나 대단한 것인가! 오직 한 사람만을 위해 생명과 재산마저 희생할 수 있다. 사랑 역시 강인한 의지로 쟁취할 수 있다. 인간이란 복잡다단한 존재다. 사랑 외에 희망과 책임, 사업 등을 이루어낼 수도 있다. 운이 좋은 사람은 만족스러운 사랑을 통해 그의 희망을 볼 수 있고, 책임을 완수하며, 사업을 성공시킬 수 있다. 운이 없는 사람은 자신의 액운을 인정하고 다시 자신의 희망과 책임, 사업을 살펴야 한다. 사랑은 신성하다. 맞다. 그러나 희망과 책임, 사업 역시 신성한 것이다! 앵두 같은 입술에 키스를 할 수 없다는 이유로 인간으로서 신성한 희망과 책임, 사업을 포기하고 황금처럼 소중한 생명을 낭비하는 사람은 소설 속의 영웅일 뿐, 사회적으로는 죄인이다. 사회는 소설과 전혀 다르다.

종이 깃발을 내리고 공부를 하고 일을 하자. 실연의 눈물을 거두고, 자신의 희망과 책임, 사업을 돌이켜보자. 이것이 오늘날의 중국—산산조각 난 중국, 산산조각 났지만 사랑스러운 중국!—젊은이들을 구하는 두가지 길이다!

중국에 있을 때는 마웨이도 종이 깃발을 들고 사람들과 함께 소리를 질렀지만 지금은 안다. 영국이 강성한 원인은 대체로 영국인들이 소리를 지르는 대신 머리를 숙이고 죽어라 일하기 때문이었다. 영국인들은 자유를 가장 사랑하지만, 이상하게도 대학생들에게는 학교 정책에 대한 발언권이 없었다. 영국인들은 자유를 가장 좋아하지만, 이상하게 사회에 질서가 잡혀 있었다. 몇백만의 노동자들이 동시에 파업을 하지만, 총 한번 쏘지 않고, 한 사람도 죽지 않는다. 마웨이는 질서와 훈련이 강국의 비결임을 알았다.

마음속으로는 메리를 잊을 수 없었지만, 마웨이 스스로도 잘 알고 있었다. 만약 그가 그녀 때문에 상심한다면, 그들 부자는 굶어죽을 수밖에 없다는 것을! 그렇게 되면 조국에 대해서는 사소한 책임도 다할 수 없었다. 마웨이는 바보가 아니다. 그는 신新청년이다. 신청년의 최고 목표는 국가와 사회를 위해 일하는 것이다. 그 책임은 어떤 것보다 중요하다. 오래된 중국을 위해 목숨을 버리는 것은 미녀 때문에 죽는 것보다 천만 배 더 가치있다. 사랑을 위해 죽는 것은 시의 세계에 한 송이 작은 꽃을 보탤 뿐이지만 국가를 위해 죽는 것은 중국의 역사에 희망찬 한 페이지를 더하는 것이다.

마웨이는 그 방법을 알고 있었다.

그것은 간단했다. 신체 활동을 통해 정신적 우울을 억제하는 것이었다. 아침에 일어나면 먼저 공원을 한바퀴 뛰었다. 시간이 있으면, 삼십분 정도 조정을 했다. 처음 탔을 때는 배가 뒤집힐 뻔하기도 했다. 바람이 불어도 뛰었고, 비가 내려도 뛰었다. 이삼주 달리기를 하니 얼굴에 홍조가 돌았다. 달리기를 하고 나면 찬물로 씻었다. (이제는 웬델 부인도 자기 욕조를 이용하는 걸 허락했다.) 문질러 씻어 붉어진 몸은 생선가게의 신선한 대하 같았다. 씻고 나서 아래층으로 내려와 식사를 했다. 메리가 그를 보면, 그도 메리를 보았다. 메리가 말하면, 그도 웃으며 대답했다. 그는 그녀가 아름답고 착하다는 것을 알았지만, 그저 예쁜 인형 취급했다. '당신이 나를 무시하면, 나는 더욱 당신을 무시할 거야!' 그는 속으로 이렇게 말했다. '당신은 예쁘게 생겼어. 나는 명예를 원하고, 또 책임도 다해

야 해! 아름다움과 명예, 그리고 책임은 무게를 비교하기 어렵지! 하하!'

볼그레하게 윤기가 도는 얼굴과 하루가 다르게 근육이 붙어가는 팔뚝, 밝게 빛나는 눈을 보며 그녀는 우물쭈물 그의 속마음을 떠보기도 했다. 서양 여성들은 건장한 젊은이를 좋아하기 때문이었다. 마웨이는 활기 넘쳐 보이려고 아침을 먹고 단숨에 3층 계단을 뛰어올라가 공부를 했다. 거리에서 그녀를 만나면, 손만 한번 흔들어주고 바람처럼 가버렸다.

"하하! 재미있군! 이제야 숨통이 트이네!" 마웨이가 혼자서 말했다.

갖가지 일에서 웃음을 되찾고 나니, 일상이 즐거워졌다.

마웨이는 한두시간 공부를 하고 곧장 가게로 뛰어가 리쯔룽이 제안한 대로 하나하나 실행에 옮겼다. 성탄절 한달 전에 물품이 런던에 도착했다. 그와 리쯔룽은 열심히 일했다. 가게 외관을 장식하고 가격을 정했으며 설명서를 인쇄하느라 매일 저녁 7시까지 일했다. 왕밍촨이 떼다준 물품은 골동품만이 아니었다. 중국 자수와 소품, 수가 놓인 오래된 중국옷 같은 것도 있었다. 그래서 지인들에게 중국 물건을 선물하려는 할머니들도 마씨네 가게를 알게 되었다. 할머니들은 오늘은 쌈지를 삽네, 내일은 부채를 삽네 하며 가게를 드나들었다. 대개 자질구레한 물건들을 사갔지만, 가끔 귀한 물건을 찾기도 했다. 물품 정리가 끝나자 리쯔룽이 싸이먼 남작을 초대해 쓸 만한 것을 고르게 했다. 싸이먼 남작은 머리를 기울인 채 두 사람과 한참 동안 가게를 둘러보았다. 그는 자신이 찾던 도자기 외에도 25파운드짜리 중국 자수 치마 한벌을 샀다. 아내에게 성탄절 선물로 주기 위해서였다. 그날은 한나절 동안 150파운드어치를 팔왔다.

"성공입니다! 마 형!" 리쯔룽이 머리를 긁적이며 말했다.

"그렇네요! 리 형!" 마웨이는 웃느라 말을 잇지 못했다.

두 사람은 행인들에게 가게를 홍보할 방법을 오랫동안 상의했다. 리쯔룽이 골목 입구에 '중국 골동품 판매'와 '중국 기념품 증정'이라는 문구가 붉은빛과 푸른빛으로 번갈아 깜박이는 전광판을 설치하자고 제안했다. 그리고 일처리가 빠른 젊은이들답게 사흘 뒤에 곧바로 실행에 옮겼다.

그들이 바빠지자 이웃 골동품 가게의 주인은 안절부절못했다. 그는 마쩌런이 장사를 할 줄 모른다는 것을 알았기 때문에, 그가 폐업하기만을 기다려 마씨네 가게를 흡수할 생각이었다. 그런데 두 젊은이가 잘해내는 것을 보니 손을 쓸 수밖에 없다고 생각했다. 마씨네 가게가 완전히 자리를 잡게 되면 더욱 처리하기 어려울 것이기 때문이었다. 대머리에서 빛이 나고 배가 불룩 튀어나온 그가 몰래 리쯔룽을 불러내 식사를 대접했다. 의중을 떠보려는 것이었다. 리쯔룽이 웃으며 말했다. "발모제를 사서 선생님 머리에 발라보고 머리가 자라면 그때 다시 말씀하시죠."

늙은 주인은 대머리를 만지며 웃을 뿐 (영국인은 스스로를 웃음거리로 만드는 걸 그다지 개의치 않았다) 다른 말은 없었다.

마쩌런도 몇번이나 와서 그들을 돕는 척했지만, 사실은 웬델 부인에게 줄 소품 한두가지를 챙겨가려는 속셈이었다. 그는 가게 여기저기를 돌면서 이것저것 살피고 만지며 마웨이를 훔쳐보았다─마웨이의 커다란 눈이 그를 주시하고 있었다. 그는 기침을 두어번 하고 손을 주머니에 넣은 다음, 다시 가게 안을 맴돌았다. 손님이 들어오면 허리를 숙여 인사했다. 그러고는 손님에게 다가가 자신의 물건 파는 능력을 보일 생각이었지만, 어찌 알았겠는가! 허리를 폈을 때는 이미 마웨이가 손님을 데려가버리고 없었다.

"장하다! 젊은 녀석이, 되었어! 그러나 내가 녀의 아버지라는 걸 잊으면 안된다!" 마쩌런이 혼자서 중얼거렸다.

성탄절을 전후하여 며칠간은 가게 일이 매우 바빴다. 판매한 물품의 80~90퍼센트는 포장을 해서 손님에게 보내주어야 했다. 마웨이와 리쯔룽은 밤 10시가 되도록 포장을 하기도 했다. 어떤 것은 우체국으로 보내고, 깨지기 쉬운 것은 직접 배달하기도 했다. 리쯔룽이 자전거 가게에서 낡은 자전거 한대를 빌켜와 이곳저곳 열심히 물건을 배달했다. 낡은 자전거를 탄 리쯔룽이 자동차 사이를 비집고 다니는 걸 보고 마쩌런은 눈을 감고 하느님에게 기도했다.

마쩌런이 마웨이에게 말했다. "리쯔룽에게 전해라. 그렇게 빨리 달리지 말라고! 잘못되면 끝장이다! 자동차 틈을 비집고 다니다니! 하! 워싱턴처럼 해서는 안된다고 해. 언제든 사고로 죽을 수도 있어!"

마웨이가 아버지의 말을 전하자 리쯔룽이 웃었다.

"마 선생님의 선의에 감사드립니다! 걱정하지 마세요, 벌써 보험을 들어두었습니다. 제가 차에 치여 죽으면, 보험회사에서 제 어머니에게 500파운드를 지급하게 되어 있습니다. 마 형, 커다란 자동차 사이를 비집고 다니는 게 얼마나 통쾌한지 아십니까! 골동품을 싣고 있지 않다면 더 빨리 달릴 수 있는계! 어제저녁에는 자전거를 탄 사람들과 경주를 했습니다. 눈 깜짝할 사이에 자동차 꽁무니에 따라붙었더라고요. 어떻게 되었을지 상상해보세요. 저는 무의식적으로 브레이크를 잡았고, 그 순간 자전거 바퀴가 자동차에 부딪혔습니다. 저는 잽싸게 뛰어내렸습니다. 사람들이 목을 빼고 소리치데요. '좋았어! 멋져! 잘했어!'라고."

마웨이가 그 얘기를 아버지에게 해주었다. 마쩌런은 별다른 말 없이 고개를 끄덕이며 탄식했다.

마웨이가 그렇게나 바쁜 것을 안 마쩌런은 어느날 저녁 일찌감치 식사를 마치고 다시 가게로 나왔다.

"마웨이!" 마쩌런이 들어서며 말했다. "나도 무언가를 해야겠다! 장사를 못한다고 해서 설마 포장까지 못하려고? 내가 도와주마!"

그가 담배쌈지와 담뱃대를 탁자에 내려놓았다. 그러고는 종이 몇장을 가져 오더니 말했다. "쉽게 포장할 수 있는 걸 줘봐라!"

마웨이가 아버지에게 물품 몇가지를 주었다. 마쩌런은 담뱃대를 입에 물고 코를 세운 채, 종이의 크기와 물건의 모양새를 자세히 살폈다. 그가 한참 동안 애썼지만, 계속 실패했다. 리쯔룽을 훔쳐 보니 그는 벌써 몇개나 포장을 마쳤는데, 가지런하고 보기에도 좋았다. 얼핏 보기에 리쯔룽은 한 손으로 물품을 누르고 다른 손으로 종이를 접는 것처럼 보였다. 그런데 어느 순간에 보면 종이가 저절로 움직인 듯 반듯하게 포장이 마무리되어 있었다. 마쩌런도 그걸 따라서 한 손으로 종이를 접은 다음 끈으로 재빨리 묶었다. 그런데 자기 것만 이상하게 줄에 매듭이 지어지고, 종이 귀퉁이가 바깥쪽으로 뭉쳤다. 마치 에번스 부인의 머리 같았다.

"미장이가 말하기를, 바닥이 고른가 아닌가는 흙 한움큼 차이라더니, 그 말이 맞군!" 그럭저럭 하나를 포장한 마쩌런이 양손으로 받쳐들고 흔들었다. 그가 다시 두 사람을 힐끗 보니 몰래 웃고 있었다. "웃지 마라! 너희도 늙으면 알게 될 거야! 너희는 젊고 힘도 세고 손발도 민첩하잖아. 나는 노인이고!"

그는 양손으로 받쳐든 물건을 어디에 두어야 할지 몰라 한바퀴

빙 돌았다. 리쯔룽이 급히 받아다가 마웨이에게 건네며 품명을 붙이고 장부에 쓰라고 했다. 그러나 마웨이는 그걸 건네받더니 그냥 옆에다 내려놓았다.

"내 담배쌈지는?" 마쩌런이 물었다.

"못 봤는데요. 종이 밑에 있지 않을까요, 아마도?" 그들이 약속이나 한 듯 말했다.

마쩌런이 종이를 한장 한장 들춰보았지만 담태쌈지는 없었다.

"신경 쓰지 마라! 내가 찾을 거야! 자주 담배쌈지를 잃어버리니까!"

온 가게를 다 뒤졌지만 찾을 수 없었다.

"이상하네! 바쁠수록 일이 꼬인다니까. 정말!"

그때 방금 포장을 마친 물품이 그의 눈에 들어왔다. 마쩌런은 아무 말 없이 포장을 뜯은 다음, 담배쌈지를 꺼냈다.

"마웨이, 나 먼저 가마! 너희도 너무 늦지 마라!"

그가 나가자마자 리쯔룽이 펄쩍 뛰며 숨 넘어가게 웃었다. 마웨이는 웃다가 잉크병을 쓰러뜨리고 말았다.

"리 형! 제가 아버지께 드린 물품은 필요 없는 것이었습니다. 아무도 사지 않은 물건이죠. 저는 아버지가 포장을 제대로 못하리라는 걸 분명히 알았습니다. 그렇지 않다면, 제가 왜 물품을 그냥 옆에 내려놓고 품명을 붙이지 않았겠습니까!"

"포장을 하신다고, 치, 헛수고지, 하하하, 담배쌈지! 하, 하, 하……"

두 젊은이는 십오분, 어쩌면 그보다 더 으랫동안 웃었다.

3

성탄절 전야의 런던은 남녀노소 하나도 빠짐없이 거리로 나온 듯 북적거렸다. 시장의 물건들이 버려지기라도 한 듯, 사람들마다 물건을 한아름씩 안거나 메고 다녔다. 경찰을 제외하면, 거리에서 빈손으로 오가는 사람을 찾아볼 수 없었다. 버스와 전차 회사는 모든 차량을 내보냈다. 그렇게 했는데도, 노부인들은 차를 탈 수 없었다. 또 들고 가던 물건들이 쏟아져 거리에 나뒹굴기도 했다. 우체부들은 우편배달 주머니로도 모자라 별도로 수레 끄는 사람을 고용해 집집마다 소포를 배달했다. 런던에 사는 사람들 가운데 일부는 지인들에게 선물을 부친 다음 차를 타고 시골에 가서 휴가를 보내기도 했다. 동시에 시골 사람들도 차를 타고 런던으로 와 며칠 즐겼다. 그래서 시골을 오가는 도로에도 차들이 가득했다.

날은 흐리고 바람은 차가웠지만, 실제 그렇게 느끼는 사람은 없었다. 거리의 가게마다 새로 설치된 오색 전구가 상품을 휘황찬란하게 비추었다. 하나같이 즐거운 기색이 역력했다. 붉고 커다란 털모자를 쓰고, 선물 보따리를 안고 있는 '산타클로스'가 여기저기에 걸렸다. 사람들은 상품만 바라볼 뿐, 어두운 하늘빛을 잊어버렸다. 인파 속을 비집고 다니다보면 온몸에 땀이 나서 그 누구도 "바람이 차네!"라고 말할 여유가 없었다.

사람들은 모든 것을 잊어버렸다. 정치, 사회, 소송, 고민, 의견…… 모두 잊어버렸다. 사람들은 갑자기 어린아이가 된 듯했다. 누구나 친구들에게 새로운 물건을 선물하려고 했고, 동시에 쓸 만한 선물을 받고 싶어했다. 모두들 마음이 한없이 넓어졌고, 아무런 걱정이 없어 보였다. 단지 좋은 걸 먹고 마시며, 여유가 있으면 가난한 사람들과 나누려는 생각뿐이었다. 그날 저녁은 정말로 '구세주'가 강림한 듯, 온 세상이 평화로웠다.

가게들은 밤이 깊어서야 문을 닫았다. 자동차와 전차는 아침까지 거리를 오갔으며, 차 안은 사람들로 만원이었다. 골목도 큰길처럼 밝았다. 집집마다 크리스마스트리를 만들고 알록달록한 장식들로 꾸몄다. 가난한 집 아이들은 집집마다 돌아다니면서 크리스마스캐럴을 부르며 돈을 구걸했다. 부잣집 아이들은 산타클로스가 가져다줄 선물을 기다리느라 밤이 깊도록 잠들지 못했다. 빈부 차이는 있지만 그날만은 누구나 공짜로 선물을 받을 수 있으니, 사람들의 마음은 실제로 예수가 태어나기라도 한 것처럼 즐거웠다. 밤새 울리는 교회 종소리와 캐럴은 종교가 없는 사람에게도 장엄하고 온화한 느낌을 주었다.

마쩌런은 이미 열흘 전에 크리스마스 선물을 사서 지인들에게 부쳤다. 미리 사두었다가 성탄절 당일에 직접 전하는 것은 어쩐지 낯간지럽기 때문이었다. 다만 웬델 모녀의 선물은 아직 서재에 있었다. 웬델 부인이 성탄절에 가져오라고 했기 때문이다. 선물을 보내고 나서 그는 매일 보답으로 보내오는 선물만을 기다렸다. 우체부가 문을 두드리면, 그와 나뽈레옹이 앞다퉈 달려나갔다. 성탄절 이틀 전에 그 앞으로 선물이 도착했다. 에번스 목사는 성경책을, 에번스 부인은 찬송가책을 보내왔고, 캐서린은 손수건 한 세트를 보내왔다. 그는 폴에게 여송연 한 갑을 보냈는데, 돌아온 건 크리스마스카드뿐이었다. 영국인들은 보통 선물을 주고받지만, 폴은 마쩌런을 무시했기 때문에 일부러 보내지 않았다. 마쩌런은 성경책과 찬송가책, 카드를 돌려보내버리려다 생각을 바꿨다.

"캐서린을 봐서 관두자!"

그 며칠 동안 마쩌런은 가게에 한번도 나가지 않았다. 가게에는 그가 거들 수 있는 일이 없었기 때문이다. 그가 할 수 있는 일이라고는 손님이 오면 문을 열어주고 인사를 한 다음 배웅하는 일뿐이었다. 몇몇 노부인이 "저 노인은 정말 단정하고 상냥해!"라고 말했지만, 마쩌런의 생각은 달랐다.

"당신이 사장이라면, 문 열어주는 일만 하겠어?" 그가 혼자서 중얼거렸다. "나는 마웨이 네가 훌륭하다고 생각한다. 그러나 잊지마라. 나는 네 아버지다! 아버지에게 가게 문이나 열게 하고, 인사나 시키다니!"

마쩌런은 울컥해서 가게에 나가지 않았다.

혼자서 하릴없이 거리를 거닐며 바쁜 사람들을 볼 때마다 마쩌런은 마음이 불편했다. '중국에 있다면 얼마나 좋을까! 명절을 쇨 때는 나도 저렇게 바쁘겠지! 외국에서 명절을 쇠니, 사람들이 아무리 좋아해도 즐겁지가 않아! 부자가 될 때까지 기다리자. 돈을 벌면 돌아가서 명절을 보내자!' 바쁜 사람들을 볼수록, 더욱 고향이 그리웠다. 고향 생각을 할수록, 사람들이 그의 발을 밟아댔다. '돌아가자. 돌아가서 웬델 부인이나 돕자.'

그는 여유를 부리며 집으로 돌아왔다.

웬델 부인은 발이 뒤집히고, 머리가 울리며, 코가 붉어질 정도로 바빴다. 카펫을 털고, 탁자를 닦았으며, 아궁이에서 문고리까지 구리로 된 것이라면 빠뜨리지 않고 기름칠을 했다. 방마다 걸린 그림 액자는 사철나무 잎으로 장식했고, 남편의 사진 앞에는 국화 한 다발을 놓았다. 거실 전등에는 아직까지도 하얀 남천촉[28] 가지 두개가

28 관상용 상록 관목으로, 겨울철 푸른 가지에 붉은 열매가 탐스럽게 매달려 크리스마스 장식으로 흔히 쓰인다. 서양에서는 이 열매를 연인의 침대에 넣어두면

걸려 있었다. 어린아이가 없기 때문에 크리스마스트리는 준비하지 않았지만, 그래도 일고여덟 칸 방마다 얼마간 장식을 했다. 어떤 곳은 알록달록한 장식으로 꾸미고, 어떤 곳은 초롱을 매달아 기쁨이 넘쳐 보이게 꾸몄다. 크리스마스 케이크와 과일을 넣어 만든 디저트를 굽느라 수시로 주방 오븐도 들여다봐야 했다. 그녀는 아래층과 위층을 제비처럼 날아다녔다. 낮에는 바삐 움직이고, 밤에는 축하 카드를 쓰거나 선물을 준비하느라고 얼굴에 분도 찍어 바르지 못할 만큼 바빴다. 메리는 명절 준비로 가게 일이 바빠서 일찍 나갔다 늦게 돌아왔기 때문에 어머니를 도울 수 없었다. 나뽈레옹은 아래층과 위층을 어지럽게 뛰어다니며 알록달록한 장식을 보고 몇번 짖고, 작은 초롱을 보고 또 몇번 짖었다. 주인이 다른 곳에 있는 틈을 타 주방에 들어가서 껍질을 벗긴 호두 한두알을 훔쳐 먹기도 했다.

"웬델 부인!" 마쩌런이 문을 들어서며 소리쳤다. "웬델 부인! 제가 도와드릴 일이라도?"

"마 선생님, 감사합니다!" 웬델 부인이 작고 붉은 코를 닦으며 말했다. "우선 나뽈레옹을 데리고 나가 놀아주세요. 방해만 되니까요."

"좋습니다, 웬델 부인! 나뽈레옹! 이리 온!"

마쩌런은 개를 끌고 나가 동네를 한바퀴 돌았다. 다행히 아이들이 따라다니며 성가시게 굴지 않았다. 왜냐하면 크리스마스를 보내는 데 정신이 팔려 소란을 피울 시간이 없었기 때문이다. 돌아오는 길에 대문 앞에서 알렉산더를 만났다. 그는 꽤 많은 물건을 안

사랑이 이루어진다고 믿는다.

고 있었다. 쌓아올린 상자가 크고 붉은 코에 닿을 정도였다. 그가 멀리서 소리쳤다.

"마 선생님! 마 선생님! 맨 위에 있는 상자 좀 내리십시오. 바로 당신 선물입니다!"

마쩌런이 상자를 내렸다. 나뽈레옹도 다가와 알렉산더의 발밑에서 쿵쿵거렸다.

"마 선생님 선물도 잘 받았습니다!" 알렉산더가 크게 소리쳤다. "어떻습니까, 제 집에서 크리스마스를 보내시는 것이? 즐겁게 한잔하시죠!"

"감사합니다! 감사해요!" 마쩌런이 웃으며 말했다. "크리스마스 지나고 바로 가 뵙죠. 그날은 집에서 함께 즐기자고 벌써 웬델 부인과 약속해버렸습니다."

"하하!" 알렉산더가 두어 걸음 걷다, 눈짓을 하며 낮은 소리로 말했다. "마 선생님, 과부가 눈에 들었군요! 잘됐네요! 잘됐어! 좋습니다. 그렇게 하시죠. 크리스마스 이틀 후에 집에서 기다리겠습니다. 꼭 오셔야 합니다! 안녕히 계십시오! 아, 잠깐만요, 밑에서 네 번째 상자를 빼서 웬델 부인에게 전해주십시오. 크리스마스 인사도 대신 전해주시고요. 안녕히 계십시오, 마 선생님!"

마쩌런이 상자를 빼내자 알렉산더가 나머지 상자를 들고 개로開路[29]처럼 걸어갔다.

"웬델 부인!" 마쩌런이 문을 들어서며 다시 소리쳤다.

"네!" 웬델 부인이 위층에서 새된 소리로 외쳤다.

"산책 다녀왔습니다. 당신에게 전할 선물도 가져왔어요."

---

29 크고 무서운 형상으로 만든 종이인형. 악귀를 물리치는 의미로 장례 행렬의 맨 앞에 세운다.

쿵쾅쿵쾅, 웬델 부인이 위층에서 연기처럼 달려내려왔다.

"오!" 그녀가 상자를 받아들고 말했다. "알렉산더가 제게 선물을 했는데, 저는 그에게 줄 게 없어 어떡하죠!"

"걱정 마십시오. 제게 여송연 한 갑이 있으니 포장해서 그에게 보내면 되죠!" 마쩌런은 웃는 눈으로 그녀의 작고 붉은 코를 주시했다.

"그거 잘됐네요! 얼마에 사셨어요? 제가 금액만큼 드릴게요."

"돈은 신경 쓰지 마십시오!" 마쩌런은 계속 그녀의 작고 붉은 코를 보며 말했다. "돈은 신경 쓰지 마시라니까요! 명절에 여송연 한 갑으로 더 잘 지내면 된 거 아닙니까?"

웬델 부인이 웃으며 고개를 끄덕였다.

마쩌런은 강아지를 놓아준 다음 담배를 가지러 위층으로 올라갔다.

성탄절 바로 전날, 마웨이와 리쯔룽은 오후 4시까지 바빴다.

"리 형! 이제 문 닫죠! 놀러 가야죠!" 마웨이가 웃으며 말했다.

"좋아요, 문을 닫죠!" 리쯔룽이 웃으며 대답했다.

"문 앞 전등도 끌까요?"

"끄시죠. 골목 입구의 전광판만 남겨두고."

"리 형, 당신에게 선물을 하고 싶은데, 필요한 거 없으세요?" 마웨이가 물었다.

"마 선생님께서 벌써 구두를 주셨습니다. 그걸로 충분해요!"

"그건 아버지 선물이고요. 저도 꼭 무언가 드리고 싶습니다. 우리 때문에 이렇게 수고하셨으니!"

"마 형." 리쯔룽이 웃으며 말했다. "우리 사이에 인사치레 같은 거 하지 맙시다! 내가 도우러 올 때마다 제 식사를 해결해줬잖아

요!"

"어쨌든, 꼭 선물을 하고 싶습니다. 필요한 게 무엇입니까?" 마웨이가 물었다.

리쯔룽이 아무 말 없이 한참 동안 머리를 만졌다.

"말해요! 리 형!" 마웨이가 다그쳤다.

"굳이 선물을 해야겠다면, 시계 하나 사주십시오." 리쯔룽이 주머니에서 고장난 시계를 꺼내 귓가에 대고 흔들며 말했다. "이 시계 좀 보십시오. 기분 좋을 땐 하루 두시간 정도 빨리 가고, 기분 나쁘면 두시간 정도 느리게 갑니다. 게다가 시침만 있고 분침은 없습니다. 좋아요. 몇 실링 써서 새 시계 하나 사주십시오."

"몇 실링이라고요? 리 형!" 마웨이가 눈을 크게 뜨고 말했다. "기왕에 사려면 좋은 걸 사야죠! 괜히 여기서 실랑이하지 말고 함께 가서 삽시다! 가요!"

마웨이가 리쯔룽을 잡아끌었다. 지금까지 리쯔룽은 두려운 게 없었다. 그런데 그날은 왠지 위축되고 얼굴마저 붉어지는 게 어찌할 바를 모르는 듯했다.

"서둘지 마세요. 먼저 저 고물 자전거를 반납해야 합니다."

"함께 갑시다. 당신이 몰고, 저는 뒤에 타죠."

두 사람은 이리저리 흔들거리며 자전거를 함께 타고 자전거 가게에 도착했다. 자전거를 돌려주고 계산을 했다.

자전거 가게에서 나온 마웨이는 리쯔룽이 틈을 봐 도망갈까봐 그를 잡아끌었다. 두 사람은 가다 서다를 반복했다. 걸으면서도, 멈춰서도 실랑이를 벌였다. 마웨이는 명절에 선물을 하는 게 당연하다고 말했다. 리쯔룽은 선물하는 데 돈을 너무 많이 쓰면 안된다고 했다. 마웨이는 이왕 물건을 사려면 좋은 것을 사야 한다고 했다. 리쯔룽은 고장난 시계를 차고 다닌 지 벌써 삼년이 되었으며, 정말로 좋은 시계를 살 필요가 없다고 했다. 조급해할수록 마웨이는 눈이 커졌고, 리쯔룽은 얼굴이 붉혀졌다.

두 사람은 쎄인트폴 성당 근처 싸구려 거리를 지나 채링크로스에서 다시 피커딜리를 건너 리젠트 가에 도착했다. 마웨이가 먼저 시계방을 발견하고는 곧바로 들어가려고 했다. 리쯔룽이 마웨이를 끌며 도망치려 했다.

"약속했잖아요, 리 형. 이러지 않기로!" 마웨이는 정말로 조급했다.

"대답하세요. 10실링 넘지 않는 걸로 사겠다고. 그러지 않으면 못 들어가게 할 겁니다!" 리쯔룽 역시 정말로 조급해 보였다.

"글쎄, 알았다니까요!" 마웨이가 어쩔 수 없다는 듯 대답했다.

그들은 커다란 시계방에서 10실링짜리 시계를 샀다. 마웨이는 민망함에 얼굴을 붉혔지만, 리쯔룽은 아무렇지도 않은 듯 시계를 주머니에 넣고 군사를 거느린 대원수처럼 허리를 펴고 걸어나왔다.

"마 형, 고맙습니다! 고마워요!" 리쯔룽이 마웨이의 손을 붙잡고 거듭 말했다. "감사합니다! 그런데 저는 선물을 사드릴 수 없습니다! 선물을 사드릴 수 없어요!"

마웨이는 눈물을 흘릴 뻔했다. 그는 아무 말 없이 리쯔룽의 손을 힘주어 잡았다.

"마 형, 금고의 돈은 모두 은행에 맡겼죠?"

"모두 맡겼습니다! 리 형, 내일 어디로 놀러 가실 겁니까?"

"저요?" 리쯔룽이 고개를 저었다.

"내일 우리 집에 오시겠어요?"

"내일은 버스와 전차가 한나절만 운행해서 나오려면 불편하니다!"

"그렇군요. 그럼 모레 오십시오. 같이 연극 보러 갑시다. 명절 내내 바빴는데, 하루 정도 쉬어야죠!"

"좋습니다! 모레 뵙죠! 감사합니다! 마 형!" 리쯔룽이 다시 한번 마웨이의 손을 잡은 다음, 기차처럼 쏜살같이 인파 속으로 뛰어들었다.

마웨이는 리쯔룽이 보이지 않을 때까지 그 자리에 서 있다가 고개를 숙이고 천천히 집으로 돌아갔다.

4

날씨는 여전히 흐렸고, 하늘에는 드문드문 눈꽃이 날렸다. 거리에서 사람과 자동차를 찾아보기도 어려웠다. 남녀노소 모두 집 안에서 성탄을 축하했다.

웬델 부인은 도리 고모를 불러 크리스마스를 보내려고 했지만, 아무런 소식이 없었다. 성탄절 아침의 마지막 우편을 통해 그녀가 보낸 짧은 편지와 선물을 받을 수 있었다. 편지 내용은 다음과 같았다. 중국인과 함께 있으면 안전하지 않다, 성탄절은 기쁘게 즐기는 때인데 스스로 두려움과 위험을 찾아나설 필요는 없을 것 같다.

편지를 본 웬델 부인이 불쾌한 듯 작은 입을 삐죽 내밀었다. 그러나 도리 고모를 탓하진 않았다. 보통 사람 가운데 어느 누가 '중국인'을 '참혹한 살인'과 연계시키지 않던가!

그녀가 입을 삐죽이며 상자를 열었다. 손으로 뜬 털장갑은 그녀를 위한 것이었고, 살구색 양말은 메리 것이었다. 그녀가 딸아이를 불러 모녀가 도리 고모의 선물에 대해 왈가왈부했다. 메리는 꽃처럼 화사하게 화장을 했다. 붉은 립스틱을 적절히 발랐고, 눈썹과 속눈썹은 검게 칠했다. 보조개 주변에는 붉고 촉촉하게 연지를 발랐는데 그 모습이 마치 수줍어하는 두 송이 해당화 같았다. 예쁜 딸아이를 보며 기분이 좋아진 웬델 부인이 입을 삐죽이는 대신 환히 웃으며 메리의 이마에 가볍게 입을 맞췄다. 도리 고모의 선물을 정리한 모녀는 성탄 만찬을 준비하기 위해 서둘렀다. 지지고 볶는 일은 모두 웬델 부인 몫이었다. 메리는 하얀 손가락을 펼친 채, 불에서 멀리 떨어져 과일 속을 파내거나 접시 같은 것을 날랐다. 과일 속을 파내기 바쁘게 먹느라 붉은 보조개가 잠시도 쉬지 않고 올록볼록 움직였다.

마쩌런은 아침을 먹은 다음 담배를 피우러 거실에 나왔다. 그 핑계로 성탄 만찬이 어떻게 생겼는지 미리 구경하려고 했지만, 앉은 지 십오분도 되지 않아 웬델 부인에게 쫓겨났다.

"서재로 가세요!" 웬델 부인이 미소를 지으며 말했다. "잠시 후에 이곳에서 식사를 할 거예요. 벨소리가 들릴 때까지 내려오지 마세요. 알았어요?"

마쩌런은 영국 여성들이 사사건건 잘난 체하는 것을 알았다. 그들은 조금이라도 좋은 것이 있으면 불시에 꺼내 놀라게 하고, 박수를 유도했다. 그는 담뱃대를 물고 웃으며 위층으로 올라갔다.

"식사할 때, 준비해둔 선물을 가지고 오세요." 메리가 어머니 대신 말했다. "마웨이는요?"

"마웨이! 마웨이!" 웬델 부인이 아래층에서 소리쳤다.

"여기 있습니다. 왜요?" 마웨이가 위층에서 대답했다.

"식사 시간이 되기 전에 거실로 내려오면 안돼, 알았어?"

"네. 그럼 저는 나뽈레옹을 데리고 나가 한바퀴 돌고 오겠습니다. 괜찮겠습니까?" 마웨이가 내려와 물었다.

"좋지, 가봐라! 1시에는 식사할 거니까, 늦지 마!" 웬델 부인이 개를 마웨이에게 넘기며, 그 귀에 가볍게 입을 맞췄다.

마웨이가 개를 데리고 나갔다. 웬델 모녀는 아래층에서 바빴다. 마쩌런은 혼자서 담뱃대를 문 채 서재에 앉아 있었다.

'성탄절! 교회에 가봐야겠지!' 마쩌런이 생각했다. '내일 에번스 목사님을 만나서도 말하기가 좋고…… 에번스 목사님! 명절에 성경책이나 선물하다니. 차라리 조그마한 노리개나 선물할 것이지. 명절 기분이 전혀 안 나잖아! 성경책은 먹을 수가 있나, 마실 수가 있나! 바보 같으니라고!'

마쩌런은 교회에 가지 않기로 결심했다. 그러고는 웬델 모녀에게 줄 선물을 가져와 포장을 열고 살펴보았다. 다시 포장을 하려고 보니 선물을 묶은 끈이 너무 거칠고 보기 흉해서, 담뱃대를 문 채 가는 끈을 찾아 집 안을 뒤졌지만 찾지 못했다. 그는 서재로 돌아와 한참 생각했다. '옳지!' 그는 마웨이의 방으로 가 붉은 잉크로 끈을 붉게 물들인 다음 난롯불에 말렸다. '붉은색이 눈에 잘 띄어 여성들이 좋아하겠어!' 말린 끈으로 다시 상자를 묶어 탁자에 올려두었다. 그러고 나서 붉은 잉크병을 제자리에 가져다놓았다. 마웨이의 방이 새삼스레 눈에 들어왔다. 마웨이의 작은 책상에는 책이 가득했다. 마쩌런은 언제 샀는지도 알지 못하는 것들이었다. 벽에는 작은 리쯔룽의 사진이 걸려 있었다. 사진 속에서도 그는 머리는 산발한 채 천박하게 웃고 있었다. 마쩌런이 사진을 향해 재채기를 했다. 침대 밑에는 상자와 신발, 스케이트화가 쌓여 있었다. '이놈 봐라. 별걸 다 하네, 스케이트까지 배우고! 얼음은 위험한데. 돌아오면 한마디 해야겠군. 다시는 스케이트 타러 가지 말라고! 그렇지. 갑자기 얼음 구덩이에 빠지면 그걸로 끝이잖아!'

마쩌런은 서재로 돌아가 벽난로에 석탄을 넣은 다음 앉아서 담배를 피웠다.

'뭔가 빠뜨린 것 같은데, 뭐지?' 그는 담뱃대로 이마를 치며 생각했다. '뭐지? 오! 형의 무덤에 꽃을 보내는 걸 잊어버렸군! 늦었다, 늦었어! 오늘은 성탄절이라 모두가 쉬는 날이니 나가봐도 꽃을 살 수 없을 거야! 사람이란 늙으면 아무 쓸모 없다니까! 줄곧 생각하고, 또 생각하고 있다가 결국 잊어버렸네…… 돈을 벌면, 형의 영구를 돌려보내자! 조금이라도 일찍 집으로 돌아가자! 만약 내가 그녀와…… 아니! 아니야! 아니라고! 마웨이에게 서양인 어머니를 얻어주는 건 미안한 일이지! 그녀를 얻게 되면, 귀국할 필요가 없어지는 거잖아! 돌아가지 않으면 안되지! ……그러나 서양 여성들은 정말 예쁘단 말이야! 그녀가 완벽하게 예쁜 건 아니지만, 세련되긴 하지! 맞아, 서양 여성들이 중국 여성들보다 강해. 누구나 예쁘게 생긴 건 아니지만, 적어도 건강한 몸을 가지고 있고. 허리면 허리, 다리면 다리, 하얀 가슴을 드러내놓고 다니지. 팔은 작은 연뿌리 같고…… 아! 위대한 성탄절에 쓸데없는 생각은 그만하고 좋은 일이나 생각해보자. 이따가 뭘 먹는다고 하지 않았었나? 아마도 칠면조겠지. 맛이라곤 없는! 그러나 차가운 소고기가 아닌 것만으로도 고마운 일이지……'

칠면조구이 냄새가 문틈으로 스며들었다. 매우 향긋했다. 브랜디 냄새도 섞여 있었다. "아! 오늘은 한잔할 수 있겠구나!" 마쩌런이 침을 삼켰다.

마웨이는 나뽈레옹을 데리고 리젠트파크를 크게 한바퀴 돌아

12시 30분이 되어서야 돌아왔다. 강아지를 아래층에 내려놓고 그는 위층으로 올라와 손을 씻고 신발을 갈아신으며 식사할 준비를 했다.

"마웨이!" 마쩌런이 불렀다. "이리로 와봐라!"

마웨이가 서재로 들어갔다.

"마웨이!" 마쩌런이 말했다. "너는 언제쯤 우리가 귀국할 수 있을 것 같으냐?"

"또 고향이 그리우십니까, 아버지!" 마웨이가 불가에서 손을 쬐며 말했다.

마쩌런은 말이 없었다.

"내일 저와 연극 보러 가시죠, 어떻습니까?" 마웨이가 물었다. 얼굴은 여전히 난롯불을 향하고 있었다.

"너희가 거리를 날듯이 다니면, 나는 쫓아가지도 못해." 마쩌런이 말했다.

두 사람은 더 할 말이 없었다.

탁자 위의 종이 상자를 보고 마웨이가 자기 방에서 선물을 가져와 그 옆에 나란히 올려놓았다.

"너도 선물을 준비했니?" 마쩌런이 물었다.

"그럼요! 여성들은 선물을 좋아하니까요." 마웨이가 웃으며 말했다.

"여성들." 마쩌런이 여기까지 말하고 멈췄다.

아래층에서 벨이 울렸다. 선물을 안은 마웨이가 마쩌런의 뒤를 따라 아래층으로 내려갔다.

웬델 모녀가 앉아 있었다. 둘 다 새 옷을 입었고, 얼굴에는 화장을 했다. 나뽈레옹은 피아노 앞 작은 의자에 엎드려 있었다. 목에는 붉은 털실이 묶여 있었다. 피아노 위에는 붉은 양초 두개가 밝혀 있었다. 강아지는 일렁이는 불꽃을 보면서도 거기에 숨어 있는 오묘함을 모르는 듯했다. 마쩌런이 포장한 7실링 6펜스를 강아지 다리 앞에 내려놓았다.

"앉으세요. 신사 여러분!" 웬델 부인이 웃으며 말했다.

마웨이가 선물을 그녀들 앞에 내려놓고 나서 부자는 자리에 앉았다.

탁자에는 새로 고른 꽃무늬 테이블보가 깔려 있었다. 접시와 그릇 밑에는 새로 산 듯한 작은 오색 받침이 놓여 있었다. 탁자 중앙에는 분홍색 국화 화병이 있었고, 꽃잎에는 다섯 색깔의 종잇조각이 매달려 있었다. 화병 양쪽으로 굽이 높은 접시 두개가 놓여 있었는데 하나에는 과일이, 다른 하나에는 호두와 개암나무 열매 등이 담겨 있었다. 접시 바닥에는 솜뭉치가 몇개 깔려 있었다. 탁자 네 귀퉁이에는 붉은 종이에 금테두리를 두른 작은 폭죽이 놓여 있었다. 한 사람에 하나씩 장난감도 있었다. 마씨 부자의 것은 자기로 만든 조그만 여자 인형이었다. 메리의 것은 천으로 만든 인형이었으며, 웬델 부인은 작은 새 한마리였다. 그들 앞에 작은 폭죽이 하나 더 있었다. 냅킨은 술잔 안쪽에 접힌 채 놓여 있었다. 냅킨 가장자리에는 홍두가 몇개 박혀 있었다. 웬델 부인 앞에 놓인 커다란 쟁반에 칠면조구이가 담겨 있었다. 메리 앞에는 햄과 소시지가 든 쟁반이 놓여 있었고, 마쩌런 뒤쪽의 탁자에는 포도주 두 병이 놓여 있었다. 샐러드와 익힌 채소는 모두 마웨이 쪽에 있었다. 그렇게 놓은 것은 그날 만찬에서 모두가 사소하나마 역할을 하도록 하기 위해서였다.

웬델 부인이 칠면조구이를 자르고, 메리는 햄을 잘랐다. 마웨이는 채소 요리를 나누어 담았다. 마쩌런은 술병을 따고 싶었지만 손을 대지 못했다. 앞쪽에 있는 선물도 얼른 열어보고 싶었지만 다른 사람들이 가만있으니 선뜻 나설 수 없었다.

"마 선생님, 술 좀 따라주세요!" 웬델 부인이 말했다.

마쩌런이 술병을 따서 모두에게 따랐다.

웬델 부인이 자른 칠면조구이를 나눠주었다. 그러고 나서 한 사람 한 사람에게 선홍빛 한천 한 스푼과 수프를 주었다. 마쩌런이 보기에 칠면조구이는 먹음직스러웠다. 선홍빛 한천에는 선뜻 손이 가지 않았지만 마음을 고쳐먹었다. '무엇이든 주는 대로 먹자. 묻지 말고!'

술잔을 들고 건배한 다음 모두들 한모금 마셨다. 그리고 칠면조구이를 먹으면서 대화를 나눴다. 메리가 특히 좋아했다. 술이 조금 들어가자 그녀의 얼굴이 금세 보기 좋게 붉어졌다.

칠면조구이를 먹고 나서 웬델 부인이 성탄 푸딩을 가져왔다. 그것을 자르기 전에 그녀는 브랜디 한 스푼을 부었다. 술에 불을 붙이자 푸딩에서 불꽃이 일었다. 그런 다음 모두에게 나눠주었다.

다 먹은 후 메리가 과일 접시를 모두에게 건네주며 원하는 걸 물었다. 마쩌런은 바나나를 골랐고, 웬델 부인은 사과 한개를 가져갔다. 메리와 마웨이는 호두와 개암나무 열매 등을 먹었다. 메리는 펜치로 개암나무 열매를 깼고, 마웨이는 입에 넣고 깨물어 깼다.

"오! 엄마! 마웨이의 이가 얼마나 대단한지 보세요! 개암나무 열매도 깰 수 있어요!" 메리가 중국인의 이를 우러러보듯 눈을 크게 떴다.

"그게 뭐 대단한 거라고. 나를 봐!" 마쩌런도 개암나무 열매 하나를 가져다 와삭 하는 소리와 함께 깨뜨렸다.

"오! 정말 장난꾸러기세요!"술을 한 잔 마시더니 웬델 부인은 평소보다 더 즐거워했다. 그녀가 솜뭉치를 던져 마쩌런의 머리를 맞혔다.

곧이어 메리도 마웨이의 얼굴을 맞혔다. 마웨이가 솜뭉치를 잡아 웬델 부인에게 던졌다. 한참 동안 멍하게 있던 마쩌런은 그제야 솜뭉치가 서로 던지며 노는 것임을 알고, 천천히 하나를 잡아 나뽈레옹에게 던졌다. 나뽈레옹이 솜뭉치를 붙잡고 물어뜯었다. 안에서 붉은 종이 한장이 나왔다.

"마 선생님, 이리 가져오세요. 그건 선생님 모자예요."웬델 부인이 말했다.

마쩌런이 급히 강아지의 입에서 붉은 종이를 뺏었다. 정말 붉은색 종이 모자였다.

"써보세요! 써보시라고요!"메리가 소리 질렀다.

마쩌런이 모자를 쓰고 한바탕 웃었다.

그녀들도 솜뭉치를 펼쳐 종이 모자를 꺼내 썼다. 메리가 다시 한번 솜뭉치를 그들에게 던졌다. 마쩌런의 온몸에 솜털이 묻었다.

웬델 부인이 둥그렇게 모여 폭죽을 터뜨리자고 했다.

"터뜨리세요!"메리가 소리쳤다.

빵! 빵! 빵! 폭죽이 터졌다. 나뽈레옹이 놀라 탁자 밑으로 숨었다. 폭죽 안에 무언가 있었다. 웬델 부인이 작은 호루라기 두개를 주워 한꺼번에 입에 넣고 불었다. 마웨이는 사탕 하나를 얻었다. 마쩌런은 또 종이 모자를 얻어 머리에 쓰고 다시 한바탕 웃었다. 아무것도 얻지 못한 메리는 마쩌런과 함께 다시 한번 폭죽을 터뜨려야 했다. 그가 수염이 난 입을 삐죽이며 메리와 함께 터뜨렸다. 빵! 그녀는 몽당연필 한 자루를 얻었다.

"선물을 열어봐야 하지 않나요?" 마웨이가 물었다.

"아니! 아직은 안돼!" 웬델 부인이 말했다. "함께 서재로 가서 비교해보자. 누구 것이 좋은지!"

"엄마! 서두르지 마세요!" 메리가 말하면서 오른손을 뻗어 엄마에게 보였다.

"메리! 너 워싱턴과 약혼했구나! 메리!" 웬델 부인이 딸아이 손을 잡고 그녀의 통통한 손가락에 낀 금반지를 살폈다. 모녀는 서로 껴안은 채 흥얼거리며 삼분 동안이나 입을 맞췄다.

마웨이의 얼굴빛이 변했다. 마쩌런은 멍청히 서서 입을 맞추고 있는 모녀를 바라보았다. 어떻게 해야 할지 몰랐다.

정신을 차린 마웨이가 가까스로 웃음을 지으며 술잔을 들어 아버지에게 눈짓했다. 마쩌런도 술잔을 들었다.

"메리 아가씨를 위하여!" 말을 마친 마웨이가 술을 한모금 마신 다음 한참 후에 삼켰다.

메리가 자리에 앉아 마쩌런과 마웨이, 어머니를 둘러보았다. 푸른 눈동자에 기쁨의 빛이 넘쳤다.

"엄마! 정말 좋아요!" 메리가 머리를 엄마 가슴에 대고 말했다. "내일 저는 그이 집에 가요. 그이 친척과 친구 들이 정식으로 우리를 축하해줄 거예요! 엄마! 정말 행복해요!"

가볍게 딸아이의 어깨를 두드리던 웬델 부인의 눈에서 눈물이 흘렀다.

"엄마! 왜 그러세요? 우시는 거예요? 엄마!" 메리가 한 손을 뻗어 엄마의 목을 끌어안았다.

"나도 좋아! 메리!" 웬델 부인이 가까스로 웃었다. "메리, 저분들과 함께 이 선물들을 서재로 가져가라. 나는 나쁠레옹 밥 좀 챙겨

주고 갈게."

"마웨이, 들어요!" 메리는 이렇게 말하고 자신과 엄마의 선물을 들고 거실을 나갔다.

마웨이는 아버지를 보고 슬프게 웃어 보인 다음 아무렇게나 물건을 안고 나갔다.

눈을 깜박이던 마쩌런은 아들의 심기가 좋지 않다는 것을 알았지만 위로할 방법이 없었다. 모두 나간 후, 그는 술을 한 잔 더 따라 남천촉이 걸려 있는 전등 밑에서 천천히 마셨다.

웬델 부인이 돌아오자 마쩌런은 황급히 술잔을 내려놓았다. 웬델 부인은 그와 등에 걸린 남천촉을 번갈아 보다가 이내 얼굴이 붉어져 두어 걸음 뒤로 물러났다. 갑자기 목이 꼿꼿해지고, 얼굴은 더욱 붉어졌다. 그 순간, 그녀는 재빨리 앞으로 다가와 마쩌런의 얼굴을 붙들더니 키스를 했다.

마쩌런의 얼굴이 순식간에 달아올랐다. 몸도 미세하게 떨렸다. 그는 얼어붙어버린 입술로 미소를 지어 보이고는 서둘러 위층으로 올라갔다.

잠시 후 웬델 부인도 위층으로 올라왔다.

모두 잠이 든 한밤중에 웬델 부인은 침대에서 남편의 사진을 끌어안고 몇번이나 입을 맞췄다. 눈물이 방울방울 떨어졌다.

"미안해요, 여보! 어쩔 수 없었어요! 저는 외로워요! 메리도 떠나버리면, 저와 함께할 사람이 없어요! 저를 용서하세요. 여보! 가장 사랑하는 당신! 저는 요 몇년을 버텼어요. 더이상 견딜 수 없어요! 쓸쓸해요! 외로워요! 저를 용서하세요……"

그녀는 사진을 끌어안고 잠이 들었다.

5

성탄절 다음 날 아침, 하얀 서리가 내렸다. 햇빛이 엷은 구름 사이로 고요히 비쳤다. 볕이 났기 때문에 사람들 모두 밖으로 나왔다. 성탄절에 너무 많이 먹은 부자나 형제들은 다리를 드러내놓고 교외에서 달리기를 했다. 장거리 달리기가 소화제보다 나은 모양이었다. 아내와 자식들을 데리고 부모님을 만나러 간 사람들도 있었다. 아이들은 새로 산 티가 나는 새 옷을 입고 선물로 받은 장난감을 조부모에게 자랑하기도 했다. 간밤에 늦게 잔 사람들은 정오가 되도록 이불 속에서 뭉그적거렸다. 술을 많이 마신 탓인지 머리가 아팠다. 일찍 일어나 서둘러 점심을 준비하면서 연극이나 영화, 마술, 잡기, 서커스 등을 보러 가려는 사람들도 있었다. 그들은 어떻게든 더 놀아보려는 것이 분명했다.

늦잠을 잔 웬델 모녀가 아침식사를 끝낼 즈음 리쯔룽이 찾아왔다. 그의 코는 빨갛게 얼어 있었다. 모자에는 나뭇가지에서 떨어진 서리가, 외투에는 흙이 묻어 있었다. 새 신발—마쩌런이 선물한 것이었다—을 신은 탓에 집을 나서자마자 미끄러졌기 때문이다. 하도 자주 넘어져서 일어난 다음에도 흙을 떨지 않았다. 그가 일찍 일어난 이유는 해가 일찍 떴기 때문이었다. 그가 일찍 나온 이유는 마웨이가 그에게 사준 시계가 이십여분 빠르게 가기 때문이었다. 리쯔룽은 새 시계와 헌 시계를 모두 차고 있었다. 어느 것이 더 빠르게 가는지 비교하기 위해서였다. 시간은 본래 인간이 만든 것인데, 좀더 빨리 가게 하지 못할 이유가 무엇인가! 그러면 생활이 더 바쁘고 혼란스러워질 것이다. 만약 시간을 신경 쓰지 않는다면, 천천히 가게 하라. 그렇다고 목숨이 다했는데도 죽지 않을 수 있겠는가!

"마 형! 갑시다!" 리쯔룽이 문밖에서 말했다.

"들어오세요. 잠시 앉아요, 리 형!" 마웨이가 문을 열며 말했다.

"아닙니다. 연극을 보려면 일찍 가서 표를 사야 해요. 표를 사지 못하면, 서커스나 영화를 보러 가면 되죠. 그러나 늦으면 그마저도 들어갈 수 없어요! 갑시다! 빨리!"

마웨이가 다시 들어가 외투와 모자를 걸치며 뛰어나왔다.

"먼저 피커딜리로 가서 표를 삽시다!" 리쯔룽이 말했다.

"좋습니다." 마웨이가 대답했다. 눈썹을 찌푸린 그의 얼굴은 침울해 보였다.

"또 왜 그러세요, 마 형." 리쯔룽이 물었다.

"뭐가요? 아무 일도 없습니다. 어제 좀 과식했나봅니다!" 마웨이는 손을 외투 주머니에 넣고 곧장 걸어갔다.

"아닌 것 같은데요!" 리쯔룽이 마웨이의 얼굴을 보며 말했다.

마웨이는 고개를 저었다. 리쯔룽이 미웠다. 리쯔룽이라는 사람은 존경할 만하고 좋아할 만한 점도 있지만, 이럴 땐 정말 밉단 말이야!

사실 그들은 서로 전혀 미워하지 않았다. 서르 좋아하기 때문에 종종 미워하는 것처럼 보였을 뿐이다.

"또 메리와 관련된 일이죠?" 정말 마웨이가 듣기 거북한 말이었다.

"상관하지 마세요!" 리쯔룽에게 마웨이의 대답은 더욱 거북했다.

"아뇨, 꼭 상관해야겠네요!" 그러고는 리쯔룽이 히히히 웃었다. 마웨이는 말이 없었다. "마 형! 사업이 이제 겨우 희망이 보이는데, 또다시 그러십니까. 정말로 사업과 책임, 희망, 포부를 내팽개치실 겁니까!"

"저도 알고 있습니다!" 마웨이의 얼굴이 붉어졌다. 그가 리쯔룽을 흘겨봤다.

"그녀가 당신을 사랑하지 않는데, 왜 헛수고를 하려고 합니까!"

"안다고요!"

"그럼 한가지 묻죠! 당신이 무얼 아는데요?" 리쯔룽은 대답 한마디 듣지 않고도 마웨이의 속마음을 꿰뚫었다. "저는 바보라서 고지식합니다! 여인 때문에 사업을 희생시킬 수 없습니다! 현실을 똑바로 보세요! 상황 파악을 하라고요! 눈앞에 쌓인 일을 처리하지 않으면, 당신네 부자가 잘되겠습니까? 아직 이 정도도 모르세요?"

"당신은 바보라서 사랑을 알지 못합니다!" 마웨이는 하늘만 쳐다보았다. 구름이 해를 완전히 가리지는 않았다.

"그래요! 저는 바보입니다. 만약 날 사랑하지 않는 여인을 사랑하게 된다면!" 리쯔룽은 말하면서 온몸에 힘을 주었다. 새 신발의 바닥이 딱딱해 또 넘어질 뻔했다.

"됐습니다! 됐어요! 그만하시죠!"

"됐다고요? 저와 말다툼만 했을 뿐, 진심은 한마디도 없었는데요! 충분하다고요?"

"당신이 미워요, 리쯔룽!"

"저도 당신이 싫습니다. 마웨이!" 리쯔룽이 웃었다.

"방법이 없네요. 말씀드리는 수밖에!" 마웨이가 엷은 미소를 지었다. "리 형. 그녀가 다른 사람과 약혼했어요!"

"그게 당신과 무슨 상관입니까?"

"저는 줄곧 그녀를 잊을 수 없었습니다. 잊을 수 없었다고요! 두세달 동안 잊어보려 했습니다. 그녀를 만나도 일부러 쳐다보지 않았습니다. 그래도 안되더군요! 안되더라고요! 그녀는 항상 제 마음 깊은 곳에 숨어 있었습니다! 저도 저의 책임과 할 일을 압니다. 그녀가 저를 사랑하지 않는 것도 알고요. 그런데 그녀를 잊을 수 없습니다. 그녀가 약혼을 했다니 마음이 찢어지는 것 같습니다! 마음이 찢어지더라도 소용이 없다는 건 저도 알아요. 하지만……" 그가 땅을 보며 차갑게 웃었다. 그리고 입을 다물어버렸다.

리쯔룽도 아무런 말이 없었다.

한참을 걷다 리쯔룽이 웃으며 말했다.

"마 형, 당신의 억울함을 압니다. 그래서 더더욱 당신을 설득할 방법이 없습니다! 당신이 노력을 하지 않은 것도, 그녀를 잊으려고 시도하지 않은 것도 아니니까요. 그런데 전혀 소용이 없었죠. 저도 정말 방법이 없습니다! 이사하십시오. 그녀를 떠나세요. 어떻습니까?"

"아버지와 상의해봐야겠습니다!"

피커딜리 극장에 도착한 두 사람은 표를 사러 몇군데 돌아다녀 봤지만 살 수 없었다. 성탄절 이후 처음 여는 것이라 모든 표가 일찌감치 매진되었기 때문이다. 두 사람은 근처 식당에서 식사를 한 다음 올림피아로 가서 서커스를 보았다.

리쯔룽은 무엇을 보든 웃었다. 원숭이가 말을 타는 것도, 사자가 둥근 링 안으로 뛰어드는 것도, 백곰이 자전거를 타는 것도, 당나귀가 춤을 추는 것도 모두 재미있었다. 다만 웃음기 없는 마웨이의 얼굴을 보니 미안해져 속으로만 웃었다.

서커스가 끝나고, 두 사람은 차를 마시러 갔다.

"마 형! 그래도 분발해서 일해야 합니다!" 리쯔룽이 말했다. "희망이 보이는데, 정신이 해이해져 망칠 수는 없죠! 몸을 열심히 움직여 우울한 걸 극복하려고 시도했잖아요. 다시 한번 해보세요! 게다가 그녀가 약혼을 했으니 이제는 아무런 희망이 없잖아요. 왜 굳이 쇠뿔을 뚫으려고 하십니까! 마 형! 오늘 고마웠어요. 다음에 뵙죠!"

"다음에 뵙겠습니다. 리 형!"

마웨이가 집으로 돌아왔을 때, 웬델 부인과 그의 아버지가 서재에 앉아 대화를 나누고 있었다.

"하이, 마웨이!" 그녀가 웃으며 말했다. "뭘 보았어? 좋았어?"

"서커스 봤어요. 재미있었습니다!" 마웨이가 앉으며 말했다.

"우리도 보러 가야겠는데요. 올해의 서커스가 최고라던데!"

'우리?' 마웨이는 생각했다. '마 선생님이라고 하지 않다니! 이상한데!'

"우리가 토요일에 가면 메리도 데려갈 수 있겠죠?" 마쩌런이 웃으며 말했다.

'또 '우리'라고 하네.' 마웨이가 생각했다.

"잊지 마세요!" 웬델 부인이 멋쩍어하며 나갔다.

"아버지! 우리 이사해요. 살 곳을 바꿔요. 네?" 마웨이가 말했다.

"왜?" 마쩌런이 말했다.

"특별한 이유는 없어요. 환경이 바뀌면 마음도 새로워지지 않을까 해서요."

마쩌런이 벽난로에 석탄 두 덩어리를 넣었다.

"아버지가 원하지 않으시면, 안 들은 걸로 치세요. 이사하든 안 하든 큰 관계는 없으니까요!"

"나는 이곳이 좋다. 왜 쓸데없이 고민하고 돈을 쓰냐! 그리고 웬델……" 마쩌런이 말을 멈추고 헛기침을 두어번 했다.

부자는 말이 없었다. 아래층에서 메리가 노래를 불렀다. 피아노 연주는 엉망이었지만, 그녀의 목소리는 매우 맑았다. 마웨이가 일어나 방 안을 서성였다.

"마웨이!" 마쩌런이 낮은 소리로 말했다. "너 큰아버님이 주신 반지, 내게 줄래?"

"제가 언제 드린다고 했습니까? 아버지!"

"나에게 주지그래?"

"그건 큰아버님께서 주신 유품이니 제가 가지고 있겠습니다. 사실 반지 하나가 뭐 그리 대단하겠습니까만! 아버지! 그게 왜 필요하십니까? 끼실 것도 아니면서."

"쓸데가 있다. 마웨이!" 마쩌런의 얼굴이 천천히 붉어졌다. 말도 조금 더듬었다. "그렇게 됐어. 내가 쓸데가 생겼다. 그래. 너는…… 웬델 부인! 방법이 없었다. 너에겐 미안하게 됐구나! 어쩔 수 없었어! 그녀…… 너는 어떻게 생각하냐?"

마웨이는 할 말이 많았다. 자신이 생각한 것도, 리쯔룽이 그를 탓하던 것도. 아무튼 많았다! 그러나 그는 말할 수 없었다. 무슨 낯으로 아버지에게 말을 한단 말인가! 리쯔룽은 말을 할 수 있다. 나, 마웨이는 말할 자격이 없다! 게다가 아버지가 웬델 부인을 얻으면 오히려 좋을 수도 있잖아! 그녀는 살림을 잘한다. 젊은 아가씨들처럼 사치스럽지도 않다. 가정이 생기면 아버지도 즐거워서 열심히 장사를 하실 것이다. 그러나 장차 어떻게 귀국하지? 거기까지 생각이 미치자 뜻하지 않던 말이 튀어나왔다.

"아버지, 만약 이곳에서 가정을 이루셔도 귀국하실 건가요?"

마웨이의 질문에 마쩌런이 멍해졌다! 그렇구나. 그걸 미처 생각

못했네! 반드시 귀국해야 한다. 그녀를 데려가? 그녀가 원한다면, 그녀를 어떻게 해야 하지? 갑부라면 문제가 없다. 상하이에 빌딩을 사서 모든 것을 영국처럼 꾸미면 된다. 그러나 나는 부자가 아니다. 그녀가 나를 따라 귀국하면, 사교활동도 못하고 사는 재미도 없을 것이고 언어도 통하지 않고 음식도 맞지 않을 텐데? 잔인한 일이지! 그녀는 죽고 말 거야! 그럼 귀국하지 않고 그녀와 함께 이곳에서 늙어 죽어, 형님 곁에 묻힌다? 아니! 아니야! 아니지! 돌아가야 해! 이곳에서 늙어 죽을 수는 없어! 방법이 없네! 정말 방법이 없어!

"마웨이! 이 반지 가져가라!"

마쩌런이 고개를 숙이고 반지를 마웨이에게 건넸다. 그러고 나서 두 손으로 이마를 붙잡았다. 아무 말 없이.

마쩌런은 정말로 힘들었지만 말할 데도 없었다. 마웨이에게 말해? 안돼! 부자 사이에 무슨 낯으로 그런 걸 이야기해! 에번스 목사님께 말해? 중국어 공부하는 것을 돕지 않는다고 나를 원망하는 마당에, 그를 찾아가는 건 어려움을 자초하는 거지! 말할 데가 없네, 말할 데가 없어! 밤이 늦도록 잠들지 못하고 생각해보았지만 길이 없었다. 그렇다고 고민하지 않을 수도 없었다. 눈을 감고 깊은 잠에 빠졌을 때 공교롭게도 죽은 아내가 꿈에 나타났다. 여인은 죽어서도 점잖지 않다니까! 마쩌런은 여성에 대해 회의감이 들었지만, 소용없었다. 여인은 여인이었다. 그녀들 모두가 '삼선암三仙庵'에 들어가 비구니가 되어도 마찬가지일 거야! 여인들이란!

다음 날 아침에 일어나서도 마쩌런의 머릿속은 하늘에 잔뜩 낀 먹구름처럼 혼란스러웠다. 아침을 먹으면서 마웨이는 한마디도 하지 않았다. 입을 삐죽이며 죽어라고 빵만 씹어댔다. 이를 전부 갈아 버리지 못하는 것을 아쉬워하는 듯했다. 안경 너머로 아들을 곁눈질하던 마쩌런은 마음이 아파 눈길을 돌려버렸다. 정신이 딴 데 팔려 있는 바람에 소금 한 스푼을 차에 부어버렸다. 웬델 모녀는 서커스를 보러 가는 것에 대해 이야기했다. 짙푸른 물에 기름 한 방울을 떨어뜨린 것처럼 푸르고 빛나는 눈으로 메리가 엄마의 코를 주시했다. 그녀는 서커스에 같이 가기로 했다가 뒤늦게 마쩌런도 같이 간다는 얘기를 듣고 빠져나갈 궁리를 하고 있었다. 워싱턴과 영화를 보기로 했다고 하더니, 나중에는 어떤 사람과 춤추러 가기로 했다고 말했다. 그게 귀에 거슬렸는지 마웨이가 울컥해서 접시를 밀어버리고 일어나 나갔다.

"어! 왜 그래?" 웬델 부인이 말했다. 그녀는 놀란 암탉처럼 입을 다물지 못했다.

메리가 어깨를 으쓱하며 웃었다.

마쩌런은 말없이 짠맛 나는 차를 마셨다.

아침을 먹은 마쩌런은 담뱃대를 물고 천천히 밖으로 나갔다.

가게의 80~90퍼센트가 문을 닫은 거리는 침울해 보였다. 마쩌런은 택시를 잡아타고 알렉산더의 집으로 갔다.

알렉산더의 집 대문은 그의 얼굴처럼 크고 붉었다. 마쩌런이 벨을 누르자 쉰살쯤 되어 보이는 노부인이 나왔다. 그녀는 한쪽 눈이 멀어 있었다. 방금 맥주 두 병을 마신 듯, 콧대가 높고 붉었다. 그밖에 눈길을 끄는 것은 없었다.

마쩌런이 말이 없자 노부인도 말이 없었다. 그녀가 고개를 끄덕이자 멀어버린 눈이 무의식적으로 움직였다. 그녀가 안으로 들어가자 마쩌런도 뒤를 따랐다. 두 사람은 말 한마디 나누지 않고도 서로를 완전히 이해한 듯했다.

알렉산더의 서재는 한눈에 들어오지 않을 만큼 넓고 컸다. 가운데 벽에 있는 커다란 벽난로에서 장작이 세상을 붉게 태워버릴 것처럼 활활 타고 있었다. 바닥에 깔린 카펫은 걸을 때마다 발바닥이 묻힐 만큼 두툼했다. 커다란 테이블 하나와 큼지막한 의자 네개가 있었다. 테이블 다리는 코끼리 다리보다 조금 더 굵었다. 등받이 의자는 황제의 보좌보다 조금 낮았다. 벽에는 많은 물건이 걸려 있었는데 그야말로 없는 게 없었다. 사진과 유화, 중국인들이 생일을 축하할 때 쓰는 비단, 보검 몇 자루, 두세개의 커다란 사슴 머리, 뿔 같은 것들이 위협적으로 벽을 채우고 있었다.

알렉산더는 벽난로 앞에 서서 커다란 여송연을 물고 있었다. 카펫에 떨어진 담뱃재가 한 무더기였다.

"하! 마 선생님! 어서 와 불을 쬐십시오!" 알렉산더가 그에게 의자를 당겨주었다. 그러고 나서 노부인에게 말했다. "하딩 부인, '1910' 적포도주 좀 가져다주세요. 고마워요!"

노부인의 멀어버린 눈이 움직였다. 그녀가 몸을 돌려 유령처럼 사라져버렸다.

"마 선생님, 크리스마스는 잘 보냈습니까? 술 한 잔이나 하셨어요? 못하셨을 겁니다! 암요! 그 과부가 기분 좋게 마시는 걸 허락하지 않았을 겁니다! 제 말 이해하시죠?" 알렉산더가 마쩌런의 어깨를 쳤다. 그 바람에 마쩌런은 벽난로 속으로 넘어질 뻔했다.

마쩌런은 정신을 차리고 킁킁킁 웃었다. 알렉산더도 웃었다. 코끼리 다리보다 조금 굵은 테이블 다리가 흔들릴 정도였다.

"마 선생님, 부수입거리가 있는데, 하시겠습니까?" 알렉산더가 물었다.

"무슨 일입니까?" 마쩌런은 '부수입'이라는 세 글자가 탐탁지 않았다. 얼굴은 웃고 있었지만, 콧방귀가 절로 났다.

"우선은 무슨 일인지 묻지 마십시오. 한번에 5파운드입니다. 세 번 해야 하고요. 하시겠습니까?" 알렉산더가 여송연으로 마쩌런의 코를 가리키며 물었다.

문이 열렸다. 먼저 늙고 검은 고양이가 들어왔다. 그 뒤를 하딩 부인이 따랐다. 그녀는 작은 쟁반에 포도주 한 병과 유리잔 두개를 받쳐들고 있었다. 쟁반을 테이블에 내려놓고 그녀가 술을 따랐다. 그러고는 멀어버린 눈을 굴리며 방을 나가면서 검은 고양이를 밟고 말았다.

"마 선생님, 드십시다!" 알렉산더가 잔을 들고 말했다. "진짜 1910입니다! 무슨 말인지 아시죠? 그건 그렇고, 아까 말한 그 일 하실 겁니까? 한번에 5파운드입니다!"

"도대체 무슨 일입니까?" 마쩌런이 술을 한모금 마시고 물었다.

"영화에 출연하는 겁니다."

"제가 영화에 출연하다니요! 농담하지 마십시오!" 마쩌런이 포도주 잔을 들여다보며 말했다.

"전혀 어려운 일이 아닙니다!" 알렉산더가 자리에 앉은 다음 두 다리를 작은 배처럼 벽난로 앞에 모았다. "저는 요즘 영화사에서 영화의 배경을 쓰고 있습니다. 동양과 관련된 풍경을요. 동양에 상당 기간 머물러본 경험 때문에 그들보다 잘 아니까요. 지식은 쌓은 만큼 돈을 벌어다 줍니다. 지식을 금전으로 변환해야 유용한 것이죠. 본론으로 돌아가서, 그들은 지금 상하이 이야기를 찍고 있습니다. 그래서 영화에 출연시킬 중국인들을 동런던에서 구했는데 모두 코가 낮고 눈이 작은 사람들이죠. 어떤 사람들인지 아시죠? 당연히 그 사람들은 한패가 되어 소란을 피웠죠. 진짜 중국을 제대로 그려 영화를 만들라고요. 그들의 코와 눈의 생김새는 전혀 상관이 없습니다. 감독은 그 사람들과 양 떼를 전혀 구분하지 않습니다. 시골 풍경을 찍을 때면 그들은 양 떼가 되어야 하고, 상하이를 찍을 때는 중국인이 되어야 하죠. 제 말뜻 아시겠죠? 다시 말하면, 그들은 체면을 중시하는 중국 노인을 찾고 있습니다. 중국의 부상富商을 연기할 만한. 특별히 연기할 것도 없습니다. 점잖게만 생겼으면 됩니다. 촬영장에 섰을 때 사람처럼만 보이면 됩니다. 세 장면을 연기하면 되고요. 한번에 5파운드입니다. 하시겠습니까? 연기랄 것도 없어요. 감독이 어디에 서 있으라고 하는 데 서 있고, 걸으라고 하면 몇 걸음 걸으면 됩니다. 쉽습니다! 제 말뜻 아시겠죠? 15파운드를 거저 얻는 겁니다! 어떠세요?"

말을 할수록 알렉산더의 목소리가 커졌다. 그는 단숨에 말을 마치고 술 한 잔을 들이켰다. 목구멍에서 꿀꺽꿀꺽 소리가 났다.

알렉산더의 말을 들은 마쩌런은 속으로 계산했다. '결국 그녀를 들이지 않을 수 없게 되었구먼. 그렇다면 반드시 그녀에게 반지를 선물해야겠지. 가게에서 돈을 꺼내 오면, 마웨이가 별말 없더라도 리쯔룽이 분명 마웨이에게 좋지 않은 생각을 부추기겠지. 어렵지 않은 연기를 해서 15파운드를 벌어 그녀에게 반지를 선물하는 것도 나쁘진 않겠는데! 영화 출연이 체면을 깎는 일이라고는 할 수 없지. 그보다 동런던의 중국 사람들과 부대끼는 게 품위가 깎이는 일인데! 품위가 깎이는 거야! 그러나.'

"도대체 하실 겁니까, 안하실 겁니까?" 알렉산더가 마쩌런의 귀뿌리에서 폭탄을 터뜨리듯 말했다. "한 잔 더 하시겠습니까?"

"하겠습니다!" 마쩌런이 귀를 만지면서 고개를 끄덕였다.

"좋습니다. 정한 겁니다! 낼모레 함께 감독을 만나러 갑시다. 자, 한 잔 더 마십시다!"

두 사람은 술 한 병을 비웠다.

"하딩 부인! 하딩—!" 알렉산더가 크게 소리쳤다. "한 병 더 주세요!"

눈이 먼 노부인이 술을 한 병 더 가져왔다. 그녀가 또 검은 고양이를 밟았다. 검은 고양이가 아무 소리도 내지 않고 그녀에게 눈을 부라렸다.

알렉산더가 마쩌런의 귀에 대고 말했다.

"멍청한 고양이 같으니! 소리를 질러도 비키지 않아. 아직도 취했니! 어제저녁에 나와 함께 취하도록 마셨거든요! 부인이 만약 자주 취하지 않는다면, 결코 이곳에 있을 수도 없죠. 하딩 부인의 한쪽 뜬 눈에는 고양이가 보이지 않아요! 제 말뜻 아시겠습니까?"

알렉산더가 웃었다.

마쩌런도 웃었다. 요 며칠간의 걱정거리가 단숨에 날아가버렸다.

6

새해 무렵이 되자 성탄절의 여파가 사그라들어갔다. 거리는 그다지 소란스럽지 않게 북적거렸고, 가게들도 평소처럼 문을 열었다. '즐거운 새해'라는 말만 귓가에 맴돌 뿐, 어디에서도 즐겁고 새로운 분위기를 찾아볼 수 없었다. 날씨 역시 평소처럼 우울했다. 안개가 낀 가운데 빗방울이 떨어져 을씨년스러웠다. 사람들은 풀이 죽은 백로처럼 목을 움츠리고 다녔다.

12월 31일 밤 12시, 거리에서는 종소리와 자동차 경적 소리가 동시에 울렸다. 마웨이는 모자도 쓰지 않고 검은 그림자 속에 혼자 서서 남몰래 눈물을 몇 방울 흘렸다. 첫번째는 고향이 그리웠기 때문이고 두번째는 마음속의 고통 때문이었다. 그는 눈물을 닦고 한숨을 쉬었다.

"그래도 전진해야지! 새해가 밝아온다. 지나간 일은 잊자!"

다음 날 그는 일찍 일어났다. 아침을 먹고 멀리 나가보기로 했다. 새해를 용감하게 시작하려는 의도였다. 아버지에게 자신은 12시 이후에나 들어올 테니, 조금 일찍 가게로 나가시라고 했다.

대문을 나서 버스를 타고 식물원에 갔다. 버스는 한시간 정도 달려 식물원에 도착했다. 입구에는 아무도 없었다. 식물원도 아직 문을 열지 않아 조용했다. 그는 다리로 가서 돌난간을 붙잡고 템스강을 바라보았다. 강물은 잿빛이었다. 강둑의 고목들이 조용히 흔들리는 물결을 지켜보고 있었다. 나무에는 목을 움츠린 채 우짖는 작고 검은 새 몇마리뿐이었는데 무언가 억울함을 호소하는 것처럼 보였다. 강둑을 따라 미끄러지던 작은 배가 물결에 출렁였다. 가만 있기 지루해서 어쩔 수 없이 움직이는 듯했다. 마웨이는 멍청히 강물을 바라보았다. 잿빛 물결을 따라 생각도 멀어져 자신의 존재마저 잊어버린 듯했다. 먼 하늘의 먹구름과 강물에 고목이 더해져 만들어낸 잿빛 안개의 흐릿한 세계 역시 이 세상처럼 생기가 없고 처참해 보였다. 다만 지극히 멀어서 잘 보이지 않을 뿐이었다.

저 멀리서 10시를 알리는 종이 울렸다. 마웨이는 아쉬운 듯 천천히 다리를 떠나 식물원 입구로 돌아왔다. 문은 벌써 열려 있었다. 마웨이가 동전 한닢을 작은 철제 탁자에 놓았다. 문지기가 피곤한 눈으로 그를 쳐다보았다. 마웨이가 그에게 말했다. "즐거운 새해입니다."

　인부 몇명을 빼고 공원 안에는 아무도 없었다. 마웨이는 가슴을 펴고 심호흡을 몇번 했다. 공원의 신선한 공기가 자신만을 위해 준비된 것 같았다. 고목과 어린 나무, 큰 나무와 작은 나무는 잎을 모두 떨구고 편안히 쉬고 있었다. 그들에게는 더이상 보여줄 꽃도 없었고, 새들에게 먹일 열매도 없었다. 굽고 마른 가지만이 하늘에 자연스러운 무늬를 그리고 있었다. 어리고 키가 작은 상록수는 커다란 나무 뒤에 엎드려 있었다. 초록 잎사귀가 달려 있었지만, 가지를 드러낸 고목처럼 그렇게 자랑스럽거나 위엄있어 보이지는 않았다. 시든 버드나무를 휘감고 있는 넝쿨은 잠든 뱀처럼 보였는데, 그 끝에는 청잣빛 꼬투리 몇개가 매달려 있었다. 식물원 한가운데 있는 유리 온실에는 얇은 성에가 끼어 있었다. 창 너머로 푸른 잎사귀가 보였지만 마웨이는 들어가지 않았다. 길옆 화단에도 작은 꽃 하나 없었다. 화단의 흙은 얼마전 갈아엎었는지, 작은 세모꼴로 뒤집혀 있었다.

　강에서는 흰 갈매기와 물오리가 끼룩끼룩, 꽤액꽤액 고통스럽게 울고 있었다. 목을 움츠리고 웅크려 앉아 납작한 입으로 날개를 다듬곤 하는 물오리가 바보스러워 보였다. 흰 갈매기는 물오리와 달리 날아올랐다가 내려앉았다 했다. 그때마다 잿빛 하늘에 은빛 선이 휙 그어졌다 사라지곤 했다. 작고 검은 오리는 물 위를 떠다니며 짧은 꼬리로 삼각형의 물결을 만들어냈다. 날아오르지도, 강둑에 웅크려 앉지도 않고 줄곧 물 위를 떠다니며 주위를 살피느라 여념이 없었다. 물 위로 그림자가 나타날 때마다 그걸 잡으려고 머리를 물속에 처박았다. 가엾은 검은 오리! 마웨이는 마음속으로 그 작고 검은 것들에 대해 경탄을 표했다. 물오리는 너무 게을렀고, 흰 갈매기는 너무 경박했다. 다만 작고 검은 오리만이 희망을 품고 있는 듯했다.

땅에 돋아난 풀은 여름철보다 몇 배는 새파랬지만 윤이 나지는 않았다. 강둑을 따라 자란 풀은 습기를 머금은 채 매우 청초한 향기를 내뿜었다. 마웨이는 강둑을 따라 걸었다. 물그림자를 바라보고 부드러운 풀을 밟으면서 향기를 맡으니 마음이 편안해졌다. 다만 말하기 어려운 걱정거리가 머릿속에서 맴돌았다. 커다란 거위 몇마리가 그를 발견하고 노란 주둥이를 벌리며 먹이라도 던져주길 기다리는 듯했다. 그러나 마웨이의 손에는 아무것도 없었다. 어리석은 거위들이 고개를 비스듬히 하고 서로를 쳐다보았다. 실망한 기색이 역력했다. 강이 끝나는 곳에 다다르니 늙은 소나무 가지 위로 돌탑이 보였다. 마웨이는 왠지 모르게 반가운 마음에 그 자리에서 한참 동안 멍청히 서 있었다. 돌탑이 그의 걱정거리를 고향으로 가져가버린 듯했다.

한참을 서 있었지만 수풀 사이를 그림자처럼 지나가는 한두 쌍의 여행객들만 보일 뿐이었다. 그는 조그만 대나무 공원으로 방향을 정하고 걸었다. 대나무 공원에도 사람은 없었다. 아무런 소리도 들리지 않았다. 물방울이 맺힌 대나무 잎사귀만이 가볍게 움직였다. 마웨이는 허리를 굽혀 대나무 뿌리에 꽂힌 팻말을 보았다. 일본 대나무, 중국 대나무, 동양 각지의 대나무들이 한꺼번에 심겨 있었다.

"제국주의는 허풍이 아니었군!" 마웨이가 혼자서 중얼거렸다. "남의 땅을 빼앗고 국가를 멸망시킬 뿐 아니라, 물건들도 가져와 연구를 한다. 동물, 식물, 지리, 언어, 풍속까지도 연구한다. 이것이 제국주의의 우수성이다! 그들은 군사적으로만 패권을 행사하는 게 아니다. 지식수준도 높다! 지식과 무력! 무력은 언젠가 폐기되겠지만, 지식은 영원히 필요하다! 영국인은 얼마나 대단하고 존경할 만한가!"

땅에서 습기가 올라와 발이 무척 시렸다. 그는 대나무 공원을 나와 진달래 언덕을 올랐다. 두개가 나란히 솟은 낮은 흙 언덕에는 진달래나무가 가득했고, 그 뒤로 작은 개울이 흘렀다. 개울물이 다른 곳에 비해 따뜻했다. 땅에 떨어진 마른 잎사귀에서 약초 냄새가 났다.

"봄이 되어 진달래가 피면 얼마나 아름다울까! 붉고, 하얗고, 옅은 분홍빛이 마치……" 불현듯 생각났다. "메리의 볼처럼!"

거기에 생각이 미치자 마웨이는 갑자기 몸이 불편해졌다. 심장이 튀어나올 듯했다. 그는 어느새 엄지손톱을 깨물고 있었다.

"소용없어! 소용없다고!" 그녀가 보고 싶었고, 그런 자신이 미웠다. 그는 안절부절못하다가 다시 후회했다. "그녀를 잊어야만 해! 아버지처럼 하면 안돼!" 그는 주머니를 뒤져 반지를 만졌다. 반지를 손바닥에 올려놓고 멍청히 바라보았다. 그러고 나서 있는 힘껏 바닥에 던졌다. 다이아몬드 반지가 누런 낙엽 사이에서 반짝반짝 빛났다.

한참 동안 넋을 놓고 있다 멀리서 발소리가 들리자 마웨이는 반지를 주워 다시 주머니에 넣었다. 개울이 굽이져서 맞은편에서 오는 사람이 보이지 않았다. 그는 몸을 돌려 돌아가려고 했다. 누구든 마주치고 싶지 않았다.

"마웨이! 마웨이!" 뒤쪽에서 부르는 소리가 났다.

누군가 자신을 부르는 걸 듣고도 몇 걸음 더 나아간 후에야 고개를 돌렸다.

"헬로우! 캐서린 누나!"

"새해 복 많이 받아! 새해 복 많이 받아!" 캐서린이 중국식으로 새해 인사를 하며 다가와 손을 내밀어 악수를 했다.

그녀는 전보다 살이 오른 듯했다. 여우 목도리를 둘러 더 귀티가 났다. 그녀는 파란색 모직 원피스를 입었고, 파란색 털모자를 쓰고 있었다. 아래로 늘어진 모자 덕분에 더욱 우아해 보였다. 작은 개울가에 그녀가 서 있고 거기에 말없는 진달래가 더해지니 더없이 평온해 보였다.

"캐서린 누나!" 마웨이가 웃으며 말했다. "이렇게 일찍 무슨 일이세요?"

"이곳에 오려면 일찍 와야 해. 일단 사람이 많으면 재미없거든! 새해 첫날, 잘 보냈어?" 그녀가 손수건으로 코를 닦았다. 장갑을 끼어 도톰하고 동그란 손이 예뻤다.

"잘 보냈습니다. 누나는 아무 데도 가지 않았어요?"

두 사람은 어깨를 나란히 하고 걸어 개울을 벗어났다. 그녀가 말했다.

"응. 너무 추운 날 어디 가면 불편하기만 해서."

마웨이는 말없이 눈썹을 찌푸린 채 크고 검은 눈으로 땅에 돋아난 풀만 뚫어져라 보았다.

"마웨이!" 캐서린이 그의 얼굴을 보며 말했다. "넌 왜 항상 찌푸리고 있어?" 그녀의 목소리는 정말 온화했다. 눈은 자애롭고 총명하게 빛났으며, 매우 아름다웠다.

마웨이가 한숨을 쉬고 그녀를 바라보았다.

"말해봐, 마웨이! 응?" 그녀의 말은 정중하면서도 자연스러웠다. 그녀의 가벼운 미소는 하늘의 선녀처럼 순결하고 온화했다.

"어디서부터 말하라는 겁니까! 누나!" 마웨이가 억지로 웃었다. 우는 모습보다 더 처량했다. "그리고 무슨 좋은 일이라고 말하겠습니까, 누나. 누나도 아가씨인데."

그녀가 다시 웃었다. 마웨이의 말은 진실해 보였지만, 아이의 투정 같기도 했다.

"말해봐, 내가 아가씨인 건 상관하지 말고. 아가씨가 남자들보다 적게 들어야 할 이유가 있나!" 그녀가 또 웃었다. 세상의 비속함을 날려버릴 듯한 웃음이었다.

"어디 잠깐 앉을까요?" 그가 물었다.

"네가 힘들지 않다면, 걸으면서 이야기하는 게 좋겠어. 앉아 있으면 너무 춥잖아. 내 발가락이 벌써 얼어버렸거든! 말해봐, 마웨이!"

"누구도 해결할 수 없는 문제입니다!" 그가 머뭇거리며 말했다. 여전히 말하고 싶어하지 않은 듯했다.

"들어나보자. 해결 여부는 다른 문제고." 그녀가 시원스럽게 말했다. 목소리도 높았다.

"그럼 대략적인 것만 말하겠습니다!" 더 물러설 데가 없다는 것을 알고 마웨이는 그녀에게 대강대강 이야기했다. 그의 마음 전부를 세세히 말로 표현하기란 역부족이었다. "저는 메리를 사랑합니다. 그녀는 저를 사랑하지 않죠. 그런데 그녀를 잊을 수가 없습니다. 방법이라는 방법은 다 써보았습니다. 써보고 써보고 또 써보았지만 아무래도 안됩니다. 스스로를 원망해도, 그녀를 원망해도 소용없습니다. 저도 저의 책임과 해야 할 일을 알고 있습니다. 그러나 그녀, 그녀가 항상 제 마음을 혼란스럽게 합니다. 이것이 해결할 수 없는 첫번째 문제입니다. 두번째는 아버지입니다. 웬델 부인과 벌써 약혼을 했는지도 모르겠습니다. 누나도 아실 겁니다. 보통의 영국 사람들은 중국인을 개 취급한다는 걸. 만약 두분이 결혼하면, 웬델 부인은 영원히 친척이나 친구들을 만나지 못할 것입니다. 그것은 생지옥에 빠지는 게 아니겠습니까! 아버지가 웬델 부인을 데리고 귀국하면, 그녀는 아마 사흘 만에 미쳐버릴 것입니다! 풍속이 많이 다른데다 아버지는 재산가도 아닙니다. 그녀는 그런 고통을 감당할 수 없을 것입니다! 저는 지금 아무 말도 할 수 없습니다. 그들은 서로 사랑하고 서로의 즐거움을 더하려고 하는데—즐거움인지 아니면 고뇌일지 하는 것은 다른 문제입니다—제가 어떻게 반대를 하겠습니까! 이 역시 쉽게 해결할 수 없는 문제입니다. 또 있습니다. 가게 일이 모두 제 어깨에 달려 있죠. 저는 공부를 하고 싶지만, 가게 일을 돌봐야만 합니다. 가게 일을 돌보면, 공부할 시간이 없습니다. 아버지는 장사를 전혀 할 줄 모르시죠. 제가 가게를 돌보지 않으면, 분명 한달에 몇십 파운드를 밑질 것입니다. 가게를 돌보고자 하면 공부에 매진할 생각을 접어야 하고요. 공부가 아니면, 제가 여기에 왜 왔을까요! 생각해보세요. 저는 누나와 영어 공부할 시간조차 없습니다! 제게는 그럴듯한 생각도 없고, 제가 무엇을 하고 있는지도 모르겠어요! 누나, 누나는 총명하고 아버지와 저를 좋아하니 좋은 의견 좀 들려주세요!"

커다란 잣나무 두그루가 그들 앞에 서 있었다. 가지에는 솔방울 몇개가 아무렇게나 매달려 있었다. 먹구름이 엷어지자 가느다란 햇살이 잣나무 가지를 황금빛으로 물들였다.

말을 끝낸 마웨이가 솔방울을 쳐다보았다. 캐서린이 목에 두른 여우 목도리를 살짝 풀었다. 가슴 근처에서 따뜻한 향기가 솟아났다.

"메리는 벌써 워싱턴과 약혼했잖아!" 그녀가 천천히 말했다.

"어떻게 아셨어요, 누나?" 그는 솔방울을 쳐다보면서 대꾸했다.

"워싱턴을 알거든!" 그 순간 캐서린의 얼굴이 굳어졌다. 한참 후에야 다시 웃었지만, 부자연스러웠다. "마웨이! 메리는 이미 다른 사람의 연인이 되었는데 자꾸 생각해서 어쩌려고?"

"바로 그것 때문에 어려운 문제라는 거죠!" 마웨이가 그녀를 비웃듯 말했다.

"쉽게 해결되지 않지! 쉽지 않아!" 그녀가 혼잣말을 하며 고개를 끄덕이자 모자 챙이 가볍게 흔들렸다. "사랑! 아무도 사랑이 무엇인지 몰라!"

"누나, 좋은 생각 없어요?" 마웨이가 다그치듯 물었다.

캐서린이 듣지 못한 듯 계속해서 중얼거렸다.

"사랑! 사랑이라!"

"누나, 토요일에 아무 일 없어요?" 그가 물었다.

"왜?" 그녀가 그를 바라보았다.

"제가 중국요리를 대접하고 싶은데, 오시겠어요? 누나!"

"고마워, 마웨이! 언제?"

"오후 1시에 창위안러우에서 뵙죠."

"그래. 마웨이, 그나저나 솔방울이 정말 예쁘지? 방울 같아."

마웨이가 말없이 다시 고개를 들어 솔방울을 쳐다보았다.

두 사람 모두 말이 없었다. 소나무 숲을 지나고 시내를 돌아 어느새 공원 입구에 도착했다. 두 사람은 잠시 뒤돌아보았다. 공원은 여전히 조용하고, 아름답고, 상쾌했다. 둘은 그 모든 것들을 뒤로하고 말할 수 없는 혼란과 사랑, 걱정을 안고 문을 나섰다. 이런데도 즐거운 새해라고?

7

런던의 몇 안되는 중국 식당 가운데서도 챵위안러우는 장사가 가장 잘되는 편이었다. 장소가 널찍하고 음식값도 저렴해서 아침 저녁으로 사람들이 많이 모였다. 태국인, 일본인, 인도인만 그곳에 오는 게 아니었다. 영국인 가운데 가난한 미술가, 붉은 넥타이를 맨 사회당원, 색다른 걸 즐기는 뚱뚱한 노부인들도 자주 그곳에 들러 룽징 차를 마시거나 달걀볶음밥을 먹었다. 미술가와 사회당원 이 그곳에 가는 것은 그들의 사상에 국경이 없다는 것을 드러내기 위해서였다. 뚱뚱한 노부인들이 그곳에 가는 것은 얘깃거리를 조금이라도 더 얻기 위해서였다. 사실 그들은 우유를 넣지 않은 차나 고기와 달걀을 넣고 볶은 밥을 즐겨 먹지 않았다. 그곳에 중국인은 도리어 많지 않았다. 우선은 중국요리다운 걸 먹을 수 없기 때문이 었고, 그다음은 여자 종업원이 마음에 들지 않기 때문이었다. 괜찮은 아가씨들은 중국 식당에서 일하려 하지 않았다. 그런 아가씨들 이 뭐하러 중국인을 시중들려고 하겠는가! 영국 사람들은 중국인 과 함께 있으면 눈 깜짝할 사이에 목숨을 잃을 위험이 있다고 생각 했다. 예쁘지만 품행이 의심스러운 영국 아가씨들은 중국인을 시 중드느니 어리석은 인도인에게 추파를 던져 2~3파운드를 버는 게 낫다고 여겼다. 일본인의 비위를 맞추면 오렌지맛 과자 정도는 얻을 수 있었다. 중국인은? 건드리려고도 하지 않았다. 마주할 가치 조차 없다고 여겼다. 사람들 모두가 중국인을 무시하는데, 창녀라고 다르겠는가! 창녀 역시 그들만의 의지와 자부심이 있었다. 아무도 상대하지 않는 중국인을 누가 거들떠보겠는가!

장위안러우의 판 사장은 붙임성이 좋았다. 태어나서 한번도 잠에서 깬 적이 없는 것 같은 작은 눈을 가늘게 뜨고 다녔는데, 그의 얼굴에는 항상 미소가 걸려 있었다. 미술가들은 그를 좋아했다. 그가 벽에 그림을 그려달라고 하기 때문이었다. 전족을 한 아가씨, 아편을 피우는 앙상한 노인, 시골 노인, 변발을 한 사람, 보살에게 절하는 사람 등이 오색찬란하게 벽을 채우고 있었다. 미술가들이 중국에 대해 알고 있는 것도 보통 사람들과 다를 바 없었지만, 그들은 알고 있는 것을 그려낼 수 있었다. 사회당원들도 그를 좋아했다. 판 사장이 서툰 영어로 "나 자본주의 안 좋아요!(Me no likes capitalism!)"라고 즐겨 말하기 때문이었다. 뚱뚱한 노부인들 역시 그를 좋아했다. 그가 me와 I를 헷갈려하는 게 우습기 때문이었다. 영국에서 보통 사람들이 중국인을 혐오한다면, 돈 있는 사람들은 중국인을 노리개로 보았다. 중국인은 식사할 때 젓가락을 사용하지 칼과 포크를 쓰지 않는다. 중국인은 밥을 덕은 다음 탕을 마신다. 중국인은 우유와 설탕을 넣지 않은 차를 마신다. 중국인은 쌀밥을 먹을 때, 감자를 넣지 않는다. 이런 일들이 웬델 모녀와 같은 보통 사람들에게는 근본적으로 틀리고 밉살스럽게 보였다. 돈이 있는 뚱뚱한 노부인들에게는 그런 일들이 까닭 없이 우습고 흥미로웠다.

판 사장과 마쩌런은 가장 가까운 친구가 되었다. 정말 친형제 같았다. 마쩌런은 장사하는 사람을 무시했다. 그러나 접대가 꼼꼼하고 눈을 가늘게 뜨고 웃는데다가 자신에게 특별 요리를 해주기도 하는 판 사장과는 우정을 쌓지 않을 수가 없었다. 그가 장사치이긴 하지만, 그들 중에도 좋은 사람이 있지 않겠어!

장위안러우에서 식사를 할 때마다 마쩌런은 중국인 학생들을 모르는 척했다. 그들은 너무 저속해 도무지 섞이고 싶지가 않았다. 게다가 그 학생들은 귀국하면 모두 관리가 될 것이었다. 관운이 없는 자신을 생각하면, 마쩌런은 그들을 모르는 척하고 싶었을 뿐 아니라, 커다란 안경 너머로 그들을 쏘아보고만 싶었다.

반면 마쩌런은 사회당원들과 잘 어울렸다. 그는 신문을 보지 않아 사람들이 날마다 중국인을 욕하는 걸 몰랐다. 그러나 영국인들이 그를 좋아하더라도 친구로는 사귀지 않으려 한다는 점은 분명히 알았다. 중국과 관련된 이야기를 듣기 좋아하는 뚱뚱한 노부인들마저도 항상 비꼬는 투로 빈정거렸는데, 기분이 좋을 때에는 마쩌런도 그녀들의 어투를 간파했다. 사회당원, 그들만이 항상 중국인과 대화를 했고, 자신들 정부의 침략정책을 꾸짖었다. 마쩌런은 국가가 무엇인지도 몰랐지만, 스스로 자랑스러운 중국인이라고 여겼다. 그래서 사회당원들이 중국인이 좋다고 말하면, 마쩌런은 웃음을 감추지 못하고 그들에게 밥을 샀다. 식사를 마치면 사회당원들이 그를 진정한 사회주의자라고 말했다. 그가 자신의 돈을 아끼지 않고 그들에게 식사를 대접하기 때문이었다.

마쩌런이 평범한 영국인에게 "중국인은 차를 마실 때 우유를 넣지 않습니다"라고 말하면, 그는 아마도 이렇게 대답할 것이다. "뭐라고? 우유를 넣지 않은 차를 어떻게 마시지! 놀라운데!" 그러면 마쩌런은 수염을 세운 채 아무 말도 못할 것이다.

그가 사회당원들에게 중국차는 우유를 넣을 필요 없다고 알려주면, 그들은 즉각 반문할 것이다.

"그래도 중국인이 차 마실 줄은 알지? 중국인이 차 마시는 법을 발명했으니, 차 마시는 법도 잘 알겠지! 중국인이 없었다면, 우리는 차를 마실 생각도 못했을 거고, 비단을 입지도 않았을 것이며,

책을 인쇄하지도 못했을 거야! 중국의 문명이라! 중국의 문명! 아!
말로 다 하기 어려울 만큼 대단해!"

그런 말을 들으면, 마쩌런은 속으로 흐뭇해하며 중국인이 세상
에서 가장 앞선 문명인이라고 철석같이 믿었다!——그리고 그들에
게 다시 한번 식사를 대접했다.

마웨이가 쌍위안러우에 도착했을 때, 마쩌런은 벌써 물단두를
먹고 집으로 돌아가고 없었다. 웬델 부인이 일찍 들어오라고 했기
때문이다.

쌍위안러우의 주방은 식당 아래층에 있었다. 음식물과 요리는
물을 길을 때 쓰는 도르래 같은 기계로 끌어올렸다. 그 기계는 판
사장이 발명한 것으로, 사용이 간단하고 편리했다. 그것은 드르륵
드르륵 하는 소리와 함께 알 수 없는 요리 향을 풍기며 음식을 날
랐다.

식당은 안쪽 방과 바깥쪽 홀로 나뉘었다. 홀은 길고 좁았으며,
벽에 중국문명사 삽화가 걸려 있었다. 아편을 피우는 노인, 전족을
한 꼬마 아가씨…… 그림 곁에는 '청명 무렵에 비가 분분히 내리
네'와 같은 시구가 쓰여 있었다. 안쪽 방은 널찍하니 탁 트여 있었
다. 벽에는 미인이 출연한 담배 광고 포스터가 몇장 걸려 있었다.
중국인은 안쪽에 앉는 것을 좋아했다. 별실에 드는 느낌 때문이었
다. 반면 외국인은 바깥쪽 홀을 좋아했다. 벽에 걸린 그림과 주방을
오르내리는 도르래를 볼 수 있기 때문이었다.

바깥쪽은 벌써 사람들로 꽉 차 자리가 없었다. 마웨이는 안쪽으
로 들어가 벽 모퉁이의 빈 테이블을 찾아 앉았다. 안쪽에는 중국인
학생 두명이 있었는데, 모두 처음 보는 얼굴이었다. 그는 그들을 향
해 무심코 고개를 살짝 끄덕였다. 그들은 그를 모른 체했다.

"손님을 기다리십니까?" 어린 여종업원이 고개를 갸웃하며 큰 소리로 물었다.

마웨이가 고개를 끄덕였다.

학생 두명은 중국인을 욕보인 영화에 대해 대사관이 항의하도록 하는 방법을 논의하고 있었다. 마웨이가 들어보니 한 사람은 성이 '마오'였고, 한 사람은 '차오'였다. 그가 보니 성이 마오인 사람은 안경을 꼈고, 눈썹이 거의 없었다. 성이 차오인 사람은 안경은 쓰지 않았지만 눈빛이 흐렸다. 마웨이의 추측은 이랬다. 성이 마오인 사람의 주장은 대사관에서 엄히 항의하도록 강제 수단을 동원하자는 것이었다. 대사관에서 그렇게 하지 않으면, 공사에서부터 서기까지 모두 끌어내 호되게 혼내자고 했다. 성이 차오인 사람은 국가가 쇠약해서 항의해도 소용없다고 말했다. 또 국가가 강하면 항의할 필요도 없으며, 사람들도 욕할 염두를 못한다고도 했다. 두 사람의 대화는 갈수록 엇갈렸고, 목소리도 커졌다. 성이 마오인 사람이 차오를 당장이라도 한대 때릴 듯했다. 그러나 성이 차오인 사람도 결코 호락호락해 보이지 않았다. 그래서 마오는 함부로 손을 댈 수 없었다.

두 사람은 말을 멈추고, 고개를 박고 식사를 했다. 둘 사이에 살기가 넘쳤다.

캐서린이 들어왔다.

"미안해. 마웨이, 내가 늦었네!" 그녀가 마웨이와 악수했다.

"아니요, 늦지 않았어요!" 마웨이가 메뉴판을 그녀에게 건넸다. 그녀는 옷섶을 당긴 다음 자연스럽게 앉았다.

차오와 마오가 동시에 그녀를 바라보았다. 그들은 중국어로 몇 마디 하더니 곧바로 영어로 말하기 시작했다.

그녀가 춘권 한 접시를 주문했고, 마웨이가 두세개의 요리를 더 시켰다.

"마웨이, 이틀 사이에 좀 좋아졌어?" 캐서린이 살짝 웃었다.

"마음이 많이 정리됐습니다!" 마웨이가 웃으며 대답했다.

그때 성이 마오인 사람이 악의에 찬 눈으로 마웨이를 쏘아보았다. 마웨이는 조금 불편했지만 캐서린과 하던 이야기를 계속했다.

"마웨이, 워싱턴을 만나봤어?" 캐서린이 메뉴판을 보며 낮은 소리로 물었다.

"아뇨. 요 며칠 저녁 그가 메리를 찾지 않더라고요." 마웨이가 말했다.

"아!" 마음이 놓인 듯 캐서린이 마웨이를 보았다. 그러나 그와 눈이 마주치자 얼른 눈길을 돌렸다.

마웨이가 먼저 나온 춘권 하나를 집어 그녀에게 주었다. 그녀가 포크로 춘권을 두 동강 낸 다음 조심스럽게 한입 물었다. 그녀의 턱 밑 근육이 가볍게 움직였다. 그러고는 춘권을 천천히 삼켰다. 매우 맛있다는 듯 조심스럽게, 예쁘게 먹었다. 그녀의 행동은 메리와 전혀 달랐다.

마웨이가 춘권을 입에 넣으려고 하는데, 저쪽에서 마오가 영어로 말했다.

"외국 창녀들은 남자랑 잘 생각뿐이지. 돈만 있으면, 그녀들과 잘 수 있어. 찻집과 술집은 창녀들이 있을 곳이 아니지! 차오 형, 나는 매매춘을 반대하지 않아. 나도 많이 했으니까. 내가 가장 싫은 것은 어린놈들이 창녀를 데리고 세상을 활보하는 거야! 창녀에게 중국요리를 대접하다니! 홍!"

캐서린의 얼굴이 붉은색 잉크처럼 새빨개졌다. 그러나 몸가짐은 전혀 흐트러지지 않은 채 포크를 내려놓고 일어섰다.

"가지 마요!" 마웨이가 창백해져서는 입술을 부들부들 떨면서 말했다.

"마오 형." 눈빛이 흐린 사람이 중국어로 말했다. "왜 그래! 외국 여성들이 모두 창녀인 건 아니잖아!"

마오가 다시 영어로 대꾸했다.

"내가 아는 외국 여성은 모두 창녀야. 나는 사람들이 창녀를 데리고 공공장소에 나타나는 걸 보고 싶지 않아!" 그가 다시 한번 마웨이를 쏘아보았다. "주제넘게 어딜 나서! 돈을 써가며 식사를 하는 걸 보니 분명 돈이 많은 모양인데! 돈을 쓰려면 하룻밤 자는 데나 쓸 것이지!"

캐서린이 일어섰다. 마웨이가 따라 일어나 그녀를 막았다.

"가지 마요! 제가 어떻게 하는지 두고 봐요!"

캐서린은 말없이 계속 그렇게 서 있었다. 온몸을 부들부들 떨었다.

마웨이가 마오에게 다가가 물었다.

"누구를 두고 말하는 겁니까?" 부릅뜬 그의 눈에서 섬광이 일었다.

"꼭 누구를 두고 말하는 건 아닙니다. 식당에서 내 맘대로 말도 못합니까?" 마오가 횡포를 부릴 수도, 그렇다고 그대로 물러설 수도 없어 그렇게 말했다.

"누구를 두고 한 말이든 상관없이 사과하십시오. 그러지 않으면, 주먹맛을 봐야 할 겁니다." 마웨이가 주먹을 테이블에 올렸다.

그러자 마오가 메뚜기처럼 구석으로 뛰어들더니 고개를 저어댔다.

마웨이가 두 걸음 앞으로 다가가 마오를 노려보았다. '있어도 없는 것 같은' 마오의 눈썹이 괴기스럽게 한쪽으로 비틀렸다. 마오는 계속해서 고개만 저었다.

"좋은 말로 하세요. 말로 하라고요. 화낼 필요까진 없잖아요." 차오가 마웨이를 막아서려고 했다.

그러나 마웨이가 손으로 밀치자 차오는 다시 자리에 앉았다. 마웨이가 마오의 얼굴을 뚫어져라 보며 말했다.

"사과해요."

그래도 마오는 고개를 저었다. 젓는 모양이 심지어 규칙적이기까지 했다.

마웨이가 차갑게 웃더니, 마오의 두 뺨에 꽃을 피우듯 두번을 후려쳤다. 정확히 안경 밑, 입술 위였다. 마오는 뼈가 시릴 정도로 아팠지만, 한편으로는 속 시원했다. 더는 고개를 젓지도 않았다.

여종업원 두명이 달려와 까르륵 웃었다. 그러나 얼굴빛은 창백했다. 바깥쪽에 앉아 있던 사람들도 모여들었다. 하지만 어느 누구도 무슨 영문인지 알지 못했다. 판 사장이 눈을 가늘게 뜨고 다가와 마웨이를 잡아끌었다.

캐서린이 마웨이를 보더니 고개를 숙이고 밖으로 나갔다. 마웨이도 더는 그녀를 붙잡지 않았다. 그녀가 바깥쪽 홀로 통하는 작은 문에 다다랐을 때 소동을 지켜보던 한 사람이 소리쳤다.

"캐서린! 누나, 여기에서 뭐 해!"

"폴! 집에 가자!" 캐서린이 동생은 보지도 않고 고개를 숙인 채 말했다.

"기다려. 무슨 일인지 알아봐야겠어!" 폴이 씩씩거리며 인파 속을 헤집고 들어갔다. 판 사장이 말리려 나섰다가 바닥에 쓰러지고 말았다. 그 순간, 테이블 다리에 머리를 부딪혀 파랗게 멍이 들었다.

"마웨이, 너 무슨 일이야?" 폴이 손을 주머니에 넣고 물었다. "내가 경고하지. 우리 영국 아가씨들과 개인적으로 어울리지 마! 눈앞의 이익에 눈이 멀었다가는, 영국 남자들의 주먹맛을 보게 될 거야!"

마웨이는 아무 말이 없었다. 창백하던 얼굴이 점차 붉어졌다.

"보라고, 차오 형. 창녀를 밖으로 데리고 다녀 좋을 게 뭐가 있어?" 마오가 영어로 말했다.

마웨이가 이를 악물고 마오에게 돌진했다. 그러나 폴이 마웨이의 아래턱을 붙잡고 주먹을 날렸다. 마웨이가 뒤로 몇 걸음 물러나고, 또 물러나고, 또 물러났다. 결국 테이블에 걸려 멈춰섰다. 마오가 메뚜기처럼 뛰쳐나갔다. 판 사장은 그를 말리고 싶었지만 멈칫거렸다. 그는 그저 히히 웃으며 머리의 혹을 만져보았다. 다시 나설 용기가 없었다.

"덤벼!" 폴이 마웨이를 비웃으며 말했다.

마웨이가 턱을 만지며 폴을 쳐다보았다.

문밖에서 중국인들이 들어와 말리려고 했지만, 영국인들이 문을 막았다.

"어떻게 싸우나 보자고. 싸움이 끝나야 다 끝난 거지. 정정당당하게 해. 정정당당하게 싸우라고!"

항상 평화를 위해 뛰어다니고 종전終戰운동을 하던 사회당원들도 결국은 영국인이었다. 그들도 '정정당당하게 싸워'라는 말에 편승하여 제자리에 서서 싸움을 구경했다.

마웨이가 호흡을 고르면서 하드칼라를 단숨에 떼어내고 폴에게 달려들었다. 폴의 얼굴이 창백했다. 그가 마웨이의 오른손을 막고는 주먹으로 마웨이의 왼쪽 옆구리를 쳐 다시 원래 자리로 돌려보냈다. 마웨이가 숨도 고르지 않고 테이블에 기대더니 곧바로 달려들어 힘껏 폴의 가슴을 쳤다. 폴이 반격할 틈도 없이 마웨이의 오른 주먹이 폴의 아래턱을 가격했다. 뒤로 몇 걸음 물러난 폴이 이를 악물고 달려들었다. 그가 양손으로 몸의 균형을 잡으려 할 때, 마웨이가 다시 한번 가뿐히 주먹을 날렸다. 폴이 한 손으로 테이블을 붙잡은 채 미끄러졌다. 두 다리에 온 힘을 모아 일어서려고 했지만 일어설 수 없었다. 마웨이가 다가가 그를 부축해 일으켰다. 그러고 나서 오른손을 내밀며 말했다.

"악수합시다!"

폴은 마웨이의 손을 잡지 않고 고개를 돌려버렸다. 마웨이가 그를 의자에 앉힌 다음 하드칼라를 주워들고 천천히 밖으로 나갔다. 입술에서 피가 뚝뚝 떨어졌다.

마웨이를 바라보던 사회당원 몇 사람은 입을 다물었다. 그들은 내심 그가 못마땅했다. 평소에 평화를 부르짖는 건 쉽다. 그러나 외국인이 자국민을 때리는 걸 보면 팔은 저절로 안으로 굽게 마련이다.

마오와 차오는 벌써 떠나고 없었다. 마웨이는 식당 밖에 서서 캐서린을 찾았지만 보이지 않았다. 그가 하드칼라를 제자리에 붙이고 입가의 피를 닦으면서 차갑게 웃었다.

8

"엄마! 엄마!" 메리가 눈물을 글썽이며 말했다. 두 눈동자가 아침 이슬을 머금은 청포도 같았다. "며칠이나 그를 만나지 못해 편지를 썼는데도 답장이 없어요. 그를 찾아가 물어봐야겠어요! 엄마, 그가 미워요!" 그녀가 엄마 품에 쓰러져 엉엉 울었다

"메리, 착한 아가야, 울지 마라!" 메리의 이마를 쓰다듬는 웬델 부인의 눈에도 눈물이 고였다. "분명 워싱턴이 바빠서 너를 만날 시간이 없는 걸 거야. 사랑과 사업을 병행할 수 없는 경우도 있지. 그를 믿어라. 오해하지 말고. 그는 분명 바쁜 거야! 메리, 네가 토요일마다 나가 버릇하다가 오늘은 같이 나갈 사람이 없어 기분 나쁜 거야. 기다려봐라. 오늘 저녁에는 꼭 올 테니. 그가 오지 않으면, 나랑 영화 보러 가자, 응?"

메리가 고개를 들어 엄마의 목을 붙잡고 입을 맞췄다. 웬델 부인이 메리의 머리카락을 빗겨주었다. 메리가 흐느끼면서 손수건으로 눈물을 닦았다.

"엄마, 그가 바쁘다고요? 정말 그렇게 생각하세요? 엽서 한장 쓸 시간도 없을까요? 저는 믿을 수 없어요! 그가 새 여자 친구를 사귄 것 같아요. 그래서 저를 잊어버린 거죠! 남자는 모두 그렇잖아요. 그가 미워요!"

"메리, 그런 말 마라! 사랑이란 원래 곡절이 많은 거야. 참고 믿으면 결국 그는 네 사람이 될 거야! 네 아버지도 그해에……" 웬델 부인이 말을 멈추고 고개를 살짝 저었다.

"엄마, 엄마는 왜 항상 참고 믿으라고만 해요? 왜 여자만 항상 인내하고 참아야 하고, 남자는 제멋대로인 거죠?" 메리가 엄마에게 똑바로 대들었다.

"넌 벌써 그와 약혼했잖아, 그렇지?" 웬델 부인이 단순하지만 강렬한 한마디를 했다.

"약혼은 서로가 지켜야 할 약속이에요. 그가 만약 깨뜨릴 의도라면, 왜 저만 고통을 받아야 하죠? 그러니까, 그와 약혼하지 않았다면 지금 거꾸로 그가 애원할 텐데. 지금은……" 엄마 품에 안긴 채 메리가 발끝으로 카펫을 문질렀다.

"메리, 그런 말 말라니까!" 웬델 부인이 천천히 말했다. "사람은 자연의 섭리를 거스를 수 없어. 남성은 여성을 찾고, 여성은 남성을 떠날 수 없지. 결혼은 사랑의 결과이자 사랑의 시험대고, 또 사랑의 시작이란다! 메리, 엄마 말 들어라. 참고 믿어. 그가 너를 버리진 않을 거다. 요 며칠간 그가 바빴을 게 분명하다니까."

메리가 일어서서 거울에 자신을 비춰보고 집 안을 서성였다.

"엄마, 저는 혼자 살아도 편안하고 즐거울 거예요. 남자가 없어도 돼요!"

"너!" 웬델 부인이 날 선 목소리로 말했다.

"남자가 필요하면 남자를 찾으면 되죠. 우리가 자연의 섭리를 거스를 수 없다면!" 메리가 엄마의 말을 믿을 수 없다는 듯, 조롱 섞인 어투로 말했다.

"메리!" 웬델 부인이 딸아이를 보며 작고 붉은 코를 쳐들었다.

메리는 말없이 계속 서성거렸다. 마음이 가벼워진 듯했다. 그녀의 말은 진심이 아니었다. 그러나 그렇게 말하고 나니 화가 누그러지는 듯했다.

그녀 생각에 가정을 아끼는 천성이 완전히 사라지기 전까지 결혼은 필수불가결한 것이다. 결혼 수속과 형식이 어떠하든 결혼은 반드시 해야 한다. 인간은 천성적으로 이기적이다. 그리고 가장 즐거운 이기심은 가정을 꾸리는 것이다. 사람들이 제아무리 결혼제도를 폐기하자고 주장해도 그 천성은 쉽게 없어지지 않는다. 다만, 메리가 어머니의 말을 믿지 않은 것은 화를 삭이기 위해서였다.

웬델 부인 역시 메리의 말을 새겨듣지 않았다. 그녀는 메리의 기분을 풀어줄 방법을 고민하고 있었다. 그녀는 청춘남녀, 특히 오늘날의 청춘남녀는 가만있지 못한다는 것을 알았다. 어쨌든 할 일이 있어야 한다. 춤추기, 자동차 경주, 영화 보기 등을 막론하고 그들을 한가롭게 해서는 안된다. 한참을 생각해도 영화 보는 것이 가장 저렴했다. 그러나 오후에는 나갈 수 없었다. 마쩌런과 외출하기로 했기 때문이다. 여기까지 생각하다가 웬델 부인의 고민이 바뀌었다. 자신의 혼사를 메리에게 어떻게 말해야 하지! 메리가 얼마나 건방진데, 늙은 짱깨에게 시집간다고 말할 수 있을까! 그 생각은 어느새 다른 생각으로 이어졌다. 도대체 이 결혼을 할 가치가 있을까? 사회적 지위를 보존하기 위해서는 그에게 시집가지 않는 것이 좋은데. 그러나 나의 쾌락을 위해서는? ……정말로 메리의 말대로 해? 남자가 필요하면 그를 찾아? 결과는 아마 더 나쁘겠지! 사회, 풍속, 남녀관계로부터 결코 자유로울 수는 없어! 그리고 남녀 사이에 정말로 자유로울 수 있는 부분이 있을까…… 해결할 수 없는 문제야! 그녀가 코를 비비며 메리를 보았다. 메리는 여전히 달뜬 얼굴로 서성이고 있었다.

"웬델 부인!" 마쩌런이 문밖에서 낮은 소리로 불렀다.

"들어오세요!" 웬델 부인이 활달하게 말했다.

담뱃대를 문 채 마쩌런이 몸을 흔들며 들어왔다. 새로 산 하드칼라는 목 치수보다 한 호수 반쯤이나 커서, 하얀 그물처럼 그의 목을 감싸고 있었다. 넥타이도 새것이었지만, 비뚜름하게 매여 있었다.

"어서 오세요!" 웬델 부인이 웃으며 말했다.

그녀가 넥타이를 바로잡았다. 메리가 눈을 흘기며 그들을 바라보았다.

"쇼핑하러 가자고 하지 않으셨어요?" 마쩌런이 물었다.

"메리가 조금…… 아파요. 애 혼자 남겨두면 마음이 놓이지 않아서." 웬델 부인이 말했다. 그러고 나서 메리를 향했다. "메리, 너도 같이 갈래?"

"안 가요. 저는 집에서 워싱턴을 기다릴래요. 오늘은 그가 올지도 모르잖아요!" 화가 풀린 메리는 그새 워싱턴이 오기를 바랐다.

"그것도 좋지." 웬델 부인이 말하며 옷을 갈아입으러 나갔다.

마웨이가 돌아왔다. 그의 얼굴은 여전히 창백했다. 입술에서는 피가 뚝뚝 떨어졌다. 폴이 그의 이가 흔들릴 정도로 주먹을 날렸기 때문이다. 하드칼라는 여기저기 찌그러졌고, 넥타이에는 피가 묻어 있었다. 머리카락은 흐트러졌고, 호흡도 여전히 거칠었다.

"마웨이!" 하드칼라 안에서 마쩌런이 목을 갸우뚱거렸다.

"오! 마웨이!" 메리의 눈가가 붉어졌다. 입술은 계속해서 떨렸다.

마웨이가 자랑스럽게 그들을 향해 웃은 다음 얼른 의자에 앉아 소매로 입을 닦았다.

"마웨이!" 마쩌런이 다가와 마웨이의 얼굴을 보며 물었다. "왜 그래?"

"싸웠습니다!" 마웨이가 카펫을 보며 말했다.

"누구하고? 응?" 마쩌런의 얼굴이 창백해졌다. 짧은 수염이 일어섰다.

"폴! 제가 그를 때렸습니다!" 마웨이가 웃으며 자신의 손을 살폈다.

"폴……"

"폴……"

마쩌런과 메리가 동시에 말하고는 먼저 말한 것을 서로 미안해했다. 잠시 후 마쩌런이 말했다.

"마웨이, 다른 사람의 원성을 사는 짓은 안돼!"

마쩌런은 싸움을 가장 걱정했다. 술에 취했을 때에도 술잔을 다른 사람 머리에 부을 생각을 하지 못했다. 아내가 살아 있을 때는 이따금 부부 싸움도 했지만, 아내와 싸우는 것은 다른 문제였다. 게다가 아내가 남편을 이기는 경우는 거의 없었다. 마웨이가 어렸을 때, 마쩌런은 늘 그에게 당부했다. 다른 사람과 싸우지 말고, 길에서 싸움이 나면 되도록 멀리 피하라고. 그런데 그 아이가 놀랍게도 런던에서 서양인과 싸웠다니. 그것도 에번스 목사의 아들인 폴과! 마쩌런이 멍하니 아들을 바라보았다. 그가 까무러치지 않은 게 다행이었다.

"오! 마웨이!" 웬델 부인이 놀란 새처럼 소리를 질렀다.

"폴과 싸웠다고 하네요. 어떻게 해야 하죠, 어쩌면 좋습니까?" 마쩌런이 웬델 부인에게 중얼댔다.

"오, 이 말썽꾸러기!" 웬델 부인이 다가와 마웨이를 바라보더니 마쩌런에게 말했다. "아이들 싸움이란 흔한 일이죠." 그리고 다시 메리에게 말했다. "메리, 깨끗한 물로 그의 입 좀 닦아줘라!" 그런 다음 마쩌런에게 말했다. "가시죠!"

마쩌런은 고개를 저었다.

웬델 부인이 말없이 마쩌런의 팔을 끌고 밖으로 나갔다. 그는 비척비척 그녀를 따라나섰다.

메리가 차가운 물과 소독약, 약솜을 가지고 나왔다. 먼저 입을 헹구게 한 다음 약솜으로 그의 입술을 가볍게 닦았다. 그녀의 긴 속눈썹이 그의 눈앞에서 움직였다. 그녀의 푸른 눈동자는 자애와 동정심으로 가득했다. 그녀는 몇번 닦아주고 나서 고개를 들어 상처를 살펴보고는 다시 닦았다. 그녀의 머리카락이 그의 볼을 스쳤다. 몇 가닥의 전깃줄에 감전된 것처럼 마웨이의 얼굴이 달아올랐다. 그는 감히 고개를 들 엄두조차 내지 못했다. 그러나 그녀의 가슴에서 느껴지는 온기와 따뜻하고 은은한 향기에 온몸이 떨렸다.

"마웨이, 왜 싸운 거예요?" 메리가 물었다.

"캐서린 누나와 식사를 하려는데, 폴이 들어와 저를 쳤습니다!" 마웨이가 미소를 지으며 말했다.

"오!" 메리는 속으로 그가 못마땅했다. 폴과 싸웠기 때문이다. 하지만 한편으로 그를 경탄하는 마음도 들었다. 그가 싸울 용기를 가졌을 뿐 아니라, 싸움에서 이겼기 때문이다. 서양 사람들은 영웅을 좋아했다. 싸워 이긴 것은 어쨌든 잘한 일이었다. 문득 마웨이가 사랑스러워 보였다. 그의 삐뚤어진 옷깃, 넥타이에 묻은 핏자국, 헝클어진 머리가 그녀의 사랑을 강하게 끌어당겼다. 평소와는 달리 마웨이가 영웅같고, 남자다워 보였다. 힘, 용기, 남성성, 몸과 피 등 다양한 것들이 남성에 대한 여성의 믿음을 증가시키고, 남성에게 다가가려는 여성의 마음을 뜨겁게 만든다. 그녀는 계속해서 그의 입술을 닦았다. 그녀의 마음은 이미 영웅을 숭배하는 생각에 사로잡혔다. 그녀의 손길이 느려졌다. 왼쪽으로 한번, 오른쪽으로 한번 닦다가 그의 뺨을 닦기도 했고, 그의 귓불을 닦기도 했다. 그의 누런 얼굴은 그녀의 푸른 눈 속에서 황금빛을 띠었다. 그의 머리에서는 하얀 빛이 뿜어나왔다. 그녀에게 그는 이미 누런 얼굴의 혐오스러운 마웨이가 아니었다. 그는 남성의 대표였다. 그는 뜨거운 피가 흐르는 영웅이자 무사였다.

그녀가 오른손으로 그의 얼굴을 천천히 닦으면서 왼손을 그의 무릎에 가볍게 올렸다. 그는 천천히, 떨리는 손을 그녀의 손 위에 포갰다. 그의 눈길은 그녀의 붉고 촉촉한 입술에 멈춰 있었다.

"메리, 메리, 당신도 알죠." 마웨이가 한 마디 한 마디 힘들게 내뱉었다. "당신도 알죠. 제가 당신을 사랑한다는 걸."

갑자기 메리가 손을 빼내며 일어섰다. 그녀가 말했다.

"마웨이와 나? 말도 안돼요!"

"왜요? 제가 중국인이라서? 사랑에는 국경이 없습니다. 중국인은 사랑도 빼앗겨야 할 만큼 별 볼 일 없습니까!" 마웨이가 천천히 일어서며 말했다. "저도 압니다. 당신들이 중국인을 무시한다는 걸. 당신들은 항상 중국인을 암살과 독약, 강간에 연루시키죠. 그런데 우리가 함께 지낸 지도 벌써 일년입니다. 저를 모르시겠습니까. 제가 당신들이 생각한 것과 똑같습니까? 압니다. 중국인에 대한 당신들의 지식은 유언비어를 조장하는 신문과 저급한 소설에서 얻은 것이잖아요. 당신은 정말로 그 말들을 믿습니까? 당신이 워싱턴과 약혼한 것도 압니다. 저는 다만 당신이 저의 좋은 친구가 되어주시길 바랄 뿐입니다. 제가 당신을 사랑한다는 사실을 알아주길 바랄 뿐입니다. 사랑은 꼭 신체 접촉을 통해서만 표현될 수 있는 건 아닙니다. 당신이 저의 사랑을 받아주시고 저를 괜찮은 친구로 여길 수 있다면, 저는 평생 그것에 만족하며 살 겁니다! 저는 워싱턴이 부럽습니다. 그러나 제가 당신을 사랑하기 때문에 그를 질투할 수도 없습니다! 저는……" 마웨이는 더이상 말을 잇기 힘들어 보였다. 더이상 서 있기도 어려워 보였다. 그의 심장은 터질 듯했고, 다리는 육체의 하중을 견딜 수 없었다. 그가 갑자기 털썩 주저앉았다.

메리가 나무빗으로 천천히 머리를 빗었다. 한참 동안 말이 없더니 그녀가 갑자기 웃으며 말했다.

"마웨이, 요 며칠간 워싱턴을 보지 못했죠?"

"네. 캐서린 누나도 제게 묻더군요. 하지만 저는 그를 보지 못했습니다."

"캐서린? 언니가 왜 그에 대해 묻는 거죠? 언니도 워싱턴을 알아요?" 메리의 눈이 동그래졌다. 얼굴도 조금 붉어졌다. 그녀가 나무빗을 주머니에 넣고 손을 비볐다.

"저도 모릅니다!" 마웨이가 눈썹을 찌푸리고 말했다. "미안해요! 생각 없이 캐서린을 언급해서! 저는 그들이 어떤 관계인지 모릅니다. 한 사람에게 친구가 한명뿐일 수는 없잖아요, 안 그래요?" 그가 일부러 그녀에게 차갑게 웃어 보였다.

메리가 그를 흘겨보더니 말없이 나갔다.

9

웬델 부인은 가느다란 목을 세우고는 앞장서 걸었다. 마쩌런은 목을 움츠리고 그 뒤를 따랐다. 큰길을 지나 골목을 건넜다. 갈수록 그녀의 걸음은 빨라졌지만 그는 느려졌다. 사람이 많을수록 그녀는 활기찼고, 그녀가 활기찰수록 그는 쫓아가기 버거웠다. 그녀가 영국인과 약혼을 했다면, 적어도 어깨를 나란히 하고 손을 잡고 걸었을 것이다. 늙은 중국인의 손을 잡고 런던 거리를 걷는 건 있을 수 없는 일이기 때문에 그녀는 후회했다. 그가 만약 중국 여성과 걸었다면, 지금과는 정반대로 그녀를 멀리서 뒤따르게도 할 수 있었다. 그런데 지금 여성 뒤꽁무니나 따라가고 있으니, 그 또한 후회했다. 그녀가 걸음을 멈추고 기다리면, 그는 허리를 굽히고 다가와 성큼성큼 앞서나갔다. 그녀가 웃었다. 그도 웃었다. 어느새 둘 사이에 후회하는 마음이 사라졌다.

두 사람은 호바트 가의 장신구 가게에 들어갔다. 마쩌런이 반지를 보여달라고 했다. 점원이 젊은 아가씨들이 끼는 구리 반지를 가져왔다. 한개에 4펜스짜리들이었다. 마쩌런이 조금 더 비싼 것을 보여달라고 했다. 점원이 그를 흘낏 보더니 은도금 반지를 가져왔다. 두개에 3실링이었다. 마쩌런이 더 비싼 것을 보여달라고 했다. 점원이 억지로 웃으며 말했다.

"이보다 비싼 것은 1파운드가 넘습니다!"

"우리 고급 보석상으로 가요!"

웬델 부인이 얼굴을 붉히며 그를 끌어당겼다.

마쩌런이 고개를 끄덕였다.

"죄송합니다, 부인!" 점원이 황급히 사과했다. "제 실수입니다. 저는 이분이 중국인이라고 생각했습니다. 일본인이라는 생각은 못했습니다. 우리 가게에는 일본 손님들이 많이 오십니다. 정말 죄송합니다! 제가 더 괜찮은 걸 내오겠습니다!"

"이분은 중국인이세요!" 웬델 부인이 '이세요'에 힘을 주어 말했다.

점원이 마쩌런을 흘낏 보더니, 안으로 들어가 반지 상자 하나를 더 가져왔다. 순금이었다. 반지 케이스를 마쩌런에게 보여주며 말했다. "이것은 10파운드 넘는 것입니다. 살펴보십시오." 점원이 악의적인 웃음을 지었다.

마쩌런도 힘이 났다. 그가 반지 케이스를 밀며 말했다.

"20파운드 넘는 건 없습니까?"

점원의 얼굴색이 변했다. 그는 전화를 걸어 경찰관을 부를까 생각했다. 20파운드를 가지고 있는 중국인이라면 분명히 강도일 거라고 생각했기 때문이다. 그는 평범한 중국인은 1파운드도 가지고 다닐 자격이 없으며, 반지를 살 용기는 더더구나 없을 것으로 생각했다. 그가 머뭇거리자 웬델 부인이 다시 마쩌런을 잡아당겼다. 두 사람은 함께 나가버렸다. 점원은 반지를 정리하고 나서 마쩌런의 생김새와 키, 복장을 서둘러 기록했다. 강도 사건이 발생하면 경찰에 알리기 위해서였다.

웬델 부인은 화가 나서 견딜 수 없었다. 가게를 나와 마쩌런을 잡아끌며 말했다. "안 사! 안 산다고요!"

"화내지 마세요! 화내지 마시라고요!" 마쩌런이 그녀를 위로하며 말했다. "가게가 작아 비싼 물건이 없나봅니다. 다른 데 가서 사시죠."

"안 사요! 집에 가요! 저는 이 상황을 견딜 수 없어요!" 그녀가 말하면서 큰길로 달려나가 달리는 버스를 붙잡은 다음 제비처럼 훌쩍 뛰어올랐다. 마쩌런은 뒤에서 발을 구르며 떠나가는 버스를 바라보았다. 그가 혼자서 중얼거렸다. "외국 여성들은 오만하다니깐, 오만해!"

마쩌런은 마음이 아팠다. 약혼녀는 오만하고, 아들은 점잖지 않고, 관운은 막혔고, 자동차는 어지럽게 달리고…… "나 같은 노인네더러 어떻게 하라고! 방법이 없어! 방법이 없다고! 참을 수밖에!" 그가 고개를 숙이고 중얼거렸다. "우선 집에 돌아가지 말자. 그들은 신경 쓰지 말자. 내가 참으면 참을수록 그들은 더욱 화를 낼 거야! 그래, 우선은 집에 돌아가지 말자!"

그는 택시를 타고 에번스 목사네로 갔다.

"무엇 때문에 오셨는지 알고 있습니다. 마 선생님!" 에번스 목사가 마쩌런과 악수하며 말했다. "죄송해하실 필요 없습니다. 아이들이 싸우는 건 다반사죠!"

본래 마쩌런은 차를 타고 오면서 진상을 얘기하고 사죄하려고 마음을 먹었다. 그런데 에번스 목사가 그렇게 얘기하니 도리어 마음이 불편해 어색한 웃음만 나왔다.

에번스 목사는 그새 얼굴이 야윈 듯했다. 그는 벌써 사전이 두권이나 닳도록 밤낮없이 중국책을 보았지만 그래도 이해되지 않는 대목이 많았다. 그의 작은 갈색 눈에는 좌절한 기색이 역력했다.

"에번스 목사님, 저는 정말로 어떻게 해야 할지 모르겠습니다!" 마쩌런이 거실로 들어서며 말했다. "보십시오. 제게는 마웨이 그놈뿐이라 이러지도 저러지도 못합니다! 그애가 폴과……"

"앉으세요! 마 선생님!" 에번스 목사가 말했다. "그 문제는 더이상 언급하실 필요 없습니다. 아이들이 싸운 것은 그걸로 끝난 겁니다! 폴도 학교에 다니면서 자주 싸웠습니다. 저도 어쩌지 못했습니다. 상관하고 싶지도 않았고요! 그나저나 주일에 교회는 나가셨습니까?"

마쩌런의 얼굴이 붉어졌다. 그 순간 말문이 막혔다. 한참 후 그가 말했다.

"다음 주에 꼭 가겠습니다! 다음 주에요!"

에번스 목사도 더는 다그치지 않았다. 그가 안경을 고쳐쓰며 말했다. "마 선생님! 저를 좀 도와주십시오! 여전히 중국어가 안됩니다. 당신이 돕지 않으면, 전 정말로……"

"정말로 돕고 싶습니다!" 유쾌하게 말을 받은 마쩌런은 속으로 생각했다. '마웨이가 폴을 때렸으니, 내가 에번스 목사를 돕는다면 서로 빚을 갚는 셈이지. 누구도 밑진 게 없으니까!'

"마 선생님!" 에번스 목사는 벌써 마쩌런의 생각을 알아챈 듯했다. "당신이 저를 돕는 건 자식들의 싸움과는 다른 일입니다. 그들이 싸운 것은 그들 일이고, 우리가 상관할 필요 없습니다. 만약 당신이 저를 돕고자 하신다면, 저는 당신을 위해 무언가를 해야 합니다. 시간이 돈인데 다른 사람의 시간을 허투루 낭비할 수는 없죠. 그렇지 않습니까?"

"그렇고말고요." 마쩌런이 고개를 끄덕였다. 그러나 속으로는 이렇게 생각했다. '서양놈들은 정말로 고지식하다니깐! 반드시 모서리는 모서리라고, 귀퉁이는 귀퉁이라고 해야 한다니깐!'

에번스 목사가 눈을 끔뻑이며 웃었다. "마 선생님, 언제 시간이 나십니까? 저는 무엇을 도우면 될까요? 이 자리에서 결정하고 서둘러 시작합시다!"

"저는 늘 한가합니다!" 마쩌런은 '바쁘다'는 단어를 싫어했다.

에번스 목사가 막 얘기를 꺼내려고 할 때, 에번스 부인이 헝클어진 머리를 하고 들어왔다. 그녀의 팔자주름은 더 깊어지고 눈두덩도 심하게 부어올라 더욱 어리석고 사나워 보였다.

"마 선생님, 마웨이가 도대체 무슨 짓을 저지른 거죠?" 그녀가 매섭게 물었다.

"제가……"

마쩌런이 말을 마치기도 전에 그녀가 목을 꼿꼿이 세우고 다시 물었다.

"마웨이가 왜 그런 거예요?! 마 선생님, 당신네 중국 아이들이 반항하는 겁니다! 감히 우리 애를 때려요? 이십년 전에는 외국인을 보기만 해도 덜덜 떨더니, 이제는 주먹질을 해요? 한번 죽여보시지 그래요! 여기는 법도 하늘도 없이 함부로 죽이고 싸울 수 있는 중국이 아닙니다. 영국에는 법률이 있다고요!"

마쩌런은 말없이 침만 몇번 삼켰다.

에번스 목사는 마쩌런이 불쌍해 한마디 하려고 했지만, 아내가 두려워 입을 다물었다.

마웨이가 폴이 상처를 입을 만큼 때린 것은 아니었다. 폴이 고개를 돌리고 있는 틈을 타 그를 때려눕힌 것이었다. 에번스 부인은 아들을 사랑했지만, 아들이 부상을 조금 입은 것 때문에 화를 낸 것은 결코 아니었다. 그녀가 화를 낸 것은 순전히 마웨이—작은 중국 아이—가 감히 폴과 싸웠기 때문이다. 영국인이라면 누구나 세상의 모든 것이 자신들 발아래 있다고 생각했다. 홍콩, 인도, 이집트, 아프리카…… 모두 그 또는 그녀의 땅이었다. 그들은 스스로를 자랑스러워할 뿐 아니라, 다른 민족들이 스스로 영국인들보다 몇 배는 아래라는 것을 분명히 인정하기를 바랐다. 에번스 부인은 그런 치욕을 받아들일 수 없었다. 마웨이가 감히 폴을 때려? 폴이 대단한 상처를 입은 건 아니지만, 에번스 목사를 제외하고 그걸 받아들일 수 있는 사람은 없었다. 그녀는 남편이 원망스럽기까지 했다.

"엄마!" 캐서린이 문을 살짝 열고 불렀다. "엄마!"

"왜?" 에번스 부인이 몸을 돌리며 물었다. 대포의 포신을 돌리는 듯했다.

"메리가 엄마하고 할 얘기가 있다는데요."

"들어오라고 해!" 에번스 부인이 다시 한번 소리를 질렀다.

캐서린이 문을 열자 메리가 들어왔다. 에번스 부인이 두어 걸음 다가가 웃으며 인사했다. "메리, 어서 오렴!" 그녀는 마쩌런과 에번스 목사는 완전히 잊어버린 듯했다.

에번스 목사도 급히 다가가 웃으며 말했다. "메리, 잘 지내지?"

메리는 대답하지 않았다. 그녀는 손에 든 모자의 장식을 매만지고 있었다. 이마가 붉었다. 얼굴과 입술은 창백했다. 커다란 눈가에는 떨어질 듯 말 듯 눈물이 맺혀 있었다. 그녀는 고개를 앞으로 뺀 채 두 발로 바닥을 붙잡듯 휘청휘청 걸었다. 서 있기조차 힘들어 보였다.

"앉아라, 메리!" 에번스 부인이 여전히 웃으며 말했다.

에번스 목사가 의자 하나를 가져왔다. 메리가 삐뚜름하게 앉았다. 치마도 끌어내리지 않아 통통한 다리가 반쯤 드러나자 에번스 부인이 입을 삐죽였다.

캐서린의 얼굴도 창백했다. 아무렇지 않은 척하지만 당황한 눈빛으로 그녀가 엄마와 메리를 바라보았다. 그녀는 마쩌런을 보고 인사도 하지 않았다.

"무슨 일이야, 메리?" 에번스 부인이 다가가 메리의 어깨에 손을 올렸다. 그녀는 매우 온화해 보였다. 그러나 고개를 돌려 마쩌런을 흘겨보는 눈빛은 매우 사나웠다.

"캐서린 언니에게 물어보세요. 언니가 알아요!" 메리가 부들부들 떨면서 캐서린을 가리켰다.

에번스 부인이 캐서린을 돌아보며 눈빛으로 물었다.

"제가 워싱턴을 뺏었다고 하네요!" 캐서린이 천천히 말했다.

"워싱턴이 누군데?" 에번스 부인이 머리를 갸우뚱했다.

"오토바이를 몰고 다니는 사내인데, 머지않아 사고가 날 겁니다!" 마쩌런이 낮은 소리로 에번스 목사에게 알려주었다.

"제 약혼자라고요!" 메리는 아랫입술을 깨물었다.

"아니, 왜 남의 남자를 빼앗아? 어떻게?" 에번스 부인이 캐서린에게 물었다.

"제가 왜 그를 빼앗아요!" 캐서린이 침착하면서도 단호하게 대답했다.

"언니가 빼앗지 않았다면, 그가 왜 나를 찾지 않는 거지? 언니가 방금 말했잖아. 그와 자주 만난다고. 아니야?" 메리가 물었다.

"맞아! 하지만 나는 그가 네 애인인 줄 몰랐어. 우리는 그냥 친구 사이일 뿐이고. 친구들이 함께 놀러 다니는 건 흔한 일이잖아." 캐서린이 웃었다.

두 아가씨가 언쟁하는 것을 본 에번스 부인은 속이 시렸다. 언제나 모든 것을 결정해온 그녀였기 때문에 딸아이들의 허튼소리를 듣고만 있을 수 없었다. 에번스 부인이 목을 꼿꼿이 세우고 말했다.

"캐서린! 너 정말로 워싱턴이라는 사람을 알아?"

"네, 엄마!"

에번스 부인이 눈썹을 찌푸렸다.

"아주머니, 도와주세요. 제발요!" 메리가 일어서서 에번스 부인에게 애원했다. "저의 기쁨과 목숨은 모두 그에게 달렸어요! 캐서린 언니에게 그를 놓아달라고 하세요. 그는 제 사람이에요. 제 약혼자라고요!"

에번스 부인이 차갑게 웃었다.

"메리! 말조심해라! 내 딸은 거리를 쏘다니며 남의 남자나 빼앗을 애가 아니야! 메리, 네가 잘못 안 거야! 만약 캐서린이 네가 생각한 대로라면, 내가 설득하마. 엄마로서 마땅히 딸을 단속해야지!" 그녀가 숨을 돌리고 캐서린에게 말했다. "캐서린, 커피 좀 타와라! 메리, 커피 마실래?"

메리는 말이 없었다.

"메리, 우리, 집으로 가자!" 아무도 말이 없자 마쩌런이 한마디 했다.

메리가 고개를 끄덕였다.

마쩌런이 에번스 목사와 악수를 했다. 에번스 부인을 볼 용기가 안 나서, 마쩌런은 곧장 메리에게 다가가 그녀의 손을 잡았다. 차가 웠다.

메리와 캐서린의 눈이 마주쳤다. 캐서린은 여전히 침착했다. 그 녀는 마쩌런을 향해 웃어 보인 다음 메리에게 말했다.

"잘 가, 메리. 우리는 좋은 친구지, 그렇지? 나를 오해하지 마! 안 녕!"

메리가 고개를 저었다. 그러고는 모자를 썼다.

"메리, 기다려라. 내가 택시 잡을게!" 마쩌런이 말했다.

10

다음 날 아침식사 자리는 모두에게 껄끄러웠다. 마쩌런이 보기 에는 아들이 잘못한 일이었다. 마웨이는 아버지가 거슬렸다. 그러 나 둘 다 함부로 말을 꺼내기가 어려워 마씨 브자는 얼굴을 마주한 채 입만 삐죽였다. 웬델 부인은 딸이 가련했지만 자신은 더 불쌍했 다. 메리가 보기에는 엄마가 우스웠다. 그러나 웃을 수만은 없는 일 이라 그들 모녀 역시 얼굴을 마주한 채 입만 삐죽였다. 아무도 거 들떠보지 않는 나뽈레옹도 힘들기는 마찬가지였다. 메리의 통통한 다리를 핥았더니 그녀는 다리를 얼른 접어버렸다. 마쩌런의 커다 란 구두에 코를 대고 킁킁거려보았더니 그는 발을 빼내버렸다. 아 무도 개를 거들떠보지 않았다. 흥이 깨진 나뽈레옹은 뒤뜰로 달려 가 말라버린 장미를 보며 입을 삐죽였다. 그리고 생각했다. '저 우 스꽝스러운 사람들이 왜 한자리에서 저러고 있는지 모르겠네! 아 무래도 모르겠어!' 사람이나 개나 입을 삐죽일 때 더 우스웠다.

마쩌런은 아침을 먹고 천천히 위층으로 올라갔다. 담뱃대를 물었지만 불을 붙일 마음은 없었다. 메리는 엄마와 건성으로 입맞춤을 한 뒤 모자를 쓰고 출근했다. 마웨이는 외투를 입고 가게에 나갈 준비를 했다.

"마웨이." 웬델 부인이 마웨이를 불러세웠다. "이리 와봐라!"

마웨이는 그녀를 따라 아래층 주방으로 갔다. 웬델 부인이 눈물자국이 가시지도 않은 채 낮은 소리로 말했다.

"마웨이, 너희 이사해라!"

"왜요, 웬델 부인?" 마웨이가 억지로 웃으며 말했다.

웬델 부인이 길게 한숨을 쉬었다. "마웨이, 이유는 말할 수 없지만 아무튼 여기서 나가줬으면 좋겠어! 미안하다. 정말로 미안해!"

"우리가 뭘 잘못했습니까?" 마웨이가 물었다.

"없어, 전혀 없어! 잘못한 게 없기 때문에, 이사하라고 하는 거야!" 웬델 부인은 웃는듯 마는 듯 했다.

"아버지……"

"되물을 필요 없다. 네 아버님, 그래, 그분도 잘못한 거 없어! 너역시 착한 아이고! 나는 너희 부자를 좋아한다…… 그러나 우리가더이상 함께할 수는 없어. 함께할 수 없다고. 그래, 마웨이, 네가 아버님께 말씀드려라. 나는 말씀 못 드리겠다!"

눈물 두 방울이 그녀의 볼을 타고 주르륵 흘러내렸다.

"알겠습니다. 웬델 부인, 제가 말씀드리겠습니다." 마웨이가 대답하고 주방을 나갔다. 그녀는 고개를 끄덕이며 손수건으로 가볍게 눈을 닦았다.

"아버지, 웬델 부인이 이사하라고 하십니다!" 마웨이가 황급히 들어와 말했다. 일부러 아버지의 태도를 시험하는 듯한 말투였다.

"아!" 마쩌런이 마웨이를 바라보았다.

"우리, 정말 새집을 알아봐야 할까요?" 마웨이가 물었다.

"기다려봐라! 기다려봐! 나를 믿어!" 입에 문 담뱃대를 빼내고 마쩌런이 말했다.

"알겠습니다, 아버지. 그럼 저는 가게에 나가볼게요. 저녁에 뵙겠습니다!" 마웨이가 말을 마치고 가볍게 달려나갔다.

삼십여분을 생각해보아도 마쩌런은 아무런 방법이 떠오르지 않았다. 아래층으로 내려가 그녀에게 직접 말하는 것도 멋쩍었다. 아무 말 없이 이사하는 것도 미안한 일이었다. 에번스 목사에게 잘 말해달라고 부탁하면, 자기와 상관없는 일에 관여하지 않겠다고 대답할 것 같았다. 영국인들은 다른 사람 일에 끼어들고 싶어하지 않았다.

"이래저래, 연애결혼은 불편한 점이 많아!" 그가 혼자서 중얼거렸다. "중매쟁이가 있다면 쉽게 해결될 것을! 중매쟁이가 오가며 거들면 될 것인데! 보라고, 지금 얼마나 난처해졌는지. 이런 일을 다른 사람에게 부탁하기도 그렇고. 나 스스로는 말할 도리가 없고!"

또 삼십여분을 고민했지만, 그래도 좋은 생각이 떠오르지 않았다. 마쩌런은 웬델 부인의 속마음이 어떨지 추측해보았다.

'그녀가 왜 갑자기 그만둔 것일까? 알 수가 없네! 전혀 알 수 없어! 내가 가난한 게 싫은가? 나에게는 가게가 있잖아! 내가 늙어서 싫은가? 그녀도 젊지는 않은데! 내가 중국인이라서? 중국인은 최고의 문명인이라고! 치! 내가 못생겨서 그런가? 눈이 달려 있다면 내가 얼마나 점잖은지 알 수 있지! 더럽지도 않고, 흠도 없는 정말로 괜찮은 사람이잖아! 나를 필요로 하지 않는 게 이상한 거지!' 화가 많이 난 듯 그의 수염이 빳빳이 섰다. '그럼 나에게 그녀는? 그게 도리어 문제지! 볼품없는 서양 아낙네에다 콧대도 낮고, 술수나 알지! 체! 누가 그녀와 분란을 일으킨대? 체! 이사하라고? 하라면 하지 뭐! 조상님도 차라리 그걸 반기실 거야!' 입술까지 떨릴 정도로 마쩌런은 화가 났다. 그는 갑자기 일어서더니 담뱃대를 물고 아래층으로 내려갔다.

'한잔하러 가자!' 그는 생각했다. '취할 때까지 마셔보자! 뭐라고 할 사람도 없잖아!' 그는 가슴을 가볍게 친 다음 엄지손가락을 추켜세웠다.

그가 내려오는 소리를 들은 웬델 부인은 일부러 주방에서 올라왔다. 그러나 마쩌런은 그녀를 곁눈질하며 지나쳐버렸다. 모자를 쓰고, 외투를 걸친 다음 문을 열고 나가더니 그가 고개를 돌려 문고리를 향해 말했다. "조상님."

웬델 부인은 주방에서 울음을 터뜨렸다.

마웨이는 좁은 카운터에 앉아 봄철 할인 품목과 엽서, 카탈로그를 바라보았다. 탁자에 잔뜩 쌓여 있었지만, 정리할 생각이 들지 않았다.

돌아가는 일들은 간단해보였지만, 가만히 생각해보면 그렇지만도 않았다. 마웨이의 고민은 손가락으로 셀 수 있었다. 다만 셈을 마치고 나도 해결 방법은 여전히 알 수 없었다. 이사하는 일은 아버지와 시원스럽게 얘기하거나 한바탕 소란을 피운 다음 처음부터 다시 시작하면 되었다. 그 문제는 쉬운 편이었다. 한번 해봐? 그래도 되지! 도대체 이사를 해야 하나? 꼭 아버지와 한바탕해야 해? 무엇보다 어려운 건 메리였다. 반드시 그녀를 잊어야 해! 말은 쉽지! 위대한 인물이나 못난 인물이나 동일한 난제와 어려움을 가지고 있다는 점은 같다. 다만, 위대한 인물에게는 결단력이 있다는 점이 다를 뿐이었다. 마웨이에게도 생각과 주관은 있었지만, 단지 결단력이 부족했다.

그는 가게에 멍하니 앉아 있었다. 런던의 지독한 안개 속처럼 머릿속은 깜깜했고, 영혼은 작은 상자에 갇힌 듯 한 줄기 빛도 얻지 못해 천천히 질식해갔다. 마음속의 사랑은 메리 때문에, 아버지 때문에, 리쯔룽 때문에 시들어버렸다. 육신만이 남아 그곳에 앉아 있었다. 산지옥이 따로 없었다.

손님을 기다렸지만, 없었다. 한나절 동안 한 사람도 오지 않았다. 아버지를 기다렸지만, 오지 않았다. 아버지는 한번도 일찍 나온 적이 없었다.

리쯔룽이 왔다.

그가 햇살을 데려온 듯 마웨이의 온몸을 밝게 비췄다.

"마 형! 왜 아직 엽서를 보내지 않았어요?" 리쯔룽이 탁자 위에 놓인 엽서를 가리키며 말했다.

"리 형, 서두르지 마세요. 오늘 중으로 꼭 보낼 겁니다." 리쯔룽을 바라보는 마웨이의 커다란 눈가에 진심이 담긴 미소가 어렸다. "요 며칠 어떻게 지냈어요?"

"저요? 먹고살기 바빴죠!" 그가 말하면서 모자를 벗었다. 소매로 모자 챙을 닦은 그는 그것을 조심스럽게 탁자에 내려놓았다. "실은, 결혼 소식이 있습니다! 마 형!"

"누구 소식인데요?" 마웨이가 물었다.

"접니다!" 리쯔룽이 자신의 코를 가리키며 말했다. 그의 얼굴이 약간 붉어졌다. "저요. 제가 결혼 날짜를 받았습니다!"

"뭐라고요? 당신이? 설마! 당신이 여성과 함께 다니는 걸 본 적이 없는걸요!" 마웨이가 리쯔룽의 어깨를 짚으며 말했다.

"못 믿겠다고요? 하지만 진짜입니다! 어머니께서 정한 일입니다!" 리쯔룽의 얼굴이 온통 붉어졌다. "상대는 스물한살 아가씨입니다. 밥도 할 줄 알고, 옷도 만듭니다. 외모도 괜찮고요!"

"그녀를 본 적이 없잖아요?" 마웨이가 정색을 하고 물었다.

"있습니다! 어렸을 때 매일같이 어울려 놀았죠!" 리쯔룽이 득의만만하게 말하면서 머리를 긁적였다.

"리 형, 당신같이 앞선 사람이, 어떻게 그럴 수 있죠! 장래의 즐거움을 생각해보세요! 생각해보시라고요! 당신처럼 능력있고 학문도 깊은 사람이 왜 시골 아가씨와? 글도 전혀 모르고, 다만 밥을 할 수 있고 옷을 지을 수 있는 아가씨와 결혼이라뇨. 리 형, 잘 생각해보세요!"

"그녀는 글자를 알아요, 몇 글자지만!" 리쯔룽이 그녀를 두둔할 심산으로 무심결에 말했다.

"몇 글자라고요?" 마웨이가 눈썹을 찌푸리며 말했다. "리 형, 저는 당신의 결정에 찬성할 수 없습니다! 결코 우리 자신을 고명하게 보거나, 평범한 여성을 무시해서가 아닙니다. 저는 미래의 행복을 말하려는 것입니다. 이런 일에는 더 신중해야 해요! 생각해보십시오. 그녀가 당신을 도울 수 있습니까? 그녀는 글을 모릅니다……"

"몇 글자 안다니까요!" 리쯔룽이 다시 한번 강조했다.

"그래요. 몇 글자 안다고 치죠. 그렇다고 그녀가 당신의 일을 도울 수 있을 거라 생각합니까? 당신의 사상과 학문은 그녀의 사고나 그녀가 아는 몇 글자와는 어울리지 않습니다!"

"마 형, 당신의 말도 일리가 있습니다." 리쯔룽이 고민스러운 듯 말했다. "그러나 제 말을 들어보세요. 제게도 바보 같지만 나름의 이유가 있지 않겠습니까? 우리 앉아서 얘기하죠!"

두 젊은이가 얼굴을 마주하고 앉았다. 리쯔룽이 물었다.

"당신은 저의 사고가 고지식하다고 보죠?"

"만약 정말로 멍청이가 아니라면!" 마웨이가 말했다. 그의 눈동자에 웃음기가 맺혔다.

"저는 결코 바보가 아닙니다! 저는 결혼이 필수적이라고 생각합니다. 남녀관계…… 때문이죠." 리쯔룽이 머리를 쥐어뜯었다. 적절한 말이 떠오르지 않는 듯, 천장을 한번 쳐다본 후 그가 말을 이었다. "그러나 지금은 결혼문제를 쉽게 해결하기 어렵습니다. 저도 알고 있습니다. 서로 사랑해서 결혼하는 것이 가장 좋다는 것을. 그러나 중국 여성들을 똑바로 보십시오. 그러고 나면 당신의 마음도 바뀔 것입니다! 중등교육, 대학교육을 받은 여학생이라고 학문이 깊을까요? 한발 양보해, 빨래를 하고 밥을 할 수 있을까요? 사랑, 사랑의 밑바탕은 상호간의 도움과 이해, 책임감입니다! 저는 저를 도울 수 없고 이해하지 못하며 책임감이 없는 여성을 사랑할 수 없습니다. 제아무리 예쁘고, 제아무리 앞선 사고방식을 갖고 있다 하더라도."

"당신은 밥하고 빨래하는 것을 여성의 유일한 책임이라고 보십니까?" 마웨이가 리쯔룽을 보며 물었다.

"그렇습니다. 현재의 중국에서는요!" 리쯔룽도 마웨이를 보며 말했다. "오늘날의 중국에는 여성이 일할 기회가 없습니다. 수많은 남성들이 놀면서 일을 하지 않기 때문입니다. 남성들에게 할 일을 만들어주고, 여성들은 남성을 도와 집안일을 처리하도록 해야 합니다! 즐겁고 안정적인 가정이 있어야 사회도 활기를 띕니다. 그래야만 사람들도 즐거운 생활을 누릴 수 있습니다. 얼마 안되는 지식은 가장 위험합니다. 오늘날의 학생들은 모두 이것 때문에 손해를 보고 있습니다. 얼마 안되는 지식으로 사실을 가볍게 치부해버리죠. 연애소설 한두권 읽고서 미친 듯이 자유연애를 주장합니다. 그 결과는 예전처럼 남녀가 하룻밤을 함께하는 것뿐이죠. 그걸로 끝입니다! 남녀 간의 책임을 고민하지 않으면 즐거움도 있을 수 없습니다! 제가 그들을 무시한다고 말할 수는 없습니다. 그러나 저는 차라리 밥을 할 수 있고 빨래를 할 수 있는 시골 여성과 결혼할지언정, ‘지식이 조금 있거나’ 소설책 몇권 읽은 아가씨들과는 사귀지 않을 것입니다!”

“됐습니다! 그만하시죠, 리 형!” 마웨이가 비웃으며 말했다. “그런 얘기는 제 아버지에게 털어놓으시죠. 아버지는 분명 당신의 말을 좋아하실 겁니다! 더 말할 필요도 없어요. 당신은 저를 이해시킬 수 없고, 저도 당신을 설득할 수 없습니다. 다른 이야기를 하는 게 좋겠습니다. 그러지 않으면 우리 사이에 싸움이 벌어지겠어요!”

“당신이 저를 무시한다는 거 압니다!” 리쯔룽이 말했다. “제가 한심해 보이겠죠! 새로운 사상을 이해하지 못하는 것으로 보일 테니까요! 저도 압니다. 마 형!”

“지나치게 현실을 중시한다는 것 빼고, 당신에게 무시할 만한 점은 없습니다. 리 형!”

“너무 생각이 많고 현실을 경시한다는 것만 빼면, 당신에게도 무시할 만한 부분은 없습니다. 마 형!”

두 젊은이가 웃음을 터뜨렸다.

“우리는 서로를 잘 아네요. 그렇죠?” 리쯔룽이 물었다.

"표면상으로는요! 감정상으로는 매우 멀죠. 지구에서 태양까지의 거리보다 더 멀걸요!" 마웨이가 대답했다.

"우리 한번 서로를 이해하기 위해 노력해보죠. 어떻습니까?"

"반드시!"

"좋습니다. 이제, 제 결혼을 축하해주십시오!"

마웨이가 자리에서 일어나 말없이 리쯔룽의 손을 붙잡았다.

"마 형! 오늘은 사실 결혼문제를 얘기하려고 온 게 아닙니다. 정말입니다! 거기 정신이 팔려 잠시 용건을 잊고 있었습니다만!" 리쯔룽이 후회하는 표정으로 말했다. "저는 당신을 초대하기 위해 왔어요!"

"밥 사시게요? 당신의 결혼을 기념하여?" 마웨이가 물었다.

"아니! 아닙니다! 당신에게 밥을 산다고요? 혹시 모르죠. 제가 부자가 되었다는 말을 듣게 되면 그때 저에게 밥 사달라 찾아오시고요!" 자신이 말해놓고도 우스운 듯 리쯔룽이 크게 웃었다. "싸이먼 부인이 오늘 저녁에 집으로 초대했습니다. 식사를 하고 술을 마시고 춤을 추고 음악도 들을 것입니다. 있을 건 다 있죠. 오늘 저녁에 그녀는 몇백 파운드를 쓸 것입니다. 마 형, 이곳 부자들은 정말로 돈을 잘 씁니다! 오늘 저녁 연회는 무엇을 위한 것이냐? 바로 병원을 세울 돈을 모금하기 위한 것입니다. 무슨 병원일지 생각해보십시오? 동물 병원입니다! 가난한 사람을 위한 병원이 생기면, 가난한 사람들의 개와 고양이가 아플 땐 어디로 가야 하지? 싸이먼 남작 부인이 하릴없이 싸이먼 남작에게 중얼거린 얘기입니다. 모금을 해서 개와 고양이를 위한 병원을 세우면 되지! 싸이먼 남작이 그녀에게 말했죠. 보십시오. 그래도 남성이 생각이 깊죠? 마 형? 제가 어디까지 말했죠?" 리쯔룽이 이마를 치며 말했다. "아, 그렇지. 싸이먼 남작 부인이 어제저녁에 저를 보더니 잘 놀거나 노래를 부를 수 있는 중국인을 소개해달라더군요. 그녀가 먼저 제게 노래를 할 수 있는지 물었습니다. 그래 말했죠. 싸이먼 남작 부인, 손님들을 쫓아버릴 생각이시라면 제가 노래하겠습니다. 그녀가 한바탕 웃더니 말하더군요. 손님을 쫓아버릴 생각은 전혀 없다고. 그래서 당신이 떠오른 것입니다. 당신은 '쿤취昆曲'[30] 한두 소절 할 수 있잖아요. 당신이 도운다면, 싸이먼 남작 부인은 결코 당신을 저버리지 않을 것입니다! 제 경험상 그렇습니다. 영국 노동자들은 교양이 넘칩니다. 영국 귀족들은 도량이 크고요. 그래서 저는 영국의 중류층을 좋아하지 않습니다! 가시겠습니까? 저녁 내내 공짜로 먹고 마시는 겁니다. 그러면서 영국 상류사회 돌아가는 것도 살필 수 있습니다. 오늘 오는 손님은 모두 부자들이거든요. 가실 거죠?"

"저는 연회복도 없는데요!" 마웨이의 말은 가고 싶다는 뜻이었다.

"중국 의상 있죠?"

"비단 저고리가 있습니다. 아버지의 비단 마고자도 있고요."

"됐습니다! 됐어요! 그 옷을 가지고 저를 찾아오십시오. 싸이먼 남작 서재에서 기다리겠습니다. 그곳에서 옷을 갈아입은 다음 싸이먼 남작 부인에게 안내해드리죠. 중국 의상을 입고 중국 노래를 부르면, 그녀가 매우 좋아할 겁니다. 작년에 싸이먼 남작이 여기에서 산 자수 치마 기억하시죠! 싸이먼 남작 부인이 오늘 저녁에 그걸 입을 겁니다. 또 그제 제가 피커딜리에서 친칠라처럼 짙푸른색의 오래된 중국 관복을 찾아드렸죠. 오늘 저녁 남작 부인은 위아래 모두 중국옷을 입을 것입니다. 외국인들이 신기한 것을 좋아하는

---

30 장쑤 성 쿤산(昆山) 현에서 전해내려온 전통극의 곡조.

데다 중국 물건이 실제로 정말 예쁘기 때문이죠. 제가 만약 총통이 된다면, 중국인이 양복 입는 걸 금지할 것입니다! 중국옷보다 더 우아하고 아름다운 것이 세상에 또 있을까요!"

"중국인이 양복을 입는 것도 멋지긴 하죠!" 마웨이가 말했다.

"세속적인 멋이죠! 아름답지 않은 멋!" 리쯔룽이 말했다.

"양복은 편리하고 가볍잖아요!" 마웨이가 말했다.

"일을 할 때 적삼을 입어도 똑같이 편리합니다! 비단 셔츠와 갈포 셔츠도 무엇보다 가볍고요. 게다가 예쁘잖아요!" 리쯔룽이 말했다.

"리 형, 당신은 정말 꽉 막힌 노인네군요!"

"마 형, 당신은 개혁파고요!"

"됐습니다. 그만하시죠. 이러다 또 싸우겠네요!"

"저녁에 싸이면 남작 집에서 뵙죠. 7시입니다! 저녁 먹지 말고 오십시오. 오늘 저녁은 프랑스식 만찬입니다! 이따 뵙겠습니다!" 리쯔룽이 모자를 집어들면서 말했다. "마 형! 이 카탈로그와 엽서, 되도록 빨리 보내십시오. 이곳에 쌓여 있는 걸 제가 다시 보게 되면, 그때는 한바탕할 수밖에 없습니다!"

"미래의 리 부인에게도 보내야겠죠?" 마웨이가 웃으며 물었다.

"그것도 좋습니다. 그녀도 몇 글자 깨우쳤으니깐!"

"이건 영문英文입니다, 선생님!"

리쯔룽이 모자를 쓰고 마웨이를 한대 친 다음 도망쳤다.

11

온기를 머금은 바람에 하늘하늘 흩날리던 가랑비가 천천히 떨어졌다. 거리에서 꽃을 파는 아가씨는 벌써 수선화와 다양한 색깔의 봄꽃을 펼쳐놓았다. 잿빛의 런던에 희망의 빛을 뿌려놓은 듯했다. 성탄절과 새해에 펼쳐졌던 무용극과 서커스도 하나하나 끝이 났다. 사람들은 축구 결승전, 케임브리지대학과 옥스퍼드대학 간의 조정 경기 결과를 예측하는 데 골몰했다. 도박과 스포츠를 즐기는 영국인의 기호는 소고기를 먹고 궐련을 피우는 것만큼 뿌리가 깊었다.

공원의 고목에 물방울이 매달렸다. 가지에는 벌써 붉은 꽃망울이 맺혔다. 나무 밑동의 촉촉하고 부드러운 땅에서는 습기가 피어났고, 작은 수선화 한두 포기가 흙 위로 하얗고 작은 꽃봉오리를 틔웠다. 풀은 여름철보다 더 푸르렀다. 바람이 불자 어린 풀잎이 가볍게 흔들렸다. 그러자 물방울이 또르록 굴러떨어졌다. 런던은 소란스럽고 바쁜 도시였지만 공원만은 항상 고요하고 한적했다. 그래서 사람들은 향기로운 공기를 맛보기 위해 공원을 찾았다.

마쩌런은 뒷짐을 지고 잔디밭을 흐느적흐느적 걸었다. 시든 풀잎 아래 숨어 있을지도 모르는 지렁이를 밟을까봐 발걸음을 가벼이 내디뎠다. 우산을 들지 않아 모자는 벌써 빗방울로 젖었다. 신발역시 축축했지만 계속 걸었다. 서두르지는 않았지만 마음은 확실히 단호했다. 걷자! 걷고 또 걸어 길가에 도착했다. 길 저쪽에도 잔디밭이 펼쳐져 있었다. 길 가운데 포병 전사자 추모비가 서 있었다. 마쩌런은 그 비를 본 듯도 했고, 아닌 듯도 했다. 그는 워낙에 길눈이 어두웠다. 그렇다고 낯선 행인에게 길을 물어보는 것은 더 싫어했다. 길 건너 맞은편 공원으로 가볼까도 생각했지만, 거리에는 눈이 어지러울 정도로 자동차가 많았다. 그는 발을 굴러 신발에 묻은 흙을 떨어낸 다음 오던 길로 되돌아갔다.

벤치를 찾아 잠시 앉았다. 한 노부인이 얼굴이 길고 목이 짧은 강아지를 끌고 와 그의 옆에 앉았다. 그는 곁눈질로 그녀를 훔쳐보고 강아지를 흘낏 노려본 다음 일어서서 잔디밭을 걸었다.

"재수 없어! 아침부터 암캐나 끌고 다니는 여편네를 만나고!" 그가 풀잎에 침을 두번 뱉었다.

조금 더 걸으니 또다시 길가에 이르렀다. 그러나 방금 전과는 다른 길이었다. 자동차로 붐비는 건 같았지만, 추모비가 없었다. "여기는 또 어디지?" 그가 혼잣말로 물었다. 저쪽 먼 곳의 담벼락에 골목 이정표가 걸려 있었다. 그걸 보면 자신이 있는 곳이 어딘지 알 수 있었지만 굳이 가서 확인하고 싶지는 않았다. 길거리에서 지명을 찾는 귀인貴人이 있으려고? 없지! 나 역시 그럴 수 없고! 다시 공원으로 돌아가 걸으려고 했지만, 벌써 다리가 쑤셔오고 신발 바닥도 차가워졌다. 감기에 걸리면 안되지! 집으로 돌아가자!

집으로 돌아가? 아침에 가지고 나온 문제를 하나도 해결하지 않고 집으로 돌아간다고? 돌아가지 마? 공원에서 삼일, 삼주, 심지어 삼년을 걷는다고 해서 방법이 생길까? 확실하지 않지! 어려워! 어렵구먼! 어려워! 어려서부터 어려움을 겪은 적도 없고 큰일을 당한 적도 없으며 일을 헤쳐나가는 훈련을 받은 적도 없는데, 문제가 생기자마자 곧바로 해결 방법이 생길 만큼 어디 그렇게 운이 좋겠어!

집에 돌아가자. 돌아가는 게 좋겠다! 그녀를 보고 말하자!

마쩌런은 택시를 타고 집으로 돌아갔다.

웬델 부인이 서재를 정리하고 있을 때, 마쩌런이 들어왔다.

"헬로우! 산책 잘하셨어요?" 그녀가 물었다.

"좋았습니다! 좋았어요!" 그가 대답했다. "공원에 흥미로운 게 많더군요. 수선화가 요만 했어요." 그가 새끼손가락을 펴며 말했다. "땅속에서 나온 지 얼마 안된 듯하더군요. 메리는 출근했습니까? 오늘은 기분이 어땠습니까?"

"아주 좋아 보였어요." 그녀가 그를 돌아보지도 않은 채 창문을 닦으며 말했다. "도리 고모가 돌아가시면서 메리에게 100파운드를 남기셨죠. 가엾은 도리 고모! 메리가 그 100파운드를 함부로 쓰지 않도록 단단히 일러야겠어요. 메리는 벌써 모자, 축음기, 모피옷을 살 궁리를 해요. 나머지는 은행에 맡겨 이자를 받는다나 어쩐다나. 근데 물건을 사버리면 예금을 못하니 이자를 받을 수도 없겠죠? 두 가지를 다 할 수는 없겠죠, 그렇죠? 메리는 아직 어려 그 돈을 어떻게 할지를 모른다니까요!"

"워싱턴은 결국 오지 않았죠?" 마쩌런이 물었다.

"예!" 그녀가 천천히 고개를 저었다.

"젊은 사람들은 믿을 수가 없어! 믿을 수가 없지!" 그가 탄식하듯 말했다.

그녀가 고개를 돌려 그를 바라보았다. 눈빛에 웃음이 서려 있었다.

"젊은 사람들은 믿을 수가 없죠! 젊은이들의 사랑은 충동적이라서 그걸 어떻게 지속할지, 가정은 어떻게 꾸릴지 생각하지 않죠!" 마쩌런이 그처럼 아름다운 말을 해본 건 난생처음이었다. 게다가 그 말은 매우 자연스럽고 진실하기까지 했다. 마쩌런 스스로도 감동할 정도였다. 아침에 공원을 산책하기를 정말로 잘한 듯했다. 시적 정취를 충분히 느끼고 온 덕분이다! 마쩌런은 애원하는 기색이 역력한 눈빛으로 웬델 부인을 바라보았다.

그녀도 그의 말뜻을 알아챈 듯했지만, 별다른 대꾸는 하지 않았다. 그녀는 다시 몸을 돌려 유리를 닦았다.

두어 걸음 다가선 마쩌런은 용감하고 단호하게 마음을 굳혔다. '바로 지금이다. 성패는 이 한번에 달렸다!'

"웬델 부인! 웬델 부인!" 그는 그렇게 두번 외쳤다. 그의 목소리에 속마음이 모두 담겨 있었다. 그가 손을 뻗었다. 손가락이 무겁게 떨렸다.

"마 선생님!" 그녀가 창틀을 짚은 채로 몸을 돌렸다. "우리들의 관계는 끝났어요. 다시 언급하지 마세요!"

"반지를 사려고 했던 그날, 그 점원의 말 몇 마디 때문입니까?" 그가 물었다.

"아니에요! 이유는 많아요! 그것은 단지 시작일 뿐이죠. 그날 돌아온 다음 자세히 생각해보았어요. 이유가 많았어요. 계속할 만한 이유가 하나도 없었어요! 저는 당신을 사랑하지만……"

"사랑하면 됐죠. 무엇이 문제입니까!" 그가 끼어들었다.

"사회! 사회! 사회가 사랑을 죽일 수도 있어요! 우리 영국인들은 정치적으로는 평등해요. 그러나 사회적으로는 계층이 있죠. 혼인의 자유는 동등한 계층에 한정되고요. 지위와 재산이 동등해야 결혼을 얘기할 수 있고, 그래야 결혼 후에도 행복해요. 왕자가 시골 여인과 결혼하는 것은 소설가가 꾸며대는 거짓일 뿐, 현실에서는 불가능한 일이라고요! 그것이 사실이라고 쳐도 그 시골 여인 역시 즐겁지 않을 거예요. 사교, 습관, 예절, 언어가 모두 바뀌죠. 모두 그녀가 모르는 것 투성인데 행복할 수 있겠어요?" 웬델 부인은 잠시 숨을 돌린 다음 무심결에 걸레로 코를 닦고 나서 계속했다. "당신과 저 사이에 계층의 차이는 없어요. 그러나 인종의 차이가 걸림돌이에요! 인종은 계층보다 더 대단하죠! 아무리 생각해보아도 모험을 하지 않는 것이 좋을 것 같아요! 메리의 일을 보세요. 당신과 결혼하면 딸아이의 혼사는 십중팔구 실패할 거예요. 메리를 위해서라도 저는 당신과 결혼할 수 없어요. 건강한 젊은이가 메리를 사랑하게 되더라도 중국인 계부가 있다는 얘기를 들으면 결국 떠나가버릴 테니까요! 인간의 고정관념은 깨뜨릴 수 없어요! 당신이 처음 왔을 때, 저도 당신을 괴물이나 유령으로 보았어요. 사람들 모두가 당신네 중국인이 나쁘다고 말하기 때문이었죠. 지금은 알아요. 당신이 그렇지 않다는 걸. 그러나 다른 사람들은 모르잖아요. 우리는 결혼 후에도 계속 그들과 어울려 살아야 하는데, 사회의 고정관념은 사흘이면 당신을 죽여버릴 거예요! 영국 남성이 외국 여성과 결혼하는 것은 다반사예요. 사람들은 외국 여성을 의심하기는 하지만 혐오하지는 않거든요. 영국 여성이 외국 남성에게 시집가는 일은 전혀 다른 일이에요. 당신도 아실 거예요, 마 선생님. 영국인은 매우 거만한 민족이죠. 외국인에게 시집간 여성을 무시하고, 영국 아내를 얻은 외국인을 미워하죠! 사람들이 하는 얘기를 들어보니 동양 여성은 가정의 보물이라서 외부인에게 보이지 않으려 하고, 외국인에게 시집보내는 건 더더욱 원치 않는다고 하던데요. 영국인도 그래요. 외국인이 그들의 여성을 건드리는 걸 가장 싫어하죠! 마 선생님, 인종적 편견은 당신이나 저나 깨뜨릴 수 없어요. 더구나 모험을 하면서까지 깨뜨릴 만한 것도 못되고요! 당신과 저는 영원히 좋은 친구가 될 수 있어요. 좋은 친구만 될 수 있죠!"

온몸이 마비된 듯 마쩌런은 한마디도 할 수 없었다. 한참 후에 그가 낮은 소리로 말했다.

"제가 여기서 계속 사는 건 괜찮으세요?"

"그럼요! 꼭! 우리는 여전히 좋은 친구니까요! 며칠 전에 제가 마웨이에게 말했죠. 이사하라고. 그건 충동적으로 한 말이니 잊어주세요! 만약 정말로 당신들을 내보낼 마음이 있었다면, 왜 재촉하지 않았겠어요! 여기서 계속 사세요, 꼭!" 그녀가 웃었다.

마쩌런은 말없이 고개만 숙이고 있었다.

"나뽈레옹을 부를 테니 같이 놀아주실래요?" 그녀가 멋쩍어하며 걸어나갔다.

5부

1

3월 중순, 런던 하늘이 갑자기 맑아졌다. 안개가 걷히자 나무들이 더 늘씬해 보였다. 느릅나무 가지에서 노랗고 붉은 비늘이 떨어졌다. 버들가지에는 금세 연노랑 잎이 돋아났다. 촉촉한 땅에서는 들꽃이 소리를 내며 새싹을 틔웠다. 사람들의 얼굴에도 웃음기가 돌았다. 통통하게 살이 오른 개들이 기쁜 듯 거리 여기저기를 뛰어다니며 땅에 드리워진 나무 그림자를 향해 멍멍 짖었다. 도로에서는 각양각색의 자동차들이 햇빛을 받으며 쏜살같이 달렸다. 자동차 뒤에서 뿜어나오는 연기가 새파랬다. 가게에 걸린 금빛 간판, 각양각색의 장식들이 반짝반짝 빛을 뿜었다. 사람들의 눈은 시렸지만 마음은 즐거웠다.

날씨가 좋아졌지만 에번스 목사의 가족들은 웃음기 하나 없이 거실에 모여앉았다. 폴은 담뱃대를 문 채로 눈살을 찌푸리고 있었다. 머리를 의자 등받이에 기댄 채 에번스 목사는 수시로 부인을 훔쳐보았다. 그녀의 머리카락은 죽은 나무뿌리처럼 바싹 말라버렸다. 목을 꼿꼿이 세운 그녀의 눈빛이 매서웠다. 코 양쪽으로 팔자주름이 더욱 깊게 패어 있었다. 마치 두 갈래로 얼어버린 도랑물 같았다.

"꼭 캐서린을 데려올 거야! 내가 가서 그애를 찾을 거야, 내가 갈 거야!" 에번스 부인이 치를 떨며 말했다.

"저는 누나를 다신 못 보겠어요! 차라리 데려오지 마세요! 엄마!" 폴이 단호하게 말했다.

"우리가 그녀를 데려오지 않아 메리가 워싱턴을 고소하면, 우리 모두 끝장이야. 끝장이라고! 누구도 못 살아! 나는 교회에서 더이상 일을 못 할 거고, 너도 은행에서 일을 못 할 거야! 메리가 고소하면 우리 모두 끝장이야. 틀림없어! 너나 나나 신문에서 떠드는 걸 막을 재간은 없어! 캐서린을 데려오자. 다른 방법이 없어!" 에번스 부인이 한 마디 한 마디에 힘을 주며 침통하게 말했다.

"누나가 워싱턴과 떠나고 싶어한다면, 다시 데려온다 해도 소용없다고요!" 폴이 화난 표정으로 말했다. "저는 진작에 알아봤어요! 누나는 정말 이기적이고 제멋대로고 체면도 따지지 않잖아요! 벌써 알아봤다고요!"

"미워할 필요 없어! 소용없다고! 방법을 찾아보자! 너까지 캐서린을 미워한다면 내 마음이 어떻겠니! 어릴 때부터 지금까지 내가 성서의 가르침을 그애에게 알려주지 않은 날이 하루라도 있었니? 그애를 보살피지 않은 날이 있었어? 그애가 밉다고? 진짜 미워할 사람은 바로 나다! 그런데 미워하면 뭐가 바뀌는데? 미워하는 건 아무 소용도 없어. 오히려 우리는 그애를 사랑으로 보듬어줘야 해! 도망쳐도 우리는 그애를 받아들여야 한다고. 그애가 과오를 뉘우치고, 기독교의 가르침을 따르고자 하며, 다시는 그런 그릇된 주장과 오류투성이 이론을 공부하지 않는다면! 하늘 끝까지라도 가서 그애를 찾아 데려올 거야! 그애는 지금 분명 행복하지 않을 거야. 난 그애를 찾아서 지금까지 누려온 모든 행복을 되돌려줄 거야. 나랑 같이 있었을 때가 캐서린에게는 가장 행복한 시간이었을 테니까. 내 딸에게 행복을 주는 것이 바로 내 책임이야. 그애가 나에게 뭐라고 사죄하든 상관없이!" 에번스 부인이 단숨에 말했다. 미리 원고를 준비한 것처럼 한 글자도 빠짐없이. 눈둘이 맺힌 듯 눈가가 촉촉해졌지만 보통 사람들의 그것과는 전혀 다른 눈물이었다.

"누나는 절대 돌아오지 않을 거예요! 만약 우리를 조금이라도 생각했다면 절대로 워싱턴과 같이 떠나지 않았을 거라고요! 엄마, 엄마가 어떻게 하시든 저는 떠날 거예요! 인도 이집트, 일본, 어디든 다 좋으니 근무지를 옮겨달라고 할 거예요. 저는 누나를 다시는 만나고 싶지 않아요! 영국이 망할 날이 온다면 바로 그런 이기적이고, 가족을 사랑하지 않고, 나라를 사랑하지 않으며, 하느님을 사랑하지 않는 남녀 때문일 거예요!" 폴이 큰 소리로 말하고는 나가버렸다.

1차 세계대전은 결과적으로 각국 사람들의 경제적 토대를 뒤흔들었을 뿐만 아니라 사람들의 생각도 바꾸어놓았다. 생각이 있는 사람들은 세상의 낡은 도덕과 관념들을 돌아보고 재해석했다. 그들은 과거의 구속을 전복하고, 평화롭고 전쟁이 없는 세상을 다시 만들려고 했다. 그런 새로운 사상 아래서 결혼, 가정, 도덕, 종교, 정치 등 모든 것이 뒤집혔다. 거의 뿌리째 뽑힌 거나 마찬가지였다.

그 물결에 휩쓸린 보통 사람 가운데 그릇이 큰 사람들은 새로운 파도를 따라 많은 자유를 얻었다. 마음이 좁고 생각이 짧은 사람들은 그 파도를 거슬러 예전으로 돌아가기 위해 애썼다. 그들은 물결 가운데에서 이미 파손된 옛것을 붙잡으려고 했다. 사람들은 두 부류로 나뉘어 물결치는 대로 움직이면서 서로를 이해하지 못했고, 관여할 마음도 없었다. 그냥 서로 의심하고 증오할 뿐이었다. 심지어 부자, 형제 사이도 화합하지 못하는 참극이 벌어졌다.

영국인들은 보수적이었다. 바로 그런 보수적인 영국인들도 그 성난 파도에 휩쓸렸다.

캐서린과 폴의 사고는 적어도 백년의 차이가 났다. 캐서린은 평화를 중시했고 생각이 자유로웠다. 혼인과 종교를 타파하고자 했고, 편협한 애국심과 귀족식 대의정치를 버려야 한다고 생각했다. 폴은 전쟁, 애국심, 심지어 혼인과 종교의 형식까지도 보전돼야 한다고 여겼다. 1차 세계대전을 극악무도한 행위로 본 캐서린은 전쟁 전의 모든 것이 두렵게 느껴졌다. 1차 세계대전을 가장 영광스러운 행위로 본 폴은 전쟁을 황금기의 절정이라고 생각했다. 캐서린의 생각은 공부를 통해 얻은 것이었고, 폴의 의견은 천성과 본능에 근거한 것이었다. 그녀와 그는 모두 1차 세계대전의 결과가 낳은 두 종류의 젊은이였다. 그녀는 항상 미소를 지으면서도 무엇이든 의심하려고 했다. 그는 항상 담뱃대를 문 채 무엇이든 단정 지으려고 했다. 그녀는 명확한 이해를 원했고, 그는 결과와 효용을 중시했다. 그녀는 머리를 썼지만, 그는 마음을 썼다. 서로가 서로를 이해하지 못했고, 심지어 그는 그녀를 미워했다. 왜냐하면 그는 마음, 감정, 유전에 의거하여 단정을 내리기 때문이었다.

그녀는 워싱턴과 같이 편안하게 살고 있었다. 서로 사랑하기 때문이었다. 왜 반지를 사서 껴야 하지? 왜 교회에 가서 성서에 손을 얹어야 하지? 왜 꼭 자신의 성을 버리고 그의 성을 따라야 하지…… 캐서린은 그런 문제들을 일소에 부쳐버렸다.

메리는—폴과 똑같았다—꼭 반지가 있어야 했다. 반드시 교회에 가서 성서에 손을 얹어야만 혼인이 성사된다고 믿었다. 다른 사람들이 자신을 반드시 워싱턴 부인이라고 불러야 했다. 그녀의 행동은 고양이 같았지만 생각은 꽉 막혀 있었다. 남자들이 자신의 하얀 맨다리를 보는 걸 은근히 즐기면서도 노출은 딱 무릎에서 멈추었다. 바람이 치마를 들출라치면 얼른 치마를 붙잡는 모습이 바보스럽고 우스웠다. 그녀는 태도와 외관만 신경 썼기 때문에 그녀와 사귀려면 멀리서 바라보기만 하는 편이 나았다. 그녀의 유일한 무기는 바로 미모였다. 미모로 남자를 붙잡아 가정을 이루면 끝이었다! 그녀의 인생 대사는 거기까지였다! 그녀는 아이를 낳고 싶어 하지 않았다. 새로운 사상이 여성들을 그렇게 일깨웠지만, 메리는 단지 그쪽이 편리하기 때문에 그러기를 원했다. 아이는 미모를 파괴할 수 있는데다 아주 귀찮은 존재이기 때문에 낳으려 하지 않았을 뿐, 산아제한에 대한 새로운 인식 따위는 안중에도 없었다.

워싱턴은 캐서린과 메리를 비교한 다음 캐서린과 같이 살기로 결정했다. 그는 여전히 메리를 사랑하고 잊지 못했다. 하지만 캐서린과의 관계는 '사랑' 이상이었다. 그런 '사랑' 이상의 것은 전쟁 이후 새로 생겨났다. 그것이 무엇인지 제대로 아는 사람은 아직 없었다. 그것은 형식적으로 규정할 수 있는 것이 아니었으며, 매우 자유롭고 활기에 넘치는 것이었다. 메리는 그것을 이해할 수 없었고, 또 누리지도 못했다. 왜냐하면 '사랑'에 대한 메리의 정의는 결혼, 부부, 가정으로 제한되기 때문이었다. 그것은 결코 옛날 풍속으로는 어찌할 수 없는 무엇이었다.

캐서린과 워싱턴은 손을 잡고 에번스 부인을 만나러 가는 걸 수치스러워하지 않았다. 메리와 맞닥뜨린다 해도 두렵지 않았다. 단지 에번스 부인과 메리가 자신들을 이해하지 못하는 것이 놀라울 따름이었다. 그들은 사람이 두려운 게 아니라 그들의 구식 사고를 건드리기가 무서웠다. 그것은 그와 그녀가 연약해서가 아니었다. 세계적 조류의 충돌로, 개인의 문제가 아닌 역사적 변화였다. 그와 그녀는 양심적이었지만 다만 다른 사람들과 양심의 기준이 다를 뿐이었다. 그들의 양심은 에번스 부인이나 메리의 양심과 같은 저울로 잴 수 없었다. 그래서 그와 그녀가 사람들 앞에 나타나지 않고, 에번스 부인과 메리를 만나지 않는 것이 가장 좋았다.

"불쌍한 폴! 자존심 강한 폴! 난 그애가 왜 힘든지 알아!" 폴이 나간 후 에번스 부인이 중얼거렸다.

에번스 목사는 그녀를 힐끗 보고 무슨 말을 해야 할지 알아채고는 기침을 두번 하더니 천천히 말했다.

"캐서린은 나쁜 아이가 아니니, 그애를 오해하지 마요!"

"당신은 늘 그애 편에서만 말하죠. 당신이 제멋대로 하도록 내버려두지 않았더라도 그애가 그런 추악한 일을 저질렀을까요!" 에번스 부인의 한마디가 에번스 목사의 입을 틀어막았다.

에번스 목사는 아내가 미웠지만, 감히 화를 내지는 못했다.

"캐서린을 찾으러 갈 거예요! 예수님의 말씀으로 그애를 설득해서 데려올 거라고요!" 에번스 부인이 억지로 웃었다. 악마가 입을 헤벌리는 것처럼 사근사근했다.

"그애를 찾을 필요 없어요. 돌아오지 않을 테니까!" 에번스 목사가 낮은 소리로 말했다. "그애는 그와 같이 있어 행복하잖아. 그애는 분명 돌아오지 않을 거요. 만약 그와 행복하지 않더라도 스스로 먹고살 능력이 있으니 돌아오려고 하지 않을 거라고. 나도 그애가 돌아오길 바라지. 그애는 나를 가장 사랑하니까. 나도 그애를 가장 아끼고!" 눈가가 촉촉해져서 그는 계속 말했다. "하지만 난 그애를 강제로 데려오지 않을 거요. 그애는 자신의 주장과 의견을 갖고 있으니까. 그걸 실행할 수 있으면 행복할 거고. 그애의 행복을 빼앗고 싶지 않아요! 지금 중요한 것은 메리에게 달렸어요. 메리가 고소하면 우리는 다 끝장이지. 그런데 메리가 관대히 봐주면 모든 것이 무사하겠지. 모든 것이 메리에게 달렸어요. 당신은 가만있어요. 내가 갈 테니. 그애의 의견을 들어보고 나서 메리에게 부탁해볼게요!"

"부탁! 메리!! 부탁!!!" 에번스 부인이 그의 코를 가리키며 말했다. 에번스 부인은 하느님을 제외하고 '부탁'이라는 말을 써본 적이 없었다.

"메리에게 부탁할 거요!" 에번스 목사도 힘주어 말했다. 낮지만 단호한 목소리였다.

"당신 딸이 도망갔는데 계집아이에게 부탁한다고요? 에번스 목사님! 당신 지위에서?" 에번스 부인이 소리쳤다.

"지위? 당신과 폴은 있지만 난 아니야! 당신이 딸애를 데려오려고 하는 건 그애의 행복과 관계없이 당신 체면 때문이잖아! 그리고 당신은 메리가 얼마나 슬플지는 조금도 생각하지 않잖아! 난 지위 따위 없으니 메리에게 부탁하러 갈 거야! 그애가 내 말을 듣는다면, 자신을 희생해서 캐서린을 행복하게 해주는 거지. 내 말을 듣지 않더라도, 그애에게 그럴 권리와 자유가 있기 때문에 나도 강요할 수 없어! 불쌍한 메리!"

에번스 부인은 뭔가로 에번스 목사의 머리를 후려치고 싶었다. 그런데 갑자기 하느님이 생각나 그러지 못했다. 그녀가 표독스럽게 에번스 목사를 쏘아본 다음 솜뭉치처럼 헝클어진 머리카락을 이고 나갔다.

에번스 목사는 웬델 부인과 얼굴을 맞대고 앉았다. 메리는 나쁠레옹을 안고 피아노 앞에 앉아 있었다. 불빛에 비친 에번스 목사의 얼굴이 매우 창백했다.

"메리! 메리!" 그가 말했다. "캐서린이 잘못했어, 워싱턴도 잘못한 거야. 오직 너만 괴로움을 당하는구나! 그런데 일이 이렇게 되었으니 네가 그를 심하게 대하면 그뿐만 아니라 나도 망하는 거야. 너는 법적 근거가 있으니 배상을 청구하는 소송을 내면 분명 이길 수 있을 거야. 그러나 배상금과 소송비용을 내면 워싱턴은 파산할 수밖에 없을 거다! 신문에 이 이야기가 실리면 우리 가족도 같이 죽는 거지! 넌 고소할 이유가 충분히 있고, 배상을 받을 이유도 충분해. 그렇지만 나는 그를 너그럽게 이해해달라고 부탁할 수밖에 없구나. 워싱턴은 나쁜 놈이 아니고, 캐서린도 나쁜 계집아이가 아니잖아. 단지 그애들의 행위가 잘못된 거지. 네가 그애들을 용서해준다면 그애들 평생의 행복은 다 네 덕분이다! 네가 그애들을 용서하지 않는다고 해도 나는 너를 너무 각박하다고 탓할 수 없단다. 넌 충분한 이유가 있으니까. 그러니까 나는 네게 부탁하러 온 거야. 부디 용서해주면 안되겠니? 그들을 도와주고, 부디 우리도 용서해주렴! 법적으로는 처벌을 받아야 마땅하지만, 감정적으로 그들은 용서받을 수 있지 않을까. 사랑의 충동 때문에 그런 잘못을 저질렀지만, 일부러 너한테 상처를 주고 괴롭히려는 생각은 절대 없었을 거야. 메리! 한마디만 해주렴. 메리, 그들을 용서할 거니, 처벌할 거니? 메리, 한마디만 해다오!"

메리의 눈물이 나뽈레옹의 몸에 떨어졌다. 그녀는 대답이 없었다.

"저는 법으로 해결하는 것이 가장 좋다고 생각하는데, 그렇지 않습니까, 에번스 목사님?" 웬델 부인이 입술을 떨면서 말했다.

에번스 목사가 말없이 양손으로 머리를 감싸안았다.

"아뇨! 엄마!" 메리가 갑자기 일어서며 말했다. "저는 그가 미워요, 그가 밉다고요! 그치만 전…… 그를 사랑해요! 저는 그를 처벌하지 못해요! 파산시키지도 못해요! 그가 직접 와서 내게 말하라고 하세요! 다른 사람 말은 듣고 싶지 않아. 엄마도 신경 끊으세요! 에번스 목사님도 끼어들지 마시고요! 저는 그를 만나야 해요. 언니역시 만나야 하고요! 그들을 만날 거예요! 그냥 만나기만 할 거예요! 하하! 하하!" 메리가 갑자기 기괴하게 웃었다.

"메리!" 당황한 웬델 부인이 다가가 딸을 부축했다.

에번스 목사는 바보처럼 그 자리에 앉아 있었다.

"하하! 하하!" 메리가 계속 웃었다. 얼굴이 새빨개지도록 웃더니그녀는 결국 피아노에 엎드려 울음을 터뜨렸다.

에번스 목사의 발밑으로 뛰어온 나뽈레옹이 고개를 갸웃거리며에번스 목사를 바라보았다.

2

마웨이와 리쯔룽은 일요일에 만나 런던 북부의 웰린 가든스 신도시에 가보기로 했다. 그 신도시는 전쟁 후 건설되었다. 여기저기에 꽃밭이 조성되어, 여름이면 어느 길에서든 꽃향기를 맡을 수 있었다. 그곳에는 가게가 하나밖에 없었지만 팔지 않는 것이 없을 정도로 규모가 컸다. 신도시에서는 맑은 공기를 유지하기 위해 석탄 사용이 금지되었고, 전기만 사용되었다. 또 몇몇 도로만 차량 통행이 가능했기 때문에 사람들은 언제 어디서든 한적한 생활을 즐길 수 있었다. 신도시의 모든 것은 자연계에 가까웠지만, 그런 '자연'을 유지하는 것은 과학이었다. 전기의 사용, 새로운 건축술, 꽃이나 나무를 보호하는 방법, 도로 계획 모두 과학적이었다. 과학을 이용하여 본연의 아름다움을 상당 부분 되살렸다. 신도시 전체가 매우 자연스럽고 깨끗하고 아름답고 위생적이었다. 과학 지식이 없으면 꿈에도 생각할 수 없는 것들이었다.

과학은 정신적인 면에서 절대적 진리를 추구한다. 실용적인 면에서는 인간에게 행복을 가져다준다. 과학의 오용은 과학을 이해하지 못하는 것이며, 과학의 오용 때문에 과학을 공격하는 것도 과학을 모르는 것이다. 인생에서 누려야 할 것은 두 가지이다. 진리와 쾌락을 추구하는 것이다. 과학만이 그 두가지를 동시에 제공할 수 있다.

두 사람은 차를 타고 바넷 역으로 간 다음 거기서부터는 걸어서 신도시로 갔다. 철길을 따라 걸으니 어디서나 아름다운 경치를 볼 수 있었다. 초록빛 초원은 들쭉날쭉 펼쳐져 있었고, 숲은 빽빽하기도 하고 성기기도 했다. 드문드문 흩어져 있는 집들은 나무 뒤에 숨기도 하고, 길가에 홀로 서 있기도 했다. 작은 마당에 흰 병아리 몇마리가 노니는 집도 있고, 와이셔츠 몇장을 널어놓은 집도 보였다. 그야말로 시골 마을 풍경이었다. 길에도 숲에도 행인이 오갔다. 복잡하게 생긴 모자를 쓴 노부인은 양산을 지팡이 삼아 예배를 드리러 교회로 갔다. 어깨를 나란히 하고 숲을 산책하는 젊은 남녀도 있었고, 자전거를 타고 더 먼 마을로 가는 젊은이들도 있었다. 새로 산 옷을 입은 중년 남자는 아이와 함께 풀밭에서 소, 닭, 흰 돼지, 새 등을 바라보고 있었다. 초등학생들은 한패가 되어 축구를 하기도 했고, 풀밭을 뒹굴기도 했다.

노동자들 대부분은 작은 담뱃대를 물고 집 앞에서 타블로이드 신문을 읽거나, 가끔 풀밭으로 나가 소와 양에게 말을 걸기도 했다.

영국의 시골은 정말 아름다웠다. 어디든 초록빛이고, 어디든 자연이 펼쳐지며, 어디든 평화롭기 때문이었다.

"리 형." 마웨이가 말했다. "당신은 캐서린의 일을 어떻게 생각해요? 찬성하지 않죠?"

리쯔룽은 넋을 놓고 상록수를 바라보고 있었다. 나무 가득 홍두가 매달려 있었다. 리쯔룽은 마웨이의 말을 알아듣지 못한 듯했다.

"네? 아! 캐서린! 저는 반대하지 않습니다. 저 나무의 홍두가 얼마나 예쁜지 보세요."

"예쁘네요!" 마웨이가 대충 보고 대답한 다음 다시 물었다. "당신은 캐서린의 행동이 이상하지 않아요?"

"뭐가 이상해요!" 리쯔룽이 웃으면서 말했다. "그런 일은 흔해요! 그런데 나라면 그런 모험을 하지 않을 겁니다. 캐서린은 정말 대단한 겁니다! 주관이 분명하죠. 캐서린은 한 남자와 같이 살고 싶었기 때문에 모험을 한 것이죠. 캐서린은 자유가 있고, 남자를 도울 수도 있습니다. 그 남자와 살고 싶지 않으면, '좋아!' 하고 헤어질 것입니다. 경제력이 있으니까요. 보십시오. 그녀는 영어도 잘하고 타이핑과 속기도 할 줄 압니다. 일도 잘하고, 못생긴 편도 아니니 무서울 것이 없죠! 새로운 사상을 실행할 수 있는 사람은 분명 조금이라도 능력이 있는 사람입니다. 능력은 없는데 구호만 외치면 성공할 수 없죠! 마 형, 제가 외국인에게 탄복하는 게 딱 하나 있습니다. 돈을 잘 번다는 것이죠! 에번스 부인을 보십시오. 그녀도 일년에 300~400파운드를 벌죠. 메리를 보십시오. 인형처럼 생겼지만 그녀도 모자를 잘 팝니다. 껄렁껄렁해 보이는 알렉산더 역시 영화의 배경을 쓸 수 있습니다. 박물관의 링컨, 시시한 시인이지만 그 역시 중국시를 번역 출간해 돈을 법니다. 어느날 제가 물었습니다. '중국의 시가 분명 가치가 있기 때문에 번역하시는 거죠?' 그랬더니 그가 뭐라고 했는지 아세요? '지금 중국이 유행이어서 중국시를 번역해도 돈이 되죠!'라고 했습니다. 그들은 돈을 버는 능력이 진짜 뛰어나고 대단합니다. 그런 능력이 있기 때문에 그들의 미술, 음악, 문학이 발전할 수 있는 것이죠. 그런 것들은 지적인 사치품이기 때문에 돈이 없으면 만들 수 없습니다. 싸이먼 남작의 방 안 가득한 골동품을 보십시오. 얼마나 큰 돈이 되겠습니까! 그런데도 죽으면 그 모든 것을 런던박물관에 기증하겠다고 하더군요. 중국인이라면 방 안 가득 모은 골동품을 박물관에 기증할 엄두나 낼 수 있을까요? 빵도 못 먹는 사람이 골동품을 산다고요? 웃기는 얘기죠! 돈이 있어야 됨됨이도 커집니다. 돈이 많으면 예술과 자선사업을 부르짖을 수 있습니다. 숭고한 사업에 쓴다면 돈은 나쁜 게 아닙니다. 저는 부자가 되면 큰돈을 써서 도서관을 열고 좋은 신문을 발행하며 박물관, 미술관, 극장을 운영할 것입니다. 그것 말고도 많습니다! 많아요! 좋은 일들은 널렸습니다!" 리쯔룽이 숨을 들이마셨다. 공기가 매우 향기로웠다.

계속 캐서린의 일을 생각하고 있던 마웨이는 리쯔룽의 이야기를 알아듣지 못했다.

"불쌍한 메리!" 마웨이가 탄식했다.

"제가 말하는 건 아예 안 들었죠, 마 형!" 리쯔룽이 다그쳐 물었다.

"들었습니다! 모두 다 들었어요!" 마웨이가 웃었다. "불쌍한 메리!"

"메리와 캐서린 생각 좀 떨쳐버리십시오! 불쌍하다고요? 불쌍한 사람은 바로 접니다! 먹고살기 바쁜데 하루 종일 돈도 벌지 못했으니!" 리쯔룽이 손짓 발짓 하면서 외쳤다. 나무에 있던 새들이 놀라 날아갔다.

마웨이는 말없이 무작정 앞을 향해 걸었다. 생각에 빠진 듯 고개를 숙인 채.

리쯔룽도 말없이 마웨이와 경주라도 하듯 빠르게 걸었다. 단숨에 3마일을 걸은 두 사람은 숨을 헐떡였다. 얼굴은 붉어지고 손가락도 부었다. 누구도 승복하지 않았고, 아무도 말이 없었다. 걸을수록 힘이 나는 듯 계속 걸을 뿐이었다.

마웨이가 리쯔룽을 돌아보았다. 리쯔룽이 가슴을 쭉 폈다. 두 사람은 다시 걸음을 재촉했다.

"불쌍한 메리!" 리쯔룽이 갑자기 마웨이의 억양을 흉내 내어 말했다.

마웨이가 멈춰서서 리쯔룽을 보고 말했다 "일부러 저를 놀리는 거죠. 리 형! 웬 메리입니까? 또 뭐가 불쌍해요?"

"제가 너무 현실만 본다고 했잖아요. 그러니까 낭만을 배워야 하지 않겠습니까?" 리쯔룽이 말했다.

두 사람의 걸음이 느려졌다.

"리 형, 당신은 저를 이해 못합니다!" 마웨이가 리쯔룽의 팔을 잡고 말했다. "솔직히, 저는 아직 메리를 단념하지 않았습니다! 정말 못하겠어요! 한밤중에도 잠을 이루지 못할 때가 있습니다. 정말입니다! 이런저런 생각이 들어서요. 당신의 권유, 바뀔 가망이 없는 아버지, 사업, 학업도 생각해보았습니다. 그런 것을 아무리 생각해도 메리를 잊을 수 없더군요! 그녀는 천사보다 예쁘지만 악마보다 더 사악합니다!"

"마 형! 우리는 친형제처럼 가까우니 충고하겠습니다. 쓸데없는 생각 마세요!" 리쯔룽이 진지하게 말했다. "저는 메리가 분명 워싱턴을 고소할 거라고 생각합니다. 적어도 500~600파운드의 배상을 요구할 테고요. 배상받은 돈으로 한껏 치장한 그녀의 사진이 신문에 실리면 분명 세달 안에 다른 사람과 결혼하게 될 것입니다. 영국인은 신문을 아주 무서워하죠. 그런데 자신의 이름과 사진이 나오는 것은 좋아합니다. 그것 역시 일종의 광고니까요. 메리란 사람을 누가 알아요? 없잖아요! 그런데 그녀가 일단 신문에 실리기만 하면, 두고 보십시오. 구혼자의 편지를 하루에도 수백통 넘게 받을 겁니다. 당신에겐 전혀 기회가 없습니다! 꿈도 꾸지 마세요, 마형!"

"당신은 메리를 모릅니다. 그녀는 그러지 않을 겁니다!" 마웨이가 긍정적으로 말했다.

"두고 봅시다! 돈과 명예가 거기에 달렸는데, 그녀가 바보는 아니잖아요! 게다가 워싱턴이 파혼한 것이니까 메리는 법적으로 보호받을 의무가 있습니다."

"제게 기회가 없다고요?" 마웨이가 침통하게 말했다.

리쯔룽이 고개를 저었다.

"저는 다시 한번 해볼 겁니다. 그녀가 또 거절하면, 그때 그만두겠습니다!" 마웨이가 말했다.

"그러시든가요!" 리쯔룽이 마지못해 대꾸했다.

"리 형, 그녀에게 고백하고 나서, 아버지에게 우리 가게에 대한 얘기를 단도직입적으로 해보겠습니다. 그녀가 저를 거절한다면 어쩔 수 없지만요. 아버지가 제 말을 듣지 않으시면 떠날 겁니다! 아버지는 아무 일도 신경 쓰지 않으면서 돈만 쓰십니다. 말이 안되죠. 저는 공부를 해야 해서 하루 종일 가게에 붙어 있을 수 없습니다. 그동안 참았는데 아버지는 아무런 눈치도 못채시더군요. 말다툼을 하지 않으면 죽어도 제 사정을 모르실 겁니다. 얘기를 할 수밖에 없습니다!"

"툭 터놓고 말하는 건 좋은 일입니다! 그런데……" 리쯔룽이 길 옆 이정표를 보았다. "하! 거의 다 왔네요. 반마일 남았어요. 곧 1시인데 어디에서 밥을 먹죠? 신도시에는 분명 식당이 없을 텐데요!"

"괜찮아요. 기차역 근처에 술집이 많습니다. 거기서 술 한잔 마시고 빵 몇 조각 먹으면 되죠." 마웨이가 말했다.

기차역과 가까운 일대에 비탈진 곳이 있었다. 그곳에는 키 작은 소나무들이 꽤 많이 자라고 있었다. 두 사람은 비탈을 올라 신도시를 바라보았다. 산비탈 아래 높고 낮은 집들이 들어서 있었다. 주택 너머로 반지르르 윤이 나는 도로가 하나 있었다. 케임브리지로 통하는 대로였다. 멀리서 보면 작고 까만 베틀 북 같은 자동차들이 오갔다. 하늘은 흐렸지만 안개가 끼지 않아 웰린 구도심이 저 멀리 보였다. 시가지에 있는 성당의 첨탑이 나무 꼭대기를 뚫고 나온 듯 높게 솟아 있는 게 꼭 커다란 죽순 같았다. 두 시가지 사이에 있는 높다란 녹지에서 소와 양 들이 어슬렁거렸다. 양 떼가 바람에 날리는 눈처럼 뛰놀았다.

두 사람은 그곳을 한참 동안 떠나고 싶지 않았다. 교회의 종소리가 은은하게 울려왔다.

웰린 신도시에서 돌아온 후, 마웨이는 줄곧 메리와 이야기할 기회를 엿보았지만 실패했다.

어느날 밤, 웬델 부인은 두통 때문에 일찍 잠이 들었다. 마쩌룬은 저녁을 먹은 후, 어디 간다는 말도 없이 나갔다. 메리는 혼자서 나뽈레옹을 안고 거실에 앉아 있었다. 죽을상을 하고 앉아 나뽈레옹에게 억울함을 하소연하는 듯했다. 마웨이가 밖에서 기침을 하고는 문을 열고 들어왔다.

"하이, 마웨이!"

"메리, 안 나갔어요?" 마웨이가 말하면서 나뽈레옹을 쓰다듬으려 했다.

"마웨이, 나 좀 도와줄래요?" 메리가 물었다.

"어떻게요?" 마웨이가 가까이 다가갔다.

"워싱턴이 어디에 사는지 알려줘요." 그녀가 억지로 미소를 지으며 말했다.

"저는 모릅니다, 정말이에요!"

"됐어. 몰라도 상관없어요!" 그녀가 실망한 듯 입을 삐죽거렸다.

"메리." 마웨이가 더 가까이 다가가 말했다. "메리! 당신은 아직도 워싱턴을 사랑해요? 진정으로 당신을 사랑하는 사람에게는 기회를 주지 않을 거예요?"

"그가 미워요!" 메리가 약간 뒤로 물러섰다. "나는 당신네 남자들을 증오해요!"

"좋은 남자도 있어요!" 마웨이의 얼굴이 조금 빨개졌다. 심장이 두근거렸다.

메리는 즐거워했지만, 그 모습이 그다지 자연스러워 보이지는
않았다.

"마웨이, 술 좀 사올래요? 같이 마셔요. 어때요? 답답해 미치겠
어요!"

"그래요. 사올게요. 뭘 마시겠습니까?"

"독한 거면 돼요. 술을 잘 모르거든요."

마웨이가 고개를 끄덕이고는 모자를 들고 나갔다.

"마웨이, 내 얼굴 빨개졌죠! 너무 뜨거워요! 한번 만져봐요!"

마웨이가 그녀의 얼굴을 만졌다. 정말 뜨거웠다.

"내가 당신 얼굴을 만져볼게요!" 메리의 눈이 반짝였다. 얼굴은
아침 햇살을 받은 해당화처럼 붉었다.

마웨이가 그녀의 손을 붙잡았다. 그의 온몸이 떨렸다. 등줄기를
타고 뭔가 뜨거운 것이 올라왔다. 그가 솜처럼 부드러운 그녀의 손
을 자신의 입술로 가져갔다. 그녀가 손등으로 가볍게 맞아주었다.
마웨이가 그녀의 손을 잡고 다른 한 손을 그녀의 등 뒤로 돌렸다.
그리고 입술을 그녀의 입술에 댔다. 그녀 얼굴과 몸의 열기가 그를
휘감았다. 그는 아무것도 알 수 없었다. 자신의 심장이 뛰는 소리만
들렸다. 그는 온몸의 힘을 입술에 실었다. 그녀도 그를 바싹 껴안았
다. 두 사람이 하나가 된 듯했다. 그의 입술과 열기가 힘차게 아래
쪽으로 내려갔다. 그녀의 입술과 달콤한 향기가 부드럽게 위쪽으
로 올라왔다. 그의 손발이 모두 차가워졌다. 그가 무의식적으로 몸
을 앞으로 굽혔다. 더 강하고 뜨겁게 입술을 내리눌렀다. 눈을 감고
머리를 쳐든 채 그녀는 그에게 바싹 다가섰다.

그녀가 눈을 뜨고 손으로 마웨이의 입술을 살짝 밀었다. 마웨이

는 두어 걸음 물러서다 넘어질 뻔했다.

그녀가 또 한 잔을 마셨다! 그 모습이 사납고 무섭게 보였다. 입술을 핥으며 일어난 그녀가 마웨이를 바라보았다.

"하하, 당신이었군! 마웨이! 워싱턴인 줄 알았네! 당신이라도 좋아, 마웨이. 키스 한번 더 해줘요! 이쪽!" 그녀가 오른쪽 뺨을 마웨이에게 내밀었다.

마웨이는 바보처럼 뒤로 물러섰다. 그가 떨면서 말했다.

"메리! 취했어요?"

"안 취했어요! 당신이야말로 취한 거야?" 그녀가 비틀거리며 다가왔다. "당신이 감히 나를 모욕해? 나에게 키스를 해? 당신이!"

"메리!" 그가 그녀의 손을 붙잡았다.

마웨이에게 손이 붙잡힌 채 메리가 고개를 숙이고 계속 웃었다. 점점 목소리가 변하더니 그녀는 결국 울음을 터뜨렸다.

그동안 두 사람을 바라보던 나뽈레옹은 어찌 된 영문인지 모르겠다는 듯 작은 귀를 세우더니 갑자기 두번 짖었다. 그때 마쩌런이 문을 열고 들어왔다.

그들의 기색을 살피던 마쩌런이 곰곰이 생각하다가 결국 화를 냈다.

"마웨이! 이게 어떻게 된 거야!" 마쩌런이 물었다.

마웨이는 대답하지 않았다.

"메리, 넌 들어가서 자라!" 마쩌런이 메리에게 말했다.

메리는 말이 없었다. 마웨이가 그녀를 부축해 아래층으로 내려갔다.

마웨이는 마음이 칼에 찔린 것처럼 아팠다. 그녀와 술을 마신 게 후회됐다. 그녀의 처지가 안타까웠다. 자신의 사랑을 몰라주는 그녀가 미웠다. 그녀의 따뜻하고 부드러운 입술을 사랑했다. 조금 전 몇분 동안의 향기를 생각했다…… 슬펐다! 그는 아버지가 기다리거나 말거나 신경 쓰지 않고 곧장 위층으로 올라가버렸다.

마쩌런은 단단히 화가 났다. 웬델 부인이 그를 거절한 이후 마쩌런은 가슴 가득한 울분을 털어놓을 곳이 없었다. 이제 기회가 생겼으니 마웨이와 한바탕할 일만 남았다.

그들이 남겨둔 술을 다 마시고 마쩌런은 용기백배하여 위층으로 올라가 마웨이를 찾았다.

마웨이가 안에서 문을 잠가버려 마쩌런은 발을 동동 구를 수밖에 없었다.

"내일 아침에 보자, 마웨이! 내일은 꼭 얘기 좀 하자! 아가씨를 취하게 만들고 손을 잡아? 너무 뻔뻔한 거 아니야? 내일 보자!"

마웨이의 방에서는 아무 대답도 없었다.

3

밤새 편하게 자고 나니 마쩌런의 분노가 다 사라져버렸다. 아침에는 배가 고파서 밥 먹을 생각만 남았다. 마위이와 결판을 내려는 생각마저 잊어버렸다.

아침식사 후, 그는 서재로 돌아가 담배를 피웠다. 마웨이가 그를 찾으리라고는 전혀 생각하지 못했다. 눈썹을 찌푸린 마웨이의 얼굴에 표정이 없었다. 눈에도 부드러운 기운이 전혀 없었다.

마쩌런은 어제의 분노가 다시 살아나는 듯했다. 마음속으로 다짐했다. '내가 깜빡하고 있었는데 제 발로 찾아와? 좋아, 얘기해보

자! 이 자식아!'

마웨이는 아버지의 모든 면이 싫었다. 마쩌런은 아들이 적어도 곧장 삼백대는 맞아야 한다고 생각했다. 두 사람은 서로를 그토록 미워한 적이 단 한번도 없었다. 그러나 갑자기 세상 밖에서 사악한 기운이라도 날아든 듯, 지금은 서로 마주치기만 해도 화가 났다.

"아버지." 마웨이가 먼저 말을 꺼냈다. "얘기 좀 할까요?"

"그래!" 담뱃대를 문 마쩌런이 잇새로 단 두 글자를 내뱉었다.

"장사에 대한 얘기를 먼저 할까요?" 마웨이가 물었다.

"아가씨에 대해 먼저 얘기해보자." 마쩌런이 비꼬는 눈길로 아들을 바라보았다.

창백한 얼굴로 마웨이가 냉소를 지으며 말했다. "큰 아가씨든 작은 아가씨든, 여자에 관련된 일은 서로 얘기할 게 없지 않나요? 아버지!"

마쩌런이 헛기침을 했다. 말은 하지 않았지만 그의 얼굴이 조금씩 빨개졌다.

"장사 얘기를 할까요?" 마웨이가 물었다.

"장사, 장사! 내게 '장사하는 머리'가 있기라도 해 보이냐!" 마쩌런이 못 참겠다는 듯 말했다.

"왜 장사 얘기를 하면 안됩니까?" 마웨이가 눈을 치켜뜨고 물었다. "장사로 먹고살잖아요! 오늘은 허심탄회하게 얘기해야 합니다! 꼭!"

"너, 이 자식! 감히 내게 눈을 부라리는 거야? 감히 나를 가르치려들어? 난 네 아버지다! 내 가게니 네가 상관할 필요 없어. 애태울 필요 없다고!" 마쩌런은 정말로 화가 났다. 그러지 않았다면 그렇게 막말을 하지는 않았을 것이다.

"신경 쓰지 말라고요? 네! 잘됐습니다! 누가 걱정하나 두고 보시죠!" 마웨이는 차마 아버지에게 욕을 할 수 없어 문을 열고 밖으로 나갔다.

마웨이는 어디로 가야 할지 막막했다. 가게에 가지 않으면 하루 장사를 다 망칠 것이다. 가게에 가자니 아버지의 말이 마음을 아프게 했다. 화를 가라앉히고 결국 가게에 가야겠다고 생각했다. 어쨌든 아버지고, 그를 바꿀 방법은 없잖은가! 게다가 장사는 아버지만의 것이 아니다. 망하면 두 사람 모두 굶주려야 한다. 어쩔 수 없다. 나한테 그런 아버지가 있으니!

런던은 큰 도시이다. 그러나 마웨이는 매우 외로웠다. 런던에 칠백만명이 살지만 누가 그를 알고 동정할까? 그의 아버지도 그를 이해하지 못하며, 막말까지 했다! 메리는 그를 거절했다. 그에게는 절친한 친구가 한명도 없었다. 런던은 번화한 도시지만 그는 매우 슬펐다. 그는 갈 곳이 없었다. 런던에 사백개의 영화관, 수십개의 극장, 많은 박물관, 미술관, 천만개의 가게, 셀 수도 없을 만큼 많은 가정집이 있었지만, 그가 갈 수 있는 곳은 없었다. 무엇을 보든 비참했다. 어떤 이야기를 듣든 눈물이 나왔다. 인간에게 제일 소중한 것을 잃어버렸기 때문이었다. 사랑!

마웨이는 가게에 앉아 지나가는 자동차 소리와 쎄인트폴 성당의 종소리를 들었다. 제일 번화한 런던에 있었지만 그의 처지는 외롭고 처량했다. 혼자 고비사막을 걷는 듯도 했고, 무인도에서 야생 조류와 함께 사는 것도 같았다.

그는 자신을 격려하고, 분노를 가라앉혀보려 했다. 가볼까? 춤을 추러, 연극을 보러, 축구를 보러, 영화를 보러 갈까! 참! 가게를 비울 수 없지! 나를 도와주는 사람은 아무도 없다. 가장 먼저 나를 버린 사람은 아버지다! 아버지와는 결별할 수도 없는데! 신경 쓰지 말자. 춤을 추러 가거나 놀러 가지도 말자. 열심히 공부하고 일을 하면, 어려운 가운데서도 얼마간 학문을 쌓게 될 거다. 말은 쉽지만, 감정은 항상 이성보다 앞서지. 마음이 요동치면 공부에 전혀 매진할 수 없으니!

메리가 나를 사랑할 수 있다면. 마웨이는 생각했다. 만약 매일 그녀에게 키스할 수 있고 그녀의 손을 잡을 수 있다면, 흉금을 털어놓고 몇 마디 나눌 수 있다면, 아무것도 신경 쓰지 않을 텐데. 열심히 일하고 공부해서, 내가 얻을 수 있는 행복을 그녀와 나눌 텐데. 아마 아버지도 웬델 부인과 그러고 싶으시겠지. 신경 쓰지 말자! 불쌍한 메리, 그녀는 워싱턴을 그리워하지. 내가 그녀를 그리워하는 것처럼! 인간사와 사랑은 항상 체계가 없고 불명확해! 세상은 커다란 그물이다. 사람들은 모두 그물망을 뚫고 나가려 하지만, 결국 모두 그물에 걸려 죽기 마련이다. 어쩔 수 없어. 인간은 약하고, 의지는 쓸모없지!

아니야! 의지는 가장 위대하며, 강철 같은 것이다! 누구든 영웅이 될 수 있다. 자신의 강한 의지로 뒤얽힌 감정과 고민을 잘라낸다면! 마웨이가 주먹을 쥐고 가슴을 두어번 때렸다. 해보자! 해봐! 나아가는 거야! 외로움이라는 건 한낱 감정에 지나지 않아! 연약하다는 건 의지가 굳건하지 않다는 것이지!

한 부인이 들어오더니 중국차를 파느냐고 물었다. 마웨이가 가까스로 억지웃음을 지으며 그녀를 그냥 돌려보냈다.

"이것도 사업이라니! 아! 아버지가 장사를 싫어하는 걸 나무라지 말자! 찻잎 팔아요? 젠장, 누가 찻잎 따위를 판다고!"

마웨이는 생각했다. 오직 리쯔룽만 행복한 사람이다! 그는 오직 일만 신경 쓴다. 눈앞의 일밖에 생각하지 않는다. 그래서 그는 아무 고민도 없다. 그는 사슴을 잡든, 토끼를 잡든 동일한 힘을 쓰는 사자처럼 심혈을 기울이고, 즐거워한다. 크기와 상관없이 잡기만 하면 된다. 그는 호걸이다. 스스로 세상을 만들 수 있기 때문이다! 그의 세계에 이상은 없고 사업만 있다. 사랑은 없고 남녀만 있다. 허황된 것은 없고 물질만 있다. 미술은 없고 색깔만 있다! 그러나 그는 행복하다. 행복할 수 있으면 호걸이다!

마웨이는 리쯔룽에 동조하지는 않았지만, 탄복하며 존경했다. 그처럼 되고 싶은 생각도 들었지만, 될 수 없었다. 정말로 배울 수 없었다.

"헬로우, 마웨이!" 알렉산더가 창밖에서 소리쳤다. 유리가 흔들릴 정도였다. "네 아버지는?" 그가 문을 열고 들어왔다. 문기둥이 쓰러질 듯했다. 그의 코가 매우 붉었다. 뚜껑이 열린 술독처럼 술 냄새가 심했다. 그는 새로 산 홍회색 코트를 입고 있었다. 그 모습이 저녁놀에 휩싸인 낮은 산 같았다. "아버지는 아직 나오시지 않았습니다. 무슨 일이십니까?" 마웨이가 알렉산더에게 악수를 청했다. 알렉산더의 엄지손가락이 마웨이의 팔목만큼 굵었다.

"그래? 그럼 너한테 주면 되겠네." 알렉산더가 1파운드짜리 지폐 열장을 꺼내 마웨이에게 건네면서 말했다. "네 아버지가 경마 두 경기에 돈을 걸어달라고 했는데, 하나는 이기고 하나는 졌어. 서로 비긴 거니까 이 돈을 다시 돌려주려고."

"아버지가 도박을 자주 하십니까?" 마웨이가 물었다.

"말해 뭐해. 너희 중국인들은 모두 도박을 좋아하잖아. 내 말뜻 알지?" 알렉산더가 말했다. "이봐, 마웨이. 네 아버지가 정말로 웬델 부인과 결혼한다던? 그날 그가 술을 마시그 반지를 사기로 했다고 하던데. 정말이야?"

"그런 일 없습니다. 영국 여성이 어떻게 중국인에게 시집올 수 있어요? 제 말뜻 아시죠?" 마웨이가 웃으면서 말했다. 세련되었지만 거슬리는 말투였다.

알렉산더가 마웨이를 보면서 삐죽 웃더니 말했다. "결혼하지 않는 게 서로 좋은 거지, 서로에게 다 좋아! 좀 물어보자. 네 아버지가 말하지 않으시던? 오늘 영화사에 간다고."

"아니요, 거기서 뭘 하시려고요?" 마웨이가 물었다.

"이거 봐! 중국인은 모든 일에 비밀을 철저히 지킨다니까. 네 아버지가 영화 만드는 것을 도와준다고 했어. 오늘 가기로 한 걸 잊지 않았어야 하는데!"

마웨이는 아버지가 더욱 미웠다.

"아버지, 집에 계시냐?" 알렉산더가 물었다.

"전 몰라요!" 마웨이가 퉁명스럽게 한마디로 대답했다.

"또 보자, 마웨이!" 알렉산더가 말하면서 작은 산이 움직이듯 걸어나갔다.

"도박을 하고 술을 마시고 반지를 사고, 영화에 출연하면서도 내게는 한마디도 안하시다니!" 마웨이가 혼자서 중얼거렸다. "좋아! 말할 필요 없으시겠지! 때가 되면 다시 말씀드려야겠군!"

4

오락가락 내리는 4월의 가랑비가 공기를 맑게 했다. 아직 조그맣고 연한 나뭇잎 덕분에 어디나 푸르른 기운이 가득했다. 수줍음

올 타는 듯, 엷은 구름 사이로 봄볕이 부드럽게 내리쬐었다. 땅에 비친 사람 그림자와 나무 그림자 모두 희미해졌다. 야생 복숭아꽃이 가장 먼저 피었다. 비바람에 흔들리는 연분홍빛이 수수하게 화장한 곱상하고 젊은 시골 아가씨 같았다.

축구 시즌이 끝나자 사람들은 봄철 경마 경기에 대해 왈가왈부했다. 스포츠는 영국의 교육에서 가장 중요한 부분이었고, 또 영국인의 생활에 없어서는 안되었다. 영국인은 스포츠를 통해 어려서부터 많은 것을 훈련했다. 순종, 인내, 질서 준수, 단결심……

마웨이는 운동을 그만두었다. 조정을 배우는 것도, 조깅도 하지 않았다. 날마다 집이나 가게에서 미간을 찌푸리고 앉아 고통의 맛을 음미했다. 캐서린은 만날 수 없었고, 메리는 자신을 상대하지 않았다. 항상 책을 들었지만 볼 수가 없었다. 책에 쓰인 금색 글자를 보면서 자신을 원망했다. 리쯔룽도 자주 오지 않았다. 온다 해도 두 사람의 대화가 겉돌았다. 마쩌런은 장사를 그만둘 생각이었다. 그 대신 좡위안러우를 확장하려는 판 사장에게 돈을 투자하려고 했다. 그러면 마쩌런은 주주가 되는 셈이니 신경 쓸 일 없이 배당만 기다리면 되었다. 마웨이가 그 계획에 반대해 부자간에 말다툼이 자주 일었다.

그런 일 때문이 아니라도 마웨이는 매우 의기소침했다. 봄기운이 완연할수록 그의 마음은 더욱 힘들었다. 말할 수 없이 힘들었다. 그 어려움은 원시 인류로부터 전해진 것으로, 어느 시기가 되면 꽃씨처럼 싹을 틔웠다.

그는 무거운 외투 대신 비옷만 입고 가게로 걸어갔다. 쎄인트폴 성당에 이르러 마웨이는 금색 첨탑을 하염없이 바라보았다. 그는 그곳에 서서 첨탑을 바라보는 걸 좋아했다.

"마 형!" 리쯔룽이 뒤에서 그를 잡아끌었다.

마웨이가 고개를 돌려보니 리쯔룽이 매우 당황한 기색으로 서 있었다. 안색도 좋지 않았다.

"마 형!" 리쯔룽이 다시 불렀다. "가게에 가지 마세요!"

"왜요?" 마웨이가 물었다.

"가게 열쇠는 제게 주고 빨리 집으로 돌아가세요!" 리쯔룽이 급박하게 말했다.

"무슨 일입니까?" 마웨이가 물었다.

"동런던의 노동자들이 당신네 가게를 부수러 올 거예요! 제가 그들을 상대할 테니까 빨리 집으로 돌아가세요!" 리쯔룽이 손을 내밀어 열쇠를 요구했다.

"잘됐네!" 마웨이는 갑자기 기운이 났다. "한바탕 싸우고 싶었는데! 가게를 부순다고? 좋아! 한바탕하고 보죠!"

"안돼요! 마 형! 당신은 집으로 가세요! 제게 맡기세요. 우린 친한 친구죠? 저를 믿으시죠?" 리쯔룽은 정말 급박해 보였다.

"당신을 믿어요! 우린 친형제죠! 하지만 당신만 남겨두고 갈 수 없어요. 그들이 당신을 때리면 어떻게 합니까?" 마웨이가 물었다.

"그들은 절 때리지 않을 겁니다! 당신이 여기에 있으면 상황이 더 나빠질 거예요! 가세요! 빨리 가요! 마웨이, 빨리 가라고요!" 리쯔룽이 손을 뻗어 열쇠를 달라고 했다.

이를 악문 마웨이가 고개를 흔들며 말했다. "갈 수 없습니다. 리 형! 당신이 조금이라도 다치는 걸 볼 수 없어요! 우리 가게니까 제가 책임을 져야죠! 그들과 싸우겠습니다! 사는 게 지겨워진 마당에 시원하게 한바탕하고 싶은 생각뿐입니다."

리쯔룽은 쩔쩔맸다. 아무리 말해도 마웨이는 가지 않았다.

"애태워 죽일 작정입니까, 마웨이?" 리쯔룽이 침까지 튀겨가며 말했다.

"그럼 물어볼게요. 그들이 무슨 이유로 우리 가게를 부수려 하죠?" 마웨이가 냉소를 지으며 물었다.

"얘기할 시간이 없어요. 그들이 이미 런던 동부에서 출발했다고요!" 리쯔룽이 두 손을 비비면서 말했다.

"전 두렵지 않아요! 얼른 말해요!" 마웨이가 단호하게 말했다.

"늦었습니다! 빨리 가요!"

"얘기 안할 거예요? 좋아요! 가세요, 리 형! 저 혼자서 그들과 싸우겠습니다!"

"저는 떠날 수 없어요. 마 형! 위험한 시기에 손만 놓고 있으라고요? 저를 어떻게 보시는 겁니까!" 리쯔룽의 말투가 매우 당당하고 간절해 마웨이의 마음이 누그러졌다. 마웨이는 리쯔룽을 바라보았다. 그 일이분 만에, 리쯔룽이 일도 잘하고 돈도 잘 버는 보통 사람일 뿐 아니라, 정신상태도 건강한 영웅이라는 생각이 들었다. 마웨이는 리쯔룽의 진심을 알게 된 듯했다. 선혈처럼 붉은 마음도 그의 말처럼 진실하게 느껴졌다.

"리 형, 우리 둘 다 도망치지 맙시다. 어떻습니까?"

"그럼 하나만 약속해주세요. 무슨 일이 있어도 가게 밖으로 나오지 않겠다고요! 제가 신호를 보내면, 그때 행동하십시오! 그러지 않으면, 뒷방에서 한 걸음도 나오지 마십시오! 아시겠어요?"

"좋습니다. 당신 말대로 하겠습니다! 리 형, 무슨 말을 해야 할지 모르겠습니다! 당신은 제 일 때문에 이렇게……!"

"빨리 갑시다. 얘기할 시간이 없어요!" 리쯔룽이 마웨이를 끌고 골목으로 들어갔다. "문을 여세요! 창문을 내리고요! 서두르세요!"

"그들이 물건을 다 거둔 다음, 가게를 부술 때까지 기다리라는 겁니까?" 마웨이가 물었다. 분노한 표정이 역력했다.

"묻지 마십시오! 제가 하라는 대로 하시고요! 전등을 켜세요! 카운터 쪽 불은 켤 필요 없습니다! 됐습니다. 당신은 카운터 쪽으로 들어가십시오. 제가 부를 때까지 나오지 마시고! 전화 옆에 앉아 계세요. 제가 박수를 치면 경찰서에 전화해 강도가 들었다고 하십시오! 교환에게 번호를 대지 말고 '경찰서'를 연결해달라고 하십시오. 아셨죠?" 리쯔룽이 단숨에 말을 마치고 귀중품 몇개를 금고에 넣었다. 그러고 나서 진열대 옆에 앉아 성문을 지키는 파수꾼처럼 가만히 기다렸다.

방 안에 앉아 있는 동안 마웨이는 마음이 떨렸다. 싸움이 두려워서가 아니었다. 싸움을 기다리는 게 두려웠다. 그가 몰래 일어나 리쯔룽을 살폈다. 왠지 모르게 마음이 차분해졌다. 리쯔룽은 참선에 든 승려처럼 그곳에 가만히 앉아 있었다. 마웨이는 생각했다. 이렇게 좋은 친구가 같이 있는데, 두려울 게 뭐 있어!

"앉으세요! 마 형!" 리쯔룽이 명령을 내렸다. 마웨이가 기계적으로 앉았다.

사오분이 지났다. 곶감 모양의 작은 모자를 쓴 중국인이 나타나 미심쩍게 가게 안을 힐끗거렸다. 리쯔룽이 일부러 일어나 진열대의 물건을 정리하는 척했다. 얼마 지나지 않아 창가에 곶감 모양의 작은 모자를 쓴 사람들이 모여들었다. 그들이 손짓 발짓을 해가며 말했다. 리쯔룽은 그들의 얘기를 잘 알아듣지 못했다. 광둥어 말끝마다 따라나오는, 길게 끄는 소리만 겨우 알아들을 수 있었다.

"—유! —잉! —껴!"

쨍그랑! 벽돌 하나가 유리창에 커다란 구멍을 냈다.

리쯔룽이 박수를 쳤다. 마웨이가 수화기를 들었다.

쨍그랑! 또 벽돌이었다.

리쯔룽이 마웨이를 돌아보고는 천천히 밖으로 걸어나갔다.

쨍그랑! 벽돌 두개가 한꺼번에 날아왔다. 그와 동시에 유리 파편이 유성처럼 날아들었다. 벽돌 하나는 리쯔룽의 발 앞에 떨어졌다. 또 하나는 진열대로 날아가 꽃병을 깨뜨렸다.

리쯔룽은 문 앞으로 다가갔다. 밖에 있는 사람들이 안으로 들어오려고 했다. 리쯔룽은 문손잡이를 힘껏 붙잡았다. 밖에 있는 사람들이 문을 밀쳤다. 리쯔룽이 갑자기 힘을 빼는 바람에 밖에 있던 서너명이 한꺼번에 안쪽으로 넘어졌다.

맨 위쪽 사람 위로 훌쩍 올라탄 리쯔룽이 두 발을 벌린 채 한 발로 밑에 깔린 사람의 목을 밟았다. "─유! ─잉! ─껴!" 밑에 깔린 사람들이 이상한 말로 계속 소리쳤다. 리쯔룽이 힘껏 깔아뭉갰다. 그들도 밀어올리려고 안간힘을 썼다. 리쯔룽은 더이상 버틸 수 없다는 것을 알고 문밖의 사람들을 향해 외쳤다. "아처우! 아홍! 리싼싱! 판거라이! 이건 내 가게야, 내 가게라고! 너희들 어떻게 된 거야!" 리쯔룽이 광둥어로 그들에게 외쳤다.

리쯔룽은 그들과 아는 사이였다. 그는 그들의 통역 담당으로 일한 적이 있었다. 동런던의 중국인들은 모두 리쯔룽을 알고 있었다.

밖에 있던 몇 사람이 자신들의 이름을 부르는 리쯔룽의 목소리를 듣고 떠미는 것을 멈췄다. 서로를 쳐다보면서, 어떻게 해야 할지 몰랐다. 리쯔룽은 바깥쪽 사람들이 어리둥절해하는 것을 보았다. 그때 밑에 깔린 사람들이 몸을 세우는 바람에 리쯔룽이 바닥에 넘어졌다. 그들이 일어나자 리쯔룽도 일어났다. 마침 그가 그들을 막아섰기 때문에 그들은 앞으로 나아갈 수 없었다.

"도망가! 도망치라고!" 리쯔룽이 손을 휘저으며 그들에게 소리 쳤다. "경찰이 금방 올 거야! 도망가!"

그들은 고개를 돌려 골목 입구를 살폈다. 벌써 한 무리의 사람들 이 서 있었다. 아침이라 사람이 많지 않은 게 다행이었다. 그들이 다시 서로를 쳐다보며 주저하고 있을 때, 리쯔룽이 다시 소리쳤다. "도망가라고!!!"

한명이 도망갔다. 나머지도 말없이 도망가기 시작했다.

그때 골목 입구에 도착한 경찰이 두 사람을 붙잡았다. 나머지는 모두 도망치고 없었다.

석간신문마다 커다랗게 기사가 실렸다. '동런던 중국인들이 골 동품 가게에서 소란을 피우다' '동런던의 중국인, 법도 무시하고 하늘도 두려워하지 않다!' '놀라운 강도짓!' '정부, 중국인의 입국 금지해야!' 마씨네 골동품 가게와 마웨이의 사진이 신문마다 1면 에 게재되었다. 『이브닝스타』는 마웨이 사진 아래 '맨손으로 강도 를 격퇴한 영웅'이라고 썼다. 수많은 신문기자들이 카메라를 들고 와서 마웨이에게 물었다. 고든 로로 마쩌런을 찾아오는 기자들도 있었다. 마쩌런은 실제 그렇게 말하지 않았지만 그를 인터뷰한 기 사는 "나 말 안해요, 나 말 못해요(Me no say, Me no speak)"라고 실었다. 중국인이 영어로 말한 것을 인용할 때는 항상 그렇게 말도 안되는 문장을 늘어놓았다. 그러지 않으면 사람들이 기사가 사실 을 제대로 전달하지 못했다고 생각하기 때문이었다. 영국인은 외 국인이 언어적으로 천재가 아닌 이상 영어를 잘 구사하지 못하리 라 생각했다.

이 사건은 도시를 떠들썩하게 만들었다. 동런던의 거리에는 경찰 두개 중대가 증원되었다. 중국인의 출입을 감시하기 위해서였다. 그날 밤 국회의원들이 중국인들을 국외로 쫓아내지 않는 이유를 내무부 장관에게 추궁했다. 마씨네 골동품 가게 밖은 오후부터 저녁 늦게까지 사람들로 북적거렸다. 마웨이는 세시간 동안 50여 파운드의 물건을 팔았다.

마쩌런은 두려워서 하루 종일 밖에 나갈 엄두를 못 내고, 마웨이가 돌아오기만을 기다렸다. 아들이 상처를 입었는지 확인하고 싶었다. 그와 동시에 가게 문을 닫아야겠다고 결심했다. 그러지 않으면 자신의 머리도 언젠가 사람들이 던지는 벽돌에 깨지고 말 거라고 생각했다.

그의 집 밖에는 두 사람이 계속 서 있었다. 웬델 부인의 말에 의하면 그들은 사복경찰이었다. 더욱 당황한 마쩌런은 담배 불씨를 경찰에게 들킬까봐 담배도 피우지 않았다.

5

런던의 중국인 노동자는 두 부류로 나뉘었다. 한 부류는 체면 가리지 않고 무슨 일이든 하는 사람들이었다. 영화사에서 매 맞는 중국인이 필요하면 그들을 찾았다. 다른 부류는 혈기왕성하여 힘든 일을 마다않는 노동자였다. 그들은 문맹이고, 영어도 못하며, 별다른 재주도 없는 사람들이지만 진심으로 조국을 사랑했다. 그들은 굶어죽더라도 나라의 체면을 깎는 일은 하지 않으려 했다. 두 부류는 똑같이 아는 게 적었고 행동은 거칠었으며, 비참하게 생활했다. 단, 그들은 다음과 같이 구별되었다. 한 부류는 먹을거리만 걱정할 뿐, 다른 것에는 관심이 없었다. 다른 부류는 배를 채우려고 하면서도 체면을 중시했다. 둘은 사이가 나빠 만나기만 하면 싸웠다. 바보처럼 애국하는 사람과 바보처럼 애국을 모르는 사람이 만나면, 싸우기나 할 뿐 다른 수가 없었다. 같은 나라 사람들끼리 싸우다보니 외국인에게도 비웃음거리가 되었다. 결국 애국자도 욕을 먹고, 애국자가 아닌 사람도 욕을 먹었다!

그들에게 잘못이 있는 건 아니었다. 잘못은 그들을 관리하지 못하는 중국 정부에 있었다. 정부가 국민을 보호하지 않고 방법마저 고민하지 않으니, 국민들이 욕을 먹지 않을 수 있겠는가!

영국의 중국인 유학생도 두 부류로 나뉘었다. 한쪽은 본토에서 온 학생이고, 다른 한쪽은 화교의 후손이다. 그들도 모두 조국을 사랑했다. 단지 나라의 형세를 모를 뿐이었다. 해외에서 태어난 화교의 후손은 중국 본토를 알지 못했다. 본토에서 온 학생들은 항상 외국인에게 중국을 이해시키려고 했다. 그러나 그들은 생각하지 못했다. 중국이 약하기 때문에 외국인들이 그들을 존중할 방법이 없다는 것을. 국가와 국가는 어깨를 나란히 하는 형제는 될 수 있을지언정 쥐와 호랑이처럼 우정을 나눌 수는 없는 관계라는 것을.

외국인들이 영화와 연극, 소설에서 중국인을 욕하는 것은 이미 습관이 되었다. 중국 연극에서 조조가 항상 얼굴을 하얗게 분장하는 것과 같았다. 중국 연극에 까만 얼굴의 조조가 없는 것처럼, 외국 연극에는 좋은 중국인이 있을 수 없었다. 그것은 정서의 문제가 아니라, 역사의 문제였다. 일부러 사람을 욕하려는 게 아니라, 좋은 글을 쓰려는 의도에서 비롯된 것이었다. 중국의 옛날 극작가가 까만 얼굴의 조조가 등장하는 연극을 만들면, 사람들은 그를 아무것도 모르는 작가라며 비웃을 게 뻔했다. 외국인이 만든 연극에 살인이나 방화하는 장면이 없으면, 사람들은 똑같이 작가를 비웃었다. 조조는 희망이 없다. 몇년이 더 지나도 그의 얼굴색이 바뀔 리 없기 때문에. 그러나 중국은 희망이 있다. 중국인들이 국가를 강하게 만들면, 외국인은 곧바로 잘못된 연극을 그만둘 테니까. 인간은 자고로 약자를 괴롭히고 강자를 두려워한다.

알렉산더가 마쩌런의 출연을 약속한 영화는 영국에서 가장 유명한 작가가 쓴 것이었다. 그 사람은 분명 중국인이 문명인임을 알았다. 그러나 사람들의 심리에 영합하기 위해, 또 문학적 기교를 위해, 중국인을 잔인하고 교활하며 칼로 제멋대로 사람을 죽이는 것으로 묘사했다. 그렇게 하지 않으면 사람들의 호응을 얻을 수 없기 때문이다.

영화의 배경은 상하이였다. 알렉산더가 상하이의 모든 풍경을 그렸다. 하나의 거리는 조계租界를 대표하고, 하나는 차이나타운을 대표했다. 전자는 깨끗하고 아름다웠으며, 질서가 잡혀 있었다. 후자는 매우 혼탁하고 혼란스러우며, 지저분했다.

그 영화는 중국 여성과 영국 남성의 연애가 주요 내용이었다. 여주인공을 죽이려던 아버지가 어느날 아무 이유 없이 독약을 먹고 자살해버린다. 그가 죽은 후 그의 친척과 친구 들이 복수를 하려고 그 여자를 생매장한 다음 함께 영국 젊은이를 찾으러 간다. 그 젊은이와 영국 군인들은 그들이 무릎을 꿇고 용서를 구할 때까지 가혹하게 때린다. 동런던의 노동자들은 매를 맞는 사람으로 출연하고, 마쩌런은 변발을 늘어뜨린 채 사람들이 싸울 때 옆에 서서 구경하는 부자로 출연할 예정이었다.

그 얘기를 들은 런던의 중국인 학생들이 들고일어났다. 회의를 열고, 대사관에 항의를 요구했다. 대사관 측의 항의를 받은 작가는 다음 날 신문을 통해 오히려 중국 대사관을 호되게 욕했다. 한 국가의 대사관을 욕하는 건, 외교적으로 엄정히 대처해야 할 사안이었다. 그러나 중국은 전쟁이 두려워 교섭조차 하지 못했다. 대사관의 항의가 전혀 효과가 없고, 심지어 욕까지 얻어먹는 것을 본 유학생들은 다시 회의를 열어 방법을 논의했다. 의장은 쫭위안러우에서 마웨이에게 두들겨 맞았던 마오였다. 마오는 항의해봤자 효과가 없으니 소극적으로나마 중국인들의 영화 출연을 막자는 의견을 냈다. 사람들이 마오를 둥런던으로 보낼 대표로 선출했다. 노동자들은 이미 영화사 계약서에 서명을 했기 때문에 해지할 수 없었다. 그래서 마오는 바보스럽게 애국하는 노동자들과 연합하여 영화를 만드는 사람들에게 선전포고를 하려고 했다. 그들에게 마쩌런은 당연히 적이었다. 게다가 그가 장사를 해 잘 먹고사는데도 그런 염치없는 일을 하려는 것을 보고 노동자들은 그를 매우 증오했다. 그래서 사람들은 먼저 그의 가게를 부수고, 마쩌런을 혼내주자고 했다. 학생들이 의견을 내고, 바보 같은 노동자들이 실행하기로 했다. 그렇게 마쩌런의 골동품 가게는 벽돌 세례를 받게 된 것이다.

리쯔룽은 그 계획을 사전에 이미 들어 알고 있었지만, 마웨이한테 말하지 않았다. 그는 분명히 알았다. 마쩌런이 단지 몇 파운드를 벌기 위해서가 아니라, 알렉산더와 약속을 해서 영화 출연을 거절할 수 없었다는 것을. 중국인은 체면을 무엇보다 중시하지 않는가? (그는 마쩌런이 그 돈으로 반지를 사려고 한 사실은 몰랐다.) 마웨이한테 말하면 그들 부자가 말다툼을 할 게 분명했다. 그래서 그는 먼저 노동자들과 이야기해보려고 했다. 그러나 자칫하면, 오히려 역효과가 날지도 모른다는 것 역시 잘 알았다. 학생들에게 말하는 것도 소용없어 보였다. 학생들은 애국만 알 뿐, 자신들의 능력을 가

350

능할 줄 모르기 때문이었다. 그래서 그는 입 다물고 기다렸다.

일이 임박해오자 리쯔룽에게 아이디어가 떠올랐다. 마씨 부자를 가게에 나오지 않게 하고 그가 직접 노동자들을 상대하는 것이었다. 그러면 그다지 위험하지 않을 것이었다. 노동자들로 하여금 유리창을 깨도록 내버려두어 독기를 풀게 하고, 파손된 물건은 보험회사에서 배상받으면 되었다. 그와 동시에 다씨네 골동품 가게도 유명해지고 장사도 잘될 것이었다. 요즘은 장사하려면 먼저 사람들에게 알려야 했다. 그렇게 소란을 피우면, 다씨 부자가 이름을 날릴 테니 공짜로 광고를 하는 셈이었다. 그는 노동자들을 감옥에 보낼 마음도 없었다. 잘못된 건 그들의 행위지 의도가 아니었다. 그래서 일부러 사람들이 몰려온 다음에 마웨이에게 경찰서로 전화하라고 했다. 노동자들에게 유리를 깰 시간도 주고, 도망갈 시간도 주기 위한 것이었다. 그러나……

그는 경찰이 중국인 두명을 붙잡으리라고 생각하지 못했다.

그는 마쩌런이 그 일에 크게 놀라 가게를 팔아버릴 거라고는 생각하지 못했다.

그는 후에 학생회에서 마웨이를 혼내주자고 결의하리라고도 생각하지 못했다.

그는 잡혀간 두 사람의 복수를 위해 노동자들이 마쩌런과 죽기살기로 싸우고자 할 줄은 생각도 못했다.

그는 예상보다 영화를 일찍 개봉한 영화사가 고의로 신문을 통해 사건을 처리한 경찰을 치켜세우고, 중국 대사관의 항의를 비방하는 기사를 실으리라고는 생각하지 못했다.

그는 마웨이의 사진이 신문에 실리게 하기 위해 사건 후 일부러 피했다. (일종의 광고라고 생각했으니까.) 그러나 그 사진을 본 중국인들이 치를 떨면서 마웨이를 비난하리라는 걸 전혀 예상하지 못했다!

복잡한 세상사를 꿰뚫어볼 수 있는 사람이 어디 있겠는가! 그러나 리쯔룽은 그런 면에서, 자신만만했던 자신이 매우 미웠다.

마웨이는 리쯔룽을 이해했다. 사람들이 자기를 욕하든 때리려고 하든 상관없이 그는 장사를 계속하기로 결심했다. 기회가 온 것이니 제대로 해내야만 했다. 그는 아버지의 생각을 몰랐다. 노동자가 잡혀간 것도 그의 잘못이 아니었다. 그는 양심에 가책을 느끼지 않았다. 정신을 바짝 차리고 일을 하려고 했다. 그렇게 해야 리쯔룽을 볼 낯이 섰다.

그는 아버지가 가게를 팔아버릴 만큼 연약하고 용기가 없으리라고는 생각하지 못했다. 가게를 판다고? 그러나 아버지가 마음먹은 이상 그 누구도 그를 막을 수 없었다. 가게는 그의 것이었다.

사람들이 자기를 때리려고 하는 이유를 알 수 없었던 마쩌런은 하루 종일 입을 빼물고 세상을 탓했다. 마웨이가 정신을 차리고 장사를 하려는 이유를 모르는 그는 리쯔룽이 마웨이에게 최면을 걸었다고 생각했다. 아들의 목숨이 걱정스러웠고, 리쯔룽이 너무 미웠다. 웬델 부인이 장사 운이 트였다고 축하하는 것도 이해가 안되었다. 그는 속으로 생각했다.

'제길, 가게가 엉망이 됐는데도 희망이 있다고? 외국인의 마음은 알 수가 없다니까!'

에번스 목사를 찾아가 억울함을 호소하고 싶어도 노동자들에게 붙잡힐까봐 낮에는 감히 문밖을 나설 수 없었다. 밤에는 에번스 부인을 만날까봐 찾아갈 수 없었다.

알렉산더가 찾아와서 웬델 부인과 똑같은 말을 했다. "마 선생님! 잘됐네요! 파손된 것은 보험회사에서 배상할 것입니다! 가게도 유명해졌으니, 서둘러 물건을 준비하십시오! 기회를 놓치지 마세요! 제 말뜻 아시죠?"

마쩌런은 조금도 알지 못했다.

그는 밤에 몰래 창위안러우의 판 사장을 찾아갔다. 골동품 가게 파는 것을 상의하고 동런던의 노동자들에게 잘 얘기해보도록 판사장에게 부탁하기 위해서였다. 마쩌런은 붙잡힌 두명의 노동자들에게 몇십 파운드를 건네기로 했다. 판 사장이 그를 돕기로 했다. 게다가 뜨끈뜨끈한 사오마이燒賣[31] 한 접시와 와인까지 대접해주었다. 술과 함께 얇은 피에 소가 많이 든 사오마이 두개를 먹고 나니 마쩌런은 흡족하여 눈물 두 방울을 흘렸다.

집으로 돌아와 웬델 모녀와 즐겁게 얘기하고 있는 마웨이를 본 마쩌런은 질투심이 일었다. 그녀들은 마웨이를 영웅으로 보았다. 동시에 마쩌런은 무시했다. 마쩌런은 그녀들을 원망했다. 특히 웬델 부인을. 그는 그녀를 붙잡아 걷어차고 싶었다. 그러나 자신이 그녀를 이길 수 있을지 의심스러웠다. 외국 여성들은 모두 몸이 건장하기 때문이었다. 그를 더욱 화나게 하는 것은 나뽈레옹이었다. 그 이틀간은 나뽈레옹마저 그를 모른 체했다. 요 며칠 낮에는 밖에 나갈 엄두가 안 나 산책을 데리고 나가지 못했기 때문이다. 그래서 나뽈레옹도 그를 보면 항상 눈을 흘겼다.

마쩌런은 하는 수 없이 잠을 자러 올라갔다. 꿈에서 죽은 아내에게 하소연했다── 아, 오랫동안 그녀를 꿈에서도 만나지 않았구나!

---

31 돼지고기와 양파를 섞고 소금, 후추 따위로 간하여 얇은 피에 넣고 찐 만두의 일종.

6

마웨이는 마블 아치 옆 길가에 서 있었다. 해는 이미 떨어졌고, 공원의 사람들도 모두 흩어졌다. 그 앞에는 실망스러운 아버지와 충성스러운 리쯔룽, 사랑스러운 메리의 그림자만 남았다. 아버지와는 말이 통하지 않았다. 메리는 자신의 사랑을 거부했다. 리쯔룽에게는 그저 미안할 뿐이었다. 떠나자! 그들 곁을 떠나자!

리쯔룽의 방은 아직 어두웠다. 마웨이는 리쯔룽의 침대 옆에 조용히 섰다. 리쯔룽은 고른 숨소리를 내며 순진한 아기처럼 자고 있었다. 한참 동안 그 자리에 서 있던 마웨이가 작은 목소리로 그를 불렀다. "리 형!" 리쯔룽은 깨지 않았다. 마웨이의 눈에서 뜨거운 눈물이 리쯔룽의 이불로 떨어졌다.

"리 형, 안녕!"

런던은 얼마나 슬프고 처량한가! 사람들이 달콤한 잠에 빠져 있을 때도 전등과 가스등은 켜 있다, 쓸쓸하고 새하얀 빛을 뿌리며! 런던은 유령 같았다. 오직 그 불빛들만이 조용히 지켜보고 있었다—무엇을? 지켜볼 만한 것은 없었다. 런던은 영혼마저 남기지 않고 죽어버렸다.

한두 시간 뒤면 런던은 다시 살아날 것이다. 그러나 그 모습을 마웨이는 다시는 보고 싶지 않았다. "안녕! 런던!"

"안녕!" 그에게 누군가 대답하는 듯했다. 누구일까?

작품해설

동서 교류의 갈등과 화합의 양상

『낙타 샹쯔(駱駝祥子)』와 『사세동당(四世同堂)』 등으로 유명한 작가 라오서(老舍)는 베이징의 만주족 가정에서 태어났다. 아버지의 죽음으로 궁핍한 유년기를 보냈지만, 어머니의 희생과 교육열로 정규교육을 받으며 작가의 길로 들어설 수 있었다. 라오서의 창작은, 첫 장편소설 『장 선생의 철학(張的哲學)』에서부터 출세작으로 꼽히는 『낙타 샹쯔』를 비롯한 대다수 작품이 하층민의 삶을 제재로 삼고 있는데, 이는 그의 경험에서 비롯된 면이 크다. 아버지의 죽음으로 인해 그가 경험하게 된 베이징 하층민의 삶과 어머니의 고단한 삶은 그의 작품 곳곳에 드리워져 있다. 『마씨 부자(二馬)』 역시 그러한 라오서의 창작 경향을 오롯이 담고 있는데, 차이라면 영국으로 이주한 중국인이 작품의 주요한 제재라는 점뿐이다. 그 밖에 우언 형식의 소설 『묘성기(猫城記)』, 자전체 소설 『정홍기하(正紅旗下)』와 『찻집(茶館)』 『잔무(殘霧)』 등의 희곡을 남겼다. 라오서는 소설, 산문, 문학비평 방면에서 뛰어난 성과를 남겼으며, 중화인민공화국의 수립과 함께 고위 관리로 재직하며 국정에 참여한 정치인이기도 했다. 혼란이 극으로 치닫고, 또 혼란을 극복하고 새로운 중국의 건설에 매진하던 20세기 전반기를 살았던 라오서에게 문학은 동서 문명의 발전적인 교류와 자신의 정체성을 모색하는 효과적인 수단이었다.

인종 간 갈등의 양상

라오서는 『마씨 부자』의 창작 동기가 "중국인과 영국인의 다른 점을 비교하여 민족성을 드러내는 데 있다"고 한다. 창작 동기를 반영하듯, 작품은 베이징에서 런던으로 이주해 골동품 가게를 운영하며 살아가는 마씨 부자의 생활을 제재로 영국인과 중국인의 문화적 차이, 민족성 등을 그려 보인다. 영국인과 중국인, 즉 백인종과 황인종의 인종 간 대립이 작품의 첫번째 갈등구조인 것이다. 인종 간 갈등은 19세기 말에서 20세기 초에 진행된 서구 제국주의 열강의 침탈과 연계되어 있으며, 라오서 역시 약자의 신분에서 제국주의의 중국 침략을 경험했다. 태어난 이듬해 8개국 연합군의 베이징 공격으로 황성(皇城)을 수비하던 아버지가 죽는데, 이로 인해 라오서의 유년기는 빈곤으로 점철된다. 여기에서 비롯된 제국주의에 대한 반발 심리는 표면적으로 드러나지는 않지만 그의 작품 세계의 저변에 흐르고 있다.

라오서의 반제국주의 정서는 영국에서 체류하면서 머문 런던대학 동양학부의 역사를 통해서도 유추할 수 있다. 그가 1924년 영국으로 건너가 몸담게 된 런던대학 동양학부는 식민 통치를 위한 정치적·경제적·문화적 전략을 수립하기 위해 1917년에 세워졌다. 그곳에서는 주로 영국의 식민지거나 영국이 식민지로 삼으려는 아시아와 아프리카의 언어를 수강생의 요구와 수준에 맞춰 가르쳤다. 학생들 역시 일반적인 대학생이 아니라 은행원, 군인 등 사회인이 주류였다. 이 학교 동양학부는 대학이라기보다는 영국 정부가 식민정책을 수립하기 위해 기초적인 정보를 수집하고 조사하는 정보기관의 하나라고 할 수 있었다. 이런 측면에서 라오서가 이 학교에 근무하면서 영국과 영국인, 제국주의자에 대해 가졌을 환멸을 상상할 수 있다.

그래서인지 그가 작가의 길로 들어서는 데 많은 힘을 기울여준 쉬디산(許地山)을 추모하는 글에서도 반제국주의적 면모를 찾을 수 있다. "그는 절대로 '달도 외국 것이 좋다'고 하는 그런 유의 유학생이 아니었다. 어떤 때 그는 지나칠 만큼 외국인을 혐오했다. 그는 영국인을 비판하고자 했기 때문에 영국인의 예의 바름, 질서를 지키는 것, 국물을 마실 때 소리를 내서는 안된다는 것까지도 모두 어리석고 가소로운 일로 여겼다. 이 때문에 나는 도착하자마자 그의 눈을 빌려 그 고성(古城)의 수많은 보물들을 보았으며 또 그것의 어두운 면을 보게 되었고, 멍청하게 런던의 달이 베이징의 그것보다 훌륭하다고 여기지는 않게 되었다."(「敬悼許地山先生」, 『老舍全集』 제14권, 188~89면)

런던에서 라오서는 경제적인 여유가 없었기 때문에 도서관에 틀어박혀 책을 읽는 생활을 했지만, 번잡하고 사치스러운 런던 사람들의 삶 속에서 사회적 불평등, 자본주의의 병폐, 민족적 편견, 만연한 배금주의 등을 인식하게 된다. 이러한 경험으로 그의 반제국주의적 정서는 더욱 강화되었다.

『마씨 부자』에서 당시 영국에 거주하던 중국인에 대한 서양인의 인식을 찾아볼 수 있다.

런던의 중국인은 대략 노동자와 학생 두 부류로 나눌 수 있었다. 노동자 대부분은 런던 동부 지역에 살았다. 그곳은 중국인의 얼굴에 먹칠을 하는 차이나타운이었다. 동양을 여행할 만한 경비가 없는 독일인, 프랑스인, 미국인이 런던에 오면 항상 차이나타운을 둘러보았다. 그들은 그곳에서 소설과 일기, 기삿거리를 찾았다. 차이나타운은 특별한 곳이 아니었고 거기 살고 있는 노동자 역시 대단한 행동을 하는 건 아니었다. 단지 그곳에 중국인이 살고 있기 때문에 한번 둘러보려는 것이었다. 또 중국이 약소국이라는 이유만으로 그들은, 노고를 감내하며 이역의 도시에서 먹을거리를 찾는 중국인에게 마음대로 죄를 뒤집어씌웠다. 차이나타운에 스무명의 중국인이 살고 있으면, 그들은 오천명이라고 기록했다. 오천명의 중국인은 모두 아편을 피우고 무기를 밀매하거나, 사람을 죽여 시신을 침대 밑에 감추거나 나이를 불문하고 여성을 강간하는 등 찢어 죽여 마땅한 일들을 한다고 기록했다. 소설과 연극, 영화에 묘사된 중국인은 모두 그런 뜬소문과 보고서에 근거하고 있었다. 그러나 연극이나 영화를 보거나 소설을 읽은 아가씨, 노부인, 아이들, 영국 왕은 사리에 맞지 않는 그런 일들을 잘도 기억했다. 그들에게 중국인은 세상에서 가장 음흉하고 더러우며 혐오스럽고 비천한 두 다리 동물이었다.(23~24면)

라오서는 서양인이 중국인을 멸시하는 것은 중국이 약소국이라는 이유 하나 때문이라고 기술한다. 약소국이기 때문에 각종 범죄를 저지르고, 비문명적인 행위를 스스럼없이 하는 인종 취급을 받을 수밖에 없다는 것이다. 그러한 서양인의 인식은 객관적인 자료나 직접적인 체험을 통해 이루어진 것이 아니라, 연극·영화·소설 등을 통해서다. 중국인이 서양인의 관심을 끄는 것은 자신들과는 다른 피부색과 문화를 가지고 있으며, 기이한 사건사고를 일으키기 때문이다. 중국에는 서양과 같은 문명도 없으며, 문화적 수준 역시 훨씬 뒤떨어졌다는 것이 서양인의 기본적인 인식이다. 중국문화에 관심을 갖는 서양인이더라도, 단지 호사 취미에 불과하다. 중국의 자기나 골동품을 수집하는 싸이먼 남작이나 마씨 부자를 런던으로 불러들인 에번스 목사 역시 자신들의 이익을 도모하기 위한 방편으로 호의를 베풀 뿐이다. 이와 같은 영국인의 민족적 편견은 경중은 다르지만 일본인을 보는 시각에서도 찾을 수 있다.

"중국인과 일본인이 다른 점은, 일본인은 유곽 말고도 선박회사와 은행을 가지고 있으며, 그밖에도 큰 장사를 한다는 것이죠. 중국인에게는 식당과 세탁소 말고는 다른 사업이 없습니다. 그래서 일본인은 항상 가슴을 쫙 펴고 다니지만, 우리 중국인은 감히 허리도 못 펴는 거죠! 서양인은 일본인과 중국인을 모두 무시합니다. 그러나 일본인에 대해서는 깔보면서도 '두려워하거나' '탄복하는' 면이 있습니다. 중국인은 안중에도 없죠. 뒤에서는 일본인을 잽(Jap)이라고 부르며 멸시하지만, 면전에서는 항상 치켜세웁니다. 중국인에게는 면전에서 욕을 하면서도 전혀 미안해하지 않습니다!"(98면)

인용은 마씨 부자보다 먼저 영국에 와서 고학으로 공부를 하고 있던 리쯔룽이 마웨이에게 하는 말이다. 여기에서 서양인이 동양인을 보는 시각의 일면을 알 수 있는데, 똑같이 멸시한다는 점이다. 차이라면, 일본이 중국보다 잘살기 때문에 일본인은 중국인처럼 멸시받지 않는다는 것이다. 그래서 라오서는 외친다. "20세기, '사람'과 '국가'의 가치는 상대적이다. 강대국의 사람은 '사람'이다. 약소국은? 개다! 중국은 약소국이다. 중국 '사람'은?"(24면)

라오서는 작품을 통해 20세기의 역사를 사람의 가치가 국력에 따라 평가되는 시기라고 말한다. 약소국 출신의 작가였던 라오서가 20세기 초 세계 최강대국 영국을 경험하면서 느꼈을 좌절감과 선망은 자국민의 각성을 촉구하는 글로 이어졌음에 틀림없다. 사실 20세기 초 중국의 지식인치고 중국인의 봉건성과 낙후성을 지적하고, 이의 변혁을 주장하지 않은 작가는 거의 없다. 아편전쟁(阿片戰爭) 이후 지속된 서구 열강의 중국 침략은 민족적·국가적 위기의식을 낳았으며, 이로부터 벗어나기 위해 수많은 지식인들이 중국인의 각성을 촉구했다. 이 과정에서 서구의 다양한 문물이 중국에 수용되었으며, 해외 이민이나 유학도 빈번히 이루어졌다. 이른바 근대화라는 명제가 20세기 초 정치적으로 혼란한 중국을 문화적으로 휩쓸었던 것이다.

세대 간 갈등 양상

오랜 세월 동안 자국을 세계의 중심으로 인식해온 중국인의 관넘이 변화되면서 20세기 초의 중국은 사회적으로나 관념적으로 거대한 소용돌이에 휩쓸렸다. 그 가운데 세대 간 갈등 역시 돌출되었다. 세대 간 갈등은 봉건적이고 수구적인 세대와 적극적으로 새로운 문물을 수용하여 스스로 변화를 도모한 세대 간의 충돌이라고 할 수 있다. 라오서 역시 5.4신문화운동의 사조로부터 영향을 받아 적극적으로 새로운 문물을 수용하고, 중국인의 봉건성과 낙후성을 개조하기 위한 노력을 기울였다. 그의 대다수 작품이 제재로 삼고 있는 하층민의 고달픈 생활상은 개조를 위한 꿈의 표현이다. 『마씨 부자』 역시 아버지 세대와 아들 세대의 갈등을 통해 새로운 사회를 모색하는 그의 염원을 담고 있다.

아버지 마쩌런은 아들 마웨이를 데리고 런던으로 이주해 죽은 형의 골동품 가게를 물려받아 생계를 꾸린다. 그러나 보수적이고 낙후된 세계관을 지닌 아버지는 관리가 될 생각뿐, 관리의 책임에 대해서는 전혀 관심이 없다. 아들을 사랑하지만 어떻게 교육시켜야 하는지도 모른다. 안분지족하고 낙천적인 성격을 가진 아버지는 시대의 변화를 감지하지 못하고, 중국에서 생활해온 방식 그대로 영국에서의 삶을 도모한다. 그에게서 국가관이나 민족관 등을 찾을 수는 없다. 이에 비해 마웨이와 리쯔룽 같은 젊은 세대는 갖은 고생을 감내하며 새로운 지식과 문물을 수용하는, 변화된 시대에 맞춰 살아가려는 적극적인 성격의 소유자다. 작품은 마쩌런으로 대표되는 아버지 세대에 대한 부정적인 묘사와 젊은 세대에 대한 긍정적인 묘사를 통해 세대 간의 갈등을 보여주는 한편으로, 새로운 사회의 가능성을 탐구한다.

마쩌런에 대한 묘사에서 이의 단초를 엿볼 수 있다.

마쩌런 역시 '오래된' 민족의 '오래된' 사람이 분명했다. 그를 수식하는 두개의 '오래된'이라는 단어를 통해 단정할 수 있었다. 그는 평생 동안 두뇌를 사용한 적이 없으며, 게다가 하나의 사물을 삼분 동안 주시한 적도 없다고. 그럼 왜 사느냐고? 관리가 되기 위해서였다. 어떻게 관리가 될 수 있느냐고? 먼저 한턱을 내고 손을 써주십사 부탁하면 되었다. 왜 아내를 얻었느냐고? 나이가 찼기 때문이었다. 어떻게 아내를 얻었느냐고? 중매쟁이를 통해서였다. 아내를 얻고 나서 왜 또 첩을 들였느냐고? 하나로는 부족했기 때문이다…… 오래된 민족의 구성원들은 그런 것들을 평생 동안 충분히 누렸다. 마쩌런도 역시 마땅히 그러할 뿐이었다.(64~65면)

　　마쩌런은 장사에 문외한일 뿐 아니라, 줄곧 장사하는 사람들을 무시해왔다. 돈을 버는 정도(正道)는 관리가 되는 것이며, 관리가 되어야만 체면이 선다고 여기는 전형적인 신사(紳士) 계층의 인물이다. 그에게 피땀을 흘려 돈을 버는 장사는 못난 짓에 불과하다. 그래서 골동품 가게에 나가 일을 돌보는 것보다는 집에서 한가롭게 화초를 가꾸거나 중국식 식당에 가서 음식을 사먹는 것으로 소일한다. 그가 가지고 있는 유일한 장점은 여성의 호감을 사는 다정다감하고 호방한 행동뿐이다. 마씨 부자가 세 들어 살고 있는 영국인 과부 웬델 부인이 마쩌런에게 호감을 갖는 이유도 돈을 호방하게 쓰기 때문이다.
　　이로 인해 마쩌런과 마웨이 사이에는 자주 의견충돌이 발생한다. 마웨이는 고학으로 학업을 지속하고 있는 리쯔룽을 보고 첫눈에 매료되지만, 아버지는 그의 직설적이고 소탈한 모습을 보고 속물스럽다고 여긴다. 또 마웨이는 장사를 돌보지 않고, 소일거리에 돈만 허비하는 아버지를 보고 실망을 금치 못한다. 이와 같은 부자 간의 대립이 소설 작품의 주요한 갈등구조로 나타나는 것은 신·구, 중·서 문화가 상호 교차되던 20세기 초의 중국에서는 당연할지도 모른다. 새로운 사상과 문물의 유입, 신교육을 통한 새로운 가치관의 확립 등을 통해 수직적인 가족관계에 균열이 발생하고, 가부장제에 대한 반항과 일탈이 이루어진 것이다. 작품 역시 마웨이가 아버지 곁을 떠나는 것으로 마무리되는데, 이 역시 반항과 일탈의 상징이라고 볼 수 있다.

마쩌런과 마웨이 간의 갈등뿐 아니라, 캐서린과 그녀의 부모 간 갈등 역시 세대 간 갈등의 한 모습이다. 목사인 아버지와 독실한 신자인 어머니 사이에서 자란 캐서린은 중국과 중국인에 대한 거부감이 크지 않을뿐더러, 마웨이의 훌륭한 교사가 되기도 한다. 캐서린은 메리의 애인이었던 워싱턴과 사랑의 도피를 감행할 정도로 자신의 주관이 뚜렷하다. 그러나 그녀의 어머니는 캐서린의 행위를 전혀 이해하지 못했다. 어머니는 1차 세계대전이 야기한 사회적 변화의 흐름에서 비껴선 채, 기존의 관념만을 고수한다. 캐서린은 그런 어머니를 이해할 수 없으며, 만나고 싶어지지도 않는다. 그녀는 과거의 구속을 전복시키고, 평화롭고 전쟁이 없는 인간 세상을 꿈꾸는 새로운 세대의 젊은이를 상징한다.

세대 내부 간 갈등과 화합 양상

횡적·종적 갈등의 양상은 젊은 세대 내부 간의 갈등과 화합의 양상을 보여줌으로써 작품의 밀도를 더한다. 표면적으로 마쩌런과 마웨이는 중국문화를 상징하며, 웬델 부인과 메리, 캐서린 등은 영국문화의 상징이라고 할 수 있다. 이를 다시 분류하면, 마쩌런과 웬델 부인은 부모 세대로서 각기 구세대 중국과 영국문화를 상징하며, 마웨이와 메리, 캐서린은 신세대 중국과 영국문화의 상징으로 볼 수 있다. 따라서 부모 세대의 서로에 대한 인식의 변화는 구세대 문화 교류의 가능성을, 자식 세대의 교류는 신세대 문화의 교류 가능성에 대한 작가 나름의 모색이라고 할 수 있다.

마웨이와 리쯔룽, 캐서린의 관계는 별다른 갈등 없이 화합의 양상을 보인다. 캐서린은 마웨이에게 인류보편적인 관점에서 추구할 만한 가치가 있는 학문을 할 것을 권장한다. 그녀는 중국이 영국보다 뒤처진 원인을 학문을 하는 사람이 없기 때문이라고 진단하며, 마웨이의 불행한 영국 생활에 동정을 표시한다. 리쯔룽 역시 새로운 세대의 젊은이답게 마웨이에게 경영학 공부를 권장하며, 캐서린의 애정 도피 행각에 대해서도 주관이 뚜렷한 사람만이 감행할 수 있는 용기 있는 행동이라며 치켜세운다.

이에 비해 "캐서린과 폴의 사고는 적어도 백년의 차이가 났다. 캐서린은 평화를 중시했고 생각이 자유로웠다. 혼인과 종교를 타파하고자 했고, 편협한 애국심과 귀족식 대의정치를 버려야 한다고 생각했다. 폴은 전쟁, 애국심, 심지어 혼인과 종교의 형식까지도 보전돼야 한다고 여겼다. 1차 세계대전을 극악무도한 행위로 본 캐서린은 전쟁 전의 모든 것이 두렵게 느껴졌다. 1차 세계대전을 가장 영광스러운 행위로 본 폴은 전쟁을 황금기의 절정이라고 생각했다."(320면) 캐서린의 사고는 학습과 사고를 통해 얻은 것이지만, 폴의 견해는 천성과 본능에 근거한 것이다. 캐서린과 폴은 1차 세계대전의 결과가 낳은 젊은이지만, 사고와 행위 패턴은 전혀 다르다.

그녀는 명확한 이해를 원하지만, 그는 결과와 효용성을 중시한다.

또다른 신세대 아가씨 메리는 자신의 태도와 몸매에만 신경을 쓴다. 그녀가 가지고 있는 무기는 미모이며, 미모로 남자와 결혼하여 가정을 이루면 그만이라고 생각한다. 아이를 낳고 싶어하지 않는 것은 1차 세계대전 후 발생한 새로운 관념 가운데 하나지만, 그녀는 그것이 편리하기 때문에 믿을 뿐이다. 아이는 그녀의 미모를 파괴할 수 있고, 또 가장 귀찮은 존재이기 때문에 아이를 낳으려 하지 않는다. 그렇다고 그녀가 산아제한에 대한 뚜렷한 인식을 갖고 있는 것은 아니다.

이처럼 인종 간·세대 간 갈등의 양상 외에도, 개별 인물을 중심으로 갈등과 화합의 다양한 양상이 펼쳐진다. 그런 의미에서 『마씨 부자』는 다양한 스펙트럼으로 해석될 수 있는 여지를 담고 있다. 그 다양한 스펙트럼은 동서 문화 교류의 역사를 증언하며, 교류의 과정에 따르게 마련인 개인의 고뇌와 추구의 과정을 말해준다.

『마씨 부자』는 영국 체류 시기에 완성된 『장 선생의 철학』이나 『조자왈(趙子曰)』과는 성향이 다르며, 『낙타 샹쯔』나 『사세동당』의 현실주의적 성향이 강한 작품과도 다르다는 평가를 받는다. 그것의 주요한 원인은 영국으로 이주한 중국인이 겪는 민족적·인종적·문화적 멸시를 주제로 하기 때문이다. 이로 인해 작품이 담고 있는 메시지는 비교적 간단하다. 서양인으로부터 멸시받지 않기 위해서는 어떻게 해야 하는가? 중국을 부강하게 만들어야 하며, 국가가 부강해지기 위해서는 새로운 문물을 널리 수용하여 중국인을 교육시켜야 한다는 것이다. 한마디로 실사구시(實事求是)의 자세를 견지해야 한다는 것이다. 조금은 구태의연하지만, 20세기 초 약소국의 지식인이라면 응당 가질 법한 태도이기도 하다. 일제 식민지로부터 벗어나기 위해 각고의 노력을 기울였던 한국의 지식인들 역시 이와 유사한 사고를 했다는 걸 상기해보면, 한국과 중국이 공유하고 있는 부분이 더욱 많은 듯도 하다. 이는 유사한 역사 경험에서 비롯되었을 것이며, 그렇기 때문에 양국의 근대문학을 되비추는 유용한 제재가 될 것으로도 생각된다.

고점복(고려대 중국학연구소 연구교수)

작가연보

1899년   2월 3일 베이징의 만주족 정홍기(正紅旗) 가정에서 출생. 본명은
         수칭춘(舒慶春).

1900년   8개국 연합군이 베이징을 공격할 때, 황성 수비군이던 부친 수융
         서우(舒永壽) 사망.

1907년   서당에서 수학.

1908년   초등학교 3학년에 편입.

1913년   현재의 베이징 제3중학인 경사제3중학(京師第三中學)에 입학. 몇
         달 후 가난으로 중퇴. 국비 장학생에 선발되어 베이징 사범학교에
         입학.

1918년   베이징 사범학교 졸업.

1918~24년	베이징 공립 제17고등소학교 교장, 텐진(天津) 난카이(南開)중학 교사, 베이징 제1중학 교사 역임. 텐진에 머물면서 첫 번째 습작 「샤오링얼(小鈴兒)」 창작.

1918~24년 베이징 공립 제17고등소학교 교장, 텐진(天津) 난카이(南開)중학
        교사, 베이징 제1중학 교사 역임. 텐진에 머물면서 첫 번째 습작
        「샤오링얼(小鈴兒)」 창작.

1924년   영국으로 건너가 런던대학 동양학부 중국어과에서 재직하면서
        창작에 전념.

1926년   첫 장편『장 선생의 철학(老張的哲學)』을『소설월보(小說月報)』 17권
        7호에 연재. 17권 8호부터 '라오서(老舍)'를 필명으로 사용. 장편
        『조자왈(趙子曰)』 발표.

1929년   여름에 영국을 떠나 귀국 도중 싱가포르에서 반년 체류하면서 화
        교중학(華僑中學)에 재직. 이 시기에 싱가포르를 배경으로 한『샤
        오포의 생일(小坡的生日)』을 창작.『마씨 부자(二馬)』 발표.

1930년   봄에 베이징으로 돌아옴. 지난(济南)의 지루(齊魯)대학 문학원 교
        수로 부임.

1931년   만주족 정홍기인 출신 아내 후세칭(胡絜淸)과 결혼. 제1차 중국 혁
        명전쟁과 혁명전쟁 실패 후의 혼란한 상황을 목격하고 장편소설
        『대명호(大明湖)』를 창작.

1933년   우언 형식의 소설『묘성기(猫城記)』와 평범한 공무원의 삶을 묘사
        한『이혼(離婚)』 발표.

1934년   칭다오(青島)의 산둥(山東)대학 문학원 중국문학과 교수로 부임.
        『우천사전(牛天賜傳)』 발표.

1935년   중편『초승달(月牙兒)』 발표.

1936년   대표작『낙타 샹쯔(駱駝祥子)』를 9월에서 10월까지 잡지『우주풍
        (宇宙風)』에 발표. 큰딸 수지(舒齊)가 지난(济齊)에서 태어남. 대학
        을 사직하고, 전업 작가의 길로 들어섬.『문 박사(文博士)』 발표.

1937년   중편『나의 생애(我這一輩子)』 발표. 노구교(蘆溝橋) 사건 발발과

함께 우한(武漢)으로 이주.

1938년 우한에서 설립된 중화전국문예계항적협회(中華全國文藝界抗敵協會)의 상무이사 겸 총무부 주임. 항전문예운동을 전개.

1939년 희곡『잔무(殘霧)』발표.

1940년 희곡『국가지상(國家至上)』『체면 문제(面子問題)』발표.

1943년 자오칭거(趙淸閣)와 공동으로 희곡『도리춘풍(桃李春風)』발표.

1944년 연초에『사세동당(四世同堂)』집필 시작.

1945년 『낙타 샹쯔』가 영역되어(*Rickshaw Boy*) 미국에서 출판됨.

1946년 3월에 차오위(曹禺)와 함께 미국 국무원의 초청으로 미국행. 미국에서『사세동당』1부와 2부(1946년),『고서예인(鼓書藝人)』(1948년) 발표.

1949년 저우언라이(周恩來) 총리의 종용으로 귀국하여, 중국작가협회 부주석·전국인민대표대회 대표·중국문련 부주석·중국민간둔예연구회 부주석 등을 역임.

1950년 『사세동당』3부를『소설월보』에 연재 시작.

1951년 베이징 시 인민정부가 '인민예술가'라는 호칭을 부여.

1952년 희곡『유수정(柳樹井)』발표.

1953년 중국작가협회 부주석에 피선.

1955년 한국을 소재로 한 중편소설『이름 없는 고지에 이름이 생기다(無名高地有了名)』발표.

1957년 희곡『찻집(茶館)』완성, 1958년 베이징인민예술극장에서 초연됨.

1958년 산문집『복성집(福星集)』출판.

1960년 아동극『청와기수(靑蛙騎手)』발표.

1962년 1961년부터 창작해오던 자전체 소설『정홍기하(正紅旗下)』가 당국의 강요로 중단됨.

1965년	3월과 4월에 중국작가 대표단을 이끌고 일본 방문. 이 경험을 바탕으로 「일본 작가에게 보내는 공개 서신(致日本作家的公開信)」이라는 산문을 썼지만 발표되지 못함.
1966년	문화대혁명 와중에 혹독한 박해를 견디지 못하고 8월 24일 오전 외출 이후 실종. 8월 25일 베이징의 태평호(太平湖) 근처에서 유체 발견. 향년 67세.
1978년	복권되어 '인민예술가'라는 호칭 회복.

고전의 새로운 기준, 창비세계문학

오늘날 우리는 인간의 존엄과 개성이 매몰되어가는 시대를 살고 있다. 물질만능과 승자독식을 강요하는 자본주의가 전지구적으로 확산되면서 현대사회는 더 황폐해지고 삶의 질은 크게 훼손되었다. 경제성장만이 최고의 선으로 인정되고 상업주의에 물든 문화소비가 삶을 지배할수록 문학은 점점 더 변방으로 밀려나고 있다. 삶의 본질을 성찰하는 문학의 자리가 위축되는 세계에서는 가진 자와 못 가진 자 할 것 없이 모두가 불행할 수밖에 없다.

이 시대야말로 인간답게 산다는 것의 의미가 무엇인지 근본적인 화두를 다시 던지고 사유의 모험을 떠나야 할 때다. 우리는 그 여정에 반드시 필요한 벗과 스승이 다름 아닌 세계문학의 고전이라는 점을 강조한다. 고전에는 다양한 전통과 문화를 쌓아올린 공동체의 경험이 녹아들어 있고, 세계와 존재에 대한 탁월한 개인들의 치열한 탐색이 기록되어 있으며, 새로운 세상을 꿈꾸는 아름다운 도전과 눈물이 아로새겨 있기 때문이다. 이 무궁무진한 상상력의 보고이자 살아 있는 문화유산을 되새길 때만 개인의 일상에서 참다운 인간적 가치를 실현하고 근대적 삶의 의미와 한계를 성찰하는 지혜를 얻을 수 있을 것이다.

'창비세계문학'은 이러한 문제의식에서 출발한다. 세계문학의 참의미를 되새겨 '지금 여기'의 관점으로 우리의 정전을 재구성해야 할 필요성이 그 어느 때보다 절실하다. '정전'이란 본디 고정된 목록으로 존재하는 것이 아니라 그때그때 주어진 처소에서 새롭게 재구성됨으로써 생명을 이어가는 것이다. 우리는 먼저 전세계 문학들의 다양성과 차이를 존중하면서 국가와 민족, 언어의 경계를 넘어 보편적 가치에 기여할 수 있는 가능성에 주목하고자 한다. 근대를 깊이 성찰한 서양문학뿐 아니라 아시아와 라틴아메리카, 중동과 아프리카 등 비서구권 문학의 성취를 발굴하고 재평가하는 것 역시 세계문학의 지형도를 다시 그리려는 창비의 필수적인 작업이 될 것이다.

여러 전집들이 나와 있는 세계문학 시장에서 '창비세계문학'은 세계문학 독서의 새로운 기준이 되고자 한다. 참신하고 폭넓으면서도 엄정한 기획, 원작의 의도와 문체를 살려내는 적확하고 충실한 번역, 그리고 완성도 높은 책의 품질이 그 기초이다. 독서시장을 왜곡하는 값싼 유행과 상업주의에 맞서 문학정신을 굳건히 세우며, 안팎의 조언과 비판에 귀 기울이고 독자들과 꾸준히 소통하면서 진정 이 시대가 요구하는 세계문학이 무엇인지 되묻고 갱신해 나갈 것이다.

1966년 계간『창작과비평』을 창간한 이래 한국문학을 풍성하게 하고 민족문학과 세계문학 담론을 주도해온 창비가 오직 좋은 책으로 독자와 함께해왔듯, '창비세계문학' 역시 그러한 항심을 지켜 나갈 것이다. '창비세계문학'이 다른 시공간에서 우리와 닮은 삶을 만나게 해주고, 가보지 못한 길을 걷게 하며, 그 길 끝에서 새로운 길을 열어주기를 소망한다. 또한 무한경쟁에 내몰린 젊은이와 청소년 들에게 삶의 소중함과 기쁨을 일깨워주기를 바란다. 목록을 쌓아갈수록 '창비세계문학'이 독자들의 사랑으로 무르익고 그 감동이 세대를 넘나들며 이어진다면 더없는 보람이겠다.

2012년 가을
창비세계문학 기획위원회

창비세계문학 13

마씨 부자

초판 1쇄 발행 / 2013년 1월 4일

지은이 / 라오서
옮긴이 / 고점복
펴낸이 / 강일우
책임편집 / 심하은
원서대조 / 위안잉이
펴낸곳 / (주)창비
등록 / 1986년 8월 5일 제85호
주소 / 413-120 경기도 파주시 회동길 184
전화 / 031-955-3333
팩시밀리 / 영업 031-955-3399 편집 031-955-3400
홈페이지 / www.changbi.com
전자우편 / lit@changbi.com

한국어판 ⓒ (주)창비 2013
ISBN 978-89-364-6413-4 03820